Unter Strom

Eva Rossmann
Unter Strom

Ein Mira-Valensky-Krimi

Folio Verlag

Lektorat: Joe Rabl

© Folio Verlag Wien • Bozen 2012
Alle Rechte vorbehalten

Grafische Gestaltung: Dall'O & Freunde
Druckvorbereitung: Typoplus, Frangart
Printed in Austria

ISBN 978-3-85256-605-4

www.folioverlag.com

[1.]

Tief ein, tief aus, mein Atem ist viel zu laut, ich fühle mein Herz schlagen, zu heftig, regelmäßig atmen, Mira, tief ein, tief aus. Dieses Stechen im linken Knie. Ob ich einen Meniskusschaden habe? Weiter, renn weiter. Gelbe Blumen am Wegrand, wie heißen sie? Vorbei. Ein Schmetterling. Es ist September, ein warmer September. Der Schweiß rinnt mir über die Stirn, in die Augen. Tief ein, tief aus.
    Alle können joggen lernen. Und hier sieht mich zumindest keiner. Keuchende Fastfünfzigerin in kurzen Hosen und mit knallrotem Gesicht. Locker, ganz locker bleiben. Eine Wurzel am Weg, ein kleiner Sprung. Uff. Das wäre beinahe schiefgegangen, drei Zentimeter weiter nach rechts und ich wäre auf dem Stein da gelandet, gestrauchelt, gefallen, hätte mir den Knöchel verstaucht, das Knie aufgerissen, die Hände … Aber ich laufe noch, habe es unbeschadet überstanden, dort vorne mündet der Waldweg in die schmale Straße. Ich sehe auf meine GPS-gesteuerte Uhr. Ein Stück, das in keiner Relation zu meinen sportlichen Fähigkeiten steht. Oskar hat sie mir geschenkt, als ich vor einer Woche zu meiner Freundin Eva ins Weinviertel aufgebrochen bin, um mich ans Joggen zu gewöhnen – und an den Abenden bei einem guten Glas Wein auszuspannen.
    Vielleicht wäre ein klitzekleines gezielt eingesetztes Doping doch eine gute Idee? Ich atme vehement aus. Sicher nicht. Erinnere dich daran, was sie mit den Sportlern im idyllischen Vulkanland ausprobiert haben. Aber das ist eine andere Geschichte. Es sind ohnehin nur noch zwei Kilometer. Und – Mist! – ich laufe bloß sieben Komma vier Stundenkilometer. Etwas schneller sollte ich schon sein, gleich habe ich Asphalt unter den Füßen. Warum tue ich mir das an? Nur weil ich ein paar Kilo loswerden möchte? Das will ich doch schon seit Jahren. Nur

weil Vesna so fit ist? Meine Freundin hat immer die bessere Kondition gehabt, nicht erst, seit sie läuft. Hat vielleicht damit zu tun, dass sie in ihren ersten Jahren in Österreich keine andere Chance hatte, als putzen zu gehen. Während ich gerne sitze und esse und trinke und genieße und ansonsten eben meine Reportagen schreibe. Und damit ich das alles noch lange kann, sollte ich halbwegs in Form bleiben.

Tief ein-, tief ausatmen. Blick auf die Multifunktionsuhr: acht Stundenkilometer. Schon etwas besser. Ich fingere im Laufen nach meinem Taschentuch, ich muss mir die Stirn abwischen, der Schweiß brennt in den Augen. Aber das Tuch ist schon klatschnass. Ein Brummen. Da ist ein großer Käfer unterwegs. Ich sollte mich auf meine hübsche Umgebung konzentrieren und nicht auf mein Keuchen, auf mein Knie. Ob der Käfer schneller fliegen kann, als ich laufe? Gut möglich. Das Brummen wird lauter. Seltsames Vieh. Irgendwie bedrohlich. Ich gebe so gut ich kann Gas und hetze um die Kurve. Von hier aus sieht man schon die Häuser von Treberndorf. Links und rechts von mir Weingärten, die Trauben prall, bald beginnt die Lese. Jetzt rechts ein Acker, mittendrin eine der Ölpumpen. Mit bewundernswürdiger Regelmäßigkeit bewegt sich der Pumpenkopf auf und ab. Teil der Weinviertler Idylle. Industrie und Natur. Vor mir die Gasstation. Seltsam gewundene weiße und metallblitzende Rohre und Zylinder und Drehräder und ein kastenförmiges niedriges weißes Verwaltungsgebäude mit wenigen Firmenautos auf dem Parkplatz davor. Was sie da genau tun, weiß ich nicht. Nur dass es eben im Weinviertel nicht nur Wein, sondern auch Gas und Öl gibt. Das Brummen ist noch lauter geworden. Vielleicht kommt es von der Gasstation? Was, wenn da etwas nicht in Ordnung ist? Wenn sich Gas unter großem Druck einen Weg ins Freie sucht, explodiert? Ich keuche weiter, sehe nach oben. Hubschrauber! Das brummende Ding ist ein Hubschrauber. Er kommt direkt auf mich zu. Was soll das? Ich hab hier in den letzten Tagen nie Hubschrauber gesehen. Die von der Rettung sind gelb, der da ist braun-grau. Ist da nicht noch ein Brummton? Weiterlaufen, weg von hier. Ich drehe den Kopf zur Seite. Da ist tatsächlich noch ein braun-grauer Hubschrauber. Sie verlieren an Höhe, sind jetzt beide beinahe über mir, ich kann die Rotorblätter erkennen, kein Brummen mehr, unerträgliches Rattern. Apokalypse now. Gooooooooooood morning, Mira! Sie kreisen, ich kneife die Augen zusammen, wische mit dem Handrücken den Schweiß fort, da: noch einer. Dort beim Windschutzgürtel: noch einer. Ich sollte umdrehen und zurück in den Wald laufen ... Wie hoch sind die Hubschrauber? Zehn Meter? Nein, es werden wohl doch zwanzig sein. Ist das nicht egal? Ich spüre den Wind der Rotoren, ziehe den Kopf ein. In der Gasstation keine Reaktion. Niemand rennt, niemand kapituliert, niemand wehrt sich. Gleich bin ich daran vorbei. Wenn mir die Hubschrauber folgen ... Warum sollten sie? Würden die was von mir wollen, sie hätten längst landen, längst auf mich schießen können. Ich überlege fieberhaft, woran ich momentan fürs „Magazin" recherchiere. Nichts Brisantes dabei, vielleicht abgesehen von der Banken-Geschichte. Steckt doch mehr hinter dem Selbstmord des Bankers? Ich renne, mein Keuchen wird längst vom Lärm der Hubschrauber übertönt, Blick auf die Uhr. Es ist zehn vor zehn und ich bin momentan mit elf Stundenkilometern unterwegs. – Was? Ein Kontrollblick. Tatsächlich. Wie rasch kann ich im äußersten Fall rennen? Vielleicht zwölf, dreizehn Stundenkilometer. Hubschrauber sind schneller. Sie kreisen noch immer wie ein Schwarm wütender Monsterhornissen. Fünf sind es – oder sechs? Egal. In ein paar hundert Metern beginnt die Kellergasse von Treberndorf, ein paar hundert Meter, dann bin ich in Sicherheit. Vorbei am Windschutzgürtel. In den Büschen bewegt sich etwas. Nicht nur ich, auch alles andere, was Instinkt hat, will weg von hier.

Ich wische mir wieder über die schweißbrennenden Augen. Das ist ein Tarnhelm. Und unter ihm kein Reh, sondern ein Männerkopf. Noch ein Helm. Und noch ein Kopf. Und dann zwei Soldaten, die sich aufrappeln und mich anstarren. Ich bin da nicht in Syrien, nicht zeitversetzt im Vietnam der Siebzigerjahre, ich bin in meinem grünen Weinviertel mit Wein und Ölpumpen und ...

„Was machen Sie?", brüllt der eine Soldat aus dem Gebüsch.

„Blumen pflücken", keuche ich und bleibe nicht stehen. Was für eine idiotische Frage. Wird wohl schon eine Joggerin gesehen haben.

„Da ist eine Übung!", brüllt der andere.

Ich atme so vehement aus, dass es mir einen Stich in der rechten Seite gibt. „Ich muss nach Treberndorf!", schreie ich zurück und trabe weiter.

Die beiden Streitkräfte arbeiten sich aus dem Gebüsch und kommen auf mich zu. Tarnanzug, Gewehr. Ich mag keine Menschen mit Waffen. Ich werde sie ignorieren.

„Sie können da nicht durch, das ist gesperrt", erklärt mir der erste Soldat noch immer brüllend. Über uns die Hubschrauber.

„Hat mir keiner gesagt." Ich bleibe stehen. „Was üben Sie?" Seitenstechen, mit jedem Atemzug schneiden Messer durch meine rechte Seite.

„Das ist Militärgeheimnis", brüllt der zweite Soldat.

„Ich bin Journalistin", rufe ich so laut wie möglich.

Die beiden sehen einander ratlos an. Über uns die kreisenden Hubschrauber, ganz nah. Wären es Vögel, wir könnten sie aus der Hand füttern, scheint mir.

„Gibt es noch mehr von euch im Gebüsch?", will ich wissen. Dass laut fragen so wehtun kann.

„Der Presseoffizier ist nicht da", schreit Nummer eins gegen den Weinviertler Kriegslärm an.

Ich hole so tief wie möglich Luft. „Möge die Übung gelingen", rufe ich und starte gleichzeitig los. Ich werde das Seitenstechen einfach ignorieren. Sie werden mir schon nicht nachschießen. Ich hab mich heute schon mehr gefürchtet. Drei weitere Helme mit verdutzten Gesichtern tauchen auf. Die Lippen des Soldaten vor mir formen so etwas wie ein „Aber ...". Es geht im Lärm unter. Ich laufe und weiß mit einem Mal, warum man fit sein sollte: um davonrennen zu können. Ich atme tief aus und ein. Ich sehe nicht auf meine Multifunktionsuhr. Ich weiß auch so, dass ich schnell bin. Das Seitenstechen wird erstaunlicherweise schwächer. Die gelbe Fassade des ersten Häuschens in der Kellergasse. Die große Trauerweide. Kopfsteinpflaster unter meinen Laufschuhen. Ich drehe mich nicht um. Fast am Ende der Gasse zwischen zwei Kellerhäuschen zweigt ein schmaler Pfad ab. Schon bin ich dort, ich schlage einen Haken, spätestens jetzt haben sie mich aus den Augen verloren. Ich rutsche, strauchle, der Lehm unter mir ist glitschig, heute Nacht hat es geregnet, ich falle, ich liege zwischen den beiden Kellergebäuden. Eines ist weiß gestrichen, vom anderen blättert der braune Putz ab. Erst jetzt merke ich, dass es still geworden ist. Ich sehe nach oben. Die Fassaden und ein Baum verdecken einen Teil des Himmels, aber es scheint, als wären die Hubschrauber weg. Sind sie gelandet? Oder davongeflogen? Ich rapple mich auf. Knie und Schienbeine sind voller Erde, doch mir ist nichts passiert. Gar nichts ist mir passiert. Ich setze mich vorsichtig, langsamer, wieder in Bewegung.

Wenige Minuten später stehe ich im Innenhof meiner Freundin. Sie kommt aus dem Haus, sieht mich besorgt an. „Na, du wollest es heute aber wissen! – War es noch feucht im Wald? Oder bist du gestürzt?

Frühstück ist jedenfalls fertig. Ich muss in die Weingärten. Martina hat mich angerufen. Über der Hochlissen kreisen die Stare, wir haben das Netz noch nicht fertig gespannt."

Eine andere, im Weinviertel wohl realere, Bedrohung aus der Luft: Starenschwärme zur Lesezeit.

„Die sind wahrscheinlich weg", keuche ich. „Da waren Hubschrauber."

„Ja, ich hab mich gewundert ..."

„Eine Bundesheerübung. Muss man so etwas nicht ankündigen?"

„War wohl bloß ein kleines Manöver. Wahrscheinlich wegen der Gasstation. Ich hab jedenfalls nichts davon gewusst." Eva sieht in die Luft, aber was ihr die Ruhe raubt, sind keine Hubschrauber. Eine halbe Stunde zu spät und die Vögel haben die Trauben eines großen Weingartens bis auf die letzte Beere abgefressen.

„Ich geh erst einmal duschen", sage ich.

„Wird gut sein", lächelt die Winzerin. „Ist wirklich alles in Ordnung mit dir?" Ohne meine Antwort abzuwarten, pfeift sie. Und schon steht Reblaus, ihr freundlicher Schäferhund, wedelnd da. Bereit, mit ihr bis ans Ende der Welt zu fahren. Oder bis zur nächsten Rebzeile.

Während ich das zweite Stück Schwarzbrot mit Butter und Käse verdrücke, blättere ich die Zeitungen durch. Keinerlei Hinweis auf eine Bundesheerübung. Was wird in Kriegen vor allem angegriffen? Munitionslager, Militärstützpunkte, wohl auch Versorgungszentren aller Art. Ehrlich gestanden habe ich wenig Ahnung. Ich vermute allerdings, dass es aktuell ohnehin wenige Nationen gibt, die unserem kleinen Österreich etwas antun wollen. Von mir aus bräuchten wir kein Bundesheer. Vielleicht eine Grenztruppe und natürlich eine Katastrophenschutzeinheit ... Ob ich noch ein drittes Brot essen soll? Kalorien hab ich heute genug verbraucht. Und durch den Schreck wahrscheinlich doppelt so viele. Sei nicht gierig, Mira. Ich einige mich mit mir auf ein halbes Stück Brot mit Butter und Paradeiserscheiben aus Evas Garten. Eigentlich schade, dass ich heute zurück nach Wien muss. Bin ich schon gut genug, um im Prater zu joggen? Ich blättere den „Weinviertler Boten" durch. Da, im linken Eck unter den Society-Events der Gegend, ein kleines Kästchen: „Übung des Bundesheers am 7. September im Gemeindegebiet von Treberndorf. Von acht bis elf Uhr ist die Feldgasse zwischen der Weingartengasse und der Golsdorfer Straße gesperrt."

Das ist alles. Kein Hinweis auf die Gasstation, keine Angabe von Gründen. Rechts oben erfahren wir dafür, dass der Bürgermeister gemeinsam mit einer Abordnung des Gemeinderats einer Hundertjährigen gratuliert hat. Die Hundertjährige sieht deutlich frischer aus als der Großteil der Gemeindefunktionäre. Und wir lernen, dass ein Liebling der volkstümlichen Schlagerszene in der Veranstaltungshalle des Bezirks einen großen Erfolg gefeiert hat. Lächelnde Blondine mit Gitarre, umgeben von lächelndem Feuerwehrchef, Bezirksrauchfangkehrermeister, Baumeister nebst Gattin. – Was hat das Bundesheer bei der Gasstation gewollt?

Am späten Nachmittag bin ich in unserer Wohnung in Wien. Gismo hat mich maunzend begrüßt und dann für meine zwei Taschen deutlich mehr Interesse gezeigt als für mich. Eva packt immer ein, als gäbe es in Wien eine Hungersnot: Paradeiser und Zucchini und Melanzani und Gurken und Endiviensalat aus ihrem Garten, ein Stück selbst geselchten Speck von ihren Eltern, Bauernbrot und als Draufgabe ein großes Stück von einer Schweinsschulter. Eines der klassischen Gegengeschäfte am Land: Eva hat Wein gegeben und ein halbes Mangalitza-Schwein bekommen. Und dann noch Verjus: ihr neuestes Produkt, ein saurer Saft, der aus unreifen Trauben erzeugt wird. War im Mittelalter weit verbreitet, wurde anstelle von Zitronen verwendet. Meine Weinkartons habe ich noch im Kofferraum in der Tiefgarage. Oskar wird in frühestens zwei Stunden auftauchen. Er habe noch einen wichtigen Klienten und müsse danach noch etwas für den morgigen Prozesstag vorbereiten. Er hat gehetzt geklungen, als ich mit ihm auf der Fahrt nach Hause telefoniert habe. Oskar ist ein vielbeschäftigter Wirtschaftsanwalt, aber er hat, anders als die meisten, nur eine kleine Kanzlei. Das bedeutet viel Arbeit. Auch er wird nicht jünger. Er sollte ein wenig zurückstecken. Oder zumindest zu joggen beginnen. So wie ich. Stopp, Mira: Nach ein paar Tagen Gekeuche fühlst du dich schon überlegen? Na ja, ich probiere das mit dem Laufen wenigstens, Oskar weist derartige Bewegung als übertrieben von sich.

Ich habe versprochen, aus Anlass meiner Rückkehr zu kochen. Am besten, ich verwende das, was mir Eva mitgegeben hat. Noch so eine tüchtige, arbeitsame Person in meiner Umgebung: Führt gemeinsam mit ihrer Tochter Martina den großen Winzerhof, heimst für ihre Weine eine Auszeichnung nach der anderen ein, fährt auf Präsentationen bis Amerika. Und ich? Ich fürchte mich, wenn über mir Hubschrauber kreisen, und recherchiere dann nicht einmal vor Ort, was das soll. Eine fleißige Journalistin hätte sich durch den Wald wieder angeschlichen, hätte Fotos gemacht, zu lauschen versucht. Ich hätte auch ins Treberndorfer Wirtshaus gehen und mich dort umhören können, ich hätte den Bürgermeister zu möglichen Bedrohungen für die Gasstation interviewen können. Stattdessen habe ich ausführlich gefrühstückt, bin dann in der Sonne gesessen und habe mit Eva zu Mittag gegessen. Durch das Gerenne steigt mein Appetit enorm. Dabei wollte ich doch durch Joggen ein paar Kilo verlieren. Okay: Es wird bloß ein leichtes Abendessen geben. Und davor werde ich mich an den Laptop setzen und nachsehen, ob ich etwas über die Bundesheerübung mit den sechs Hubschraubern finde. Oder sind es doch nur fünf gewesen?

Gismo hat sich unterdessen auf unsere Dachterrasse verzogen. Sie liegt in der Nachmittagssonne und ihr ist es restlos egal, dass sie nicht fleißig ist. Ich sollte mich zu ihr setzen. Ich gehe hinaus, streichle die Schildpattkatze, die mich jetzt schon sechzehn Jahre begleitet. Besser gar nicht daran denken, dass sie für eine Katze schon ziemlich alt ist. Ich werde ihr später ein paar Oliven geben. Ich sage es ihr. Gismo schnurrt, ihre Barthaare vibrieren. Ich sehe zum Korbsessel hinüber, richte mich auf. Ziehen in den Oberschenkeln. Aber das ist gut so, ein Zeichen, dass sich etwas tut in den Muskeln.

Die Zucchini ist schon ziemlich groß. An sich mag ich die ganz kleinen lieber. Aber sie ist frisch, sie ist sicher reif und ihre Haut ist noch zart. Ich überlege und schneide sie in dicke Scheiben, steche mit einem Glas das weiche Innere rund um die Kerne aus. Dann teile ich sie in Segmente, salze sie, lege sie in eine Schüssel und decke sie zu. Ich starte meinen Laptop. Durch die Glastür zur Terrasse sehe ich auf die Dächer der Wiener Innenstadt. Ich sollte nie vergessen, wie gut es mir geht. Krieg ... unvorstellbar. Als meine Eltern Kinder waren, hat der Zweite Weltkrieg getobt. Sechs Jahre lang. Mit Bomben und Hunger und Hetze und Hass und geliebten Menschen, die nicht mehr zurückgekommen sind. Kann man sechs Jahre Krieg je vergessen? Verdunkelung. Sirenengeheul. Luftschutzkeller. Seltsam, wie selten meine Eltern darüber reden. Wobei ... eigentlich ist der Wahnsinn noch viel näher. Mitten in Europa. Meine Freundin Vesna ist während des Kriegs in Jugoslawien mit ihren kleinen Zwillingen nach Österreich gekommen. Auch sie redet so gut wie nie davon, was sie damals daheim in Bosnien erlebt hat. Was muss geschehen sein, dass sogar die mutige Vesna geflohen ist? Oder hat sie das, was sie gesehen hat, erst unerschrocken gemacht? Irgendwann einmal hat sie erzählt, dass sie sich an der Grenze zu Österreich geschworen hat, neu anzufangen, das alte Leben zu vergessen. Vielleicht ist ein Bundesheer, um Kriege zu verhindern, doch ganz gut. Allerdings: Wer führt denn Krieg, wenn nicht Heere? – Immer häufiger sind es Kriege zwischen staatlichen Truppen und welchen, die politische Veränderungen wollen. Ein großer Unterschied für die betroffene Bevölkerung? Kann es Kriege geben, die um der Freiheit willen gekämpft werden müssen?

Ich gebe die Suchbegriffe „Bundesheer Übung Treberndorf Gasstation" ein. Kein Ergebnis. Wie geheim ist es eigentlich, was die dort gemacht haben? Jedenfalls stand eine Notiz in der Gemeindezeitung. Und mehrere Hubschrauber sind nicht einfach zu verstecken. Ich suche die Nummer des Gemeindeamts von Treberndorf und rufe an. Eine freundliche Konservenstimme teilt mir mit, dass ich die Amtszeiten verpasst habe. Schicksal. Aus der Schweinsschulter könnte ich ein Ragout machen. Vielleicht exotisch gewürzt ...

Ingwer hab ich, wie meistens, im Kühlschrank. Ich schneide ein großes Stück davon ganz fein. Ich röste ihn gemeinsam mit Speckstreifchen und ein wenig Öl in einem großen Topf. Ich könnte mit der Pressestelle des Verteidigungsministeriums telefonieren. Wie hat der Pressesprecher bloß geheißen? Am besten an etwas anderes denken, dann fällt es mir wieder ein. Ich schneide eine Zwiebel fein, gebe sie dazu in den Topf und rühre um. In der Gemüselade habe ich noch ein paar Karotten und ein Stück Kürbis gesehen, sie sind nicht mehr ganz frisch, aber ich war die letzten Tage ja auch nicht da. An Gemüse vergreift sich Oskar nur in Notfällen. Ich gebe Karottenstückchen und Kürbiswürfel dazu, die paar Knoblauchzehen könnten auch nicht schaden. – Wie hat der Pressesprecher also geheißen? Irgendetwas mit „M". Ich hab mit ihm zu tun gehabt, als es um dubiose Geldflüsse beim Ankauf dieser Eurofighter gegangen ist. Ich glaube nicht, dass er mich besonders mag. Trotzdem. Ich kriege das brutale Knattern der Hubschrauber nicht aus dem Kopf. Wer darf mitten in meinem Weinviertel Krieg spielen? Ich gehe zum Laptop und suche in meinem elektronischen Telefonbuch nach seiner Nummer. Der Geruch ... Brandbombe? Von einem Hubschrauber aus? Mist! Der Topf auf dem Herd! Die Zwiebel ist ziemlich dunkel. Löschaktion! Sofort! Ich sehe eine angebrochene Flasche mit karibischem

Rum auf der Arbeitsfläche stehen, es zischt und dampft. Rum. War gar keine schlechte Idee. Zum Glück hab ich die Knoblauchblättchen noch nicht im Topf gehabt, die wären jetzt braun und bitter. Ich gebe sie dazu und rühre weiter. Ist gerade noch einmal gut gegangen. Man sollte kein neues Ragout probieren und dabei recherchieren. Angeblich können wir Frauen ja mehrere Dinge gleichzeitig. – Na ja. Ich muss niemandem erzählen, dass das bei mir beinahe nicht geklappt hätte. Ich nehme den Topf vom Herd, schnuppere noch einmal, riecht eigentlich sehr gut. Dann fülle ich ihn halbvoll mit Wasser und stelle die Hitze aufs Maximum. Die abgelöste Speckschwarte könnte ich eigentlich auch dazugeben, verleiht dem Ganzen ein leicht rauchiges Aroma, das nichts mit dem ziemlich langen Anrösten zu tun hat.

Unter „Verteidigungsministerium" hab ich keinen Eintrag gefunden. Natürlich könnte ich in der Redaktion anrufen ... aber vielleicht habe ich was unter „Heer" gespeichert. Jetzt kann dem Ragoutansatz nichts passieren. Irgendetwas wummert gegen die Schiebetür zur Terrasse. Ich sehe hin. Gismo. Ich hab versehentlich die Tür zugemacht. Die Sonne ist inzwischen weg. Sorry, Katze! Ich öffne die Tür, sie sieht mich aus kreisrunden Augen vorwurfsvoll an. Oh, etwas Thymian wäre auch noch fein. Ich gehe zu meinen Kräutertöpfen, zupfe einige Zweige ab. Besonders üppig wächst er nicht mehr. Da merkt man, dass es schon Herbst ist.

Gismo steht inzwischen an der Küchenzeile und maunzt, eigentlich ist es schon fast Gebrüll. Ich werfe die Thymianzweige und dann noch zwei Chilischoten, die ich immer im Tiefkühler habe, in den Topf.

Seltsam, üblicherweise mag meine Katze Schweinefleisch nicht besonders. Und das Gemüse im Topf wird sie schon gar nicht interessieren. Zumal keine schwarzen Oliven mit drin sind. Ich schneide die Schweinsschulter in große Stücke und Gismo brüllt weiter. – Wirst du jetzt wunderlich, alte Dame? Testhalber lasse ich ein kleines Stück Schwein fallen. Sie verschlingt es gierig, schnurrt, fixiert das Fleisch auf meinem Brett. Kann es sein, dass ein wolliges Freiland-Mangalitza-Tier für sie ganz anders riecht als ein herkömmliches Schwein? Na gut, ich finde ja auch, dass es deutlich besser schmeckt. Wie zufällig fallen noch zwei, drei kleine Stücke auf den Boden. Unfälle, sonst nichts. Nie würde ich meine Katze beim Kochen füttern. Ich bin ja nicht Oskar. Die Flüssigkeit kocht, ich lege das Fleisch ein, gebe etwas Neugewürz und ein ganz kleines Stück Zimtrinde dazu.

Unter „Heer" gibt es eine Nummer, daneben steht ein „P" – könnte Presseabteilung bedeuten. Ich tippe die Ziffern in mein Mobiltelefon. Fünfmal Freizeichen. Ich will schon die Beenden-Taste drücken, als jemand drangeht. Mira Valensky, Chefreporterin vom „Magazin", stelle ich mich vor. Ich hätte einige Fragen zu einer Bundesheerübung ... Alle Zuständigen hätten das Ministerium für heute bereits verlassen, erfahre ich. Und wer sei er dann? Schweigen in der Leitung. Einer von der Putztruppe? Kanzleibote?

„Generalleutnant Unterberger."

„Wirklich?" Eine Rückfrage, die einer Chefreporterin eigentlich nicht würdig ist. Aber ich kenne mich beim Bundesheer nicht besonders gut aus. Und mein Namensgedächtnis ist eine Katastrophe. So viel weiß ich zumindest: Ein Generalleutnant ist ein hohes Tier. Und der Name „Unterberger" sagt mir irgendetwas.

„Haben Sie Videotelefon?" Der Typ klingt eindeutig belustigt. „Dann könnte ich mich ausweisen."

Egal ob er Generalleutnant Unterberger ist und wer Generalleutnant Unterberger ist, fragen kann ich ja: „Was war das heute für eine Bundesheerübung bei der Gasstation in Treberndorf?"

Schweigen in der Leitung. Der Witzbold der Putztruppe hat wohl aufgegeben. „Woher wissen Sie davon?", kommt es dann zurück.

„Zufall. Ich war heute früh dort joggen." Ich muss ja nicht sagen, dass ich mit mickrigen sieben Komma irgendwas Stundenkilometern dahingekeucht bin. „Es waren sechs Hubschrauber im Einsatz."

„Und Sie sind einfach ins Areal reingerannt? Da gibt es Absperrungen."

„Ich bin über einen Waldweg gekommen, ohne irgendeine Absperrung. Sieht so aus, als wäre die Übung nicht groß angekündigt worden."

„Sie war ja auch lokal und zeitlich sehr begrenzt."

„Wie häufig schicken Sie sechs Hubschrauber in die Luft, um harmlose Menschen zu erschrecken?"

„Es waren fünf Hubschrauber, wenn wir genau sein wollen. Sie haben sich erschrocken? Das tut mir leid." Jetzt klingt der Generalleutnant wieder eindeutig amüsiert. Weil ich auch nie genau überlege, was ich sage.

Ich entscheide mich für Angriff statt Verteidigung. „Wofür war die Übung gut? Oder ging es nur darum, Bundesheergerät zu bewegen?

Und wenn über die Übung offenbar so wenig wie möglich bekannt werden soll, warum ist das so?"

„Wo sind Sie?"

Ich will schon etwas Patziges über Bundesheeraufklärer sagen, entscheide mich dann aber für Friedensanbahnung: „Im ersten Bezirk. In Wien."

„Ich könnte in zehn Minuten im Café Prückel sein."

„Ich brauche wahrscheinlich fünfzehn Minuten. Ich werde eine schwarze Leinenjacke tragen und ..."

„Liebe Frau Valensky, glauben Sie etwa, wir kennen die geschätzte Chefreporterin des ebenso geschätzten ‚Magazin' nicht? So ignorant ist nicht einmal das österreichische Bundesheer, versichere ich Ihnen."

Ich beende das Gespräch, bevor er jetzt auch noch zu lachen beginnt. Mal sehen, ob der komische Vogel wirklich Generalleutnant Unterberger ist.

Das Internet ist schon ein Segen. Zumindest für solche Recherchen. Namen eingeben und Bild und tausendneunhundert Suchergebisse erscheinen. Samt einem Interview auf YouTube. Ich könnte hören, wie seine Stimme klingt ... ob sie mit der am Telefon übereinstimmt ... Besser, ich mache mich auf den Weg. Soll ich das Ragout abdrehen? Ach was, ich werde nicht lange brauchen. Ich programmiere die Induktionsplatte auf ganz geringe Hitze. So köchelt es nur leicht vor sich hin, eine Schweinsschulter braucht ohnehin Zeit, bis sie weich ist. Ich überlege, statt der schwarzen Leinenjacke das rote Jeanshemd überzuziehen. Nur als Test, ob mich der Generalleutnant auch so erkennt. Sei nicht kindisch, Mira. Außerdem passt die schwarze Jacke besser, wenn du dich mit einem hohen Militär triffst. Und: Keine blöden Witze übers Bundesheer. Keine Grundsatzdiskussionen über dessen Abschaffung. Ich nehme den Lift und eile durch den ersten Bezirk Richtung „Prückel". Warum kümmere ich mich überhaupt um diese lächerliche Bundesheerübung? Nur weil ich sie hautnah miterlebt habe? Sicher. Und weil mir Kriegsspiele Angst machen.

Vor dem Café stehen einige Tische in der Spätnachmittagssonne. Ich sehe mich um. Was, wenn wir einander doch nicht erkennen? Ein schlanker Mann in Zivil, eher fünfzig als sechzig, steht auf und lächelt mich an. Er sieht aus, als hätte er keinerlei Probleme, von hier nach Treberndorf, rund um die Gasstation und wieder retour zu laufen.

Oder fällt das nur, wie vielleicht so einiges beim Bundesheer, unter „Tarnen und Täuschen"?

Wir geben einander die Hand, ich bestelle Campari Soda, und nach einigem Geplänkel über das prächtige Wetter fragt der Generalleutnant: „Sie wollen über unsere kleine Übung in Treberndorf schreiben?"

„Ich habe keine Ahnung", antworte ich wahrheitsgemäß. „Es interessiert mich einfach, was das Bundesheer dort getan hat, wie derartige Übungen ablaufen, wozu sie gut sind, was sie kosten."

„Da interessiert Sie aber ganz schön viel, wenn Sie gar nicht wissen, ob Sie darüber schreiben wollen." Er lächelt amüsiert.

Er soll ja nicht zu überheblich sein. Nur weil er Hubschrauber und solches Zeugs befehligt. Ich versuche ein charmantes Gegenlächeln: „Also?"

Er sieht mich an, dreht sein Colaglas und sagt nichts.

„Noch im Dienst?", frage ich und deute aufs Cola. Wird wohl so ähnlich sein wie bei den Polizisten. Null Komma null während der Dienstzeit.

„Was?", antwortet er irritiert und lächelt schon wieder. „Nein. Wein zu trinken, gehört beinahe zu unserem Job. Wenn wir repräsentieren, versteht sich. Ich hab heute eine Abendveranstaltung. Ich halte vor der Offiziersgesellschaft einen Vortrag über Strategie und neue Medien. Da sollte ich einen klaren Kopf haben."

„Strategie und neue Medien?"

„Facebook und so. Sie haben sicher schon davon gehört."

Der Typ hat mich auf der Schaufel. Und er weicht mir aus. – Nein, ich hab ihn ja nach seinem Vortrag gefragt.

„Die neuen Demokratiebewegungen haben eine Menge mit den neuen Kommunikationsmöglichkeiten zu tun. Wir überlegen natürlich, was das militärisch-strategisch bedeutet."

„Die Chinesen probieren es mit Zensur", gebe ich ihm einen Tipp.

„Nicht einmal denen gelingt das vollständig."

„In China würde ich über ein klitzekleines unwichtiges Militärmanöver nichts erfahren, das ist klar. Aber bei uns ..."

„In China wären Sie in einem Militärgefängnis."

„Da hab ich ja richtig Glück", spöttle ich. Was er kann, kann ich schon lang.

Er seufzt, sieht mich an und dreht wieder sein Colaglas. Getrunken hat er daraus noch nicht. „Also gut. Es gibt einen einzigen Grund, warum wir solche Übungen nicht an die große Glocke hängen: Wir wollen die Bevölkerung nicht verunsichern. Gasstationen sind neuralgische Punkte. Und kommen Sie mir jetzt nicht mit der alten Weisheit, dass uns weder die Ungarn noch die Schweizer in absehbarer Zeit okkupieren wollen. Es geht um andere Formen des Kriegs. Um Terrorismus." Mit einem Mal ist er ernst geworden.

„Es gibt Warnungen?"

„Nein. Zumindest nicht direkt. Sonst müssten wir anders agieren. Es gibt Hinweise ... nicht auf Österreich allein bezogen."

„Etwas, das darauf hindeutet, dass es Terroristen auf die Energieversorgung abgesehen haben könnten?"

„So ungefähr. Die Menschen bei uns sind daran gewöhnt, dass es warm und hell ist. Auch im Winter. Leitungen zu kappen, hieße ihr Sicherheitsgefühl massiv zu untergraben."

„Welche Terroristen?"

„Wenn wir das so genau wüssten ... In Terrorcamps wird offenbar darüber geredet, wie Racheaktionen in Europa am effizientesten ablaufen könnten."

„Die Gasstation in Treberndorf ist so wichtig?" Sah eigentlich nicht besonders bedeutsam aus.

„Es gibt dort einen unterirdischen Gasspeicher. Und sie ist ohne besondere Probleme zu erreichen. – Zum Beispiel durch den Wald, wie in Ihrem Fall."

„Wie viele Energie-Ziele für Terroristen gibt es in Österreich?"

„Je nachdem, wo man Wahrscheinlichkeitsgrenzen setzt. Fünfzig. Siebzig. Zweihundert. – Ich hoffe, ich kann Sie abhalten, darüber zu schreiben."

„Wäre das nicht eine gute Werbung fürs Bundesheer? Sozusagen der Nachweis, dass es auch etwas Sinnvolles tut? Nämlich unsere Energieversorgung zu schützen? Oder es wenigstens zu versuchen?"

Der Generalleutnant lächelt. „Ich weiß, dass Sie nicht unbedingt zu den Fans unseres Heers gehören."

„Ich glaube nicht, dass die Menschen in Panik ausbrechen, nur weil irgendwer in einem Terrorcamp dubiose Ideen hat. Bei uns gibt es eben Medienfreiheit – anders als in China."

„Sie haben recht. So wichtig ist die Sache auch nicht. Und Hubschraubereinsätze im Verborgenen – das ist unmöglich. Schreiben Sie also darüber, wenn Sie unbedingt wollen."

Ich sehe den Generalleutnant verdutzt an. „Ist das jetzt irgendeine Strategie, die ich nicht durchschaue?"

„Nein, bloß die Erkenntnis, dass das meiste relativ ist. Und dass ich davon ausgehe, wenn ich versuche, Sie davon abzuhalten, diese Story zu schreiben, dann wird sie immer größer. So können Sie mich zitieren und ich sage auch offiziell, was ich Ihnen gerade erzählt habe."

„Sie können das entscheiden?", frage ich.

„Das geht sich gerade noch aus", spöttelt der hohe Militärbeamte. „Sie schicken mir den Artikel einfach vorab und ich gebe dann mein Okay."

Irgendwie hat er mich nun doch verunsichert. Reagiere ich über, nur weil ich dem Hubschraubergeschwader zu nahe gekommen bin? Der Generalleutnant sieht auf die Uhr. „Ich muss mich noch umziehen. Vor den Offizieren kann ich nicht in Zivil auftreten. Haben Sie Interesse? Sie könnten sich den Vortrag anhören. Wir sind gar keine solche Geheimgesellschaft, wie Sie vielleicht vermuten."

Einen Moment lang überlege ich. Aber dann fällt mir das Ragout auf dem Herd ein. Und die Zucchini in der Schüssel. Und der Umstand, dass ich Oskar schon eine ganze Woche nicht mehr gesehen habe. „Können Sie mir Ihr Manuskript schicken?", frage ich.

„Ich rede weitgehend frei, aber es wird eine Zusammenfassung geben. Die kann ich Ihnen natürlich mailen."

„Darf ich mich bei Ihnen noch einmal melden? Ich hatte an sich eine andere Reportage geplant ..." – auch wenn der Artikel über den Selbstmord des Bankers nicht eben die große Story werden dürfte. Er hat sich schon vor drei Wochen umgebracht, seither wird darüber berichtet und vor allem spekuliert.

Unterberger gibt mir eine Visitenkarte, auf der sogar eine Mobiltelefonnummer steht. „Die ist nur während der Dienstzeit aktiv?", frage ich und deute darauf.

„Sie wollen mich außer Dienst erreichen? Das wäre mir ein Vergnügen", lächelt er. Was ist das jetzt? Strategisches Anbraten?

„Wird wahrscheinlich nicht notwendig sein", erwidere ich trocken.

„Schade, ich hab das Mobiltelefon immer eingeschaltet. Dass ich Ihnen die Nummer gebe ... nennen wir es ‚vertrauensbildende Maßnahme'."

Ich lache und krame in meiner Tasche. Der Generalleutnant ist gar nicht so übel. Dummerweise habe ich wieder einmal keine Visitenkarten dabei.

Ich eile zurück durch die noch sonnenwarmen Gassen und überlege: Wenn die Heizung im Winter nicht funktioniert ... wenn der Strom ausfällt ... schlimme Vorstellung. Etwas, vor dem sich viele fürchten. Nicht nur die Kriegsgeneration. Immer wieder spielt Russland damit, gerade dann, wenn es so richtig kalt ist, den Gashahn zuzudrehen. So kann man Staaten unter Druck setzen. Auch wenn in Österreich regelmäßig versichert wird, dass unsere Reserven lange vorhalten. Es ist schon halb acht. Ich sollte mich lieber mit Naheliegendem beschäftigen: Was mache ich als Vorspeise? Ich könnte die Zucchini einfach zum Ragout geben, das Gemüse, das jetzt seit mehr als einer Stunde drin ist, hat sich ohnehin verkocht. Was okay ist. Das macht das Ragout sämig und ich brauche es nicht mit Mehl oder Ähnlichem zu binden. Wie wäre es mit Endiviensalat als Vorspeise? ... Nicht gerade aufregend. Und Oskar ist einer, der Salat am liebsten hat, wenn er unter etwas anderem versteckt ist. Zum Beispiel unter Schinken. Wunderschöne Fleischparadeiser habe ich auch noch. Und Gurken. Und Zwetschken. Eva hat es wirklich wieder einmal sehr gut mit mir gemeint. Kein Problem, dass die Lebensmittelläden schon geschlossen haben. Ganz abgesehen davon, dass es im ersten Bezirk ohnehin nur wenige davon gibt. Die Miete für Geschäftslokale ist einfach zu hoch.

Ich habe eine Idee. Heißer Salat. Das ist es. Wo ich schon am Experimentieren bin.

Ich sperre die Wohnungstür auf und bin irritiert. Gismo ist nicht da. Habe ich sie versehentlich wieder auf die Dachterrasse gesperrt? Geht es ihr nicht gut? Hat sie das Schweinefleisch nicht vertragen? Eine Katze mit sechzehn ... Alle versichern, dass sie überhaupt nicht alt wirkt. Rumoren. Ich gehe langsam durchs Vorzimmer, sehe in den großen Raum. In der Küchenzeile steht Oskar. Und vor ihm Gismo. Mit hocherhobenem Schwanz. Sie wird gerade gefüttert. Es geht ihr prächtig. Da könnten Hubschraubergeschwader landen, da kann ich heimkommen und sie bleibt trotzdem aufs Wesentliche konzentriert.

Ich sage einen der klassischen Berufstätige-Ehefrauen-Sätze: „Du bist schon da?" Er klingt wie eine Entschuldigung für mein Späterkommen.

„Ich hab dich eben lang nicht gesehen", schnurrt Oskar riesenkaterlike, stellt den leeren Futterbeutel in die Abwasch und umarmt mich. Er riecht ein wenig nach Katzenfutter, aber das macht nichts, es ist schön, ihn wiederzusehen, zu spüren.

Eine Viertelstunde später sitzt Oskar am Esstisch. Das Ragout riecht gar nicht übel. „Früher waren es die Feinde im Ostblock, jetzt sind es die Terroristen. Ich weiß nicht, ob ich daran glauben soll. Ist schon ziemlich praktisch zur Existenzabsicherung unseres Bundesheers", ruft er zu mir herüber. Mist, das Olivenöl ist aus. Sicher hat Oskar es ... nur keine Anschuldigungen. Wir haben noch ein paar getrocknete Paradeiser in Öl, passt doch wunderbar. Ich leere ein wenig vom Öl in den Wok, gebe die Zucchinisegmente dazu und röste sie an. Die paar getrockneten Paradeiser könnte ich eigentlich auch gleich verwenden: in Streifen schneiden und gemeinsam mit Jungzwiebelringen mitschwenken.

„Nur weil sie dich ein Dreivierteljahr schikaniert haben ...", rufe ich zurück. In seiner Jungmännerzeit gab es noch nicht die Chance, sich einfach so für den Zivildienst zu entscheiden. Ich schneide einen Fleischparadeiser in kleine Würfel, gebe ihn dazu in den Wok. Wenn er so frisch und schön ist wie der von Eva, entferne ich weder Haut noch Kerne.

„Eher gelangweilt", kommt es zurück. „Wenn etwas gut war an meinem Militärdienst, dann die Grundausbildung. Danach war ich wenigstens fit. Auch wenn der Kommandoton ..."

„Jetzt ginge das auch ohne Befehle! Du könntest morgen früh mit mir joggen!"

„Willst du wirklich weitermachen?" Es klingt verwundert.

Klar. Wollen tu ich jedenfalls. Ich reiße Endivienblätter in zwei, drei Teile, werfe sie in den Wok und schwenke alles durch. Noch ein bisschen vom Paradeiseröl dazu. Die Blätter sind noch knackig, aber schon warm. Gelungen! Ich drehe die Platte auf Warmhalten. Joggen ist gut, schon um davonlaufen zu können. – Was wäre, wenn so eine Gasstation tatsächlich angegriffen würde? Könnte man schnell genug flüchten? Ein großer Knall ...

„Wenn so eine Gasstation in die Luft geht ...", überlege ich und starre auf meinen heißen Salat.

„Da gibt es jede Menge Sicherheitssysteme. Und eine eigens ausgebildete Feuerwehr. – Wo war die eigentlich in Treberndorf?"

„Ich habe nichts von ihr gesehen." Im Kopf notiere ich: morgen Feuerwehrkommandanten anrufen.

„Ich glaube, dein Generalleutnant freut sich, wenn du über die Übung schreibst und darüber, dass uns das Bundesheer vor Terrorangriffen schützt."

„Er ist nicht ‚mein' Generalleutnant." Ich gebe Verjus auf einen Löffel und koste vorsichtig. Fruchtig-säuerlicher Geschmack, viel feiner als Essig. Da kommt ein guter Schuss davon über den Salat, dazu noch grobes Meersalz und Pfeffer aus der Mühle.

„Du hast ihn doch nett gefunden", neckt mich Oskar.

Ich häufe den Salat auf tiefe Teller und trage sie zum Tisch. „Netter als gedacht", grinse ich. Oskar schenkt mir Weinviertel DAC von Eva ein und wir beenden unser unblutiges Gefecht, um zu essen.

„Klar ist die Energieversorgung extrem wichtig", murmelt Oskar und nimmt noch einen Schluck. „Aber ob sie mit Hubschraubern gesichert werden kann?"

„Weißt du, wie mein Eintopf heißt? ‚Weinviertel meets Karibik'. Es ist übrigens ziemlich viel geworden, ich hoffe, du hast Hunger."

„Und wie", antwortet Oskar und sieht mich an, als ob er ganz anderen Hunger hätte. Schön, dass es das immer noch gibt, dieses Prickeln ... Ich lächle ihn an, nehme die leeren Vorspeisenteller mit und gehe zum Herd.

Das Ragout hat sich durch das verkochte Gemüse leicht gebunden, das Fleisch ist weich und zart. Ich rühre um. Jetzt brauchen wir nur noch etwas Knackiges drin.

„Wir sollten unseren Energieanbieter wechseln", sagt Oskar.

Ich sehe irritiert zu ihm hinüber. „Der Herd geht doch super. So ein Ragout soll nur ganz langsam köcheln." Ich schneide eine Karotte in dünne Scheiben, den restlichen Kürbis in kleine Würfel und gebe beides in den Topf.

„Ich meine grundsätzlich. Es gibt inzwischen Ökostromanbieter. Bei den anderen weiß man nie so genau ..."

Eine Gurke. Was wäre, wenn ich eine von Evas Gartengurken mitkoche? „Aber gegen Terrorangriffe hilft das auch nichts, die Leitungen sind für alle dieselben", antworte ich.

Gurke schälen, der Länge nach halbieren, die Kerne entfernen, in große Stücke schneiden und hinein zu den anderen guten Dingen. Duft nach Ingwer, Schwein und einem Hauch Zimt.

„Die Terrorgefahr halte ich für übertrieben. Zumindest in der Form, die dir der Generalleutnant einreden will. Als ob sich die in den Terrorcamps ausgerechnet für Österreich interessieren würden."

„Das wollte er mir gar nicht einreden. Außerdem ist es um nichts besser, wenn sie Leitungen in Deutschland oder Italien angreifen."

„Das ist schon klar. Ich meine bloß, all diese Ängste machen Militär und Polizei stark, wichtig, quasi unantastbar. Und das ist nicht gut."

Ich öffne den Kühlschrank, schaue nach, ob ich noch etwas für meinen exotischen Eintopf finde. Eine ziemlich grüne Banane. „Bananen gehören nicht in den Kühlschrank", rufe ich Oskar zu.

„Wirklich nicht? Ich hatte keine Lust, sie zu essen."

Ich rette sie, schneide sie in Scheiben, und ab mit ihr in den leise blubbernden Topf. Jetzt nur noch große Scheiben vom Bauernbrot schneiden, zwei Teller eine Minute in der Mikrowelle wärmen, Ragout anrichten, fertig. Chilimühle, Salz und Pfeffer zum Nachwürzen stehen auf dem Tisch.

„Ich finde einfach, dass man gegen den ganzen Energiewahnsinn, der auch nach Fukushima weiterläuft, ein Zeichen setzen sollte", sagt Oskar und fügt rasch hinzu: „Das Ragout ist ein Gedicht." Fürchtet er etwa, dass ich ihn als Öko verspotte? Ist ja nicht zum ersten Mal, dass er sich mehr Gedanken über unsere Umwelt macht als ich. Nie würde er eine Katzendose unausgewaschen in den Restmüll tun. Während ich, wenn ich in Eile bin ... und natürlich mit schlechtem Gewissen ... und nur ein, zwei oder drei Mal ... Würde ich das jetzt sagen, klänge es allerdings ein wenig nach Fopperei.

„Hast du vielleicht gar einen Ökostromklienten in der Kanzlei?"

„Nein, aber einen Sonnenaufkleber auf dem Auto. Irgendjemand hat sie heute in der Tiefgarage verteilt."

„Die kleben so etwas einfach auf? Und du lässt es dir gefallen?" Oskar ist nicht eben ein Autonarr, aber trotzdem, ich möchte selbst entscheiden, womit ich meinen Wagen verziere.

„Viel klüger, das Pickerl war hinter der Windschutzscheibe, gemeinsam mit einem Zettel, dass es sich lohnt, auf ‚PRO!' umzusteigen, und dass sich ‚PRO!' freut, wenn ich mit dem Sonnenaufkleber auf dem Auto ein Zeichen für saubere Energie setze."

„Und denen glaubst du?" Ich nehme mir noch einen klitzekleinen Schöpfer von ‚Weinviertel meets Karibik'.

„Wenn man niemandem mehr glaubt ..."

„Sagst ausgerechnet du als Anwalt."

Oskar sieht mich zärtlich an. „Ausgerechnet. Und: Dir glaub ich."

Ich werde ein wenig rot. Wann hab ich zum letzten Mal gelogen? Na gut, so häufig lüge ich nicht. Und wenn, sind es Notlügen.

„Das ist ja auch kein Wunder", lächle ich.

„Manchmal schon", antwortet mein lieber Oskar.

Bevor wir das Thema allzu intensiv erörtern, stehe ich auf, wasche den Wok aus und nehme ihn wieder in Betrieb. Etwas Öl erhitzen, halbierte Zwetschken dazu, einen Löffel braunen Zucker darüber geben und weiterschwenken. Oskar kommt zu mir.

„Unter Dessert hab ich mir heute eigentlich was anderes vorgestellt", murmelt er an meinem Ohr.

„Die Zwetschken können warten", murmle ich zurück und drehe die Platte ab.

Und wirklich: Eine halbe Stunde später schmecken sie einzigartig gut. Ich hab sie bloß noch einmal aufgewärmt, Sweet & Hot Chilisauce dazugegeben, alles kurz durchgeschwenkt und mit Salz, Balsamico-Essig, karibischem Rum und einigen zerzupften Minzeblättern von der Terrasse gewürzt. Daran allein kann es einfach nicht gelegen haben.

In der Redaktionssitzung stellt sich heraus, dass unsere Story über den freiwillig verschiedenen Banker auf noch schwächeren Beinen steht als gedacht. Es ist nämlich ein Abschiedsbrief aufgetaucht. Und in dem erklärt er seinen Abtritt mit ausschließlich privaten Gründen: Die Trennung von seiner Frau, seine Alkoholsucht, Perspektivlosigkeit, das alles habe dazu geführt, dass er nicht mehr leben wolle. Keine Rede von einem angeschlagenen Finanzinstitut und Stress durch Stresstests und zu großzügige Kreditvergaben. Der Brief dürfte echt sein. Oder von seinen Vorstandsfreunden sehr geschickt gefälscht. Wenn, dann könnte ich das allerdings schwer beweisen. Ich habe schon auf dem Weg zum „Magazin" überlegt, wie ich die Sache mit der Bundesheerübung anpacken könnte. Und dann eine andere Idee gehabt: Was wäre mit einer Story über die Energieversorgung in Österreich? Wie sicher ist sie? Kann man Ökostrom trauen? Was bietet der neue Anbieter „PRO!" wirklich oder hat er bloß ein gutes Werbekonzept? Können wir ohne Heuchelei atomstromfrei werden? Als Teil der Geschichte könnte ich dann über die mögliche Terrorgefährdung unserer Gas- und Stromnetze schreiben. Warum ich diesen Aspekt nicht in den Mittelpunkt stellen möchte? Ich bin mir selbst nicht sicher. Entweder, weil ich Generalleutnant Unterberger glaube, dass es nicht gut ist, die Menschen zu sehr zu verunsichern. Oder weil ich ihm nicht glaube, dass da tatsächlich eine besondere Gefahr besteht. Und weil ich den Verdacht habe, dass er bloß neue Aufgaben fürs Heer bewerben möchte. Joggen war ich übrigens nicht in der Früh, irgendwie muss ich meinen Telefonwecker überhört haben. Aber einen Tag zwischendurch zu pausieren, soll ja ganz gut für die Muskeln sein.

In der Sitzung präsentiere ich den versammelten Ressortleitern meine Idee und ernte rundherum nur Lob. Das bin ich gar nicht gewohnt. Ich sehe irritiert zu meinem alten Freund Droch. Er hockt in seinem Rollstuhl und sieht neutral drein. Das ist für ihn schon fast so etwas wie der Vorschlag zum Pulitzerpreis. Selbst der stellvertretende Chefredakteur, der mich nun wirklich nicht ausstehen kann, murmelt etwas wie: „Das ist am Puls der Zeit."

Und der Chefredakteur meint: „Da haben wir ein Thema, das die Menschen betrifft, das interessiert sie. Was hältst du davon, wenn wir daraus eine Serie machen? Samt Tipps zum Energiesparen. Nicht missionarisch, sondern praktisch. Und in bewährter Weise recherchiert: Was ist Schmäh? Was ist echt? Wie werden wir Atomstrom los? Wie sichern wir Energieversorgung und Umwelt gleichermaßen? Was kostet das? Wer verdient daran?"

Ich nicke.

[2.]

Ich bin mit dem Auto nach Ravensbach unterwegs. Es liegt nur sieben Kilometer hinter der Stadtgrenze von Wien, hat mir mein Navigationsprogramm versichert. Dort ist die Zentrale von „PRO!", der Ökoenergiefirma, die Oskar so gut gefällt. Eigentlich hätte ich auch die U-Bahn nach Leopoldau nehmen können und danach ... was danach? Sieben Kilometer zu Fuß gehen? Auf einen Bus warten, wenn es überhaupt einen gibt? Außerdem habe ich Laptop und für alle Fälle auch meinen Fotoapparat mit. Umweltbewusstsein hat eben Grenzen. Und die haben bei mir mit Bequemlichkeit zu tun. Die Sprecherin von „PRO!" hat für mich Zeit. Scheint kein allzu großes Unternehmen zu sein, wenn sie sofort verfügbar ist. Ihre Sonnenaufkleber sind in Wien freilich immer häufiger zu sehen. Vielleicht erspart sich „PRO!" bloß das internationale Business-Brimborium mit Anmeldung und Suche nach freien Terminen der Führungsspitze, während Mister Manager ohnehin am Computer Tetris spielt.

Ich kurve durch Ravensbach. Es ist ein verschlafenes Straßendorf, Hausfront an Hausfront gereiht, manche wunderschön herausgeputzt mit Stuckarbeiten aus der Zeit der vorigen Jahrhundertwende, andere mit grauen Fassaden und riesigen Alurahmenfenstern, wie sie in den Siebzigerjahren Mode waren. Fenster, die nicht verrotten, die man nie mehr streichen muss, die auf ewig gleich scheußlich bleiben. Zwei Hinweistafeln: eine, dass es hier Bio-Erdäpfel zu kaufen gibt, eine andere, dass man um die Ecke einen Feng-Shui-Masseur findet. Nur wenige Wege zweigen von der Hauptstraße ab. Am Ende des traditionell gewachsenen Dorfs eine neu angelegte Siedlung, Einfamilienhaus neben Einfamilienhaus, die kleinen Grundstücke voneinander abgegrenzt durch Maschendrahtzäune und Thujenhecken. Wahrscheinlich leben hier vor allem die aufs Land gezogenen Wiener. „Bauplätze zu verkaufen!", steht auf einem großen Schild. Okay, in diesem Ort bekommt man also Bio-Erdäpfel, Feng-Shui-Massagen und Bauplätze. Aber wo ist „PRO!"?

Ich fahre langsam weiter, habe das Ortsende passiert, bin auf einer schmalen Landstraße. Felder rechts, Felder links. Mein Navi behauptet, dass ich in vierhundert Metern mein Ziel erreicht habe. Auf einem großen, abgeernteten Acker bewegen sich die Rotoren von acht Windrädern. „Steppe hinter Wien" nennt Oskar diesen Landstrich gerne, das flache Gebiet, bevor das eigentliche Weinviertel mit seinen grünen Hügeln beginnt. Platz gibt es hier jedenfalls genug. Ich mag die riesigen Windverwerter. Allein die Vorstellung, dass aus bewegter Luft Energie entsteht, gefällt mir. Außerdem weiß ich so, woher der Wind weht. Und wie stark er ist. Das Gequatsche von unberührter Natur geht mir auf die Nerven. Was ist noch unberührt? Vor ein paar tausend Jahren war da wahrscheinlich Wald. Hätte man verhindern sollen, dass Siedlungen, dass Felder entstehen? – Hat „PRO!" hier irgendwo zwischen den Windrädern ein Häuschen? Ich kneife die Augen zusammen. Vielleicht ist es bloß ein sehr kleines Gebäude, das hinter einer der mächtigen Windradsäulen verborgen ist. Wäre wahrscheinlich besser gewesen, zuerst im Internet zu recherchieren, statt mich gleich auf den Weg zu machen. Warum soll es unter den Ökofirmen nicht auch welche geben, die mehr scheinen, als sie sind? Ist ja in Zeiten des Internets einfach. Eine nette Homepage und drei Aktivisten, die in Wien jede Menge Aufkleber verteilen, und schon wirkt es, als hätte das Unternehmen Potenzial.

Am Ende der Straße dürfte ein Sägewerk oder so etwas sein. Ich sehe Gebäude, Berge von zerkleinertem Material. Dahinter beginnt der Wald. Ich werde dort fragen. Die werden „PRO!" doch wohl hoffentlich kennen.

„Sie haben Ihr Ziel erreicht", sagt mein Navi mit computergesteuerter Dienstfertigkeit. Rechts ein abgeerntetes Feld, links der Acker mit den Windrädern. Ich fahre auf das Haus vor mir zu. Zwei große Schornsteine. Schicker Bau aus Glas und Holz und schräg dahinter ein großes, elegant geschwungenes Dach auf Säulen. Darunter die Berge mit zerkleinertem Holz. Wohl Sägespäne oder so etwas. Ich atme tief ein.

„Biomasse Sonnendorf" steht auf einem Schild neben der Einfahrt. Daneben eine der Sonnen, die auch „PRO!" verteilt. Das Tor steht offen, ich stelle meinen Wagen auf dem beinahe leeren Parkplatz ab. Am Rand der Fläche zwei beachtlich große Photovoltaik-Paneele. Sie sind auf Säulen montiert und scheinen sich auf den Stand der Sonne ausrichten zu können. Auf unserer Dachterrasse habe ich inzwischen so viele kleine Solarlichter, dass Oskar schon gespöttelt hat, irgendwann einmal würde ein Flugzeug das mit einer Landebahn verwechseln.

An der Holzfront des Gebäudes ein großes Schild: „PRO!" und eine noch größere Sonne, daneben der Eingang. Wer zum Biomasseheizwerk möchte, wird um die Ecke verwiesen. Ich schaue durch die Glastür. Ein großes Empfangsdesk mit der offenbar obligaten Sonne an der Front, dahinter zwei junge Männer in Sonnen-T-Shirts. Fast schon ein bisschen viel Sonne, finde ich. Ich drücke die Klinke, die Tür ist offen.

„Mira Valensky vom ‚Magazin'", stelle ich mich vor.

Der eine junge Mann schaut konzentriert auf einen Computerbildschirm, der andere heißt mich herzlich willkommen. „Tina ist momentan in einem wichtigen Chat, aber sie ist sicher gleich frei", sagt er und lächelt mich an. Vielfältige Pearcings blitzen mir entgegen. Soll sich jeder schmücken, womit er möchte, aber allein die Vorstellung, dass ich mir die Nasenscheidewand oder eine Augenbraue durchbohren ließe, bereitet mir Schmerzen.

„In einem Chat?", frage ich möglichst ausdruckslos. Ich will nicht als vorgestrige Alte dastehen. Ein Chat ist eine Unterhaltung im Internet, das weiß ich schon – aber dass ich deswegen warten soll?

„Wir machen viel über Facebook und diverse Internetforen", klärt er mich auf. „Es geht um die Abstimmung unserer Kampagne und von Einzelaktionen."

„Ist das dann nicht für alle zu sehen?"

„Für die im Chat. Aber auch kein Problem, wenn es sonst jemand erfährt. Vielleicht gefällt es ihm ja und er beteiligt sich."

Wirkt, als stünde hinter „PRO!" eine andere Firmenphilosophie als bei herkömmlichen Energieanbietern. Ich beschließe, mich trotzdem nicht vom Sonnenschein täuschen zu lassen.

„Okay, sie ist raus", sagt mein Sonnen-Boy nach einem Blick auf den Bildschirm seines Kollegen. „Bitte!"

Tina Bogners Büro liegt ein Stockwerk höher. Es ist hell, durch die Glasfront vis-à-vis von ihrem Schreibtisch sieht man über Felder und Windräder. Der Raum selbst wirkt einigermaßen konventionell: Regale an den Wänden, eine kleine Besprechungsecke, die von IKEA stammen könnte, Computer, Fernseher, heller Schreibtisch. Die Frau, die mir entgegenkommt, ist groß, schlank und wirkt, sofort nachdem sie zu sprechen begonnen hat, attraktiv: Ihre schlanken Hände sind in Bewegung, ihre braunen Augen mustern mich, das halblange schwarze Haar fällt ihr in die Stirn und muss zurückgestrichen werden. Sie vermittelt den Eindruck, als könnte sie mit ihrer Energie ein eigenes kleines Kraftwerk antreiben. Ich werde in die Besprechungsecke geleitet. Bevor sie sich mir gegenübersetzt, hat sie eine Taste am Computer gedrückt und Wasser geordert. – „Prickelnd oder still?", hat sie gefragt und ich war einen Moment lang überfordert. „Prickelnd", habe ich dann gesagt, weil es mir passender vorgekommen ist. „Ich auch", hat sie zufrieden genickt.

Jetzt liegen die wohlbekannten Sonnenaufkleber vor mir, auf Prospektmaterial würde „PRO!" weitgehend verzichten, erfahre ich. „Erstens wegen der Papier- und damit Energieverschwendung, zweitens, weil es uns zu viel kostet, und drittens, weil sich ohnehin alle die Informationen aus dem Internet holen können – samt ständigen Updates."

Wie alt ist Tina Bogner? Sie könnte fünfunddreißig sein, aber auch einige Jahre älter. Schwarzes gut geschnittenes T-Shirt, ebensolche Jeans. „Sie tragen keines Ihrer Logo-Shirts?", fällt mir ein.

Sie sieht mich aufmerksam an. „Nein. Das machen vor allem unsere Unterstützer. Es gibt ständig neue, auch hier in der Zentrale. Viele wollen mitarbeiten, mit dabei sein. Durch die T-Shirts können wir sie von den anderen Menschen, die hier ein- und ausgehen, unterscheiden. Und sie sind natürlich eine gute Werbung für uns." Sie lächelt. „Außerdem habe ich es nicht so mit Uniformen."

Eins zu null für sie.

„Sie interessieren sich für unsere Kampagne?", fragt die „PRO!"-Sprecherin.

„Ich schreibe an einer Serie über die Zukunft der Energieversorgung in Österreich."

„Dann sind Sie hier richtig. Das ist genau unser Thema. Seit Jahren beschäftigen sich bei uns die besten Fachleute ..."

„Seit Jahren?", unterbreche ich sie.

„Einige der Firmen, die sich zu ‚PRO!' zusammengeschlossen haben, gibt es schon seit einem Jahrzehnt. Dieses Biomasseheizwerk zum Beispiel ist 2004 eröffnet worden, das erste Windrad, das zu unseren Windparks gehört, stammt aus dem Jahr 1996. Und auch ‚PRO!' selbst existiert bereits seit drei Jahren. Wir haben, sobald das möglich war, rein ökologisch erzeugten Strom angeboten. Aber jetzt legen wir erst so richtig los."

„Wie lange sind Sie schon dabei?"

Die Unternehmenssprecherin zögert. „Sechs Monate."

„Und seither ist alles anders."

„Natürlich nicht. ‚PRO!' ist sich und seinen Ideen treu geblieben, ich kommuniziere sie bloß. Das können Sie auch gerne schreiben. Wenn wir von guten Ideen nicht laut genug erzählen, dann bringen sie nichts. Und in diesem Fall geht es um weit mehr als eine gute Idee: Es geht um eine dringend notwendige nachhaltige Änderung unserer Energieversorgung."

„Fukushima …", setze ich an.

„Ja, natürlich. Aber lange nicht nur. Es geht um ein grundsätzliches Umdenken. Wir brauchen keine Großkraftwerke, weder solche mit Atomstrom noch solche mit Mega-Wasserkraft, hinter deren Staudämmen ganze Täler verschwinden. Wir brauchen keine Tausende Kilometer langen Gas- oder Stromleitungen. Wir brauchen keine Ölförderanlagen im Meer. Wir brauchen …", sie sieht mich begeistert an und macht eine kleine Kunstpause, „regionale Energieversorgung."

Ich weiß nicht, woran ich gedacht hatte, aber ich gebe zu, ich bin enttäuscht. Ich hatte mir zumindest eine weltweit neue Form der Energieproduktion erwartet, ein Geheimnis, wie man Strom per Internet verschickt oder so etwas. „Aha. Aber wir sitzen doch selbst in einem Kraftwerk", antworte ich wenig begeistert.

„Ja, es ist klein, es versorgt die Bewohner von Ravensbach. Wir schicken Warmwasser bloß mit 4,6 Bar Druck durch unsere Leitungen, sie sind nicht länger als fünf Kilometer, so gibt es auch keine großen Leitungsverluste. Sie müssen sich das Ganze wie eine überdimensionale Zentralheizung vorstellen, nur dass der Ofen eben nicht in jedem Haus, sondern bei uns hier steht. Der Windpark liefert elektrische Energie, die wir momentan bei einem Überangebot noch ins allgemeine Netz einspeisen. Bald aber wird sie in Wasserstoff umgewandelt, der seine Energie abgibt, wenn wir sie brauchen."

„Und was sollen dann die Sonnen-Pickerl, die Sie in Wien verteilen?"

„Wissen Sie, dass die Leitungsverluste bei Strom mehr als fünfzig Prozent betragen? Wir bräuchten weniger als die Hälfte der Kraftwerke, wenn der Strom dort produziert würde, wo er verwendet wird."

Weicht sie mir jetzt aus oder hat sie einen Text, den sie jedenfalls herunterspulen muss? Ich werde überprüfen, ob es stimmt, was sie erzählt. Dass jedes zweite Kraftwerk eingespart werden könnte ... „Und wie soll das in einer großen Stadt wie Wien gehen?"

Ich höre von den riesigen ungenutzten Dachflächen, die mit Photovoltaik-Elementen zu Energieerzeugern würden, von Erdwärme und Windparks am Rand der Stadt. Ich muss etwas skeptisch dreingesehen haben. Tina Bogner springt auf, deutet auf die Windräder draußen. „Es ist machbar! Unsere Gesellschaft betreibt inzwischen siebzig Windparks! Wenn wir die Menschen erreichen, werden wir sie überzeugen. Und wenn die Menschen eine sichere Energiezukunft einfordern, dann werden die Politiker dafür arbeiten! – Wir sind gerade dabei, die Stadt Wien von einem Energieaufbruch zu überzeugen."

„Sagen Sie es mir, wenn es gelungen ist", melde ich meine Skepsis an. „Die Öl-Multis und die Atomstromlieferanten sagen einfach ‚Sorry, dass wir so schmutzig waren', ziehen sich reuig zurück und streicheln Wale?"

Die Sprecherin von „PRO!" tigert in ihrem Büro herum. „Das ist das Problem. Sie haben das Problem erkannt. Das werden sie eben nicht tun. Also müssen wir die Bevölkerung auf unserer Seite haben, gegen die Volksmeinung helfen keine Milliarden, auf Dauer auch keine Bestechungen. Klar sind gewisse Politiker mit Geld zu beeinflussen, aber in erster Linie wollen sie wiedergewählt werden."

In der Nähe dieser Fleisch gewordenen Energie sitzen zu bleiben, macht mich nervös. Ich stehe auf und schaue aus dem Fenster. „Sie dürfen mich nicht falsch verstehen, ich habe nicht viel übrig für Ölkonzerne. Aber man muss realistisch sein. Nicht alle in der Bevölkerung wollen das, was Sie möchten. Es gibt viele, die mögen nicht einmal Windräder."

„Weil sie nicht aufgeklärt sind!"

„Weil sie finden, dass sie ihre Landschaft verschandeln."

Tina Bogner sieht mich empört an. „Finden Sie das wirklich? Ich meine: So super ist die Landschaft da auch wieder nicht. Jetzt bewegt sich wenigstens etwas."

„Im Nachbardorf meiner Freundin entsteht auch ein Windpark. Zwischen Hügeln und Weingärten."

„Ja. Aber auch die Leute dort wollen es warm und hell haben, sie wollen fernsehen und ihre Wäsche in der Waschmaschine waschen. Und sie wollen keinen Atomstrom dafür. Da muss es eben Kompromisse geben." Sie seufzt. „Sie haben recht, ich sollte realistisch bleiben: Wir werden nicht alle glücklich machen. Andererseits: Mit ihren Ölpumpen haben die im Weinviertel auch leben gelernt, oder?"

Das erinnert mich an etwas. „Können Sie sich erklären, warum das Bundesheer bei einer Gasstation eine Übung macht?"

Tina Bogner stoppt ihren rasanten Gang durchs Büro. „Bundesheer? War das nicht die Betriebsfeuerwehr? Die müssen immer wieder üben, das Gas in den Leitungen steht unter enormem Druck, siebzig Bar, wenn da etwas passiert, reicht es nicht, einen Schlauch halten zu können."

„Es war das Bundesheer. Mit fünf Hubschraubern. Am vergangenen Dienstag. Ich war per Zufall dort."

Die „PRO!"-Sprecherin reibt sich mit dem Zeigefinger die Stirn. Sie denkt nach. Selbst das scheint bei ihr mit körperlicher Aktivität verbunden. „Gasknotenpunkte sind ganz sicher militärische Angriffsziele. Das ist mit ein Grund, warum wir gegen die langen Leitungsnetze sind. Sie verschleudern nicht nur Energie, sie machen angreifbar. Scheint so, als hätte das Bundesheer wenigstens das begriffen ... Allerdings ist es absurd zu glauben, dass sie alle Überlandpipelines sichern könnten! Abgesehen davon, dass wir momentan nicht gerade von Feinden umzingelt sind."

„Und was ist mit Terroristen?"

„Das ist natürlich möglich. Terroristen. Sie würden sich zuallererst auf die Energieversorgung konzentrieren. So treffen sie besonders viele Menschen direkt. So kann man Wirtschaftskrisen auslösen. Und politische Krisen. – Wissen Sie, dass es zwei, drei Atomkraftwerke rund um Österreich gibt, bei denen schon eine Granate ausreicht, um ihr Kühlsystem zu beschädigen? – Sie werden über das Manöver berichten? Es ist gut, wenn alle erfahren, wie angreifbar unsere herkömmliche Energieversorgung ist und dass sich sogar das Bundesheer Sorgen macht."

Und schon bin ich ein Teil ihrer glücklichen Sonnenfamilie.

Tina Bogner überlegt: „Haben Sie Fotos von der Übung? Wäre es möglich, Ihnen welche abzukaufen? Bilder sagen einfach mehr ... Wir können Ihren Namen nennen oder auch nicht, ganz wie Sie wollen. Und wir warten natürlich, bis Sie die Bilder im ‚Magazin' abgedruckt haben. Es wird ja mehrere geben ..."

„Es gibt keine Fotos davon."

„Sie haben doch gesagt, Sie waren dort."

„Ich bin dort gejoggt."

„Und Sie hatten nicht einmal ein Smartphone dabei?" Sie glaubt mir kein Wort.

Inzwischen stehe ich dicht bei der Glasscheibe mit der Aussicht auf die Landschaft, die Tina Bogner nicht so berauschend findet. Ich übrigens auch nicht, aber das spielt jetzt keine Rolle. Die „PRO!"-Sprecherin ist mir beim Reden immer näher gekommen. Ich hasse so etwas. Ich bin, solange es ging, zurückgewichen. Üblicherweise kenne ich diese Art der Instinktlosigkeit nur von Männern. „Werden Sie mich durch die Scheibe pressen, wenn ich keine Fotos herausrücke?" Ich sage es möglichst spöttisch.

Sie macht einen Sprung zurück. „Oh, Entschuldigung. Manchmal geht mein Temperament mit mir durch. Natürlich will ich Sie nicht unter Druck setzen. Aber solche Fotos wären für uns gut, kleine anschauliche Informationsteilchen."

Ich seufze. „Ich habe wirklich keine Bilder. Natürlich hatte ich ein Telefon mit, aber ich habe nicht daran gedacht zu fotografieren." Soll sie erst einmal von fünf Hubschraubern umkreist werden. Aber wahrscheinlich hätte sie die nicht bloß fotografiert, sondern einen mit einem Lasso geentert und den Piloten gezwungen, ihr zu sagen, was sie da tun. Irgendwie wäre diese Frau die perfekte Vorlage für ein Öko-Helden-Comic. „Tina und die Militärhubschrauber!" „Tina und die bösen Ölbarone!" „Tina rettet die Welt!" Vielleicht sollte ich bei ihr anheuern und die Kampagne mit solchen Storys aufpeppen. Zeichnen kann ich allerdings nicht.

„Haben Sie übrigens schon eine Einladung zu unserem Dorffest?", will Energie-Tina wissen.

Ein ganz schöner Gedankensprung. Ich versuche mitzuhüpfen. „Ich glaube kaum. Ich gebe zu, ich habe Ravensbach bisher nicht gekannt."

„Bald werden es alle kennen! Es wird nächsten Sonntag umbenannt. In Sonnendorf."

„Symbolisch, meinen Sie."

„Nein. Mit allen dafür notwendigen Beschlüssen. Das Dorf ist unsere Vorzeigegemeinde. Da wird deutlich, was wir meinen."

„Es sieht eigentlich nicht nach etwas Besonderem aus", wende ich vorsichtig ein.

„Genau das ist es! Wir wollen eine vernünftige Energiezukunft für alle und nicht bloß für irgendwelche Eliten, die sich ohnehin alles leisten können! Hier gibt es nicht nur unser Biomasseheizwerk, das mit Hackschnitzeln aus dem anliegenden Wald befeuert wird, es gibt den Windpark, wir haben vielen Leuten bei den komplizierten Anträgen für Solarförderungen geholfen, ein Kraftwerk, das über Wasserstoff die von Wind und Sonne erzeugte Energie speichert, ist in Arbeit. Und: Die beste Firma, die Windräder wartet, hat sich in Sonnendorf angesiedelt, eine Energieberatungsagentur, die Privatpersonen und Unternehmen via Internet mit den neuesten Informationen versorgt, hat auch hier ihren Sitz, es ist eine Imagesache, hier zu sein, weitere Firmen für saubere Energie werden folgen. Das schafft Arbeitsplätze, sichere grüne Arbeitsplätze! – Sagt Ihnen ‚Silicon Valley' etwas? Wir werden ‚Green Valley'!"

Passt gut in meine Serie. Vor allem, wenn ich mich auf den realistischen Teil konzentriere. Aber das sage ich ihr lieber nicht. Sonst sitze ich übermorgen noch hier. Dieses Kraftwerk in Frauengestalt schläft sicher nie. Und es hat Argumente bis unendlich. „Warum haben Sie bei ‚PRO!' angeheuert? Sie könnten auch andere Kampagnen planen, mit Ihrem Einsatz."

Erstaunlicherweise hat meine Frage Tina Bogner zum Schweigen gebracht. Sie sieht mich nachdenklich an, nur ihre rechte Hand zieht auf der Schreibtischplatte Kringel. „Sie haben recherchiert, was ich in meinem früheren Job gemacht habe?"

Ich sehe drein, als wäre das so.

„Ich war eine klassische Werberin, ich gebe es zu. Ich war in den USA. Ich hab in Deutschland große Kampagnen geleitet. Erfolgreich. Irgendwann einmal hatte ich es satt, von Managern und dummen Unternehmensbesitzern abhängig zu sein. Du entwickelst ein super Konzept und bei der Präsentation der Kampagne sagt die Ehefrau des Auftraggebers: ‚Ich finde pink gar nicht schön.' Du antwortest: ‚Es geht nicht um die Farbe, es geht um die Sängerin Pink. Ich habe sie überzeugen können mitzutun. Sie ist perfekt für die Zielgruppe unseres Produkts.' Sie darauf: ‚Die heißt wie eine Farbe? Was kann die können? Ich finde pink gar nicht schön.'" Tina Bogner grinst. „Nur so als reales Beispiel. Außerdem hab ich mich immer schon für die Umwelt interessiert. Ich meine: Was muss noch alles passieren? Monatelang ist an der amerikanischen Küste Öl ins Meer geflossen und schon jetzt spricht keiner mehr darüber. – Die Ölgesellschaft will übrigens weniger Schadenersatz zahlen als vereinbart, weil sich die Umwelt angeblich schon regeneriert hat. – Also bin ich zu Greenpeace und hab in London ihre

Öffentlichkeitsarbeit geleitet. Per Zufall bin ich dort auf ‚PRO!' gestoßen. Es ist meine Chance zu zeigen, was ich kann."

„Ich nehme an, eine Top-Werberin wie Sie, die kostet auch einiges. Woher hat ‚PRO!' das Geld?"

„Ich bin am Unternehmen beteiligt. Ich glaube daran. Ich beziehe nur ein kleines Gehalt."

„Und wem gehört ‚PRO!' sonst eigentlich?"

„Sie haben sich nicht informiert?"

„Ich informiere mich jetzt. Und: Ich bin es gewohnt, die Informationen, die ich bekomme, zu überprüfen."

„Unser Unternehmen besteht aus siebenundzwanzig Firmen. Windparkbetreiber, andere Energieanbieter, sogar ein forstwirtschaftlicher Betrieb ist dabei. Das klingt dubios, ist aber wichtig, damit jeder Teil für sich unabhängig dastehen kann. ‚PRO!' ist quasi das Dach. Wir organisieren die Expansion von Know-how und die Werbung. Und wir treten am Markt als Ökostromlieferant auf."

„Und Sie wissen, wer in allen Sub-Firmen das Sagen hat?"

„Ich denke doch. Jede der Firmen ist übrigens einer der Genossenschafter von ‚PRO!'. Unser Geschäftsführer Karl Novak ist leider nicht da, sonst hätte ich ihn Ihnen vorgestellt. Und ich bin eben die Sprecherin."

„Und die Werbechefin."

„Korrekt."

Ich weiß noch immer nicht genau, was ich von Tina Bogner halten soll, als ich ihr Büro verlasse. Vielleicht, weil alles ein wenig zu schön, zu sehr nach Werbekonzept klingt. Die beiden Sonnen-Boys vom Empfangsdesk winken mir zu, ich gehe nach draußen, sehe interessiert zu den überdachten Halden für Hackschnitzel hinüber. Wenn alles so einfach ist … Aus den Bäumen im angrenzenden Wald macht man kleine Späne, die verheizt man, natürlich möglichst umweltschonend, die Wärme gelangt nach Ravensbach, das schon bald Sonnendorf heißen wird, die Bäume wachsen nach …

Ein kurzer Besuch auf dem Gemeindeamt bestätigt: Ab nächster Woche wird der Ort tatsächlich anders heißen. Mehr als achtzig Prozent der Bevölkerung wären bei einer Abstimmung dafür gewesen. Alle, die ans Biomasseheizwerk angeschlossen seien, zahlen weniger Heizkosten als früher. Und der Windpark sei auch eine feine Sache, meint die Gemeindesekretärin. Ursprünglich hätte auf dem Gelände eine Schweinezucht entstehen sollen. So etwas stinke. Aber da die Schweinepreise ohnehin im Keller seien, habe der Eigentümer wenig dagegen gehabt, das Grundstück „PRO! Windkraft" zu überlassen. So seien die einzigen Feinde im Ort nur ein paar Windrad-Gegner.

Oskars vor einiger Zeit überraschend aufgetauchte Tochter studiert Umweltmanagement. Vielleicht kann sie einschätzen, was von „PRO!" zu halten ist. Ich hab sie ohnehin schon länger nicht mehr gesehen. Hat vielleicht damit zu tun, dass wir bis heute nicht wirklich gute Freundinnen geworden sind. Was eigentlich seltsam ist. Vielleicht bin ich einfach zu alt, um ihr nahe zu sein. Glaube ich aber doch nicht. Und ich fühle mich jedenfalls zu jung, um ihre Stiefmutter zu spielen. Wird allerdings nicht wirklich von mir verlangt. Ich mag Carmen. Ich habe auch nichts dagegen, dass sie in meiner alten Wohnung wohnt, solange sie in Wien ist. Ich verstehe, dass sie nach ihren beiden in Zürich abgeschlossenen Studien hier einen Postgraduate-Lehrgang belegt hat. Sie arbeitet nebenbei als Kellnerin. Den Rest des nötigen Gelds liefert Oskar zu. Er hat sich immerhin in ihren ersten sechsundzwanzig Jahren nicht um sie gekümmert. – Hätte er auch nicht gekonnt, da wusste er ja nichts von ihrer Existenz. Vielleicht ist die neue Reportage-Serie eine Möglichkeit zur Annäherung zwischen Oskars Tochter und mir.

Ich telefoniere mit Oskar und der ist erwartungsgemäß begeistert von der Idee, am Abend zu dritt essen zu gehen. Es dauert allerdings nicht lange und wir wissen, dass es heute bei Carmen gar nicht passt. Ob da wohl ein Freund im Spiel sei, überlegt Oskar. Und wenn, warum er nichts von ihm wisse. Ich verspotte ihn als eifersüchtigen Vater, sie werde eben servieren müssen.

„Das macht sie schon seit zwei Monaten nicht mehr", erwidert Oskar.

„Warum hast du mir nie davon erzählt?"

„Ich hatte nicht den Eindruck, es interessiert dich", murmelt er.

„Natürlich interessiert mich das!" Ich rufe es etwas zu laut und versuche meine Stimme wieder auf ein Normalmaß zu pegeln. „Was macht sie jetzt?"

„Sie macht ein Praktikum bei ‚Pure Energy'. In der Umweltabteilung. Sie braucht das für ihr Studium."

„Und das sagst du mir erst jetzt? Die scheinen gewaltig auszubauen. Aber dass ‚Pure Energy' etwas mit Umweltmanagement am Hut hat, ist mir neu. Jedenfalls kann ich Carmen so noch besser für meine neue Serie brauchen!"

„Welche neue Serie?"

Oskar weiß ja noch gar nichts davon. Wurde erst heute Vormittag entschieden. Aber trotzdem. Wir sollten wieder mehr miteinander reden. Ein kurzer Urlaub im Veneto ... bei Gianni im Garten sitzen ... einen Grande Sprizz vor uns ...

„Welche neue Serie?", wiederholt Oskar.

„Über die Zukunft der Energieversorgung. Du hast mich auf die Idee gebracht. Mit dem Umstieg auf einen Ökostromanbieter. – Was ist? Gehen wir heute Abend zu zweit essen? Ich lade dich ein. Als Dankeschön."

„Klingt großartig." Danach ein zu langes Schweigen.

Ist er es etwa, der am Abend keine Zeit hat? Warum? Irgendetwas ist da los. „Aber ...?"

„Es lässt mir eben keine Ruhe, warum Carmen abgesagt hat."

Ich lache erleichtert. „Das finden wir schon noch raus. Ich muss ohnehin mit ihr über meine Story reden."

Oskar klingt nicht wirklich beruhigt, als er auflegt. Was weiß er, das er mir nicht sagen will?

Soll ich noch einmal in die Redaktion? Um diese Uhrzeit ist viel Verkehr. Vor halb sechs bin ich wohl kaum dort. Außerdem ist es besser, mein Auto in der Tiefgarage unter unserer Wohnung abzustellen. Im Haus der „Magazin"-Redaktion habe ich keinen fixen Parkplatz. Öffentlicher Verkehr hat seine Vorteile. Man braucht sich nicht darum zu kümmern, wo man sein Auto loswird. Ob sich Tina Bogners Kampagne auch damit beschäftigt? Ich sollte mich daheim vor den Laptop setzen und recherchieren. Zumindest bei „PRO!" scheint ja alles via Internet kommuniziert zu werden. – Wirklich alles, oder nur, was man möchte? Irgendwie hab ich momentan keine große Lust, mehr darüber herauszufinden. Carmen ist in der Umweltabteilung von „Pure Energy". Soviel ich weiß, ist das ein internationaler Energiekonzern, jedenfalls macht er sich seit einiger Zeit auch bei uns breit. Weniger Ökos als Managertypen mit Designeranzügen und Maßschuhen. Eine Umweltabteilung leisten sich freilich heutzutage alle. Gehört zum Image. – Was sie dort bloß macht? Das Herbsthoch hält weiter an, höre ich im Radio, es soll auch morgen fünfundzwanzig Grad kriegen. Ist das jetzt die Klimaerwärmung oder einfach nur Glück? Momentan zeigt das Thermometer in meinem Wagen zweiundzwanzig Grad. Eine perfekte Temperatur, um joggen zu gehen. Ob mir das allerdings am Abend guttut ... warum nicht? Dank meines ausführlichen Gesprächs mit Energie-Tina hab ich seit dem belegten Brötchen in der Redaktionssitzung nichts mehr gegessen. Machen wir es so, verhandle ich mit mir: Ich stelle das Auto in die Tiefgarage unter unserer Wohnung und entscheide später.

Mein Telefon läutet. Ich sehe in den Rückspiegel. Keine Polizei weit und breit. Ich habe eine neue Freisprecheinrichtung, eine, die sogar wirklich gut funktioniert. Wenn man mit Oskars Handy telefoniert. Bei meinem weigert sie sich, die Bluetooth-Verbindung zu akzeptieren. Ich sehe aufs Display. Vesna. Ich nehme das Gespräch an.

„Du bist zurück aus Weinviertel?"

Ich überlege für einen Moment, ob Ravensbach alias Sonnendorf schon im Weinviertel liegt, die Landschaft hat nichts damit zu tun. Aber Unsinn, Vesna denkt an Treberndorf und Eva – und sie weiß noch nichts vom Hubschrauberangriff auf meine Nerven. „Seit gestern. Was hältst du eigentlich von Ökoenergie?"

„Fragt sich, ob es ist Schmäh oder nicht."

Wenn man da nur immer so genau unterscheiden könnte.

„Was ist los? Warum sprichst du nicht?" Vesna war schon immer eine ungeduldige Telefoniererin.

„Ich hab eine neue Reportage-Serie. Österreichs Energiezukunft."

„Und deswegen du sparst Energie und bist verstummt."

„Und deswegen denke ich nach. Mir sind im Weinviertel fünf Hubschrauber um die Nase geflogen. Und die Sprecherin von ‚PRO!' hat es geschafft, dass sich ein ganzes Dorf umtaufen lässt."

„Joggen du warst also nicht."

„Und ob ich joggen war im Weinviertel. Sonst hätte ich die Bundesheerübung wohl gar nicht bemerkt." Hat eben alles sein Gutes. Wie heißt das in der Wirtschaftssprache? Umwegrentabilität.

„Gut. Dann wir gehen jetzt gemeinsam laufen, okay?"

„Ich weiß nicht ..." Vesna ist um ein Vielfaches fitter als ich. – Eigentlich egal, ihr brauche ich nichts vorzumachen. Und besser neben ihr als allein durch den Prater zu keuchen. Wenn ich mit Vesna unterwegs bin, könnte es außerdem so wirken, als hätte ich meinen eigenen Personal Trainer mit. – Und das will ich?

„Ich weiß schon. Sonst du hörst gleich wieder auf. Oder warst du heute früh laufen?"

„Ich wollte. Ehrlich. Mein Wecker hat irgendwie nicht laut genug geklingelt."

Wir verabreden uns in einer Stunde am Anfang der Praterhauptallee. Zum Schluss unseres Gesprächs hat mich Vesna noch so richtig aufgeheitert: „Wenn du siehst, was da alles lauft herum im Prater, du weißt, du fallst gar nicht auf."

[3.]

Schon eigenartig, wie viele Expolitiker im Umfeld von Energieunternehmen zu finden sind. Ein ehemaliger deutscher Bundeskanzler liebäugelt mit dem russischen Gasriesen, ein früherer deutscher Vizekanzler unterstützt den Bau einer Pipeline, die Russland umgeht. Ein französischer Exminister kümmert sich darum, dass Atomstrom in seinem Land weiterhin als sauber und billig gilt. Und kaum ein Ex auch in Österreich, der nicht in irgendwelchen einschlägigen Aufsichtsräten sitzt. Da ist Geld. Da ist Macht. Das hat wohl auch Heinrich Gruber angelockt. Kurzfristig Vizekanzler. Jetzt ist er „Chefberater" bei „Pure Energy", diesem internationalen Konsortium, das offenbar vor allem in der Vermittlung von Öl- und Gaslieferungen arbeitet, das aber auch an transnationalen Netzen, an Ölgesellschaften und an Firmen, die auf erneuerbare Energie setzen, beteiligt ist. Hat mir Carmen gestern am späten Abend am Telefon erzählt. Sie stellen sich als die neuen großen europäischen Energiefachleute dar. Zumindest wenn man ihrer Homepage trauen will.

Ansonsten hat Carmen bloß gemeint, dass „Pure Energy" eher unübersichtlich sei, kein Betrieb, in dem sie alt werden möchte, aber ein guter Platz für ein Praktikum.

Und auf meinen dezenten Hinweis, dass Oskar sich offenbar Sorgen um sie mache, hat sie lachend gemeint: Er sei einfach „süß", aber manchmal ein wenig übereifrig und könne nicht immer begreifen, dass sie mit Ende zwanzig ihr eigenes Leben habe.

So besitzergreifend habe ich Oskar eigentlich gar nie erlebt. – Oder doch? Wie war es, als ich mehr über zwei dubiose Männer aus El Salvador wissen wollte? Er hatte einfach Angst um mich. – „Und was, wenn er Angst um dich hat?", habe ich Carmen gefragt.

„Die braucht er nicht zu haben. Ich kann ganz gut selbst auf mich aufpassen."
Wer sagt das in ähnlichen Fällen immer? Hm. Ich. Kann sein, dass Carmen und ich doch einiges gemeinsam haben. Verwandt sind wir jedenfalls nicht. Und woran liegt es, dass ich Oskars Tochter trotzdem nicht ganz glaube? Kann sie wirklich selbst auf sich aufpassen?
„Rede mit Gruber", hat sie das Gespräch in andere Bahnen gelenkt. „Ich hab ihn kürzlich bei einem Abendessen getroffen, er ist ein ziemlicher Wichtigtuer, aber er kennt viele Leute."
„Bei einem Abendessen? Ist wohl ein ziemlich gutes Praktikum, wenn man bei einem Abendessen mit dem Chefberater des Unternehmens dabei ist."
„Hat sich so ergeben", hat ihre kurze Antwort gelautet.
Wenn sie nicht mehr erzählen will, muss sie nicht.

Leider ist es deutlich schwieriger, zu Gruber vorzudringen als zur Sprecherin von „PRO!". Eine Sekretärin verbindet mich zu einer Assistentin und die mich wieder zu einem Mitarbeiter der Öffentlichkeitsabteilung und der lässt ausrichten, dass ich doch eine E-Mail mit meinem genauen Anliegen schicken solle. Wenn es um allgemeine Informationen über „Pure Energy" gehe, werde er mir gerne weiterhelfen. Außerdem könne er mir natürlich die Informationsbroschüre und die Pressekonferenzunterlagen der letzten Monate zuschicken. Sieh an, dort setzt man offenbar noch auf Gedrucktes.

Mir tun nicht nur meine Ober- und meine Unterschenkel weh, ich habe auch in den Armen einen Muskelkater. Vesna hat mich gestern durch den Prater gehetzt, bis ich nicht mehr konnte. Dabei ist sie immer wieder ein Stück vorgelaufen, dann wieder zurück zu mir, um mich herum, hat mich angetrieben. „Bist etwas langsam für mich – noch", hat sie ohne das geringste Keuchen angemerkt. Schon ein eigenartiges Gefühl, von ihr wie von einem aufmerksamen Hirtenhund umkreist zu werden. Als Schaf wäre ich genervt.

Über Facebook wurde ich heute früh gefragt, ob ich mit „PRO!" befreundet sein möchte. Ich weiß nicht. Spräche wohl nicht eben für meine Objektivität den Ökoenergieleuten gegenüber. Andererseits: Facebook-Freundschaften gehören inzwischen zu den Recherchemethoden. Auch wenn ich diesem Network sonst nicht viel abgewinnen kann. Da werden einige saureich, weil sie die Daten von Millionen Usern verknüpfen und verkaufen. Und: Warum soll ich wissen wollen, wann irgendjemand, den ich kaum kenne, gestern eine Sternschnuppe gesehen hat? Und interessiert es mich wirklich, was Susi D., die wohl versehentlich auf meiner Liste gelandet ist, im „Göttinnen-Freiraum für Seele und Geist" tut? Aber andererseits war ich eben auch zu neugierig, um gar nicht bei Facebook dabei zu sein. Ich bestätige die Freundschaftsanfrage von „PRO!" und suche zum Ausgleich den Facebook-Eintrag von „Pure Energy". Da gibt es allerdings bloß eine Fan-Seite. Und „Fan" dieses Konsortiums zu werden, erscheint mir doch etwas zu viel.

Droch. Der müsste Ex-Vizekanzler Gruber eigentlich gut kennen. Droch ist seit ewigen Zeiten Politik-Chef beim „Magazin". Einer der wenigen wirklich angesehenen Journalisten bei uns. Vor seinen treffenden Kommentaren erzittern Österreichs Politiker. Okay, die scheinen inzwischen vor bald etwas zu zittern, das in einer Zeitung steht und kein Inserat ist. Mir ist Gruber nur selten begegnet. In seiner Zeit als aktiver Politiker habe ich mich noch um die Society-Themen gekümmert. Ich kann mich erinnern, dass er auf irgendeiner Charity-Gala Rotwein über seinen scheußlichen weißen Smoking bekommen und sich schrecklich darüber aufgeregt hat. Wahrscheinlich nicht die beste Eintrittskarte, daran anzuknüpfen.

„Gruber?", fragt Droch. „Er ist nicht dumm. Aber er hat sich immer missverstanden und unter seinem Wert geschlagen gefühlt. Er wollte Kanzler sein."

Eine aktuelle Telefonnummer oder sonst einen brauchbaren Zugang zum jetzigen Chefberater von „Pure Energy" hat er leider aber nicht. Ich erzähle Droch noch von der Bundesheerübung bei der Gasstation. Üblicherweise krachen wir aneinander, weil er es liebt, Institutionen und konservative Werte zu verteidigen. Natürlich auch, um mich auf die Palme zu bringen und dann als naiv verspotten zu können. Tut unserer Freundschaft keinen Abbruch. Generalleutnant Unterberger hält er für einen der wenigen guten Offiziere, die unser Heer hat. Dass man Übungen wie die in Treberndorf lieber so unbemerkt wie möglich durchführe, sei klar. Und wenn ich nun doch darüber schreiben dürfe, dann nur, weil Unterberger die ganze Sache eben nicht besonders wichtig finde.

„Terrorgefahr ist nicht wichtig?", frage ich.

„Du bist es doch, die solche Bedrohungen dauernd kleinredet", kontert er.

„Wenn du die Hubschrauber gesehen hättest: fast zum Angreifen nah, das unbeschreibliche Knattern, wie in Vietnam ..."

„Jetzt bleib einmal auf dem Boden. Das war eine winzige Übung. Ich hab Hubschrauber erlebt, damals in Vietnam."

Dass ich daran nicht gedacht habe. Droch war in jungen Jahren Kriegsberichterstatter. Der Vietnamkrieg ist schuld daran, dass er im Rollstuhl sitzt. Und ich rede da blöde über ein paar harmlose Bundesheerbrummer.

Droch grinst. „Schau nicht so. Du warst es nicht, die mir damals das Rückgrat gebrochen hat. Und Hubschrauber war es auch keiner. Es war das fehlende Wasser im Hotelpool, in den ich Idiot gesprungen bin. – Schon vergessen?"

„Dir kann niemand das Rückgrat brechen", lächle ich. „Im übertragenen Sinn zumindest. Fragt sich, wie viel Rückgrat Gruber und die Typen haben, die aus der Politik zu den großen Energieunternehmen gewechselt sind."

„Von irgendetwas muss der Mensch schließlich leben", gibt Droch zurück und wir starten ein weiteres unserer harmlosen Scharmützel.

Ich habe keine andere Idee, als noch einmal Carmen anzurufen. Wenn sie glaubt, dass ich in Oskars Auftrag hinter ihr her spioniere, dann ist das eben Pech.

„Du willst ein Interview mit Gruber?", fragt sie. „Kann ich versuchen. Wann hast du Zeit?"

Sieh an, Oskars Töchterchen scheint beste Beziehungen zu haben. Und das als Praktikantin. „Wie viele Leute arbeiten eigentlich bei ‚Pure Energy'?", will ich wissen.

„Ich hab keine Ahnung, wie viele es europaweit sind. Die haben in den meisten Ländern Büros. In der Türkei machen sie gerade ein ganz großes auf. Da fahre ich demnächst hin. In Österreich sind es wohl so zweihundert."

„Und alle können mit Gruber Termine vermitteln?"

„Glaube ich weniger." Carmens Stimme klingt kühl. „Soll ich es nun versuchen oder nicht?"

„Ja klar, bitte versuch es!"

Am Nachmittag weiß ich, dass Carmen tatsächlich einiges bewegen kann. Zumindest den Ex-Vizekanzler. Er freut sich, mich morgen im „Fabios" zu treffen. Beim Wiener Nobelitaliener. Kein Ort, um unbemerkt miteinander zu reden. Er scheint nichts gegen ein wenig Öffentlichkeit zu haben.

Und dann sitzen wir tatsächlich in der Auslage des Lokals, dort, wo uns alle sehen können. Gruber legt offenbar Wert darauf, erkannt zu werden. Der diensthabende Oberkellner weiß das. Mit ausgesuchter Höflichkeit hat er uns zum Tisch geleitet. Man könnte glauben, ich sei mit dem englischen Kronprinzen da. – Wobei der ja gewissermaßen das Schicksal von Ex-Vizekanzler Gruber teilen könnte: niemals Nummer eins zu werden. Die Speisekarte bietet wie immer alles für jene, die als Gourmets gelten wollen. Und auch ein paar Dinge, die ich interessant finde. Frittierter Sepia und Peperoncino mit Reispapier auf pikanter Tomaten-Chili-Creme. Das könnte ich nehmen. Gruber macht eine ausladende Geste und hätte beinahe die Weingläser vom Tisch gestoßen. „Sie sind natürlich mein Gast!" Fällt das jetzt unter Bestechung? Diesmal hab ich ein wenig nachgeforscht, bevor ich mich mit meinem Informanten getroffen habe. Politiker anderer Parteien werfen Gruber nicht nur vor, seine früheren Regierungskontakte jetzt für kommerzielle Geschäfte zu nutzen, sondern auch, dass er für Entgegenkommen bar bezahlen soll. So einfach ist das bei mir allerdings nicht. Einladen darf er mich trotzdem, beschließe ich. Ich muss ja nicht schreiben, was er möchte.

Ich brüskiere die schicke Gesellschaft der Prosecco- und Aperitiftrinker, indem ich um einen Sommergespritzten bitte. Ich will einen klaren Kopf bewahren. Gruber blinzelt auf die Karte. Ich habe den Verdacht, dass er die kleine Schrift nicht lesen kann, aber zu eitel ist, um eine Brille aufzusetzen. Da kann ich ihm auch nicht helfen. Er ist gegen sechzig. Was glaubt er? Dass ich hier mit ihm sitze, weil ich ihn für einen knackigen Jüngling halte? Er wäre ohnehin nicht mein Typ. Nicht dick, aber irgendwie teigig, wie aus der Form gegangen. Schüttere graubraune Haare und ein Blazer, der an ihm protzig wirkt. Zu große goldene Knöpfe. Der Einzige, der so ein Stück tragen könnte, ist Vesnas Valentin. An ihm sähe sogar das sportlich-lässig aus. Er würde es allerdings auch niemals zu grauen Hosen, sondern nur zu Jeans anziehen. An Gruber scheint der Blazer zu kleben. Oskar vermeidet Vergleiche wie diesen, indem er bei Gerichtsverhandlungen und Geschäftsterminen einen seiner drei eher unauffälligen Anzüge trägt und ansonsten klassisch geschnittene Sakkos verweigert. Poloshirts, Jeanshemden und Leinenjacken tun es auch. Gruber umgeht seine Leseschwierigkeiten, winkt den Oberkellner heran und lässt sich ein Menü empfehlen. Ich bin keine, die viel zu Mittag isst – und schon gar nicht bei Terminen, die ich eindeutig unter „geschäftlich" reihe. Ich bestelle den Sepia und ernte zwei vorwurfsvolle Blicke. Das sei aber bloß eine Vorspeise, werde ich vom Kellner informiert. Um eine Speisekarte verstehen zu können, reicht meine Intelligenz gerade noch. Wie es denn als Hauptgang mit dem kurz gebratenen Rindercarpaccio auf Pfeffercreme wäre? Ganz leicht sei das.

„Ist ‚Carpaccio' nicht eigentlich rohes hauchdünn geschnittenes Rindfleisch? Hier ist es gebraten? Interessant", sage ich mit der Miene einer amüsierten Restaurantkritikerin.

„Es ist ohnehin nur kurz gebraten", murmelt der Oberkellner und wirft dem ehemaligen Vizekanzler einen hilfesuchenden Blick zu.

„Ich hätte es gerne roh", lächle ich. Wenn sie da Zirkus machen, kann ich das auch.

„Carmen ist übrigens eine reizende junge Frau", wechselt der Chefberater von „Pure Energy" das Thema. „Sie sind irgendwie verwandt, hat sie durchklingen lassen."

Ich nicke. Mir erscheinen unsere Verwandtschaftsverhältnisse zu persönlich, um sie ihm genauer zu erklären. „Es muss ein interessantes Praktikum sein, wenn sie gleich Kontakt zum Management hat", schmiere ich ihm Honig um das Maul. Ich möchte wissen, was Carmen in der Firma wirklich tut.

Er schmunzelt. Für Schmeicheleien ist er anfällig, registriere ich. – Wer allerdings nicht? „Wir sind uns mehr auf ... gesellschaftlicher Ebene begegnet", fügt er hinzu.

Dass ich daran nicht gedacht habe. „Sie arbeitet als eine Art von Hostess, nicht wahr?"

Gruber sieht mich empört an. „Was halten Sie von ihr ..."

„Ich hab nicht so eine Hostess gemeint", präzisiere ich. „Ich dachte an junge Damen, die die Geschäftsführung begleiten ..." Es wird nicht besser. „... mit Akten und Informationen und so. Und in ständigem Kontakt mit dem Internet natürlich."

„Sie ist in unserem Umweltdepartment beschäftigt, übersetzt Unterlagen ins Italienische – das hat sie ja immerhin studiert – und arbeitet außerdem bei Konzepten zur innerbetrieblichen europäischen Informationsvernetzung mit. Eine sehr enge Beziehung scheinen Sie zu ihr nicht zu haben."

Ich habe mich wieder gefangen und lächle. „Sie hat eben momentan sehr viel zu tun. – Und ihr Freund ...", lasse ich einen Testballon steigen. Gruber lächelt. „Dann wissen Sie ja doch Bescheid, woher wir uns kennen. Natürlich ist er um einiges älter als sie, aber er ist ein wirklich interessanter Mann. Wobei, im Vertrauen gesagt, man weiß natürlich nie, wer bei solchen Beziehungen profitiert: er, weil er eine junge attraktive Begleiterin hat, oder sie, weil er ihr viele Türen öffnen kann. – Mögen sie beide etwas davon haben!" Er hebt sein Glas und lacht eine Spur dreckig.

Wer ist Carmens Freund? Oskar wird gar keine Freude haben, wenn ich ihm davon erzähle. Offenbar jemand aus dem Management von „Pure Energy". – Was hat sie zu mir am Telefon gesagt? Dass sie in dieser Firma sicher nicht alt werden würde. Aber dass es ein nettes Praktikum sei. Warum ein Techtelmechtel mit einem der Bosse?

Gruber trinkt schon das dritte Glas Pinot Grigio. Ich packe mein Aufnahmegerät aus. Besser, wir kommen zu unserem Interview. Aber an der Sache mit Carmens Freund werde ich dranbleiben. Der „Pure Energy"-Berater überreicht mir gut ein halbes Kilo Prospektmaterial. Die Vorspeise war hervorragend, Gruber hat jetzt als Zwischengang Risotto mit Amarone vor sich stehen. Ich würde es sehr gerne kosten. Aber das wäre zu viel der Vertraulichkeit. Geht einfach nicht. Es tut mir schon leid, dass ich beim Bestellen so zurückhaltend war. Gruber erzählt mir zwischen den Bissen einiges über die Ziele von „Pure Energy": Man müsse global denken, Europa brauche einen vernünftigen Mix an Energieformen. Sein Unternehmen sei die allererste Adresse dafür, habe über unseren Kontinent hinaus die besten Kontakte, um langfristige und haltbare Lieferverträge zu vermitteln. Außerdem habe man genug Kapital, um in die europäischen Leitungsnetze zu investieren.

„Und was, wenn Russland wieder einmal den Gashahn zudreht? Dann helfen die schönsten Leitungen nichts", sage ich und starre auf das Risotto, das immer weniger wird.

Er beugt sich etwas vor. Ich kann sehen, dass sich in seinem rechten Mundwinkel zwei Reiskörner verfangen haben. „Wir haben ausgezeichnete Kontakte zu den Russen, so viel kann ich Ihnen versichern. Permanente Geschäftsbeziehungen, sozusagen. Wenn wir uns um die Lieferungen kümmern, dann funktionieren sie."

Kann stimmen, kann auch nicht stimmen. Kaum möglich, dass ich Putin anrufe und danach frage. „,PRO!' fordert, dass die Energieversorgung in die einzelnen Regionen verlagert wird", führe ich unser Gespräch weiter.

Er lacht. Die beiden Reiskörner purzeln auf die weiße Tischdecke. „Ich bin sehr für Ökologie. Schon in der Regierung habe ich mich für die Umwelt eingesetzt. Das können Sie nachprüfen. Aber wir müssen realistisch bleiben: Wir brauchen globale Lösungen für globale Herausforderungen. Kleines Flickwerk ist zu schwach, um ihnen gewachsen zu sein. Und wenn es um Ökoenergie geht: Wir werden uns sowohl an den geplanten Offshore-Windparks in der Nord- und Ostsee als auch an den Solarfabriken in Nordafrika beteiligen. Wir brauchen in Zukunft einfach den richtigen Technologie-Mix. Was ist, wenn kein Wind weht? Wollen die Menschen dann im Dunkeln sitzen? Wir brauchen Systeme, die verlässlich Energie liefern, egal, was bei uns für ein Wetter ist." Er nimmt die letzte Gabel Risotto, winkt einem Ober, der schenkt ihm wortlos noch ein Glas Pinot Grigio ein. „Auch ein Gläschen?", fragt mich Gruber jovial.

Ich schüttle den Kopf.

„Außerdem", fährt er fort, „brauchen wir Öl für die chemische Industrie und für Treibstoff, daran wird sich so schnell nichts ändern. Ich will umweltbewusste Menschen nicht als Spinner hinstellen, aber wir müssen schon daran denken, was unsere Konsumenten möchten. Wer will schon zurück in die Höhlen der Steinzeit?"

„Und Atomkraft?"

Gruber nimmt einen großen Schluck, wirkt, als ob er husten müsste, fängt sich und lächelt strahlend: „Lehnen wir selbstverständlich ab."

„In Frankreich sagt ‚Pure Energy' etwas anderes", kontere ich. Heute bin ich ganz gut vorbereitet.

Ein milder Blick, so als ob eine Lieblingsschülerin etwas Ungezogenes gesagt hätte. „In Frankreich ist auch die Situation anders. Wenn man da von heute auf morgen alle Atomkraftwerke abdrehen würde, bräche die Energieversorgung zusammen. Das haben unsere Leute dort gemeint."

„Aber Ausstieg überall?"

„Sobald er machbar ist."

Na entzückend.

Er scheint immerhin mitzukriegen, was ich von dem halte, das er da sagt. „Wir haben vor, Windenergie im großen Stil zu nutzen. Das ist zwar noch nicht ganz offiziell, aber das können Sie schreiben."

„Unser Bundesheer macht Übungen bei Gasstationen – man will auf mögliche Terrorangriffe vorbereitet sein. Gasdruckleitungen wären wunderbare Ziele."

„Natürlich müssen wir unsere Energieversorgung schützen. Eine ausgesprochen zukunftsorientierte Aufgabe für unsere allumfassende Landesverteidigung."

Es klingt wie eine Parteirede. Ich habe seine Truppe nie gewählt.

„Haben Sie eine Ahnung, um welche Terrorangriffe es da gehen könnte?"

Ex-Vizekanzler und Energiekonzernberater Gruber sieht mich an.

„Na, wer macht den Terror auf der Welt? Die Islamisten. Aber es gibt leider auch linke Gruppen, die unser System destabilisieren wollen. Wir werden uns genauso gegen Ökoterroristen wappnen müssen."

Schön langsam wird das Gespräch doch noch interessant. Ich sehe mein Visavis so harmlos wie möglich an. „Sie meinen zum Beispiel Leute von ‚PRO!'?"

Sein viertes Glas Wein ist leer. „Aber nein, die sind genauso sehr Ökoterroristen wie wir Freunde islamistischer Revolutionen! Doch ..." – ein betroffener Blick – „bei Ökologiebewegungen kann sich ein radikales Umfeld bilden, eines, das sie selbst nicht mehr im Griff haben."

„Sie haben dafür konkrete Anzeichen?"

Er nickt und kramt in seinem Krokodillederaktenkoffer. Das Geschenk eines befreundeten Energielieferanten für besondere Dienste? Oder hat er sich das Ding selbst ausgesucht?

„Ich werde seit einiger Zeit bedroht", murmelt er. Er zieht den Ausdruck einer E-Mail aus der Tasche und schiebt mir das Blatt Papier herüber.

„Kapitalistendrecksau, du wirst unsere Umwelt nicht vernichten!" Keine Unterschrift, eine Hotmail-Adresse mit Fantasienamen: Oekoli Erden.

Er beobachtet mich, kramt wieder in der Tasche, zieht ein nächstes Blatt heraus, schiebt es mir wieder hin. „Wir haben natürlich die Polizei eingeschaltet. Die Adresse wurde in einem Internetcafé in Innsbruck angelegt. Mehr war nicht herauszufinden."

Ein weiterer elektronischer Liebesbrief: „Wir werden die Umwelt von Verschmutzern wie dir befreien." Eine andere Hotmail-Adresse mit einem ähnlichen Fantasienamen.

„Klingt irgendwie kindisch."

Er sieht mich empört an. „Kindisch? Das sind versteckte Morddrohungen! Die Polizei sieht das auch so! Wir haben unseren privaten Sicherheitsdienst eingeschaltet."

„Und was macht der? Ökos überwachen?"

„Personenschutz. Zumindest bei größeren Veranstaltungen. Ich kenne das ja noch aus meiner Zeit in der Regierung. Ich bin eben eine Persönlichkeit des öffentlichen Lebens. Wer im Mittelpunkt steht, macht sich angreifbar. Damit muss ich leben."

Es sieht so aus, als ob ihm das ganz gut gelingen würde.

„Und was, wenn er die E-Mails selbst geschrieben hat?", keuche ich am nächsten Morgen. Vesna hat mich viel zu früh von daheim abgeholt. Andererseits ganz gut so. Auf diese Weise konnte ich Oskar aus dem Weg gehen, hatte nahezu keine Chance, ihm von Carmens älterem Freund aus dem Management zu erzählen. Den gestrigen Abend hat Oskar traditionellerweise mit seiner Mutter verbracht. Hochzeitstag der Eltern. Herr Hofrat ist schon vor längerem verblichen. Seither konzentriert sich Schwiegermutters Liebe ausschließlich auf ihren Sohn. Ich kann damit leben, dass sie findet, bei gewissen Anlässen sei sie lieber allein mit ihm. Ich habe mir drei Serienkrimis angesehen und bin vor dem Fernseher eingeschlafen. Es ist besser, ich finde erst einmal heraus, wer Carmens Freund sein könnte. Und ob an der Sache überhaupt etwas dran ist.

Diesmal sind wir beim Donaukanal unterwegs. Wo wir laufen, macht keinen Unterschied: Ich keuche, Vesna trabt locker neben mir her und bemüht sich um Geduld.

„Ich habe etwas über Gruber gefunden. Waren Vorerhebungen wegen Bestechung. Soll er Menschen von ‚Austria Energie' Geld angeboten haben. Dann man hat ihn nach Rumänien geschickt. Dort hat ‚Pure Energy' Teile von staatlicher Energiefirma gekauft", erzählt Vesna, als würden wir auf einer Parkbank sitzen.

„Die kaufen viel", ächze ich. Lange Sätze gehen sich bei mir einfach nicht aus.

„Leider ich habe keine guten Kontakte zu Branchen wie dieser. Ist einfach zu groß. ‚Pure' steckt bei vielen Firmen drinnen. Bin nicht einmal sicher, ob nicht auch bei Öko-Firmen."

„Bei ‚PRO!'?"

„Kann ich nicht sagen, man muss nachsehen, aber ich weiß nicht, ob das bringt etwas."

Ich bleibe stehen. Ich habe Seitenstechen. Und ich muss erst zu Atem kommen, bevor ich Vesna fragen kann, was ich eigentlich von ihr wissen wollte. Meine Freundin sieht mich strafend an und läuft im Stand weiter. „Man darf nicht aufhören, davon kommt Muskelkater."
„Ich muss dich etwas fragen!"
„Wenn du willst Antwort, du musst laufen!" Und schon ist sie ein Stück vor mir. Ich kann mir das nicht gefallen lassen. Was will sie von mir? Dass ich bei den Olympischen Spielen den Marathon gewinne? Na gut, da bin ich noch weit davon entfernt. Vesna sieht sich um und deutet mir, dass ich endlich nachkommen soll. Sie läuft betont langsam. Ich hole tief Luft und setze mich in Bewegung. Dampflok gegen Sportwagen. Dabei ist Vesna ein paar Jahre älter als ich.
„Also", sagt sie, „jetzt du kannst fragen, wir laufen nur ganz langsam."
Schnell genug für mich. Aber solange ich noch etwas Luft habe, bitte ich: „Kannst du herausfinden, wer der Freund von Carmen bei ‚Pure Energy' ist?"
„Es wird mir sein ein Vergnügen", antwortet Vesna und gibt wieder ein bisschen mehr Gas. Ich will bei der halbwegs erträglichen Geschwindigkeit bleiben. Aber Vesna dreht um, rennt zurück zu mir, um mich herum und befiehlt: „Und jetzt wieder Tempo, nicht das für achtzigalte Fußkranke!"

Die nächsten Tage verbringe ich großteils in der Redaktion. Ich bereite meine Energie-Serie vor und komme dahinter, dass Vertreter der Öl-Multis und der großen Strom- und Gasanbieter nur sagen, was ohnehin in ihren Imagebroschüren steht – Papier gibt es bei allen von ihnen mehr als genug –, während Ökoenergiefirmen gar nicht aufhören können, über ihre Konzepte zu reden. „Pure Energy" steht irgendwo dazwischen, sie bemühen sich um Kommunikation, ich habe allerdings den Verdacht, dass auch sie nur erzählen, was ihnen in den Kram passt. Das Unternehmen scheint einfach überall mit dabei zu sein. Carmen ist leider schon in der Türkei, Vesna hat so viel mit ihrer Putzfirma „Sauber! Reinigungsarbeiten aller Art" zu tun, dass sie mich nicht einmal zum Joggen verschleppen konnte. Natürlich könnte ich auch ohne sie laufen. Aber ich sage mir wieder einmal, dass es für Muskel- und Konditionsaufbau ohnehin besser ist, Trainingspausen einzulegen. Habe ich irgendwo gelesen. Was ich selbst herausgefunden habe: Reinhard Hohenfels, der General Manager von „Pure Energy", befindet sich momentan auf einer Dienstreise. – In der Türkei. Natürlich wird eine ganze Delegation der Firma dorthin gefahren sein. Dennoch habe ich mir diesen Hohenfels im Internet näher angesehen: fünfundfünfzig Jahre alt, aus einer österreichischen Adelsfamilie, war lange im Ölgeschäft in den USA tätig, Studium an der Montanuniversität in Leoben, geschieden von Eleonore Rosen, einer einigermaßen bekannten Sopranistin, die vor allem unter Operettenliebhabern und Gesellschaftsberichterstattern ihre Fans hat. Ich habe immer gefunden, sie quetscht die Töne, selbst wenn sie spricht. Kann ihr Ex tatsächlich der Freund von Carmen sein? Warum eigentlich nicht? Carmen ist neunundzwanzig. Sechsundzwanzig Jahre Altersunterschied. Sagt ja keiner, dass sie ihn gleich heiraten muss. Vielleicht will sie nur ein bisschen Spaß und Society-Flair. Ob Oskar diese Gedanken allerdings beruhigen würden, wage ich zu bezweifeln. Besser, ihm erst von Hohenfels zu erzählen, wenn ich mir sicher bin. Sechsundzwanzig Jahre Altersunterschied. Das wäre so, als wenn ich mir einen dreiundzwanzigjährigen Lover nehmen würde. Du liebe Güte. Er könnte aussehen wie ein junger Gott, klug sein wie Einstein, ich fände es trotzdem absurd. Und vor allem unnötig anstrengend. Brauchen ältere Männer Trophäen? Oder hoffen sie einfach auf Momente, in denen sie sich wieder jung fühlen können?

Der Beginn der Energie-Serie im „Magazin" lässt sich gut an. Daniel, der an der Fachhochschule für Journalismus studiert und momentan bei uns volontiert, hat Infos zum Energiesparen im Alltag zusammengetragen. Die Wirtschaftsredaktion hat Interessantes über Europas Abhängigkeit von Gaslieferungen aus Russland herausgefunden. In einem „Energiedialog Russland–EU" habe die EU demütig zugegeben, dass „es für das russische Erdgas keine Alternative gibt und dass Russland sein zuverlässigster Lieferant ist", berichtet zumindest die „Stimme Russlands". Der Anteil von russischem Erdgas in Europa wird mit vierzig Prozent beziffert, Tendenz steigend. Außerdem gibt es in meiner Story nette Bilder von Windrädern und Gespräche mit Tina Bogner und Heinrich Gruber. Generalleutnant Unterberger und seine Bundesheerübung habe ich mir für die nächste Ausgabe aufgehoben.

Und ich habe in letzter Minute noch eine kleine Sensation geschafft: ein Kurzinterview mit Arnold Schwarzenegger. Ich kenne einen Mitorganisator der Klimakonferenz, bei der der Ex-Gouverneur und Ex-Terminator vor einiger Zeit als Mister Öko aufgetreten ist. Und von dem habe ich tatsächlich eine funktionierende, mehr oder weniger direkte E-Mail-Adresse von Arnie bekommen. Ich habe ihm geschrieben, dass ich für die auflagenstärkste Wochenzeitung Österreichs an einer Energie-Serie arbeite und dass meine Eltern aus der Steiermark stammen. Ich weiß nicht, was mehr gezogen hat. Auf alle Fälle hatte ich Schwarzenegger plötzlich am Telefon. Mein Herz hat einen wilden Sprung gemacht, ich gebe es zu. Warum reagiere selbst ich so auf irgendwelche Promis? Viel länger als drei Minuten hat unser Gespräch nicht gedauert, dann hat er sich höflich und mit besten Wünschen an meine Eltern in der Steiermark verabschiedet. Weiß er, dass mein Vater Politiker gewesen ist? Wohl kaum. Dürfte ihm auch ziemlich egal sein, so ein ehemaliger Landesrat. Um Schwarzenegger scharwenzeln Bundeskanzler herum, wenn er in Kitzbühel beim Hahnenkammrennen oder sonst wo in seiner „Heimat" Hof hält. Der Arme kann es wahrscheinlich gar nicht verhindern. Jedenfalls macht sich das Interview nett im „Magazin":

Valensky: „Warum setzen Sie sich für erneuerbare Energie ein?"
Schwarzenegger: „Weil wir an unsere Zukunft denken müssen. Und ich meine, wir dürfen nicht alles nur technisch sehen. Wir brauchen Argumente, die die Menschen fühlen können. Nur dann sind sie mit dabei, unsere Umwelt zu schützen."
Valensky: „Ökoenergiefirmen plädieren dafür, dass jeder Ort selbst die nötige Energie produziert. Was halten Sie davon?"
Schwarzenegger: „Ich finde das sehr gut, es gibt schon erste Beispiele dafür, dass alle benötigte Energie in einem Ort selber erzeugt wird. Ich kenne es von Güssing. Es schafft zahlreiche Jobs und spart Kosten, man muss keine Kilowattstunde mehr importieren und zukaufen. Können Sie sich das vorstellen, dieses Ausmaß von Energie-Freiheit? Es ist großartig!"
Valensky: „Sie haben viele Autos, unter anderem auch mehrere Hummer. Die sind ja nicht gerade besonders umweltschonend."
Schwarzenegger: (lacht) „Ich habe schon seit 2004 einen Hummer, der mit Wasserstoffantrieb fährt und die Umwelt nicht im Geringsten belastet. Dabei wiegen Hummer-Geländewagen mehr als drei Tonnen. Wir müssen auch bei unseren Autos an den Umweltschutz denken. Zusammen können wir die Welt verändern. Ich werde die Botschaft um die Welt tragen, das verspreche ich."

Ich bin nicht mehr dazu gekommen, ihn zu fragen, wie das denn mit seinen anderen Autos und der Umwelt sei. Oder war ich einfach nicht schnell genug? Nicht ausreichend kritisch? In der Chefredaktion werde ich für das Interview sehr gelobt. Und einen der Sager von Arnie haben wir zum Titel der Serie gemacht: „Energie-Freiheit!" Wobei mir klar ist, dass man darunter sehr Verschiedenes verstehen kann. Eine Liebeserklärung an die klassischen Öl-Multis ist es aber jedenfalls nicht.

[4.]

Am Sonntag mache ich mich gemeinsam mit Vesna auf nach Ravensbach, das gleich schon Sonnendorf heißen soll. Die Fotografin vom „Magazin" ist vorausgefahren. Drei Personen, zwei Autos zur Anreise. Aber immerhin fährt keine von uns einen Hummer. Auf die heilige Messe, bei der die Umbenennung offenbar göttlichen Segen bekommen soll, haben wir verzichtet, wir sind allerdings so spät dran, dass auch nicht klar ist, ob wir es noch zum offiziellen politischen Akt schaffen werden. Es war meine Schuld. Ich habe zu lange getrödelt. Sonntagmorgensonne auf der Terrasse, wer weiß, wie lange sie noch so warm scheint.
„Wo ist Fest eigentlich?", fragt Vesna, als wir die Wiener Stadtgrenze passieren.
„Wir werden es finden", antworte ich. Groß ist Ravensbach ja nicht. Ich gebe Gas.
„Da!", ruft Vesna einige Zeit später. Sie sieht deutlich besser als ich.
„Die scheinen die Ortseinfahrt gesperrt zu haben", murmle ich und kneife die Augen zusammen.
„Du sollst Brille tragen oder nicht Auto fahren", antwortet Vesna. „Da ist Fest. Direkt bei Ortstafel."
„Also doch gesperrt", erwidere ich.
Wir werden von einem Feuerwehrmann in ein Feld gewunken, in dem schon zahlreiche Autos parken. Ich überlege, mein Presseschild aus der Ablage zu holen, um direkt bei der Festversammlung stehen bleiben zu dürfen, aber so weit ist der Weg zur dörflichen Umbenennungsversammlung auch wieder nicht. Eine laue Brise weht, Windräder drehen sich. Der Bürgermeister steht bereits auf einer Bühne, redet, hinter ihm die örtliche Blasmusik. Wir drängen uns nach vorne, ich will sehen, wer sonst noch gekommen ist. Tina Bogner winkt mir zu.

Sieh an, der Landeshauptmann ist auch da, neben ihm steht der Wirtschaftsminister. Er trägt einen dunkelgrauen Trachtenanzug. Offenbar ist das am Land noch immer angesagt. Neben ihm ein Typ in hellem Sakko mit blauem Stecktuch. Einfach affig. Wahrscheinlich ein Sekretär, der auch einmal ganz nach oben will. Jung ist er allerdings nicht mehr. Drei Kamerateams, einige Fotografen, Journalisten, die ich nicht kenne. Die „PRO!"-Sprecherin scheint einiges in Bewegung gesetzt zu haben. Die Ortstafel ist verhüllt.

„… und so bin ich heute stolz, ab nun aussprechen zu können, dass ich in Sonnendorf lebe und dass ich meinen Einsatz und meine eigene Energie weiter in die lebenswerte Zukunft von unserem schönen Fleckchen in Österreich stecken werde."

Warum bietet man nicht den einen oder anderen Rhetorikkurs für Bürgermeister an? Oder tut man das ohnehin und es nützt bloß nichts?

„Sehr geehrter Herr Landeshauptmann, lieber Freund. Ich darf dich nun bitten, unseren neuen Namen feierlich zu enthüllen!"

Der Landeshauptmann kann sich ein Grinsen nicht verkneifen. Oder lächelt er bloß, weil er sein Glück über Landsleute, lokale Energieversorgung und Medienöffentlichkeit zeigen muss? Seine Rede jedenfalls ist kurz, grammatikalisch fehlerfrei und inhaltlich nicht so bedeutsam, dass ich sie mitschreiben muss. Am Ende spielt die Blasmusik einen Tusch, die Kirchenglocken beginnen zu läuten und zwei kleine Mädchen im Dirndlkleid reichen dem demokratisch gewählten Landesfürsten eine Schnur, die mit der Umhüllung der Tafel verbunden ist. Er zieht routiniert daran, Kameraleute filmen, Fotografen knipsen und das neue Ortsschild ist sichtbar: „Sonnendorf". Alles klatscht und in das Klatschen hinein intoniert die Blasmusik einen Marsch.

„Sieht nicht besonders nach Zukunft aus, alles da, ist eher wie Heimatfilm aus Sechzigerjahren", wispert mir Vesna zu.

„Den Leuten gefällt es", murmle ich. Die „Magazin"-Fotografin steht neben der neuen Ortstafel und versucht, sie mit Blasmusikanten und Honoratioren und Dirndlkindern auf ein Bild zu kriegen.

„Ökos sind gute Populisten, ich glaube", ergänzt Vesna.

„Das müssen wir auch sein", antwortet eine laute Stimme hinter uns. Tina Bogner.

Vesna ist nicht im Geringsten verlegen.

„Hat von ,PRO!' keiner geredet oder hab ich die Rede nur versäumt?", frage ich.

„Die Auftritte überlassen wir den Politikern. Wenn sie ihr neues Dorf loben, bringt uns das mehr, als wenn wir es tun", lächelt die Werbeexpertin. „Aber ich werde Ihnen gleich unseren Geschäftsführer vorstellen. Karl Novak muss da irgendwo sein ..." Sie stellt sich auf die Zehenspitzen. „Ich finde ihn im Moment nicht ... Oder soll ich schauen, dass Sie mit dem Wirtschaftsminister reden können?"

Ich schüttle den Kopf. Was wird er schon Besonderes sagen? Ich deute auf den Stecktuchtypen, der nicht von der Seite seines Ministers weicht. „Die machen sicher eine Presseaussendung. Ich kann ja seinen Sekretär bitten, dass er sie mir schickt."

Tina Bogner lacht. „Sekretär? Das ist der Vorsitzende des parlamentarischen Energieausschusses, Anton Zemlinsky."

Du liebe Güte, da wäre ich ganz schön ins Fettnäpfchen getreten, wenn ich ihn um die Wortspende seines Chefs gebeten hätte. „Er unterstützt Ihr Projekt?"

„Noch viel weniger als der Wirtschaftsminister. Aber die tauchen überall auf, wo sie eine Kamera wittern. Erneuerbare Energie ist ja momentan ganz schick. Solange es keine großen Veränderungen gibt. Wobei Zemlinsky auch von seinen Gönnern geschickt worden sein kann, um zu berichten."

„Wie soll ich das verstehen?"

„Der steckt ganz tief drin bei der Lobbyisten-Mafia. Kann gut sein, dass er von ‚Pure Energy' gesponsert wird. Ich nehme an, Sie haben von denen schon gehört?"

Ich nicke. „Sie meinen ... die haben ihn gekauft?"

Tina Bogner lächelt. „Hintergrundinformation, nichts, was Sie zitieren können. Wir sollten uns auf zum Fest machen. Es ist am anderen Ende des Dorfs beim Windpark. Wahrscheinlich ist Karl Novak schon dort. Wir betreuen die Griller. Und wer will, bekommt natürlich auch unsere Aufkleber. Außerdem kann man mit dem Kran zu einem Windrad hinauffahren. – Haben Sie Lust?" Tina Bogner hat mich dabei angesehen, aber Vesna antwortet: „Natürlich! Sehr spannend!"

Ich bin mir da nicht so sicher, andererseits wäre es schon gut, den Blick von oben im „Magazin" zu beschreiben. Ein großer Wagen fährt vor, der Wirtschaftsminister und der Energieausschussvorsitzende steigen ein. Hat man ihn wirklich gekauft? Oder übertreibt Tina Bogner? Ich werde der Sache jedenfalls nachgehen. „Pure Energy", die scheinen jedenfalls wirklich überall aufzutauchen. Die Blasmusikanten stellen sich in Marschformation auf, zwei junge Mädchen in Tracht bieten den verbliebenen Ehrengästen Schnaps an. Wirkt wirklich nicht wie die Feier einer Vorreitergemeinde in Sachen Energietechnologie. Ob ich mich dazustellen soll? Es ist Mittag. Und ich bin kein Ehrengast.

„Wollen Sie auch?", fragt Tina Bogner und deutet in Richtung der Marketenderinnen.

„Haben Sie eigentlich eine Tracht?", frage ich zurück.

Die Werbefachfrau lacht. „Steht mir nicht, Anpassung hat ihre Grenzen. Zum Glück bin ich ja keine Landespolitikerin. Aber ich hab nichts dagegen. Wir müssen uns auch da von alten Vorurteilen lösen. Die Blut-und-Boden-Zeit ist vorbei. Nur weil die Nazis so vieles vereinnahmt haben, müssen wir es nicht auf alle Zeit ablehnen. Tracht hat es lange vor Hitler gegeben."

„Die Menschen, die im Krieg Kinder waren, leben noch", erwidere ich.

„Klar. Mein Vater wurde 1944 geboren. Aber für mich ist der Zweite Weltkrieg eben Teil der Geschichte. Wir müssen etwas gegen moderne Kriege unternehmen. Da geht es nicht mehr um Ideologie, sondern um Ressourcenverteilung. Um Energie."

Womit wir wieder beim Thema wären.

„Ist Unsinn", sagt Vesna unerwartet heftig. „In Jugoslawien es ist nicht um Energie gegangen, sondern um Rassismus. Um Religion. Und natürlich um Macht."

Tina Bogner sieht sie irritiert an. „Tut mir leid, manchmal machen wir es uns vielleicht zu einfach. Aber natürlich ging es auch um einen wirtschaftlichen Verteilungskampf."

„Und warum man hat dann reichere Slowenien schnell gehen lassen und im armen Kosovo gekämpft? Ist erst zwanzig Jahre her", erwidert Vesna.

„Ich muss leider dringend zum Festplatz ...", zieht sich die „PRO!"-Sprecherin aus der Affäre.

„Von Politik die hat nicht viel Ahnung", raunt mir Vesna zu. „Wer wirklich Zukunft verbessern will, muss über Tellerrand schauen." Sieht so aus, als würde sie Tina Bogner nicht besonders mögen.

Inzwischen hat sich der Zug durchs Dorf in Bewegung gesetzt. Vorneweg die Musikanten, dann die Politiker und Medienleute, schließlich der Rest der Bevölkerung. Regina, die „Magazin"-Fotografin, winkt und kommt zu uns herüber. Ja, sie bleibe noch und werde am Festplatz fotografieren.

Auf dem Weg dorthin rede ich mit einigen Leuten aus dem Dorf. Klar sei er für den neuen Namen, sagt einer, so stehe Ravensbach wenigstens auch einmal in der Zeitung. Ob er seine Heimatgemeinde in Zukunft Sonnendorf nennen werde? Wenn er nicht darauf vergesse, schon. Eine Frau erzählt, dass sie bei der Firma, die Windräder wartet, Arbeit gefunden hätte. – Und als was sei sie dort beschäftigt? – Na, als Technikerin. Es scheint sich doch etwas zu verändern in unserer Welt, vielleicht auch in Ravensbach alias Sonnendorf.

Bei den Windrädern dann die nächste Überraschung: Hier sind weit mehr Leute versammelt als bei der Enthüllung der Ortstafel. Mindestens fünfhundert haben sich eingefunden, um den neuen Dorfnamen zu feiern. Hühner werden auf langen Spießen gebraten und riechen genau so wie auf vielen anderen Dorffesten. Wahrscheinlich sind sie wie auch sonst üblich unbarmherzig lang gegart und mindestens doppelt tot. Es gibt Weinstände, hinter einer Vitrine verkaufen Frauen Kuchen. Eine Hüpfburg ist von Kindern umlagert und an den vielen Heurigentischen trinken die Menschen auf den schönen Tag und ihr plötzlich interessant gewordenes Dorf. Junge Leute in Sonnen-Shirts von „PPO!" stehen hinter einer Reihe von Halbkugeln, die nach Steeldrums aussehen. Haben die sogar ein Orchester? Ich gehe näher hin, um zu sehen, was da los ist. Sie grillen. Mit Sonnenenergie. Die Sonne, die ja heute zum Glück scheint, wird in reflektierenden großen Spiegeln eingefangen. Es riecht nach Wurst. Der Sonnen-Boy, den ich vom Empfangsdesk bei „PRO!" kenne, winkt mir zu. „Wollen Sie eine?"

„Ist das wirklich Bratwurst?", frage ich.

„Das geht super mit Solarenergie." Seine Pearcings glitzern in der Sonne, er hat Schweißperlen auf der Stirn. „Oder haben Sie gedacht, bei uns gibt's nur Vegetarisches?" Er grinst. „Haben wir allerdings auch im Programm. Maiskolben. Bei meinem Freund zwei Griller weiter." Ich sehe mich um. Vesna scheine ich im Festtrubel verloren zu haben. Sie mag es auch nicht besonders, quasi als Beiwerk, neben mir, der Journalistin, herzulaufen. Einmal Bratwurst, einmal Maiskolben, will ich gerade sagen. Da läutet das Mobiltelefon.

„Ich bin bei Windrad. Gleich es geht los. Komm endlich. Wir fahren hinauf", ruft Vesna ungeduldig.

Ich sehe zu den Windkraftmaschinen. Ich kann mich nicht daran erinnern, dass ich Vesna oder sonst irgendjemandem versprochen hätte mitzukommen. Ein riesiger Hebekran steht dort drüben, monströses orangefarbenes Fahrzeug auf vielen Rädern, den langen Arm hat er momentan eingeknickt. Wie hoch er hinaufkann? Zu hoch. Ich trabe langsam hinüber. Am Kran ist ein Korb aus Metall befestigt, nicht viel größer als eine Doppelbadewanne. Durch die Gitterstäbe kann man durchsehen. Auch das noch. Drinnen Vesna, ein bärtiger Mann mit Sonnen-Shirt und unsere Fotografin Regina. „Komm rein!", ruft mir Vesna zu. Ich blicke nach oben zu den mächtigen Rotorblättern des Windrads. „Wie hoch geht das hinauf?", frage ich den Bärtigen. „Die Windräder sind exakt einhundertacht Meter", antwortet er stolz. „So weit kommen wir mit dem Kran nicht, aber über sechzig Meter packt er!" Um mindestens fünfundfünfzig zu viel für mich.

„Fahrt ihr einmal voraus", schlage ich vor. „Sonst wird es da drinnen zu eng."

„Zwei könnten wir noch locker mitnehmen", antwortet der Bärtige. Herzlichen Dank auch.

„Du wirst doch nicht fürchten ...", lacht Vesna.

Nein, natürlich nicht. Es ist einfach zu hoch, Punkt. Eine Tatsache. Hat nichts mit Furcht zu tun. Ich sehe mich rasch um. Und entdecke neue Kamerateams. Sie haben sich um Tina Bogner versammelt. „Ich muss hören, was sie sagt", erkläre ich und deute zur „PRO!"-Sprecherin. „Tut mir leid!" Und schon bin ich in ihre Richtung unterwegs. Kann sein, dass mir Vesna etwas nachgerufen hat, aber im Festtrubel verstehe ich es ohnehin nicht.

Tina Bogner steht telegen vor Windrädern und feiernden Menschen und beantwortet die Fragen der Medienleute. Ganz so im Hintergrund hält sie sich also doch nicht.

„Sonnendorf ist ein wichtiges Zeichen dafür, wie moderne Energieversorgung überall funktionieren kann und wie wir mit weniger Geld und Ressourcen umweltverträglichen Komfort haben können", lächelt sie.

„Alle scheinen das nicht so zu sehen", sagt eine junge Reporterin, auf der Kamera neben ihr ist das Logo der ARD. Sieh an, sogar der große deutsche Fernsehsender interessiert sich für das kleine Dorf. Sie deutet auf ein Grüppchen von Menschen, das etwas abseits bei einem Windrad steht und Schilder hochhält: „Kampf den Windrädern!"

„Windräder machen krank!" „Wer Tiere liebt, ist gegen Windkraft!" „Rettet unsere Landschaft!"
„Sie haben natürlich das demokratische Recht, ihre Meinung zu sagen. Aber die Vernunft ist auf unserer Seite. Atomstrom und Kraftwerke, die Tonnen von CO_2 ausstoßen: die machen krank. Ganz abgesehen davon, dass es in Sonnendorf ja nicht nur Windkraft, sondern einen Mix verschiedener Energieformen gibt. Und das Wichtigste: Sonnendorf ist nicht mehr abhängig! Weder von Energiepreissteigerungen noch vom guten Willen der Herren Putin, Ahmadinedschad und Co!"

„Wir sind hier in einem kleinen Dorf, da könnte Ihr Konzept vielleicht funktionieren, aber was ist mit den großen Städten?" Eine Journalistin, die offenbar ebenfalls aus Deutschland angereist ist, hält Tina Bogner ihr Mikro vor die Nase. Kann es sein, dass die österreichischen Fernsehreporter da etwas verschlafen? Oder halten die Deutschen mit ihren Atomkraftwerken das Thema einfach für brisanter?

Die Sprecherin von „PRO!" deutet Richtung Wien. Sie scheint sich in ihrer Rolle sehr wohlzufühlen, ihre halblangen Haare wehen im Wind, die locker geschnittene Leinenbluse sieht leger, aber nicht schmuddelig aus. „Ich kann heute nur so viel dazu sagen: Wir sind dabei, gemeinsam mit der Stadt Wien einen Zukunftsenergieplan zu entwickeln. Energieversorgung, die nicht von internationalen Konzernen abhängig ist, sondern die in der eigenen Umgebung Arbeitsplätze schafft, ist auch in einer Millionenstadt machbar."

„Wien heißt also schon bald ‚Sonnenstadt'?", spöttelt die ARD-Reporterin. „Ist das nicht etwas mühsam für alle Kartografen, Statistiker und Schüler?"

Tina Bogner wirft ihr einen aufmerksamen Blick zu. Dann lächelt sie. „Wien könnte Sonnenstadt werden, dafür muss es nicht so heißen. Es gibt riesige ungenutzte Dachflächen. Wir haben Wasserkraft, die man intelligenter nutzen kann. In den Außenbezirken sind Windparks angedacht. Und alle öffentlichen Parkplätze und alle neu gebauten Tiefgaragen könnten zu Stromtankstellen werden. Solange herkömmliche Tankstellen von den Ölkonzernen abhängig sind, werden wir Batteriewechselstellen für Elektroautos bei anderen Betrieben unterbringen müssen. Wir denken an Supermarktketten oder Postfilialen. Es gibt übrigens auch in Deutschland, den Niederlanden und Italien erste Projekte. Die europäische Zukunft ..."

Eine Sirene heult. Gehört das zum Festprogramm? Ich bin, was ländliche Bräuche angeht, nicht eben up to date. Auch Tina Bogner scheint irritiert zu sein. Ein Mann, den ich für einen der Reporter gehalten habe, geht auf sie zu. Sie flüstern kurz miteinander, er schüttelt den Kopf.

„Was ist das?", will die ARD-Journalistin wissen.

Die „PRO!"-Sprecherin lächelt. „Keine Ahnung, scheint wohl etwas mit der Feuerwehr zu tun zu haben. Vielleicht führen sie die Sirene vor."

Telefon. Vesna ist dran. „Es brennt!", ruft sie. „Man sieht von oben, dass es brennt!"

„In Sonnendorf?"

„Nein, weiter weg. Sind sicher einige Kilometer. Irgendwo mitten in Feldern, so sieht es aus! Große Flamme. Fast so hoch wie Windrad. Feuerwehr hat auch schon geheult. Ich sehe, dass Auto vor Feuerwehr steht. Regina fotografiert."

„Vielleicht verheizt jemand altes Holz", überlege ich.

„Mit solcher Flamme?"

„Du meinst, das hat mit dem Fest in Sonnendorf zu tun?" Ich sehe mich nach den Windkraftgegnern um. Aber auch die stehen wie die meisten Menschen etwas verwirrt da.

„Wie soll ich wissen?"

Tina Bogner versucht weiter, über die sonnige Energiezukunft zu reden. Noch eine Sirene. Diesmal weniger laut. Offenbar aus einem Nachbardorf. Wie eine Antwort darauf ertönt das Folgetonhorn des hiesigen Feuerwehrautos. Der Bürgermeister eilt herbei, sucht jemanden, geht zu dem Mann, mit dem Tina Bogner getuschelt hat. Rund vierzig Jahre alt, braune Haare, mittelgroß, schlank, braunes Leinensakko, schwarze Jeans. Ein Durchschnittstyp, ein Gemeindemitarbeiter?

„Ist ein Unfall passiert?" „Gehört das zum Programm?" „Wohin ist die Feuerwehr unterwegs?" „Hat das mit dem Dorffest zu tun?" Die versammelten Redakteurinnen und Journalisten bestürmen den Bürgermeister.

„Ich kann nicht viel sagen", beginnt er. „Nur dass es offenbar eine Explosion gegeben hat, aber einige Kilometer entfernt. Bei der Überlandgasleitung."

„Hat die mit ‚PRO!' zu tun?", will die ARD-Reporterin wissen.

„Natürlich nicht", antwortet Tina Bogner an der Stelle des Bürgermeisters. „Wir betreiben keine Gasleitungen."

„Was kann da geschehen sein? Ein Gasgebrechen?" Jetzt fragt die Journalistin den Bürgermeister.

„Ich weiß nicht. Auf alle Fälle kann Ihnen hier nichts geschehen." Ein Kameramann schwenkt vom Bürgermeister aufs freie Feld hinaus. Und jetzt sehen wir sie alle: eine gewaltige Flamme, die kerzengerade in die Luft lodert.

„Daran sieht man, wie gefährdet Gasdruckleitungen sind!", ruft Tina Bogner und versucht, die Aufmerksamkeit wieder auf sich zu lenken. Es gelingt ihr nur teilweise. „Gas durchströmt sie mit mehr als siebzig Bar. Solche Pipelines sind ein perfektes Ziel für Terroristen. Man kann sie nie lückenlos überwachen. Es wird so viel über Sicherheitspolitik geredet, höchste Zeit, dass man sich mit dem enormen Risiko solcher Gasleitungen beschäftigt."

„Warum glauben Sie, dass es Terroristen waren?", wird sie gefragt.

Sie hat einiges von ihrer Souveränität eingebüßt. „Das habe ich nicht gesagt. Ich habe allerdings vor kurzem seriöse Hinweise erhalten, dass sich sogar das Bundesheer mit solchen Bedrohungsszenarien beschäftigt."

Das hört sich an, als hätte Super-Tina ihren eigenen Informationsdienst. Was immer ich ihr sage, sie wird es für ihre Interessen verwenden. Sollte ich mir merken.

„Natürlich kann auch eine alte Leitung geplatzt sein", fährt sie fort. „Auch nicht viel besser. Stellen Sie sich vor, so etwas geschieht im Winter. Kein Gas, keine Wärme. Wer weiß, wie lang die Reparatur der Leitung dauert, wer weiß, wie lang es dauert, bis die Flammen unter Kontrolle sind!"

Ein Kamerateam nach dem anderen rennt zu den Fahrzeugen. Tina Bogner sieht den Journalisten mit hängenden Armen nach. Als hätte man ihre persönliche Energieleitung gekappt. Neben ihr steht der Mann von vorher. „Darf ich vorstellen?", murmelt sie abwesend, „Karl Novak, unser Geschäftsführer." Wir reichen einander wortlos die Hand. Das Fest geht weiter, nicht alle scheinen sich so intensiv um die Flamme zu kümmern. Man hat einfach ein Gesprächsthema mehr. Aber das Interesse der Journalisten hat sich schlagartig verlagert. Dummerweise steht mein Auto am anderen Ende des Dorfs. Ich sollte dringend dorthin, wo es brennt. Vesna sprintet auf mich zu.

„Eine Explosion bei einer Gaspipeline", sage ich und denke mir: seltsamer Zufall.

Zwei Männer mit einem Transparent, auf dem „Kampf den Windrädern" steht, kommen näher. Der eine hat einen hochroten Kopf, Explosionsgefahr offenbar auch hier. „Das wart ihr!", schreit er dem Führungsduo von „PRO!" entgegen. „Gebt es lieber gleich zu! Wer sonst profitiert davon, wenn kein Gas fließt? Ihr Ökoterroristen!"

„Warum sollen sie das gewesen sein?" Ich frage es so ruhig wie möglich.

„Weil sie alles bekämpfen, was nicht von ihnen ist! Jahrzehntelang haben wir unsere Leitungen und noch nie ist eine geplatzt!"

„Jetzt sind sie eben alt", erwidert Tina Bogner und ihre Augen sind ganz schmal.

Es dauert nur drei Minuten und Tina Bogner hat einen Mitarbeiter organisiert, der uns und Karl Novak zur zerstörten Gasleitung fährt. Es handle sich um eine Überlandleitung, erzählt uns Novak auf der kurzen Fahrt. Gehöre wie alle hier „AE", Austria Energie. Einstmals staatlich, inzwischen privatisiert.

„Kann es wirklich sein, dass die Pipeline einfach zu alt geworden und geplatzt ist?", frage ich.

Novak schüttelt den Kopf. „Kann ich mir nicht vorstellen. Das sind keine Gasleitungen, wie man sie aus Wohnhäusern kennt, das sind massive Rohre von mehr als einem Meter Durchmesser mit einem dicken Stahlmantel. Und sie werden natürlich regelmäßig gewartet. Es gibt Verfahren, mit denen kontrolliert wird, ob das Material Ermüdungserscheinungen aufweist."

„Warum Tina Bogner hat dann ...", beginnt Vesna.

„Sie ist keine Expertin. Sie kümmert sich bei uns um die Werbung. Und um die Öffentlichkeit."

„Das heißt, es muss doch irgendeine Art von Anschlag gewesen sein", fasse ich zusammen.

„Was weiß ich ..." Dann sind wir da, Chaos aus kreuz und quer abgestellten Autos, telefonierenden Menschen, Kameraleuten, dazwischen Feuerwehrleute, Polizei. Und beinahe unerträgliche Hitze. Und eine Flamme, die bis zum Himmel zu reichen scheint.

Das Gelände ist auf der Seite zum Feldweg hin abgesperrt. Rund um das Feuer eines ihrer Absperrbänder zu ziehen, hätte Polizei und Feuerwehr wohl überfordert. Der Radius wäre einfach zu groß. Es dürften circa hundert Meter zu der Stelle sein, an der die Flamme aus dem Boden schießt. Rundum ist der Boden schwarz, es scheint, als hätte die Explosion einen Trichter in den Boden gerissen, aber genau kann man das bei diesem wilden Lodern nicht sehen. Feuerwehrleute stehen mit ausgerollten Schläuchen in sicherem Respektabstand von der Flamme und löschen, wann immer ein Flämmchen über das abgeerntete Feld davonzüngeln möchte. Ein paar Männer, einige in Polizeiuniform, stehen daneben, stecken die Köpfe zusammen und scheinen sich zu beraten. Neun Einsatzautos zähle ich. Blaulichter drehen sich im Kreis. Die Sirenen aber scheinen sie abgestellt zu haben. Oder werden sie vom gefährlichen, hungrigen Flammengrollen übertönt?

„Zum Glück ist es beinahe windstill. Und es ist kein Wald in der Nähe. Und keine Siedlung", ruft eine Journalistin dicht neben mir. Sie ist kaum zu verstehen. Ich warte gemeinsam mit meinen Kollegen hinter der Absperrung und schaue dem Gas beim Brennen zu. Kameraleute filmen, einige haben die Kamera schon ausgeschaltet und von der Schulter genommen. Viel Abwechslung gibt es hier nicht. Einige Männer mit Schutzhelmen, auf denen „AE" steht, versuchen irgendetwas zu messen. Der Boden scheint zu vibrieren.

„Was ist, wenn mehr von der Leitung explodiert?", brüllt eine Journalistin aus Deutschland gegen den Lärm an. Die Unruhe wächst. Ja, was ist, wenn da alles in die Luft fliegt? Stünden die Experten von „AE", wenn so etwas möglich wäre, derart nah bei der Leitung? Vielleicht haben sie bloß keine Erfahrungswerte. Ich sollte Generalleutnant Unterberger anrufen. Womöglich ist viel schneller Realität geworden, was das Heer als theoretische Bedrohung eingeschätzt hat. Was hat er gesagt? Er würde sich freuen, wenn ich mich auch außerhalb der Dienstzeit melde. Ich kann ja überprüfen, ob er es ernst gemeint hat.

„Ich komme gleich wieder", schreie ich Vesna ins Ohr und renne ein Stück weg vom Inferno. Feldweg, Marterl mit dem Bildnis der Muttergottes. Hier ist es schon etwas weniger heiß. Und weniger laut. Ob die Muttergottes auch gegen geborstene Gaspipelines, gegen eine Megaexplosion der Leitung hilft? Als das Marterl aufgestellt worden ist, ging es um die Erfüllung anderer Bitten: eine gute Ernte, dass der Fuß der Altbäuerin wieder zuheilt, dass es dieses Jahr keinen Hagel gibt und die Kartoffelkäfer nicht zu viele werden. Ich habe Unterbergers Nummer eingespeichert, suche sie, drücke auf „Handy anrufen". Nach dem zweiten Freizeichen hebt er ab.

„Mira Valensky vom ‚Magazin'."

„Ich freue mich. – Recherchieren Sie selbst am Sonntag? Ich habe Ihre erste Reportage gelesen, es soll eine Serie werden, nicht wahr? – Was ist das für ein Lärm im Hintergrund?"

„Eine Gasdruckleitung in Niederösterreich ist explodiert", erzähle ich. „Keiner weiß, wie es geschehen konnte. Haben sich Ihre Terrorismushinweise auch auf Pipelines bezogen?"

„Wie bitte? Wo?" Er klingt alarmiert.

„Es ist nicht viel passiert. Außer dass wir hier eine Flamme von dreißig Meter Höhe oder mehr haben. Mitten in einem abgeernteten Feld."

„Die Warnungen, die an uns weitergeleitet wurden, waren nicht so konkret. Es ging einfach darum, dass sich Terroristen in ihren Ausbildungscamps überlegen, ob es nicht eine gute Idee wäre, die europäische Energieversorgung anzugreifen."

„Eine Gasleitung zu kappen, würde dazu passen, oder?"

„Sicher." Generalleutnant Unterberger macht eine Pause. „Aber es ist nicht besonders effizient. Eine Gasstation zu treffen, ist deutlich wirkungsvoller. Die Leitung wird man in absehbarer Zeit reparieren können, nehme ich einmal an. Und wenn eine Gasleitung ein, zwei Wochen ausfällt, ist das nicht weiter schlimm. Das Netz ist dicht. Es gibt übrigens ungefähr alle fünfzehn Kilometer Absperrventile. Also sollte die Flamme bald kleiner werden – wie lange brennt sie schon?"

„Mehr als eine Stunde."

„Heute ist Sonntag. Ein gut gewählter Tag, wenn es wirklich ein Anschlag war. Ich nehme an, da hat ein Teil des Wartungspersonals frei."

„Sie glauben nicht an einen Anschlag?", will ich wissen.

„Soll ich mit meinen Hubschraubern kommen?", erwidert der Generalleutnant. Ich sehe vor mir, wie er schmunzelt. „Aber danke für den Anruf", fügt er hinzu.

„Wenn Sie etwas erfahren, melden Sie sich dann bei mir?", frage ich. „Ich bin auch für Hintergrundinformationen dankbar."

„Mache ich. Haben Sie heute Abend schon etwas vor? Wir könnten essen gehen und dabei über Flammen und Hubschrauber plaudern."

Sagt er das, weil er mir etwas erzählen möchte und am Telefon lieber vorsichtig ist, oder ist es sozusagen eine private Einladung? Hat ein attraktiver Mann wie er ... Stopp, Mira. Du hast Bundesheerleute noch nie für attraktiv gehalten. Dein attraktiver Mann ist Oskar. Und Mata Hari bist du keine.

„Schade", kommt es vom anderen Ende der Leitung. „Ich hab es schon befürchtet ..."
Mein Schweigen hat wohl zu lange gedauert. „Vielleicht in den nächsten Tagen?", antworte ich. Wir können uns ja wieder in einem Kaffeehaus treffen. Alles ganz harmlos. Generalleutnant Unterberger scheint sich darüber zu freuen. Und er verspricht, an mich zu denken ... natürlich, was zweckdienliche Informationen anlange.
Als ich wieder zur Absperrung gehe, habe ich den Eindruck, die Flamme ist tatsächlich schon etwas kleiner geworden. Immer mehr Journalisten kommen, außerdem ein Trupp der Spurensicherung und ein großer dunkler Mercedes. Einige Männer in Anzügen steigen aus. Sind das die neuen Kriminalpolizisten? Mit dem Leiter der Wiener Mordkommission 1, Zuckerbrot, haben sie wenig gemeinsam. Der trägt am liebsten eine Strickweste, die offenbar selbst von den Motten verweigert wird. Meine Kollegen werden unruhig. Wann gibt es endlich Informationen? Die wichtigen Herren, keine einzige Frau ist dabei, werden durch die Absperrung gelassen. Jetzt sind sie näher beim Feuer, aber vor uns sicher. Dann, gerade als die Sonne untergeht, wird die Flamme tatsächlich kleiner. Einer der Anzugträger gibt doch noch ein Medienstatement ab. Er ist Mitglied des Vorstands von „AE". Der Schaden halte sich in Grenzen, er werde in rund einer Woche repariert sein, natürlich werde man den ganzen Streckenabschnitt genau auf Schwachstellen und Beschädigungen überprüfen.
„Wer war es? Das wollen wir wissen!", schreit ein Lokalreporter, den ich beinahe zu gut kenne. Er ist vom „Blatt", der auflagenstärksten, wenn auch nicht eben besten Tageszeitung des Landes.
Der „AE"-Vorstand sieht ihn irritiert an. „Es gibt bisher keinerlei Verdachtsmomente. Es wird detailreich ermittelt werden, das kann ich versichern. Wir überwachen unsere Leitungen ständig. Es gab weder ein Anzeichen von Materialermüdung noch eines auf einen Angriff von außen."
Ich bin schweißgebadet. Wenn die Flamme ausgeht, wird es kalt. Jetzt kommt die Herbstnacht. Ich habe das Gefühl, dass ich hier und heute nicht mehr erfahren werde. Außerdem: Mein Redaktionsschluss ist erst in fünf Tagen. Ich sehe mich nach Novak um. Er steht bei ein paar Feuerwehrleuten und redet mit ihnen über die Absperrung hinweg.
„Die sind aus Ravensbach", erklärt er mir.

„Sonnendorf", ruft einer von ihnen und grinst.
Novak zuckt zusammen. „Schon peinlich, dass ausgerechnet ich nicht daran denke."
Ich ziehe ihn ein wenig zur Seite. „Sind Sie mit der Kampagne von ‚PRO!' eigentlich glücklich? Es könnte Leute geben, die finden, sie sei ein wenig ... vehement. War es gut, dass man sofort gesagt hat, die Explosion zeige, wie anfällig Druckgasleitungen seien?"
Novak sieht mich an. „Ich stehe voll und ganz hinter Tina Bogner, wenn Sie darauf hinauswollen. Ich wüsste niemanden, der sich mit derartigem Einsatz und derartigem Wissen um unsere Sache kümmern könnte."
„Ich rede nur von Unterschieden im Stil. Hätten Sie das auch so gesagt?"
„Wahrscheinlich nicht so gut. Deswegen ist sie unsere Sprecherin. – Wollen Sie noch dableiben? Ich möchte fahren."

Zehn Minuten später sind wir zurück in Sonnendorf. Das Fest scheint zu Ende zu sein. Eine Reihe von Helfern, darunter einige in Sonnen-Shirts, klappen die Heurigengarnituren zusammen und laden sie auf einen großen Anhänger. Wir verabschieden uns von Novak und danken fürs Mitnehmen. Nein, kein Problem, wir würden von hier zu Fuß zum Auto bei der Dorfeinfahrt gehen.
Einer der Heurigentische am Ende des Festplatzes ist noch besetzt. Die Leute dürften ihr Feuer mit sehr viel Wein gelöscht haben.
„Setzt's euch her, Mädels", ruft einer. „Seid's wohl nicht von da."
Ich schüttle so freundlich wie möglich den Kopf. Vesna zieht mich hin.
„Was soll das?", fauche ich.
„Wer ist da Journalistin? Wer braucht Information? Du oder ich?", zischt sie zurück.
Ein wenig später stehen zwei Gläser Veltliner vor uns. Er schmeckt erstaunlich gut, und nach dem dritten Schluck wird mir bewusst, dass ich leider nicht zu einer der Solargrillwürste gekommen bin.
„Ist komisch, das mit Feuer", beginnt Vesna das Gespräch.
„Und woher bist du jetzt?", fragt einer mit Schirmkappe.
„Aus Wien. Ist aber egal."
„Hast eh recht. Der Sancho Pansa sagt – wir nennen ihn so, weil er gegen die Windräder ist und immer mit dem Loisl, dem Oberanführer

gegen die von ‚PRO!', zusammensteckt, weißt eh: Don Quichotte und Sancho Pansa, die gegen die Windmühlen gekämpft haben, ich hab es im Fernsehen gesehen, mit dem Josef Meinrad. Das war ein hervorragender Schauspieler, übrigens. Einer, der noch etwas können hat. Im Burgtheater ..."

„Was sagt Sancho Pansa?", unterbreche ich seinen alkoholgesteuerten Redefluss.

„Wer? Ach so. Unser Sancho Pansa. Der sagt, dass es die Ökos selbst waren. Er hat gesehen, wie der Novak während dem Fest weggefahren ist. Dabei war es ja sein Fest, sozusagen. Weil die haben das mit dem neuen Dorfnamen durchgesetzt. Was muss der an so einem Tag wegfahren? Ha? Außer er hat was Wichtiges vor."

„Vielleicht euer Windmühlenkämpfer will nur böse Geschichte über Novak verbreiten", gibt Vesna zu bedenken und nippt an ihrem Glas. Rotwein ist ihr viel lieber. Soll mir recht sein. Sie kann mit meinem Auto fahren. Ich schenke mir nach.

„Gibt es Beweise?", frage ich.

„Der Sancho Paso ist kein Trottel, der arbeitet als Kammerjäger", lallt ein langer Dünner.

„Du bist ein Trottel, der heißt Sancho Pansa und nicht Sancho Paso", widerspricht der mit der Schirmkappe.

„Das hast du mit ‚El Condor Pasa' durcheinandergebracht", kichert eine Rothaarige mit etwas entgleisten Gesichtszügen.

„Il Condos paso, aber Sancho Penso ... oder so ... da kommt man ganz durcheinander ... egal, der mit den Windrädern, oder Mühlen ...", bemüht sich der mit der Schirmkappe weiter um Aufklärung.

Völlig sinnlos, mit denen heute noch länger zu reden. Wir werden überprüfen, ob Novak das Fest wirklich verlassen hat. Bei der Tafelenthüllung war er nicht neben Tina Bogner, so viel ist sicher.

„Was heißt, die von ‚PRO!' haben Dorfnamen durchgesetzt?", redet Vesna weiter. Sie scheint Gefallen an der illuminierten Landbevölkerung gefunden zu haben.

„Das ist so", sagt die Frau mit den roten Haaren, „Die haben ja viel getan. Und es sind jetzt auch Firmen da, die Arbeitsplätze gebracht haben. Und wenn die einen anderen Namen für unser Dorf wollen, sind die meisten dafür. Und den anderen hat man gesagt, dass das ganz wichtig ist für das Image. Und dass dann noch mehr Firmen herkommen. Mit guten Arbeitsplätzen für die Jugend. Das will keiner verhindern. Und der Bürgermeister ist sowieso ein heimlicher Grüner."

„Ist das so schlecht?", frage ich. In meinem Kopf brummt es, oder brennt dort ein Feuer?

„Na ja. Der Loisl sagt, bald werden sie Geld genug haben und den Namen wieder zurückkaufen. Weil wer das Geld hat, schafft an."

„Der Loisl ist ein Depp", mischt sich der lange Dürre ein. „Der betet zum Haider, obwohl der schon lange tot ist."

„Du bist ein Depp", gibt die Rothaarige zurück. „Man betet erst überhaupt zu jemandem, wenn er schon tot ist. Und außerdem hat der wirklich Geld. Wenn die ihre Informationsveranstaltungen gegen die Räder, gegen die Windräder, meine ich, machen, dann biegt sich der Tisch!"

„Der hat kein Geld", beharrt der Dürre. „Der ist Frühpensionist."

„Ja, aber er war bei der ‚AE'. Und die haben immer gut gezahlt."

„Bei der ‚AE', denen auch die Gasleitung gehört?", frage ich nach.

„Na, eine andere gibt es nicht", kommt es von der Rothaarigen zurück.

„Kann es sein, dass die den Protest gegen die Windräder organisieren?"

„Blödsinn", antwortet der Mann mit der Schirmkappe. „Für die sind wir alles nur Wappler. So ein kleines Dorf ist denen doch egal. Außerdem, wer weiß, wie lang das gut geht mit unserer eigenen Energie."

Sieht so aus, als wäre doch nicht ganz Sonnendorf begeistert von dem, was sich hier verändert hat. Aber wo ist das schon der Fall? Wir bedanken uns für den Wein, ich stehe mit weichen Knien auf und wir bewegen uns Richtung Auto. In den meisten Fenstern entlang der Hauptstraße brennt kein Licht mehr. Egal ob Ravensbach oder Sonnendorf – es schläft. Einsam in einem Feld steht mein Honda.

[5.]

„Carmen ist in der Türkei", erzählt mir Oskar, als wir beim Frühstück sitzen. Ich verschlucke mich am Kaffee, huste ein Weilchen und denke dabei nach.
„Ja, das hab ich auch gehört", antworte ich dann.
„Was macht sie in der Türkei?", will er von mir wissen.
„Sie ist deine Tochter." Ich lächle möglichst harmlos. Soll ich mir eine Buttersemmel machen? Eigentlich bin ich keine, die frühstückt, aber mit Oskar gemeinsam ist das anders. Um zu joggen, ist es schon zu spät, ich muss in die Redaktion. Am besten sofort.
„Aber du hast mit ihr zu tun", lässt Oskar nicht locker.
„Ich wollte mich bloß bedanken, dass sie mir den Kontakt zu Gruber vermittelt hat – und da habe ich eben gehört, dass sie momentan in der Türkei ist. ‚Pure Energy' hat dort vor kurzem ein großes Büro eröffnet."
Oskar sieht mich nachdenklich an. „Ich hab mich auch ein wenig umgehört. ‚Pure Energy' ist vor etwas mehr als einem Jahr wie aus dem Nichts aufgetaucht. Und zwar gleich europaweit. Die Zentrale des Unternehmens ist in Zypern, wahrscheinlich nicht nur wegen des guten Wetters. Allzu viele Steuern zahlen die dort nicht. Und Zypern ist von jeher ein Platz, an dem Russen gerne Geschäfte abwickeln. Die größte Niederlassung haben sie allerdings in Frankfurt."
„Russen?" Ich streiche mir jetzt doch eine Buttersemmel.
„Sieht so aus, als wäre viel russisches Kapital in der Firma. Übrigens auch chinesisches. Über ‚Goldbreeze', eine Firma, die an sich privat ist, an der aber der Staat die meisten Anteile hält. Eine ihrer Subfirmen hat sich übrigens auf die Erzeugung von Windrädern spezialisiert. Wusstest du, dass China inzwischen der weltweit größte Produzent von Windenergie ist?"

„Und woher hast du das alles?"

„Ein wenig kann ich als Wirtschaftsanwalt auch recherchieren. Es ist mir eben nicht egal, wo meine Tochter arbeitet."

„Sie macht dort bloß ein Praktikum."

„Das sie bis in die Türkei führt", ergänzt Vater Oskar.

„Was tut ‚Pure Energy' eigentlich?", versuche ich den Themenschwerpunkt zu verlagern. „Gruber hat gesagt, in erster Linie vermitteln sie Öl- und Gaslieferungen. Aber sie würden sich auch an Offshore-Windparks in der Nord- und Ostsee und an Sonnenenergiekraftwerken in Afrika beteiligen."

„Das scheint zu stimmen. Ich habe allerdings den Verdacht, dass sie vor allem darauf aus sind, sich bei europäischen Energieversorgern einzukaufen. Viele brauchen seit der Krise frisches Kapital und nehmen lieber neue Partner dazu, als sich über Banken Geld zu besorgen. Der Kreditmarkt ist nach wie vor ganz schön in Unordnung und entsprechend schwer einzuschätzen."

Ich sehe auf die Uhr. Jetzt ist es wirklich höchste Zeit. Ich klappe die zweite Hälfte meiner Buttersemmel zusammen, ich kann sie auch auf dem Weg zur Redaktion essen. Sobald „Pure Energy"-Manager Hohenfels zurück ist, werde ich mir einen Termin bei ihm geben lassen. Ich küsse Oskar mit Buttermund, nehme meine Tasche und bin schon aus der Tür.

Die gestrigen Abendausgaben der Zeitungen haben nicht viel über die Explosion der Gasleitung gebracht. Natürlich kam die Meldung relativ spät. Aber wenn etwas für wichtig gehalten wird, kann man auch nach dem eigentlichen Radaktionsschluss reagieren. Selbst im „Blatt" hat man sich auf einen kurzen Bericht beschränkt: Leitung geplatzt, hohe Flamme, Gas abgesperrt, Flamme wieder gelöscht. Keine Hinweise auf eine mögliche Ursache. Es werde ermittelt. Der Redakteur hat auch keinen Zusammenhang mit dem Fest in Sonnendorf hergestellt. Darüber wird auf der ersten Seite des Lokalteils berichtet: ein großes Foto, das den Landeshauptmann zeigt, wie er neben der eben enthüllten Ortstafel steht, dazu ein kurzer Artikel, in dem es mehr um das Dorffest als um sein Energiekonzept geht. Alles gelingt Tina Bogner also doch nicht. Wäre interessant zu wissen, was den deutschen Medien wichtig war. Wenn unsere Fernsehsender etwas gebracht haben, dann war das wahrscheinlich schon gestern Abend. Da war ich beim großen

Feuer. Ich gehe rasch Richtung Redaktion und habe das Gefühl, bereits jetzt mehr Kondition zu haben als vor meiner Woche im Weinviertel. Die Buttersemmel steckt in einem Seitenfach meiner Tasche. Tief atmen und gleichzeitig essen funktioniert nicht so gut. Als ich zur Trafik komme, werde ich langsamer. Was haben die Zeitungen heute auf der ersten Seite? Nein, auch heute hält keine die Explosion für besonders wichtig. Das „Blatt" titelt: „15 Prozent Preissteigerung bei Lebensmitteln!" Das interessiert die meisten Menschen wohl wirklich mehr als eine große Flamme in einem abgeernteten Feld. Vorausgesetzt, sie haben Gas und Strom und warmes Wasser.

Ich überquere den Donaukanal, fange die zusammengeklappte Buttersemmel aus der Tasche und beiße hinein. Ich sehe das „Magazin"-Gebäude schon vor mir. Stahl und Glas und auf halber Höhe in Riesenlettern die Aufschrift: „Lesen Sie DAS!" Noch ein großer Bissen und die Semmel ist weg. Ich kaue und eile auf den Eingang zu.

„Was für ein Zufall!", höre ich hinter mir und drehe mich überrascht um. Oberberater Heinrich Gruber. Tatsächlich, was für ein Zufall. Und wie dumm, dass ich den Mund mehr als voll habe. Ich kaue rascher und so unauffällig wie möglich. Ich nicke zur Begrüßung, er streckt mir die Hand hin, als wären wir beste Freunde, ich reiche ihm meine, sie wird begeistert geschüttelt. Zeit gewinnen und runterschlucken.

„Ihre Reportage war sehr interessant", fährt Gruber fort. „Auch wenn man schon sagen muss, dass die Sprecherin von dieser Ökofirma eine Menge unrealistischer Ideen hat. Leider unrealistisch, sage ich dazu."

Heute bin ich dankbar dafür, dass sich Gruber so gerne sprechen hört. Es fällt ihm gar nicht auf, dass ich nichts sage, sondern bloß nicke.

„Für Klimaschutz sind wir natürlich alle. So viel ist klar. Das verbindet uns auch sehr mit meinem Freund Arnie. Ich habe ihn übrigens persönlich getroffen, als in Graz das Stadion eröffnet wurde. Damals war ich in der Regierung ..."

Jetzt hab ich die Buttersemmel unten. Ich hole Luft und sage: „Er hält Modelle wie das in Sonnendorf für zukunftsweisend."

„Ich fürchte, er kann nicht mehr ganz so gut Deutsch. – Sie haben ihn getroffen? Wo? Wie war das so schnell möglich?"

Ich will schon sagen, dass er das ja bloß seinen „Freund Arnie" zu fragen brauche. Armer Schwarzenegger. Solche Freunde zu haben ...

und wahrscheinlich viele davon. Sein einziges Glück: Die wenigsten von ihnen dürfte er tatsächlich kennen. „Wir haben telefoniert", antworte ich. „Ganz neu war es übrigens nicht, was er gesagt hat. Ähnliches hat er schon bei der Klimakonferenz in Wien erzählt. – Gehen Sie hier eigentlich öfter spazieren?" Die Umgebung unseres Redaktionsgebäudes lädt nicht wirklich dazu sein. Straßen und Autos und Staub und wenig Grün.

„Ich bin gerade auf dem Weg zu einem Termin", gibt Gruber zurück.

Seine edelreptillederne Aktentasche hat er nicht mit. Und wie einer, der zu Fuß zu Geschäftsbesprechungen geht, wirkt er auch nicht gerade.

„Übrigens", fährt er fort, „die Sache mit der explodierten Leitung ..."

„Sie wissen bereits davon?"

„Stand ja in der Zeitung."

„Sie sind ein genauer Leser."

„Das muss man sein, wenn man ein wichtiges Unternehmen berät. – Ich fürchte, was diese Leitungssache angeht, wird noch einiges auf uns zukommen. Es sieht ganz danach aus, als hätte es sich um einen Anschlag gehandelt."

„Um einen Anschlag?"

„Wir haben natürlich unsere Kontakte zu ‚AE', sie sind Geschäftspartner von uns."

Heute ist Montagvormittag. Sonntagnachmittag ist die Leitung in die Luft geflogen. Stehen diese Energiemanager dauernd miteinander in Verbindung?

Gruber sieht sich vorsichtig um und beugt sich dann näher zu meinem Ohr. Ich mag so etwas nicht, aber ich zwinge mich, ruhig zu bleiben. „Wir haben im ‚Fabios' schon kurz darüber gesprochen. Wir reden von neuen terroristischen Gruppen. Linken Gruppen. Womöglich aus dem eigenen Land. Oder zumindest aus Europa. Umweltterroristen."

Unter Umweltterroristen stelle ich mir Menschen vor, die in einem Hummer einkaufen fahren. Er aber meint sicher etwas ganz anderes. „Wie kommen Sie darauf? Gibt es konkrete Hinweise?"

„Das Ganze ist ja erst gestern passiert. Aber ich verrate Ihnen, weil Sie mir sympathisch sind und ich mich sicher auf Ihre Diskretion verlassen kann, dass die Leitung gesprengt wurde und nicht durch Materialermüdung geplatzt ist. Das weiß man. Und: Denken Sie an die Drohungen, die ich laufend erhalte. Außerdem: Es gibt weitere Indizien, über die ich aber noch nicht reden kann."

Gruber spricht ohnehin viel. „Warum kümmern Sie sich eigentlich um diese Sache? ‚Pure Energy' hat doch damit nichts zu tun, oder?" Der ehemalige Vizekanzler sieht mich empört an. „Uns geht es um eine sichere Energieversorgung für das Land. Es hat also eine Menge mit uns zu tun. Ganz abgesehen von den gegen mich persönlich gerichteten Angriffen. Leitungsnetze sind essenziell wichtig. Deswegen beteiligen wir uns ja auch an den transnationalen Leitungen. North Stream, South Stream, vielleicht auch Nabucco. Unter uns gesagt: ‚Pure Energy' macht sich Sorgen, ob ‚AE' dem, was da passiert, auf Dauer gewachsen ist. Ihr Kernauftrag ist eigentlich die Verteilung und der Vertrieb von Energie, vielleicht auch die Erzeugung, selbst wenn bei uns kaum mehr rentables Erdöl und Erdgas zu finden sein wird und diese neuen Schiefergasbohrungen sicher eine Menge Probleme machen, aber nicht die nationalen und transnationalen Netze."

Ich erinnere mich an das, was mir Oskar beim Frühstück gesagt hat. „Sie wollen bei ‚AE' einsteigen? Oder ihnen die Leitungen abkaufen und sie übernehmen?"

Gruber zieht sich ein wenig zurück. Sieht aus, als hätte er zu viel erzählt. „Das ist zu konkret. So weit sind wir noch nicht. Es wäre natürlich im Sinn der Energiesicherheit Österreichs von Vorteil, wir haben auch das notwendige Kapital, den nötigen internationalen Rückhalt, das Leitungsnetz nicht nur besser zu überwachen, sondern es auch auszubauen, außerdem könnten wir es dann besser mit Deutschland vernetzen, aber momentan geht es um etwas anderes: Wir müssen die fassen, die für den gestrigen Anschlag verantwortlich sind."

„Sie melden sich bei mir, wenn Sie konkrete Hinweise haben?"

„Selbstverständlich. Und ich gebe Ihnen einen Tipp: Sie haben ja ohnehin schon Kontakt zu ‚PRO!'. Sehen Sie dort einmal genauer nach."

„Im ‚Fabios' haben Sie noch gesagt, die seien harmlos."

„Dazu stehe ich. Natürlich. Ich bin ja selbst sehr für saubere Energie. Aber: Einzelne Mitarbeiter könnten schmutzig sein, wenn Sie verstehen, was ich meine ..." Er blickt auf die Uhr, es ist ein ganz flaches, edel aussehendes Stück aus glänzend schwarzem Material. „Es ist höchste Zeit! – Und: Einen schönen Wochenbeginn wünsche ich!"

Da eilt Götterbote Gruber davon. Für einen Moment überlege ich, ihm unbemerkt nachzuschleichen und zu schauen, ob und wo ein Auto auf ihn wartet. Aber dann wird mir klar, dass es für mich heute wohl Wichtigeres geben dürfte. Ich stoße die gläserne Eingangstür auf und stehe im Foyer.

Am Montagvormittag ist das Großraumbüro der Redaktion nie voll besetzt. Einige verlängern das Wochenende, der Redaktionsschluss ist ja noch angenehm weit entfernt, andere sind auf Recherche unterwegs. Ich gehe zur „Dschungelecke", wie alle meinen nahezu abgetrennten Arbeitsbereich nennen. Zwei riesige Philodendren bewahren mich vor Lärm und neugierigen Blicken. Ich schiebe einige Blätter zur Seite und bin an meinem Schreibtisch. Wenn auch nur etwas von dem stimmt, was Gruber sagt, dann sollte ich mich dringend mit Generalleutnant Unterberger treffen. Im nächsten Teil der Energie-Serie werde ich nicht nur über Sonnendorf berichten, sondern auch über mögliche Terroranschläge auf unsere Energieversorgung. Mal sehen, wie viel er mir offiziell erzählt. Und ich muss aufpassen, dass ich dabei nicht auf eine Bundesheerkampagne hineinfalle. Motto: Wir brauchen ein Feindbild, und da das nicht die umliegenden Staaten sein können, warnen wir vor Terroristen. Das Bundesheer ist wichtig, weil es uns vor solchen Angriffen beschützt.

Regina hat ihre gestrigen Fotos schon auf einen Stick gespielt und ihn neben meinen Laptop gelegt. Ohne die explodierte Leitung wäre es eine ungetrübt fröhliche Reportage über ein kleines Dorf mit eigener Energieversorgung geworden. Die paar Windkraftgegner sind eher so etwas wie skurriles Beiwerk. Don Quichotte und Sancho Pansa von Sonnendorf im Kampf gegen die Windräder. Wobei ... da war gestern Abend etwas, dem ich nachgehen sollte. Was war es bloß? Worüber haben wir noch geredet? El Condor Pasa, Sancho Pansa. Du liebe Güte, man sollte nichts ernst nehmen, was da am Abend nach ich weiß nicht wie vielen Vierteln Veltliner zur Sprache gekommen ist. Besser: gelallt wurde. Was war es? Es fällt mir nicht ein. Sinnlos. Zwei Glas Wein auf nüchternen Magen, das war für mich wohl doch zu viel. Ich sehe die Fotos durch. Landeshauptmann, Bürgermeister, dieser Abgeordnete mit dem lächerlichen Stecktuch, Wirtschaftsminister, Ortstafel, Festgäste, Solargriller. Blick vom Kran beim Windrad nach unten. Ein Glück, dass ich nicht mitgefahren bin. Aus sechzig Meter Höhe wirkt die Gemeinde wie ein Spielzeugdorf. – Vielleicht ist sie das auch gewissermaßen. Was für Spiele werden da mit und um Sonnendorf gespielt? Das Foto ist gestochen scharf. Ich zoome näher und kann mich selbst mit anderen Journalisten bei Tina Bogner stehen sehen. Der Geschäftsführer von „PRO!", Karl Novak: Jetzt weiß ich es wieder, unsere Gastgeber am Heurigentisch haben sich darüber gewundert, dass er weggefahren ist. Ich zoome noch näher, das Bild löst sich in grobe Körner auf. Wieder ein Stück wegzoomen. Ich suche nach Karl Novak. Er ist nicht eben ein auffälliger Typ, aber ich bin mir sicher: Hier ist er nicht drauf. Wo war er? Ich klicke auf das nächste Bild. Wieder eine Aufnahme von oben, diesmal ist die Kamera auf das neue Ortsschild „Sonnendorf" gerichtet: der Platz, an dem die offizielle Dorfumbenennung über die Bühne gegangen ist, verwaist. Im Feld daneben ein paar Dutzend Autos. Ein kleiner weißer Wagen fährt auf das Dorf zu. Ich zoome hin. Wenn mich nicht alles täuscht, ist auf der Motorhaube eine Sonne, die der von „PRO!" ausgesprochen ähnlich sieht. Wer drinnen sitzt, kann ich nicht ausmachen. Ich werde mich erkundigen, ob „PRO!" so ein Auto hat und wer gestern damit gefahren ist.

Das nächste Foto ist besonders gelungen: Die Rotorblätter eines Windrads und dahinter eine gut sichtbare Flamme. Ich mache mir eine Notiz, dieses Bild kommt sicher in die kommende Ausgabe. Unwahrscheinlich, dass sonst noch jemand diese Szene vom Kran aus aufgenommen hat.

Auf dem Weg im Förderkorb nach unten hat Regina dann auch noch die Windkraftgegner fotografiert. Die paar Menschen wirken eher verloren und so, als täte es ihnen leid, nicht mitfeiern zu können, sondern protestieren zu müssen. – Darüber wurde gestern Abend auch noch gesprochen! Dass der Anführer, alias Don Quichotte, Frühpensionist sei und bei der „AE" gearbeitet habe. Und dass seine Gruppe erstaunlich viel Geld habe. Zumindest in den Augen eines der illuminierten übrig gebliebenen Festgäste. Kann es sein, dass die „AE" mit dem neuen Energiekonzept nicht einverstanden ist? Immerhin kauft ihnen Sonnendorf keinen Strom und kein Gas mehr ab. Ob das allerdings in der Bilanzsumme des Energieunternehmens auch nur spürbar ist, bezweifle ich. Vielleicht geht es ihnen ums Prinzip. Mira, „ums Prinzip" geht es börsennotierten Unternehmen selten.

Ich rufe Vesna an. Wenn sie zufällig Zeit habe, könne sie dann versuchen herauszufinden, ob die Windkraftgegner in Sonnendorf wirklich über Geld verfügen? Und woher sie es bekommen? Das werde kein Problem sein, erwidert meine Freundin. „Werde ich Tochter Jana sagen. Die muss bei mir sowieso Stunden für letzten Urlaub abarbeiten. Und sie nervt schon ganze Zeit mit Energiegeschichte. Du musst viel böser gegen Atomkraft und Energiekonzerne sein, sagt sie. Wir können heute Abend darüber reden. Wo du willst lieber joggen? In Prater oder bei Donaukanal?"

„Ist es dir nicht zu langweilig, mit mir zu laufen? Ich bin doch um so viel langsamer als du."

„Deswegen ich will, dass du schneller wirst."

Gegen Vesna ist man manchmal einfach machtlos.

Ich verabrede mich mit Generalleutnant Unterberger um vier, wieder im Café Prückel. Ich überlege ein wenig zu lange, ob mein Jeanshemd für dieses Treffen passend ist. Und ob es nicht doch ein wenig aufträgt. Was soll das? Ich brauche Informationen von ihm, das ist alles. Wir kommen gleichzeitig hin. Er ist heute in Uniform. Es ist also definitiv ein dienstlicher Termin, sage ich mir, als wir aufeinander zugehen. Was sonst hätte es sein sollen? Ich bin mehr für Individualismus als für Uniformität. Aber ich muss zugeben, an Unterberger sieht die schlichte graue Montur zumindest nicht peinlich aus.

„Sie sollten mich erst einmal in der weißen Galajacke sehen." Offenbar habe ich zu lange auf seine Uniform gestarrt. Drei Sterne an den Schulterspangen. „Oder kann es etwa sein, dass Sie Uniformen nicht besonders mögen? Ich wollte mich noch umziehen, aber ich bin nicht mehr dazu gekommen."

„Sieht irgendwie ganz praktisch aus", murmle ich, während wir an einem Ecktischchen Platz nehmen. Unterberger hat reserviert.

„Ist sie, außerdem muss man sie nicht selbst bügeln."

„Das macht wohl Ihre Frau."

„Oh, so klassische Rollenvorstellungen hätte ich von Ihnen gar nicht erwartet." Da ist er wieder, sein freundlich-spöttischer Blick.

„Na, bei einem vom Bundesheer …", kontere ich.

„Ich habe keine Frau. Aktuell, jedenfalls." Er sieht mir ein wenig zu lange in die Augen.

„Ich kann mich auch nicht für jeden Interviewtermin umziehen", antworte ich darauf und beginne in meiner Tasche nach dem Aufnahmegerät zu kramen.

„Ja", sagt er deutlich trockener. „Deswegen sind wir hier. – Wollen wir zuerst ein wenig über das reden, was ich nicht offiziell sagen kann, und dann das Interview machen, oder soll es gleich losgehen?"

„So viel Zeit hab ich auf alle Fälle", sage ich und lächle ihn an. Nur als Wiedergutmachung für meine abrupte Rückkehr zum Geschäftlichen.

Ich bestelle wie beim letzten Mal Campari Soda, Unterberger schließt sich mir diesmal an.

„Gibt's etwas Neues?", will ich wissen.

„Wir haben uns angesehen, was da gestern passiert ist. Das Feuer war leider so stark, dass es noch einige Zeit dauern wird, bis man weiß, ob Sprengstoffreste identifiziert werden können. Die Verformung des Gasrohrs zeigt aber klar, dass es gesprengt worden ist."

Also hat Gruber zumindest damit recht. „Ein Informant von mir ... er redet davon, dass es Ökoterroristen gewesen sein könnten."

„Ausschließen kann man nichts. Die Frage ist generell: Welches Motiv kann es für den Anschlag gegeben haben?"

Unsere Drinks kommen, wir prosten einander zu. Mira und der Generalleutnant. Klingt wie ein mittelgutes Lustspiel.

„Ravensbach wurde in Sonnendorf umbenannt. Wenn das jemandem nicht passt, dann sprengt er wohl keine Gasleitung, sondern eher ein Windrad. Oder legt Feuer im Biomasseheizwerk", überlege ich.

„Und wenn es tatsächlich jemand von den Umweltaktivisten war? Um zu zeigen, wie verletzlich die Gaspipelines sind?"

Ich schüttle den Kopf. „Dann doch nicht genau an diesem Tag, an dem Sonnendorf gefeiert wird."

„So einfach ist es übrigens gar nicht, eine Gasleitung zu sprengen", fährt der Generalleutnant fort. „Die Leitungen werden überprüft und auf äußere Veränderungen kontrolliert. Die ‚AE' fliegt sie auch periodisch mit einem Hubschrauber ab. Die Sprengung muss sowohl sehr gezielt erfolgen als auch ausreichend stark sein. Die Leitung liegt rund zwei Meter unter der Erde und der Stahlmantel ist massiv. Da kann nicht irgendein Spinner hergehen und ein wenig Schwarzpulver anzünden."

„Was wiederum doch auf einen klassischen Terrorakt hindeuten würde."

„Es gibt keinerlei Bekennerschreiben, auch keine Anzeichen, warum jemand aus der internationalen Terrorszene ausgerechnet hier und jetzt aktiv werden sollte."

„Und was, wenn einfach geübt worden ist? Wenn man herausfinden wollte, ob es überhaupt funktioniert? Man hat sich dafür einen Platz gesucht, der eher abgelegen ist, an dem kein zu großer Schaden angerichtet wird, zu dem aber Medien sehr schnell hinkommen können. Und das war in diesem Fall eine Leitung nahe bei Sonnendorf, nahe beim Fest. So kann man auch gleich prüfen, wie die Öffentlichkeit reagiert."

„Sie haben eine Menge Fantasie", lächelt Generalleutnant Unterberger. „Ist das nicht gefährlich, wenn man Journalistin ist und über Tatsachen berichten sollte?"

Ich sehe ihn empört an. Als ob er eine bessere Idee hätte. „Und? Was ist Ihre These?"

Er lächelt schon wieder. „Ich gebe es ungern zu, aber ich bin Ihnen unterlegen. Ich habe keine."

„Wird das Bundesheer etwas unternehmen?"

„Ist das jetzt schon Teil der offiziellen Fragerunde?"

Wenn ich mit Vesna noch joggen gehen möchte, wird es Zeit dafür. Aber will ich das? Ich lehne mich zurück. „Offiziell wird es, wenn ich mein Aufnahmegerät einschalte."

„Dann lassen Sie es doch bitte noch ausgeschaltet."

„Es gibt also etwas, das Sie mir sagen wollen?"

Der Generalleutnant wirft mir einen undefinierbaren Blick zu. „Es gibt eine Menge, das ich Ihnen sagen möchte." Er räuspert sich etwas theatralisch. „Aber ich fürchte, es ist Ihnen lieber, wir bleiben beim Thema. Also: Das Bundesheer ist informiert, unternehmen werden wir nichts. Wir halten wie bisher Augen und Ohren offen, wenn es um mögliche terroristische Akte und internationale Verflechtungen geht. Wir sind mit unseren europäischen Kollegen vernetzt und haben uns schon erkundigt, ob anderswo in letzter Zeit Ähnliches geschehen ist."

„Und?"

„Es ist Montagnachmittag. Das dauert. Es soll nicht nur bei uns Dienstwege geben. Im Internet haben wir jedenfalls nichts Vergleichbares gefunden. Sieht man von einem Anschlag auf einen ägyptischen Gasterminal mit Leitung nach Israel im letzten Jahr ab. Aber da dürfte es sich wohl um den klassischen Regionalkonflikt gehandelt haben."

Unser offizielles Gespräch wird deutlich kürzer. Generalleutnant Unterberger bestätigt, dass Terroristen versuchen könnten, das europäische Energiesystem zu treffen. Konkrete Hinweise darauf gebe es momentan aber keine. Er sagt einiges über die umfassende Landesverteidigung, und darüber, dass es eine der Zukunftsaufgaben des Heers sei, unsere Infrastruktur vor solchen neuen Bedrohungen zu schützen. Ansonsten werde man über die Ermittlungen im Fall der gesprengten Gasleitung auf dem Laufenden gehalten, wolle aber nicht darüber reden und den zuständigen Stellen keinesfalls vorgreifen. Wenn ich gehofft hatte, er erzählt ein wenig mehr, und sei es auch nur meiner blauen Augen halber, dann habe ich mich getäuscht. Der Typ ist ein charmanter Vollprofi. Ich bedanke mich, er muss zu seinem nächsten Termin und ich habe Zeit, um mich daheim zum Joggen umzuziehen. – Wäre es anders gekommen, wenn ich mit ihm zu Abend gegessen hätte? Was hätte anders kommen sollen? Eine dumme kleine Enttäuschung bleibt. Am Ende unseres Gesprächs hat er gar nicht mehr so gewirkt, als ob er mit mir flirten wollte.

Ich schlüpfe gerade in die Laufhose, als ich das SMS-Signal höre. Ist Vesna etwas dazwischengekommen? Dann müsste ich mich glatt vor den Fernseher setzen, etwas essen und dösen, bis Oskar von seiner Veranstaltung bei der Rechtsanwaltskammer zurück ist. Das SMS ist vom Generalleutnant: „Wäre ich nicht so schüchtern, ich hätte Sie gefragt, ob Sie mit mir essen gehen. Oder ernähren Sie sich bloß von Campari?"

Weil der schüchtern ist. – Oder ist er es vielleicht doch? Ein Abendessen in allen Ehren wird wohl drin sein. Vielleicht erfahre ich dann, ganz nebenbei, doch mehr. Aus dienstlichen Gründen kann ich leider nicht joggen gehen, liebe Vesna. Sorry! Ja. Dass es trotzdem dienstlich ist, muss klar sein. Quasi ein erweitertes Hintergrundgespräch. Was soll ich anziehen? Hoppla. Zuerst einmal muss ich dem Generalleutnant antworten.

„Campari ist für mich bloß der beste Aperitif", tippe ich. Nein, um Himmels willen, viel zu anzüglich. Der glaubt am Ende noch, ich hätte Appetit auf ihn! „Bitte um militärisch genaue Koordinaten, kann um 19 Uhr im Großraum Wien zuschlagen." Besser so. Senden. Oskar schicke ich auch eine SMS: Ich müsse am Abend noch recherchieren, es könne spät werden. Was ja nicht gelogen ist.

Wir treffen uns in einem kleinen offenbar griechischen Lokal in einer der schmalen Gassen hinter dem Stephansdom. Stil hat der Mann, muss man ihm lassen. Das „Kopiaste" ist keines dieser pseudoschicken

Ethno-Lokale. Es hat nur acht Tische, wirkt gemütlich und so, als ob man hier einfach gut essen könnte. Ich sehe mich um. Unterberger scheint noch nicht da zu sein. Es ist zehn nach sieben. Wahrscheinlich ist er aufgehalten worden. Er ist offenbar der zweithöchste Offizier im Bundesheer. Habe ich noch schnell gegoogelt. Es ist bloß ein Tisch frei. Aus der Küche höre ich Lachen. Kellner ist keiner zu sehen. Ich gehe langsam zur Schank, hoffe, dass ich nicht zu unsicher wirke und dass Unterberger endlich zur Tür reinkommt. Höflicher wäre es schon gewesen, vor mir da zu sein. Na ja. Hätte ich mir eben mehr Zeit lassen müssen. Aber ich bin hungrig. Und neugierig. Auf der Schank liegen Speisekarten. Wunderbar, etwas, das ich in die Hand nehmen und in dem ich blättern kann. Das ist ein zypriotisches Lokal, lese ich. Nach Zypern wollte ich schon lange einmal. In Zypern ist die Firmenzentrale von „Pure Energy". In Zypern sind UNO-Truppen. Vielleicht war Unterberger dort stationiert.

Rumoren. Da scheint jemand aus der Küche zu kommen. Endlich. Hoffentlich hat Unterberger reserviert. Ein kleiner dicklicher Mann in einer blitzsauberen Kochschürze. Und dahinter: der Generalleutnant. In Jeans, blauem Polohemd und schwarzem Leinensakko. Er sieht nicht übel aus, muss ich zugeben. Das einzige Problem ist ...

„Mira!", ruft er. „Ich darf Sie doch Mira nennen?" So gelöst hab ich ihn noch nicht gesehen. „Das hier ist mein Freund Andreas. Er ist der beste zypriotische Koch zwischen Kap Greko und Paphos." Erst jetzt sieht er mich genauer an, und er beginnt zu lachen. Das ist eines Offiziers wirklich nicht würdig. „Wir müssen Seelenverwandte sein – irgendwie."

Ich trage Jeans, blaues T-Shirt und schwarzes Leinensakko. Und dann beginne ich auch zu lachen. Andreas lacht mit uns und klopft seinem Freund begeistert auf die Schulter. Dazu muss er ein ganz kleines bisschen springen.

Wir essen eine zypriotische Meze: Da kommt alles auf kleinen Tellerchen daher, gleich mehrere Dinge auf einmal: Melinzanosalata, Skordalia – eine köstliche Brot-und-Knoblauch-Paste, Tsatsiki, aber frisch gemacht und mit viel Minze drinnen, selbst eingelegte Sardinen, kleine schwarze Oliven mit zerstoßenem Koriander, gebratener Halloumi und Lountza, ein aromatischer zypriotischer Schinken. Ich bin begeistert. Und bei so gutem Essen verlieren sich alle Gedanken darüber, was ich für einen Eindruck mache und ob ich überhaupt hier sein sollte. Ich lobe jeden Gang mit aufrichtigem Entzücken, Andreas, der selbst serviert, tätschelt mir nach gebackenen kleinen Fischen, Oktopus in Knoblauchöl, saftigem Schwertfisch und Muscheln auf Gemüsemayonnaise die Wange und ich finde es nett. Dabei konnte ich das schon als Kind nicht ausstehen. Das einzig Dumme: Mir fällt Unterbergers Vorname nicht ein. Mein Namensgedächtnis ist entsetzlich, das ist wirklich zu blöd. Ich habe ihn natürlich schon gelesen. Aber in meinem Kopf heißt er mit Vornamen offenbar Generalleutnant. Wir reden vor allem übers Essen, Unterberger scheint diese Meze genauso zu genießen wie ich.

„Ich war nie auf Zypern stationiert, aber ich habe unsere Truppe immer wieder besucht. Und ab und zu sind dort UNO-Treffen. Außerdem fahre ich inzwischen liebend gern auf Urlaub nach Kap Greko, eine wunderbare Halbinsel, die unter Naturschutz steht."

„Allein?" Das ist mir so herausgerutscht.

Er sieht mich aufmerksam an. „Nicht immer", antwortet er dann und lächelt. „Aber die letzten beiden Male schon. Meine Karriere war mit meiner Ehe nicht ganz kompatibel."

„Könnte es einfach sein, dass Sie sich auseinandergelebt haben?", frage ich und nehme noch einen Schluck trockenen zypriotischen Weißwein.

„Sie wissen, wer meine Exfrau ist?"

Wirkt nicht, als würde er Wert darauf legen. „Sollte ich? Ich hab jedenfalls bis vor geraumer Zeit die Lifestyle-Seiten im ‚Magazin' betreut."

Er seufzt. „Dann wissen Sie über meine Exfrau wahrscheinlich mehr als ich selbst."

Zwischen Tintenfisch in Rotwein und köstlichen Lammrippchen stellt sich heraus, dass er mit Annette verheiratet war. Der Promi-Talkerin schlechthin. Ihre Programme sind mir zu nah am Seelenstriptease. Aber die Zuschauer lieben das, sie ist so etwas wie eine Quotenqueen. „Annettes Privatleben hat mich offenbar doch nicht hinreichend interessiert", lächle ich. „Außerdem war die Sache mit dem Lifestyle einfach ein Job, meine Katze Gismo und ich müssen von irgendetwas leben. Und wir essen beide gern."

„Dr. Kellerfreund kann ja, glaube ich, ganz gut für sich selbst sorgen."

Oh, er weiß, dass ich nicht allein bin. Sehr gut so. Natürlich sehr gut. Aber woher ... Oskar und ich haben bei der Heirat unsere eigenen Namen behalten. Auf dem Society-Parkett sind wir selten unterwegs.

Oskar hasst Menschenansammlungen mit Cocktailgläsern in der Hand. Militärischer Geheimdienst ... Was hat er noch über mich ermitteln lassen?

„Wir haben einen gemeinsamen Freund. Valentin Freytag", fährt er fort.

Ich glaube es nicht, Vesnas Liebster! Valentin, Produzent und Entwickler von internationalen Fernsehshow-Formaten mit jeder Menge Geschmack im Privatleben. Der Mann, der seit Jahren versucht, Vesna zu heiraten. Immerhin hat er es in der Zwischenzeit geschafft, dass sie aus ihrem Abbruchhaus in seine Villa gezogen ist.

„Wir kennen uns seit ewig. Ich habe neben der Ausbildung an der Militärakademie Philosophie studiert. Er war damals Assistent an der Uni. Ich habe ihn gestern getroffen, per Zufall. Und ich habe ihm wohl ein wenig von der großartigen Journalistin vorgeschwärmt, die in eine Militärübung geraten ist und meine Soldaten einfach stehen lassen hat. ‚Möge die Übung gelingen', und weg war sie."

„Davon hab ich Ihnen doch gar nichts erzählt."

„Nach unserem ersten Gespräch habe ich natürlich nachgefragt, was da in Treberndorf los war. An sich müsste der Kommandant Meldung machen, wenn Zivilisten in eine Übung geraten, hat er aber nicht. Und als ich ihn habe kommen lassen, hat er schließlich gestanden. Sie hätten die Sache lieber vergessen wollen, es sei ja auch nichts passiert."

„Und trotz meiner Missachtung Ihrer versammelten Streitkräfte wollten Sie mit mir essen gehen?"

Unterberger lächelt und nimmt noch einen Schluck Wein. Er hat warme braune Augen. Oder macht das nur das Licht hier? „Ich habe recherchiert, dass Sie sehr gerne essen."

„Na super!"

„Na klar. Glauben Sie, ich will in meinem Lieblingslokal mit jemandem sitzen, der nach dem dritten Tellerchen etwas von Cholesterin und Kalorien murmelt?"

„Und was wissen Sie sonst noch über mich?"

„Das erzähle ich nicht. Sonst werden Sie eingebildet."

Andreas kommt mit einem breiten Lächeln und einem Tablett voller neuer Tellerchen. Verschiedene exotisch gewürzte Fleischragouts, mit Zimt, mit Nelken, dazu Würste und etwas, das aussieht wie Cevapcici. „Sheftalia!", ruft er und deutet darauf. „Keftedes, Aphelia ..." Ich kann mir nicht alle Namen merken, aber es duftet großartig.

„Wenn etwas schon so schöne Namen hat ..." Ich bin zwar an sich längst satt, aber so genau muss man nicht immer auf den Magen oder gar auf die Vernunft hören.

„Nur falls Sie auf die Idee kämen, mir das Du-Wort anzubieten: Ich würde nicht Nein sagen", murmelt mein Generalleutnant.

Da haben wir den Salat.

Er sieht mich beinahe erschrocken an. „Das sollte jetzt aber kein Überfall sein ... Wenn es Ihnen lieber ist ... Natürlich hat auch Distanz seine Vorzüge ... und manchmal bin ich, entschuldigen Sie, einfach ein wenig plump ... wahrscheinlich meine Umgebung ..."

Meine Güte, dieser Mann ist unsicher! Der ist, zumindest hin und wieder, tatsächlich schüchtern. Ich strahle ihn an. „Ich hab nur ein klitzekleines Problem."

Er versucht sich wieder zu fangen. „Und das wäre?"

„Ich weiß Ihren Vornamen nicht."

„Christoph", lacht er, als wäre das der lustigste Name der Welt, er kann gar nicht mehr aufhören damit. „Wir sind ein wunderbares Paar."

„Bis auf den Umstand, dass wir kein Paar sind."

„Vielleicht macht es gerade das so nett."

Wir trinken aufs Du und geben uns ein freundschaftliches Küsschen auf die Wange. Für einen Moment hatte ich den Eindruck, er würde versuchen, mich auf den Mund ... Andreas jedenfalls umtanzt und umgarnt uns, als hätten wir uns gerade verlobt.

Ich komme gegen Mitternacht nach Hause, ich will Oskar sofort vom großartigen Lokal erzählen. Es war ein wunderbarer Abend, und als ich zu Fuß durch die Innenstadt heimwärts gegangen bin, hatte ich das gute Gefühl, einen neuen Freund gefunden zu haben. So viele Menschen, mit denen man essen und reden und vielleicht ein wenig flirten kann, gibt es nicht. Natürlich bin ich vom Wein beschwingt und von dieser Meze sowieso. Ich muss mir dringend ein zypriotisches Kochbuch besorgen und versuchen, das eine oder andere nachzukochen. Außerdem werde ich Valentin ein wenig über Christoph ausfragen. Ein Offizier, der nebenbei Philosophie studiert hat. Was es nicht alles gibt. Gismo steht vor mir und maunzt Unmissverständliches: Zuallererst müsse sie einmal gefüttert werden.

„Hallo Oskar", rufe ich beschwingt und gehe Richtung Küchenzeile. Keine Antwort. Vielleicht ist er auf der Couch eingeschlafen. Dass er schon zu Bett gegangen ist, glaube ich nicht. Ich verwöhne Gismo mit einem der kleinen, feinen Futterbeutelchen. Sieht so aus, als hätte sie heute Abend noch nichts bekommen. Ich schlemme da und meine arme Katze ... Gismo schnurrt und frisst gleichzeitig. Würde ich das können, ich hätte es heute Abend auch getan.

Kein Oskar in Sicht. Ich schaue ins Schlafzimmer. Kein Oskar. Er ist noch gar nicht zurück. Ich werde auf ihn warten. Ich schenke mir einen großzügigen Schluck Jameson ein, gebe den wichtigen Tropfen Wasser in meinen irischen Lieblingswhiskey und überlege, ob ich mich vor den Fernseher oder vor den Laptop setzen soll. Ich könnte auch etwas lesen ... aber mein Kopf ist so voll ... Ich starte den Laptop.

E-Mail von Vesna. „Wir gehen morgen früh joggen. Halb acht beim Donaukanal. Du wirst nicht aufgeben."

Üblicherweise schickt sie mir SMS. Ich sehe auf mein Telefon. Da sind gleich zwei Nachrichten drauf, die ich übersehen habe: eine von Vesna, hier hat sie ihren Befehl noch in eine Frage gekleidet: „Gehen wir morgen halb acht joggen? Du wirst nicht aufgeben!" Ich antworte: „Zu Befehl!" – Ob mich das Militärische schon infiziert hat? Die andere SMS stammt von Oskar: „Habe Kollegen getroffen, den ich ewig nicht gesehen habe. Wird spät. Kuss Oskar."

Besser, ich gehe schlafen. Damit ich morgen leichter neben Vesna her keuche. Ob der Kommandant der Bundesheerübung in Treberndorf seinem Vorgesetzten auch erzählt hat, wie ich ausgesehen habe? Lahme Ente mit kurzer Hose und hochrotem Kopf. Na, vielleicht bin ich zu kritisch. Hoffentlich. Was soll's, immerhin hat er zugeben müssen, dass ich seine Truppe ausgetrickst habe.

[6.]

Oskar hat ungewöhnlich viel Lärm gemacht, als er heimgekommen ist. Ich habe den Verdacht, er hat mit seinem Rechtsanwaltsfreund zu tief ins Glas geschaut. Am Morgen jedenfalls schläft er tief und fest und reagiert nicht, als mein Wecker läutet.
Es ist brutal. Sechs Uhr fünfundvierzig. Ich will, wenn schon, dann gegen Abend joggen. Abends bin ich einfach besser drauf als in der Früh. Ich überlege kurz, mich zu Oskar zu kuscheln und einfach weiterzuschlafen.
Nein. Ich will fit werden. So fit, dass ich mit den Militärs mithalten kann. – Spinnst du, Mira? Quatsch. In der Früh kann man meine Gedanken nicht auf die Goldwaage legen. Meine Worte auch nicht. Aber ich muss ja zum Glück noch nicht sprechen. Auf!
Gismo hebt wenigstens den Kopf, als ich aus dem Badezimmer tappe. Aber sie ist sogar noch zu müde, um etwas zu fressen zu wollen. Außerdem ist ihr wohl klar, dass sich ihr zweiter Versorger Oskar zu einer vernünftigeren Zeit um sie kümmern wird.

Zum Glück ist es für die zweite Septemberhälfte angenehm warm und schön. Ich halte mein Gesicht in die Sonne und gehe dann so schnell wie möglich Richtung Donaukanal. Vesna steht schon bei der Stiege und macht Dehnungsübungen.
„Was du hast in Nacht recherchiert?", fragt sie neugierig.
„Hat Valentin nichts gesagt?"
„Wieso Valentin? Der ist gestern nach Amsterdam in Produktionsbüro. Die haben dort Blödsinn gemacht mit neuer Show. Er muss Feuerwehr spielen."
„Ich erzähle es dir später", halte ich meine Freundin hin.

„Dann ich erzähle dir auch später, was Jana gestern hat herausgefunden. Sie ist wirklich gut, besser, sie wird Detektivin wie brotlose Politologin."

Ausnahmsweise bin ich die Erste, die losstartet. Ich habe ein Militärkommando, oder wie immer das heißt, ausgetrickst. Also werde ich auch ein wenig in der Morgensonne laufen können.

Mein Übermut hat sich allerdings bald gelegt, und als Vesna nach vier Kilometern wieder wissen will, was gestern Abend los war, keuche ich: „Wenn wir stehen bleiben, dann sag ich es."

Worauf Vesna tatsächlich stehen bleibt. Und ich ihr erzähle, dass Generalleutnant Unterberger ein Uraltfreund ihres Valentin ist. „Ich weiß", reagiert sie etwas enttäuscht. „Der ist das also. Aber ich bin nicht Freundin von Militär. Habe ich zu viel davon gesehen. In Bosnien."

Bei dem glaube man gar nicht, dass er beim Bundesheer sei, sage ich, der habe Witz und verstehe eine Menge von gutem Essen und außerdem: Einer, der nebenbei Philosophie studiert habe, könne kein sturer Militärschädel sein. Wir lehnen an einer Bank, ich versuche Vesnas Stretchingübungen zu kopieren. „Der hat dich richtig eingewickelt mit zyprischem Essen und Uniform", spottet sie.

„Er war in Zivil. Und er wird mir erzählen, was bei den Ermittlungen über die Pipelineexplosion herauskommt. Und ob es Zusammenhänge mit internationalen Terroraktivitäten gibt."

„Sicher", sagt sie und es klingt, als würde sie es nicht so meinen.

„Was hat Jana herausgefunden?", will ich wissen.

„Die Windkraftgegner in Sonnendorf, sie haben teure Homepage. Und sie haben gestern Privatdetektiv Auftrag gegeben. Detektiv ist nicht besonders seriös, sagen andere aus der Branche. Er findet nicht heraus, was wahr ist, sondern was Auftraggeber will. Aber nimmt viel Geld. Und: Jana hat gehört, die Gegner haben vor Abstimmung im Dorf allen Leuten Geld versprochen, wenn sie gegen neuen Namen stimmen. Ob es jemand wirklich gekriegt hat, sie hat nicht erfahren. Dabei sieht nicht so aus, wie wenn einer von den Gegnern reich ist."

„Und woher haben sie dann das Geld?" Au, jetzt habe ich einen Krampf im Unterschenkel. Man muss offenbar auch beim Dehnen vorsichtig sein.

„War nur ein Tag Zeit. Keine Ahnung. Man sollte bei ‚AE' fragen, aber bei großen Unternehmen das ist schwierig. Wir müssen nachsehen, wer sonst noch etwas gegen Windräder oder gegen ‚PRO!' hat. Und jetzt komm! Es geht weiter!"

Ich sehe meine Freundin fassungslos an. „Ich dachte, das reicht für heute. Du kannst ja weiterlaufen."

„Du willst Weg zurück wirklich gehen? Ich glaube das nicht! Wer Freund bei Militär hat, muss fit sein. Oder wenn du musst vor wütendem Oskar davonlaufen!" Und schon ist sie ein ganz schönes Stück vor mir.

Ich sprinte ihr nach. Alles kann ich mir auch nicht gefallen lassen. „Christoph ist Valentins Freund. Und Oskar hat keinen Grund, wütend zu sein! Er ist nach mir heimgekommen! Er schläft noch!"

„Aber er wird wieder munter!", ruft Vesna.

Als ich in der Redaktion die heutigen Tageszeitungen durchsehe, bin auch ich mit einem Schlag hellwach. Das „Blatt" titelt: *„Sprengen Ökoterroristen Gasleitung?"* Darunter wird drauflosspekuliert, dass Radikale „im Umfeld von ‚PRO!'" hinter der Gasexplosion stehen könnten. Aus „gut informierten Kreisen" habe man erfahren, dass am Tatort eine Streichholzschachtel des Ökostromanbieters gefunden worden sei. Tatsache sei auch, dass sich Mitarbeiter von „PRO!" immer wieder „am Rande legaler Aktionen" bewegt hätten.

„Das ‚Blatt' setzt sich für den europaweiten Ausstieg aus der gefährlichen Atomenergie und für Umweltschutz ein. Allerdings mit rechtsstaatlichen Mitteln. Wie uns bekannt wurde, wurde der Geschäftsführer des Ökostromanbieters ‚PRO!' Karl N. schon zwei Mal wegen gesetzeswidriger Aktionen festgenommen: Auch in Deutschland, als er gemeinsam mit Genossen Eisenbahnschienen abgegraben hat, um angeblich einen Atommülltransport zu verhindern. Dass dadurch Züge entgleisen und Menschen zu Schaden kommen können, musste ihm klar sein. Interessant ist in diesem Zusammenhang auch, dass Tina Bogner, die Sprecherin der ‚PRO!'-Gruppe, unmittelbar nach dem Anschlag betont hat: Jetzt zeigt sich, dass Gasleitungen zu gefährlich sind! Alle sollten auf ihre Art der Energieversorgung umsteigen! Der Europa-Chef von Greenpeace bezeichnet Tina Bogner im Exklusivgespräch mit dem ‚Blatt' jedenfalls als ‚radikal'. Man sei ‚sehr froh gewesen, dass sie ihren Job bei Greenpeace aufgegeben hat'."

Halbwahrheiten gemixt mit Bösartigkeit und garniert mit schlechtem Deutsch. Und trotzdem: Würden sie so etwas schreiben, wenn gar nichts dran wäre? Selbst dem „Blatt" muss klar sein, dass Greenpeace klagt, sollte der Europa-Chef falsch zitiert worden sein.

Ich sehe einige andere Tageszeitungen durch. Sie spielen das Thema deutlich kleiner, aber in allen ist über „Verdachtsmomente gegen linksorientierte Umweltgruppen" oder von „radikalisierten Ökoaktivisten" die Rede. Dabei hat es gestern weder eine Medieninformation der Polizei noch eine Meldung der Austria Presse Agentur zu diesem Thema gegeben. Wie sind die Redaktionen auf die Idee gekommen, die Explosion könnte mit Umweltaktivisten oder gar mit jemandem von „PRO!" zu tun haben? Oder ist es naheliegend und ich habe eben auch meine Vorurteile: nämlich dass Umweltschützer gut und Energiekonzerne böse sind? Nein, so einfach mache ich es mir ohnehin nicht.

Zwei Sachen muss ich jedenfalls nachprüfen: ob es sich tatsächlich um ein Auto von „PRO!" gehandelt hat, das kurz nach der Explosion auf Sonnendorf zugefahren ist; und warum sich Tina Bogner von Greenpeace verabschiedet hat. Eines ist schon klar: Die Explosion hat zwar das Fest gestört, aber sie hätte, wenn über die Anfälligkeit von Gasdruckleitungen diskutiert worden wäre, der Sache von „PRO!" nützen können. Während „AE", die vielleicht die Windkraftgegner finanziell unterstützen, sicherlich keinen Grund gehabt hätten, ihre eigene Pipeline in die Luft zu jagen. Und „Pure Energy", die ja internationalen Energiehandel betreiben, schon gar nicht.

Ich kann mir vorstellen, wie wütend Tina Bogner über die heutigen Medienberichte ist. Wahrscheinlich heizt sie das Biomasseheizwerk allein mit ihrer aufgestauten Energie. Mit einem solchen Aktivitätspotenzial: Hält man es da aus, immer brav den langsamen und legalen Weg zu gehen? Ich werde sie anrufen. Um die Mittagszeit, wenn mein eigenes Energieniveau schon etwas stabiler ist. Ich muss ihr etwas entgegenzusetzen haben.

Ich bespreche mich mit Bernd von der Wirtschaftsredaktion. Er hat einen guten Draht zu „AE", der Vorstandssprecher hat mit ihm studiert. Er wird versuchen, ihn zu erreichen und mit mir zu verbinden.

„Der ist so alt wie du und schon im Vorstand?", wundere ich mich.

„Er ist so etwas wie ein Edel-Pressesprecher, aber nächstes Jahr wird er dreißig und da will er in der Geschäftsführung sein", antwortet Bernd und grinst. „War immer schon ehrgeizig. Ist aber ganz in Ordnung."

Als ich wieder am Schreibtisch bin, überlege ich, wie ich mein Gespräch mit Generalleutnant Unterberger in die Reportage einbauen werde. Wäre gut, mit ihm über die Vorwürfe gegen die Ökos zu reden.

– Umweltterroristen? Kann ich an die wirklich glauben? Oder suche ich nur einen Vorwand, um ihn anzurufen? Ich sollte auf Distanz gehen und überlegen, inwieweit der Bundesheeroffizier das „Magazin" und mich für seine Interessen einsetzen möchte. Unsinn, Mira. Lass dir das gestrige Essen nicht miesmachen. Es war ein schöner Abend. Und damit Punkt.

Als das „Magazin"-Telefon läutet, bin ich irritiert. Ruft er jetzt mich an? Nein, es ist eine Sekretärin von „AE", ob sie mich zum Vorstandssprecher durchstellen dürfe? Sie darf.

Nach den Begrüßungsfreundlichkeiten frage ich ihn, ob es schon irgendwelche Erkenntnisse zu der Gasleitungsexplosion gibt.

„Das würden wir uns dringend wünschen. Alles, was wir wissen, ist, dass die Leitung gesprengt wurde. Und zwar offenbar sehr effizient. Es kann keine kindische Racheaktion oder so etwas gewesen sein."

„Gibt es so etwas gegen Leitungen der ‚AE'?", will ich wissen.

„Schon, aber nicht in der Form. Es sind üblicherweise Kleinigkeiten. Querköpfe findet man überall. Wir bauen gerade eine neue Überlandleitung. Und da gibt es welche, die sich ärgern, weil man aufgraben muss, weil Wege kurzfristig unbenutzbar werden. Und es gibt natürlich Spinner, die Gas grundsätzlich für gefährlich halten. Oder die unsere Starkstrommasten beschmieren, weil sie angeblich durch Elektrosmog Krebs verursachen. Es gibt nichts, was wir nicht schon gehabt hätten."

„Außer einem Anschlag wie am Sonntag", erinnere ich ihn.

„Ja. Er hat keinen besonders großen Schaden verursacht, aber das Gerede ist nichts, was wir brauchen können. Wir werden gefragt, ob wir auf unsere Leitungen ausreichend aufpassen können. Und was es denn hieße, wenn das erst der Beginn einer Serie von Attentaten wäre. Als ob wir keine anderen Sorgen hätten."

„Glauben Sie an Täter aus dem Umweltbereich?"

Schweigen. Überlegt er, wie viel er mir erzählen darf? „Radikale gibt es überall, aber ... Wir haben die heutigen Medienberichte natürlich analysiert. Unter uns gesagt: Ich kann mir nicht vorstellen, dass ‚PRO!' dahintersteckt. Wir arbeiten gut mit ihnen zusammen. Sie betreiben eine Reihe von Windparks rund um Wien, die Energie wird in unser Stromnetz eingespeist."

„Aber Sie sind doch auch Konkurrenten, oder?" Gar so friedlich wird der Wettbewerb unter den Energieanbietern doch nicht sein, habe ich den Verdacht.

"Unser Land ist klein. Man kennt sich untereinander. Das ist überall so. Ich habe mit Bernd studiert, er ist jetzt Wirtschaftsjournalist und ich bin bei ‚AE', man hat eine Vertrauensbasis, man tauscht sich aus. Genauso gibt es Energiefachleute, die gemeinsam studiert, teilweise gemeinsam gearbeitet haben und jetzt in verschiedenen Unternehmen im Umweltbereich tätig sind. Man macht Geschäfte. Auch wir setzen auf erneuerbare Energie. Da hat ‚PRO!' eben besonderes Know-how. Und dass sie längerfristig für ein Ende der überregionalen Energieversorgung sind und alles vor Ort erzeugen wollen, tut uns nicht weh. Das wird nicht geschehen. Zumindest nicht in absehbarer Zeit."

Zeit für mich, einen Versuchsballon steigen zu lassen: „In Sonnendorf gibt es eine Gruppe von Windkraftgegnern. Es ist durchgesickert, dass ‚AE' sie finanziell unterstützt."

„So ein Unsinn!", kommt es empört zurück. „Warum sollten wir so etwas tun? Wir haben genug Ärger mit Leuten, die gegen alles sind, was mit Energie zu tun hat."

„Der Anführer dieser Windkraftgegner hat bei ‚AE' gearbeitet."

„Der ist seit drei Jahren in Frühpension."

Ich lege einen Zahn zu: „Schon interessant, dass man in der Vorstandsetage jeden Frührentner kennt."

„Ich kenne nicht jeden, aber den kenne ich. Natürlich wollte er, dass wir seine Gruppe fördern. Er scheint sich ähnlichen Unsinn zusammengereimt zu haben wie ..." Er stockt. „... wie gewissen Medien. Wir arbeiten nicht gegen ‚PRO!', wir arbeiten mit ihnen zusammen. Wir ergänzen einander."

„Und ‚Pure Energy'", fällt mir ein, „wie geht es Ihnen mit denen?"

„Das führt jetzt schon sehr weit weg von unserem eigentlichen Gesprächsthema."

„Vielleicht auch nicht. Es ist vertraulich, aber ich kann Ihnen etwas verraten: Es war ein namhafter Berater von ‚Pure Energy', der mir geflüstert hat, dass man von einem Ökoanschlag auf die Pipeline ausgehen müsse." Mir egal, wenn er errät, wer es ist.

„Dann hat womöglich dieser Gruber die heutigen Medienberichte auf dem Gewissen. ‚Pure Energy' hat die dumme Angewohnheit, sich in letzter Zeit überall einzumischen. Und Gruber mit seinen guten Beziehungen von früher ist quasi ihr Bote. – Das habe ich jetzt als Studienkollege von Bernd gesagt und nicht als Vorstandssprecher."

„Als gute Kollegin von Bernd frage ich mich da: Gibt's zu denen also keine so freundliche Beziehung wie zu ‚PRO'?"

Funkstille. „So kann man das nicht sagen", fährt er langsam fort. „Auch mit ‚Pure Energy' arbeiten wir zusammen. Vor allem was Energielieferungen angeht. Sie haben in letzter Zeit einige europäische Firmen aufgekauft, die Gas- und Ölgeschäfte vermittelt haben. Das hat man bei ‚AE' begrüßt. Jetzt ist der Handel nicht mehr so unübersichtlich. Andererseits ... je mehr Marktmacht in einer Hand ist, desto schwieriger wird es bei Verhandlungen."

„‚Pure Energy' will weiter ausbauen, sich auch an großen Projekten im Bereich erneuerbarer Energie beteiligen. Offshore-Windparks in der Nord- und Ostsee, Sonnenkraftwerke in Afrika."

„Sollen sie, unser Markt ist Österreich, das sind Dimensionen, die uns nicht interessieren müssen. Wir sind froh, wenn klar ist, dass auf Dauer genug Strom geliefert werden kann. Wir kaufen ohnehin nur zu, was wir brauchen."

Einen Trumpf habe ich noch und es macht mir gar nichts aus, dass ich weiterplaudere, was mir Gruber erzählt hat: „Es ist übrigens Gruber, der herumerzählt, dass ‚AE' vielleicht nicht ausreichend auf seine Leitungen aufpassen kann. Es gibt Hinweise, dass auch internationale Terrorkommandos Anschläge auf europäische Energieeinrichtungen planen. Sein Unternehmen beteiligt sich an den transnationalen Netzen. Wäre es da nicht naheliegend, dass sich ‚Pure Energy' auch die wichtigen Leitungen durch Österreich schnappen möchte?"

„Terroranschläge sind immer denkbar. Wir haben unsere Vorkehrungen getroffen. Aber Gruber ist nicht ‚Pure Energy', er ist – das dürfen Sie natürlich nicht schreiben – ein Wichtigtuer, der es nie verkraften wird, dass ihn die eigene Partei abgehalftert hat. Der Österreich-Manager von ‚Pure Energy' ist ein vernünftiger Mann. Von ihm werden Sie so einen Unsinn sicher nicht hören."

„Hohenfels?"

„Haben Sie schon mit ihm gesprochen? Wenn nicht, sollten Sie das tun. Und ein kleiner Hinweis auf das, was Gruber da wieder anrichtet, könnte auch nicht schaden. Ich danke Ihnen für das Gespräch. Ich verspreche, ich halte Sie auf dem Laufenden, wenn es Neues über den Anschlag auf die Gasleitung gibt. Wir sind sehr interessiert an maximaler Transparenz. – Und einen schönen Gruß an Bernd."

„Wenn klar ist, dass es ein Anschlag war und dass er professionell durchgeführt worden ist: Wer kann es gewesen sein?" Ich erwarte mir keine Antwort. Ich stelle mir die Frage mehr oder weniger selbst. Der Vorstandssprecher seufzt. „Das wäre bloße Spekulation, darauf wollen wir uns nicht einlassen. Ich kann mir jedenfalls nicht vorstellen, dass jemand beteiligt war, den wir kennen und mit dem wir bisher gut gearbeitet haben. Wir glauben aber auch nicht an den Beginn einer Terrorserie, nur um das klarzustellen. Trotzdem werden wir die Leitungen jetzt noch besser überwachen. Das können Sie natürlich gern schreiben."

Klar, bloß: Wie überwacht man ein Leitungsnetz von rund zweitausend Kilometern lückenlos?

Ich versuche, bei „Pure Energy" herauszufinden, wann Carmen aus der Türkei zurückkommt, und scheitere. Es scheint einfach niemand da zu sein, der für sie zuständig ist. Was Hohenfels angeht, gelingt es mir nur eine Spur besser. Seine Sekretärin kann mir immerhin sagen, dass er nächste Woche Termine in Wien, Brüssel und Frankfurt habe. Wann genau er zurückfliege, hänge von den Gesprächen in der Türkei ab. Ob ich vielleicht mit Drago Stepanovic reden möchte? Er sei Connecting Manager und über alles informiert. Ich bedanke mich. Vielleicht ein anderes Mal. Ich stehe auf und strecke mich. Unglaublich, wie viele Muskeln ich spüre. Ob ich mich je an das Laufen gewöhnen werde können? Vielleicht bin ich einfach nicht der Typ dafür.

Mein Mobiltelefon. Oskar, der aufgewacht ist und mit mir plaudern möchte. Nein. Die Nummer kenne ich nicht.

„Frau Valensky, ich würde gern mit Ihnen sprechen. Ach ja, Tina Bogner da."

Die wollte ich ohnehin anrufen. Alle Energie auf Vordermann und los. „Wann? Wo?"

„Ich bin in Ihrer Redaktion", kommt es einigermaßen genervt zurück. „Die Dame vor mir telefoniert jetzt seit Minuten und lässt mich warten."

„Sie sind beim Empfang?" Ich grinse. Francesca wurde vom Geschäftsführer wegen ihrer langen blonden Haare ausgesucht und nicht deswegen, weil sie schnell oder gar mehrfachbegabt wäre.

„Ja. Natürlich." Es klingt, als würde sie gleich explodieren. Ist in Anbetracht der heutigen Medienberichte allerdings auch kein Wunder.

„Schalten Sie die Lautsprecherfunktion ein und halten Sie ihr das Telefon einfach hin." Dann brülle ich in meinen Apparat: „Francesca: Lassen Sie Frau Bogner zu mir! Ich warte auf sie!! Es ist dringend!!!"

„Was?", höre ich leise und gedehnt. „Das hab ich ja nicht wissen können."

Höchstens zwei Minuten später steht Tina Bogner vor meinem Schreibtisch. Das ist Rekordzeit für die Strecke vom Empfang bis zu mir. Ich will ihr ein wenig den Wind aus den Segeln nehmen, deute auf den Stuhl beim Philodendron und frage: „Haben Sie früher Leistungssport betrieben?"

Sie sieht mich verblüfft an. „Warum? Ist das auch verdächtig?"

„Wir sind eine Wochenzeitung. Wir haben noch nichts über den Anschlag geschrieben."

„Ich war Staatsmeisterin im Wildwasserpaddeln. Aber das ist lange her."

Ich lächle sie möglichst beruhigend an. „Das können Sie jetzt ja gut brauchen. Schnell durch stürmische Gewässer." Ich deute zum zweiten Mal auf meinen Besuchersessel. Es ist eigenartig, zu ihr aufzuschauen.

Endlich. Sie setzt sich. „Tolles Büro haben Sie hier", sagt sie.

„Ausgesprochen grün", ergänze ich.

„Es ist eine unglaubliche Sauerei, was da momentan passiert!", legt sie unvermittelt los. Ich habe den Eindruck, die Blätter meiner Philodendren zittern.

„Wenn Sie nicht wollen, dass alle mithören, dann reden Sie etwas leiser", versuche ich sie zu beruhigen.

„Ja. Sie haben recht." Sie versucht die Lautstärke um ein paar Dezibel zu senken. An Nachdruck verliert ihre Stimme trotzdem nicht. „Es waren großartige Berichte über Sonnendorf in den Medien. Vor allem in Deutschland. Die sind da einfach weiter als wir. Und dann das! Uns den Anschlag in die Schuhe schieben zu wollen! Haben Sie das ‚Blatt' gelesen?"

Ich deute darauf. Es liegt noch auf meinem Schreibtisch.

„Es wird in der nächsten Stunde eine Richtigstellung von George Heller aus London geben. Er hat natürlich nicht gesagt, was im ‚Blatt' steht."

„Dann wird Greenpeace das ‚Blatt' wohl klagen", vermute ich.

„Das ist ja das Gemeine! Was er gesagt hat, wurde so aus dem Zusammenhang gerissen, dass es das Gegenteil bedeutet! Die Worte hat er schon gesagt ..."

„Warum sind Sie damals aus London weg und zu ‚PRO!'?"

„Habe ich Ihnen ja schon erzählt! Weil ich endlich einmal ein eigenes großes Projekt starten wollte! Weil ich gewusst habe, dass ich die Ideen von ‚PRO!' weit über Österreich hinaus populär machen kann. – Können Sie sich vorstellen, was es bedeutet, wenn wir eine Energiewende schaffen?"

„Und Sie wären mit Ihrer Kampagne ganz vorne mit dabei. Eine neue Heldin."

„Na und? Ich bin gut. Warum sollte ich meine Fähigkeiten nicht für die gute Sache einsetzen?"

„Was hat der Greenpeace-Chef in London wirklich gesagt?"

„Sie kriegen die offizielle Mitteilung. Er hat gesagt, dass ich mich radikal, mit all meiner Kraft, für die Umwelt einsetze. Er hat sich gefreut, als ich gegangen bin, weil ich einem ganz wichtigen Projekt sicher auf die Sprünge helfen könne. Und was Karl Novak angeht, so war er früher bei den Demos rund um Gorleben dabei, auch bei einer Menge Anti-AKW-Demos. Kann schon sein, dass da manchmal irgendein Paragraf nicht genau eingehalten wurde, aber die wurden ja dafür gemacht, dass niemand protestieren kann. – Man will uns einfach vernichten. Wir sind zu schnell erfolgreich geworden. Wir machen die Multis nervös."

„Jemand aus dem Vorstand von ‚AE' hat mir gesagt, sein Unternehmen arbeite mit ‚PRO!' sehr gut zusammen."

Tina Bogner sieht mich nachdenklich an. „Klar, tun wir auch. Man muss sich arrangieren. Wir haben ja keine eigenen Leitungsnetze, also speisen wir den Strom aus unseren Windparks in ihr Netz ein, sie kassieren von unseren Ökostromkunden Netzgebühren und wir unsere Stromtarife. Es gibt so etwas wie eine Umweltfamilie. Auch die herkömmlichen Energieanbieter interessieren sich inzwischen für Zukunftstechnologien. Man redet mit den Leuten, die bei ihnen im Bereich erneuerbarer Energie arbeiten, man hat teilweise dieselbe Ausbildung gemacht. Und man macht über die Netze Geschäfte miteinander. Ich kann mir nicht vorstellen, dass es die ‚AE' war, die uns beschuldigt hat."

„Sieht auch nicht danach aus. Gruber, der ‚Pure Energy'-Lobbyist, bekommt seit einiger Zeit Droh-E-Mails. Er hat mir zwei davon gezeigt. Darin wird er als Kapitalistendrecksau beschimpft. Und es wird gedroht, dass die Schreiber die Erde von Umweltverschmutzern wie ihm befreien würden. Die Hotmail-Adresse wurde in einem Internetcafé in Innsbruck angelegt, mehr weiß man nicht." Ich sehe Tina Bogner aufmerksam an. Scheint so, als würde sie davon zum ersten Mal hören.

„Die kann er sich doch auch selbst geschickt haben! Ganz abgesehen davon: Das hat nichts mit uns zu tun! – Wie viele dieser E-Mails gibt es? Von wann stammen sie?"

„Ich kenne nur zwei, er hat von mehreren gesprochen. Und er hat mir so ganz im Vertrauen geflüstert, dass es im Umfeld von Umweltschutzgruppierungen, auch im Umfeld von ‚PRO!', Radikale gäbe."

Tina Bogner springt auf. „Damit ist auch klar, wie die heutigen Medienberichte entstanden sind! Haben Sie ein wenig recherchiert, wer dieser Gruber ist? Er ist, ich kann es nicht anders sagen, ein ganz mieser Typ! Er war schon als Politiker eine zwielichtige Erscheinung, aber danach: Für Geld macht der doch alles! Und zu ‚Pure Energy' passt es natürlich ganz genau, dass sie ein ehemaliges Regierungsmitglied einkaufen! Nützt ja wirklich, wie man sieht! Ich kann es nicht beweisen, wie auch, aber wir wissen, dass sich ‚Pure Energy' durch Gruber längst Politiker gekauft hat, die ihre Interessen vertreten. Wird alles über eine eigenartige Beratungsfirma von Gruber abgewickelt. Haben Sie schon mit seinem Parteifreund Zemlinsky geredet? Seine Frau hat passenderweise eine Werbefirma. Da lassen sich Geld und Aufträge wunderbar unterbringen! Und: Warum hat man letztes Jahr einen russischen KGB-Mann und Kriegsverbrecher trotz eines europäischen Haftbefehls laufen lassen? Weil wir fürchten, dass die Oligarchen bei uns nicht mehr Ski fahren? Sicher nicht. Weil wir vom russischen Gas abhängig sind. Weil die ihre Handlanger überall sitzen haben!"

„Ist das jetzt nicht ein bisschen viel Verschwörungstheorie?", versuche ich sie zu bremsen. „Ich weiß, dass es gegen Gruber Vorerhebungen wegen Bestechung gegeben hat, aber ..."

„Die seltsamerweise sehr schnell wieder eingestellt wurden!", ruft die ‚PRO!'-Sprecherin. „In letzter Zeit hat er für ‚Pure Energy' den türkischen und den rumänischen Markt beackert, er hat quasi die ganze Energiekorruption organisiert. Bei so etwas kennt er sich aus. Da sind Millionen geflossen, die die Menschen dort dringend für eine bessere Energieversorgung gebraucht hätten. Aber darum geht es ja nicht. Es geht um Macht. Darum, die Fäden immer besser in die Hand zu bekommen. Und wer ist es, der dann an den Fäden zieht? Russland, China. Ich habe keine Vorurteile gegen diese Länder, aber ich habe keine Lust, von ihren Machthabern abhängig zu sein. – Wissen Sie, was geschieht, wenn auch nur ein Drittel der Gemeinden auf eigenständige Energieversorgung umsteigen würde? Die Multis brechen zusammen! Deswegen kämpfen sie gegen uns!"

„Aber es war eine Überlandleitung von ‚AE', die gesprengt worden ist", erwidere ich trocken.

Tina Bogner schlägt mit dem Handrücken wütend gegen ein Philodendronblatt. „Ich weiß! Das ist ja das Verrückte!"

„Lassen Sie bitte meinen Philodendron leben?"

Sie zuckt zurück. „Oh. Entschuldigung. Aber ich bin so sauer. Und die haben jetzt schon derartig viel Macht."

„Haben Sie übrigens bei ‚PRO!' ein kleines weißes Auto mit Sonnen-Logo auf der Motorhaube?"

„Ja, das haben wir. Es ist ein Elektroauto. Das ist auch so ein Wahnsinn. Wussten Sie, dass in Kalifornien schon vor mehr als fünfzehn Jahren ein Elektroauto entwickelt und in Serie produziert wurde? Man konnte es von General Motors mieten. Es hatte super Werte, von null auf hundert in neun Sekunden, Reichweite über zweihundert Kilometer, extrem niedriger Luftwiderstand. Und drei Jahre später haben sie alle Autos zurückgeholt und verschrottet. Warum?" Sie gibt sich selbst die Antwort: „Weil sie von den Öl-Multis unter Druck gesetzt wurden. Solange an Öl und Gas so viel zu verdienen ist, wird alles andere, wenn es zu groß oder zu interessant wird, einfach vernichtet." Ich muss einigermaßen skeptisch dreingesehen haben. So viele Geschichten, an denen vielleicht einiges wahr, aber weniges zu beweisen ist. „Wir haben es auf unserer Homepage. Schauen Sie sich das an", ergänzt Tina Bogner.

Eigentlich wollte ich ja im Zusammenhang mit dem kleinen weißen Auto auf etwas ganz anders hinaus. – Gelingt es ihr immer wieder, mich vom Wesentlichen abzulenken? „Wer hat dieses Auto am Sonntag benutzt? Es ist gesehen und fotografiert worden. Es kam kurz nach der Explosion aus der Richtung, in der auch die Pipeline liegt."

„Unsinn. Wer behauptet das? Gruber?"

Ich öffne eine Datei und drehe den Laptop so, dass sie auf den Bildschirm sehen kann.

„Das ist unser Auto. Ja. Ich weiß nicht, wer es gefahren hat", sagt sie irritiert.

„Vielleicht Karl Novak? Sie haben ihn auf dem Fest gesucht und nicht gefunden, oder?"
„Er war beim Pressegespräch mit dabei, Sie haben ihn doch selbst gesehen."
„Ja, aber da hat die Gasleitung schon gebrannt."

Ich werde Novak selbst fragen. Er hat offenbar in Deutschland Eisenbahnschienen ausgebuddelt, damit der Transport von Atombrennstäben nach Gorleben verzögert wird. Stoppen konnten die Aktivisten ohnehin nie einen. Wie weit ist jemand bereit für die Umwelt zu gehen, wenn er das Gefühl hat, dass ganz andere Interessen zählen? Dass immer mehr kaputtgemacht wird? Ich sollte mich von der aufgeheizten Stimmung nicht anstecken lassen. Ruhig und vorurteilsfrei sollte ich recherchieren. Warum war ich eigentlich noch nie auf einer Anti-AKW-Demo? Ich bin gegen Atomstrom, war ich schon lange vor der Katastrophe in Fukushima. Zu bequem? Zu angepasst? Immerhin, ich schreibe. Diese Energie-Serie muss gut werden. Nicht bloß nett.

Anton Zemlinsky, Vorsitzender des Energieausschusses: siebenundvierzig Jahre alt, war Besitzer der Werbefirma „A-Z". Seit er im Nationalrat sitzt, gehört sie seiner Frau. Aber sicher. „A-Z" betreut Werbekampagnen für seine Partei und für Ministerien, die von Parteifreunden geleitet werden. Immer wieder ist Zemlinsky vorgeworfen worden, dass Gelder aus Unternehmen, aber auch aus Ministerien über seine Firma hin zur Partei geflossen seien. Zu seinen besten Privatkunden zählen Energieanbieter. „AE" genauso wie „Pure Energy". Es war nicht weiter schwierig, das zu recherchieren. Die Grünen haben wiederholt kritisiert, dass einer, dessen Firma von der Energielobby Geld bekomme, Vorsitzender des Energieausschusses sei. Unsinn, hat er ihnen entgegengehalten, gerade wegen seiner Kunden beschäftige er sich seit langem mit Energiepolitik, und das sei ja wohl gut so. Außerdem gehöre die Firma jetzt seiner Frau und er habe damit nichts mehr zu tun. Hat es Sinn, ihn anzurufen und zu fragen, ob er von Gruber gekauft worden ist? Was wird er sagen? Ist ja wohl klar: Wieder so eine Verleumdung! Spannender könnte es schon sein, wie er zu den Gerüchten steht, dass die Gasleitung von verirrten Umweltbewegten in die Luft gejagt worden sei. Beim Fest in Sonnendorf ist er nach dem offiziellen

Teil mit dem Wirtschaftsminister abgerauscht. Wohin? – Na, jedenfalls werden die beiden kaum die Pipeline gesprengt haben.

Wenig später rufe ich doch im Parlament an, erreiche aber nur eine Mitarbeiterin des Ausschussvorsitzenden. Sie werde versuchen zu klären, ob der Herr Abgeordnete Zeit für mich habe.

Wie lege ich meine nächste Reportage an? Es sollen wieder vier Seiten werden. Zwei will ich Sonnendorf widmen. Eine dem Interview mit Generalleutnant Unterberger. – Warum hat er sich heute nicht gemeldet? – Hätte er sollen? Ist wahrscheinlich in einer Kaserne, die Soldaten stehen vor ihm Habt Acht und er brüllt irgendwelche komischen Befehle. Sei nicht dumm, Mira, das macht einer in seiner Position nicht. Der lässt andere brüllen. Nett war es gestern, ich bringe den Mann im kleinen zypriotischen Lokal einfach nicht in Einklang mit dem Bild eines der ranghöchsten Bundesheeroffiziere im Land. Die vierte Seite muss sich mit der Explosion beschäftigen, mit den Gerüchten rundum. Oder soll ich über „Pure Energy" schreiben, ihren Expansionsdrang, ihren Chefberater Gruber und seine Intrigen? Österreich-Manager ist Hohenfels. Der ist in der Türkei. Offenbar mit Carmen. Und es ist Gruber, der andeutet, dass die beiden ein Verhältnis haben. Sonst glaube ich Gruber allerdings auch nicht alles.

Ich gehe auf die Homepage von „Pure Energy". Sehr witzig! Eine Reihe von Sonnen, die dem „PRO!"-Logo ausgesprochen ähnlich sehen, wandern vom unteren zum oberen Bildschirmrand. Wenn sie oben angekommen sind, starten sie erneut von unten. Kaum mehr lesbar, was hier steht. Irgendeine gefinkelte Aktion gegen „PRO!"? Ich klicke auf „Medienberichte". Auch auf dieser Seite sind die Sonnen unterwegs. Diesmal von links nach rechts. Sieht doch so aus, als hätten die Sonnen die Homepage von „Pure Energy" okkupiert. In der einen Sonne steht etwas. Ich verfolge sie konzentriert über den Bildschirm, die Schrift ist ziemlich klein. „Cybersolar". Was soll das? Ich suche eine Homepage mit dem Namen, finde keine. Eine mit der Adresse cybersolar.com ist zu verkaufen.

Ich gehe auf die Seite von „PRO!", da ist alles wie immer. Bloß dass sie eine Menge Fotos vom Fest in Sonnendorf online gestellt haben. Auf die Vermutungen der heutigen Zeitungen, „PRO!" könnte mit dem Anschlag auf die Gasleitung zu tun haben, wird mit keinem Wort eingegangen.

Startseite der Homepage von „AE": Auch dort scheint alles normal zu sein.

Ich kenne mich mit so etwas ja nicht besonders gut aus, aber für mich wirkt es, als hätte sich eine Organisation namens „Cybersolar" in die Seiten von „Pure Energy" gehackt.

Ich wähle Grubers Nummer und komme nur bis zur Vermittlung. Nein, Dr. Gruber sei nicht im Haus, seine Sekretärin auch nicht. Dann bitte das Büro von General Manager Hohenfels. Der sei im Ausland. Und sein Büro auch? Leider, momentan sei niemand zu erreichen. Ich verlange die Presseabteilung. Ich werde durchgestellt. Ich höre zehn Mal das Freizeichen und lege auf, wähle wieder. Dieselbe Stimme, einigermaßen genervt. Nein, sie könne da jetzt nichts tun, es seien eben alle beschäftigt.

Könnte es sein, dass die Damen und Herren von „Pure Energy" wegen der Aktion von „Cybersolar" abgetaucht sind? Stille, dann ein Klicken in der Leitung. „Moment", sagt die Vermittlerin. Ich warte. Ich will schon auflegen.

„Stepanovic?"

„Mira Valensky vom ‚Magazin'. Ihre Homepage ist offenbar gehackt worden. Wissen Sie schon davon?"

Ein Seufzer. „Wir wissen davon und arbeiten an der Behebung des Schadens."

„Gibt es Hinweise, wer es war, wie das geschehen konnte?", will ich wissen.

„Ja. Aber es gibt nichts, das ich momentan dazu sagen könnte. Außer: dass man die verfolgen muss, die das Eigentum anderer beschädigen. Hacker sind Einbrecher, das können Sie schreiben."

„Die Sonnen, die über Ihre Bildschirme wandern: Erinnern Sie die an etwas?"

„Liebe Frau Valensky, seien Sie mir nicht böse, aber für ein Quiz habe ich momentan keine Zeit."

„‚PRO!'?"

„Wenn Sie es selbst sagen ... Ich fürchte, in deren Umfeld sind Kriminelle unterwegs."

„Und das darf ich auch schreiben?"

„Selbstverständlich."

„Sind eigentlich Daten gestohlen worden oder wurde sonst etwas in Ihrem Computersystem verändert?"

„Das wird sich erst weisen. Jedenfalls nehmen wir den Angriff ernst. Schönen Tag noch."

Ich sollte mit Fran über die Sonnen-Attacke reden. Wenn sich jemand mit so etwas auskennt, dann Vesnas genialer Sohn. Er hat Informatik studiert und arbeitet gerade an seinem Master in Computational Logic. Was immer das genau ist. Nebenbei jobbt er bei Firmen, die ihre Software auf den neuesten Stand bringen wollen. Ich schicke ihm eine E-Mail samt Homepage-Links, ich weiß, er ist ständig online. Sieht so aus, als ob meine Reportage noch eine zusätzliche Facette bekommen könnte. „Cybersolar".

Ich will nicht warten, bis sich Fran zurückmeldet. Ich gehe hinüber zu Drochs Büro und erreiche ihn gerade noch in der Tür. Hintergrundgespräch beim Bundespräsidenten, eine Ehre, nur eine handverlesene Schar von Journalisten darf dabei sein. Droch runzelt dennoch die Stirn. „Dumm ist nur, dass ich jede seiner Antworten schon im Vorhinein weiß."

„Das macht ihn so beliebt. Er ist verlässlich. Er überrascht keinen", witzle ich.

„Zemlinsky?", sagt er, nachdem ich ein wenig über meine Recherchen erzählt habe. „Ich halte den eher für eine lächerliche Figur. Der hat nicht das Zeug zum großen Schurken."

„Um Geld zu nehmen, muss man nicht besonders viel draufhaben", gebe ich zu bedenken.

„Um es gut zu verstecken, schon", erwidert mein Lieblingskollege. Mit ihm sollte ich einmal in das kleine zypriotische Lokal gehen. Aber ihm von gestern Abend zu erzählen, hieße, mich seinem Spott auszusetzen. Außerdem habe ich momentan ohnehin keine Zeit dafür.

„Wenn du ihn brauchst, ich kann Zemlinsky anrufen", sagt er jetzt.

„Oh, du und deine konservativen Verbindungen." Jetzt spotte ich.

„Meine Verbindungen. Das reicht. Mit mir spricht man eben, während man für dich ..."

„... keine Zeit hat", ergänze ich und lache. „Bitte, lieber mächtiger Onkel Droch, frag ihn, ob ich mit ihm reden darf!"

„So ist es schon besser", antwortet er würdevoll und rollt zurück in sein Büro. Droch gehört zu den wenigen Menschen, die Telefonnummern und Termine noch nicht digitalisiert haben. Er blättert in seinem abgegriffenen schwarzen Büchlein und wählt am Festnetz eine Nummer. „Droch", sagt er bloß. „Herrn Abgeordneten Zemlinsky bitte."

Und fünf Minuten später bin ich auf dem Weg ins Parlament. Ich zeige meinen Presseausweis vor, hinterlege meinen Personalausweis und bekomme beim Portier einen Zugangspass. Eine junge Frau wartet bereits auf mich, wir hätten telefoniert, sagt sie. Ja, aber genutzt hat Drochs Anruf. Ich trabe durch die langen Parlamentsgänge, häufig habe ich hier nicht zu tun, aber hin und wieder doch. Hohe Türen. Hinter denen mit den Spiegeln sind Toiletten, das weiß ich. Der Vorsitzende des Energieausschusses ist eindeutig wichtig genug, um seinen Arbeitsbereich direkt im Parlament zu haben. Die meisten der Abgeordneten sind inzwischen in Büros in der Umgebung des Hohen Hauses untergebracht. Vielleicht gar nicht so schlecht, das Gebäude ist ganz schön desolat und müsste seit Jahren generalsaniert werden. Ich habe den Namen von Zemlinskys Mitarbeiterin nicht verstanden, sie spricht sehr leise und wirkt eher wie eine schüchterne Studentin. Jetzt klopft sie an eine eindrucksvolle dunkle Holztür. Ein „Ja" von drinnen, sie öffnet die Tür und wir sind in einem nicht besonders großen Raum mit einem Schreibtisch, der schon seit den ersten Parlamentstagen hier stehen dürfte.

Zemlinsky kommt uns entgegen. Er gibt mir die Hand, ohne richtig hinzufassen, es ist, wie wenn ich einen lauwarmen Topflappen festhielte, dann führt er mich in die Besprechungsecke. Auch die hat er von seinen Vorgängern geerbt, vermute ich. Man möchte Staub wegblasen, dabei ist alles blitzsauber. Seine Mitarbeiterin setzt sich zu uns. Offenbar mag er keine Gespräche unter vier Augen. Vielleicht ist er auch einfach extrem vorsichtig, zumindest Journalistinnen wie mir gegenüber.

An der Wand einige Fotos, die ihn mit prominenten Persönlichkeiten zeigen oder solchen, die er dafür hält.

„Alle Unterstellungen, die Firma meiner Frau hätte irgendwelche Vorteile aus meiner parlamentarischen Tätigkeit, sind haltlos", sagt er wenig später. Heute trägt er ein beiges Sakko mit einem rot gemusterten Stecktuch. Seine Haare sind derart schwarz, dass ich vermute, er färbt sie. Dafür gibt es ja in der internationalen Politik einige Vorbilder. Meine Mutter würde ihn adrett finden, ich finde ihn affig.

„Aber es ist doch nichts dabei, wenn Sie mit dem ehemaligen Vizekanzler Geschäfte machen." Ich klimpere mit den Wimpern. „Immerhin sind Sie Parteifreunde."

„Natürlich ist der Heini Gruber ein guter Bekannter von mir, aber eben nur ein guter Bekannter. Und die Werbefirma gehört nicht mir, sondern meiner Frau. Das ist alles ganz korrekt abgewickelt, samt Notariatsakt."

Er soll aufpassen, dass seine Frau nicht mit der Firma durchgeht. – Würde mir irgendwie ganz gut gefallen. „Wie sehen Sie den Anschlag auf die Gasleitung?", frage ich. Dieses Gespräch, das spüre ich schon, ist überflüssig wie selten etwas. Ich würde viel lieber wissen, woher die Sonnen auf der „Pure Energy"-Seite kommen. Und in welcher Verbindung er zu dem Energie-Multi steht. Und ob mir Fran schon geantwortet hat.

„Es war ein feiger Angriff auf unser Energiesystem und damit auf die Menschen dieses Landes. Das sollten sich auch alle klarmachen, die mit solchen Tätern sympathisieren", antwortet er. „Ich habe das heute schon in einer Aussendung festgestellt. Meine Assistentin wird sie Ihnen mitgeben." Die Assistentin nickt.

„Reden Sie da auch von ‚PRO!'?"

„Ich rate keiner Gruppe, sich zu radikalisieren. Das würde unserer gemeinsamen Umweltsache großen Schaden zufügen. Wenn sie derartigen Tendenzen, mit Gewalt unser System verändern zu wollen, Vorschub leisten ..."

„Glauben Sie, dass sie das tun?"

Er spielt mit seinem Kugelschreiber, einem dunkelgrünen wuchtigen Ding, das aussieht, als könnte es auch schießen. „Wir müssen uns vor Terroristen aller Art schützen. Es wird von großer Wichtigkeit sein, unsere Überlandleitungen zu sichern. Österreich ist ein wichtiger Knotenpunkt bei der internationalen Verteilung von Gas. Es geht um unseren Ruf in Europa. Um unsere Verlässlichkeit."

„Soviel ich höre, will sich ‚Pure Energy' bei den Leitungsnetzen stärker engagieren." Ich sehe ihn aufmerksam an.

Er lässt den Kugelschreiber fallen. „‚Pure Energy' ist ein sehr potentes Unternehmen mit hervorragenden internationalen Beziehungen."

„Vor allem zu Russland und China, was man so hört", ergänze ich.

„Wer im Energiehandel ist, kommt an Russland nicht vorbei. Und gerade von jemandem wie Ihnen, geschätzte Kollegin, hätte ich auch keine Vorurteile gegenüber den Chinesen erwartet. Ein sehr tüchtiges Volk."

Ich hasse es, wenn mich Politiker als Kollegin bezeichnen. „Sie werden also die Bemühungen Ihres Bekannten Heinrich Gruber unterstützen."

Sein Kopf schiebt sich vor, ein etwas zu dicker Hals wird über dem Hemdkragen sichtbar. „Das hat so einen Unterton, was Sie sagen. Seien Sie vorsichtig."

„Sie waren mit ‚Pure Energy' und Ihrem Parteifreund Gruber in der Türkei und in Rumänien, nicht wahr?", bohre ich weiter.

„Die Reise wurde korrekt abgerechnet. Ich habe mich nicht einladen lassen. Es war eine Fact Finding Mission, um die Energiesysteme der Länder besser kennenzulernen. Das gehört zu meinen Aufgaben."

Ich nicke und lächle. „Und der Vertrag zwischen ‚Pure Energy' und der Werbefirma ‚A-Z' gehört zu den Aufgaben Ihrer Frau, nicht wahr?" Ich habe bloß ins Blaue geschossen, aber der Schuss hat getroffen. Zemlinsky ist bleich geworden. Er steht langsam auf. Seine Mitarbeiterin weiß nicht, was sie tun soll. Ich jedenfalls bleibe sitzen. „Ist doch alles ganz legal, oder?", lächle ich. Wir werden keine Freunde werden. Mein Blick fällt auf ein Foto, auf dem ein großer schwarzer Wagen zu sehen ist, daneben unser aller Arnold Schwarzenegger. Ich stehe auf, sehe mir das Bild näher an. „Ist das einer seiner Hummer?", frage ich.

„Nein, das ist meiner. Und bevor Sie fragen: Er ist mit Hybridantrieb ausgestattet und auch sonst mit hochmoderner umweltschonender Technologie. Wir müssen etwas für unsere Umwelt tun, da bin ich mir mit Arnie einig. Ich kenne ihn gut, wir schätzen einander sehr."

Wer hätte sich das gedacht. „Er setzt sich für dezentrale Energieversorgung ein und fordert weniger Abhängigkeit von internationalen Konzernen."

„Dafür sind wir doch alle, oder?", sagt Zemlinsky mit schmalen Lippen.

Als ich aus dem Parlament gehe, schalte ich mein Mobiltelefon wieder ein. Fran wartet beim Türken um die Ecke der Redaktion. Wenn er die Sonnen für interessant genug hält, um mich zu treffen, sollte ich mich beeilen. U 2, U 1. In der U-Bahn-Zeitung steht auf Seite eins: „Zickenkrieg in Hollywood!" Hier, im Wiener Untergrund, ist die Welt wenigstens noch in Ordnung.

Fran findet das mit den Sonnen nicht so schlimm. „Pure Energy" sei einer der Energie-Multis, gegen die man sich legal sehr schlecht wehren könne, die hätten einfach zu viel Einfluss.

„Die Sonnen sind harmlos. Natürlich weiß ich nicht, wie sie sich ins System von ‚Pure Energy' gehackt haben, aber ich sehe keinen Hinweis, dass sie etwas zerstören wollten. Stören, das wollten sie."

„Hacking ist an sich schon illegal", gebe ich dem Sohn von Vesna zu bedenken.

„Klar. Aber leider ist es nicht illegal, unsere Umwelt zu verpesten. Also brauchen wir so etwas wie zivilen Ungehorsam." Fran sieht mich unschuldig an. Ein kluger Dreiundzwanzigjähriger, der seine Zukunft besser nicht mit Ideen wie dieser aufs Spiel setzen sollte.

„Du siehst drein wie meine Großtante in Bosnien, wenn ich mir vor der Mahlzeit etwas zu essen nehme", lacht er. „‚Cybersolar' ist übrigens sehr klug organisiert: Es gibt sie nur auf Facebook und Twitter. Wenn es eng wird, wissen sie, wie sie die Adressen wechseln. Sie dürften ziemlich gute Computerexperten dabeihaben." Das klingt richtig hochachtungsvoll.

„Sie rufen auch zu Treffen auf. ‚Sonnenpicknicks' nennen sie die. Morgen gibt es eines bei einem Kraftwerksprojekt in Salzburg. Dort wollen sie den Oberlauf der Mur so aufstauen, dass von ihm gar nichts mehr übrig bleibt. In Wien ruft man zu einem Picknick vor der ‚AE'-Zentrale auf. Da gehe ich sicher hin."

„Und was soll dort passieren?", frage ich misstrauisch.

„Sie wollen einfach zeigen, dass es mit der Umwelt- und Energiepolitik so nicht weitergehen kann. Jana geht auch mit, ich hab ihr die Facebookseite geschickt. Sie ist total begeistert, sie hat gerade nach einem Thema für eine Arbeit in Psychologie gesucht. Jetzt macht sie etwas über neue Protestbewegungen im Internet."

„Und was sagt eure Mutter dazu?" Ich höre mich wirklich schon an wie Frans Großtante, ich fühle es, auch wenn ich die gute Frau gar nicht kenne.

Fran lacht. „Mira, bitte! Ich weiß von der Sache erst seit zwei Stunden. Wir haben sie tatsächlich noch nicht um Erlaubnis gefragt!"

„Ja klar, ihr seid erwachsen", murmle ich und kann mich so gut daran erinnern, wie Vesna mit den kleinen Zwillingen in ihrer Küche Hausaufgaben gemacht hat. „Aber keiner weiß, was da dahintersteckt. Denk an den Anschlag auf die Gasleitung."

„Das hat mit ‚Cybersolar' aber hundertprozentig nichts zu tun. Überleg einmal: In anderen Ländern kämpfen Menschen unter Lebensgefahr für Demokratie, da können wir uns doch wenigstens für unsere

Umwelt einsetzen. Geh einfach mit und sieh es dir an. Ich kann mir sehr gut vorstellen, dass Mam mit dabei ist."

Ich mir eigentlich auch. Bin ich wirklich schon so alt und bequem geworden? Natürlich sollte man aufstehen und gegen den CO_2-Ausstoß, für Ökostrom und gegen Knoblauch aus China kämpfen. Hat auch mit Energieverschwendung zu tun. Warum muss etwas, das bei uns wächst, Tausende Kilometer reisen? Ganz abgesehen davon, dass er scheußlich schmeckt. „Mal schauen", sage ich und küsse Fran zum Abschied auf die Wangen.

[7.]

Den Abend verbringe ich in trauter Zweisamkeit mit Oskar. Wir essen bei unserem Lieblingschinesen und sehen uns in einem Programmkino gleich zwei alte Woody-Allen-Filme an. In keinem von ihnen kommen Energiekonzerne, Militäroffiziere, Ex-Politiker in blauem Blazer, Hummer-Monster oder sonst etwas vor, das mir tagsüber im Kopf herumgeistert. Wir amüsieren uns über die liebevoll-ironischen Schilderungen von Zweierbeziehungen, Lebenslügen und Missgeschicken. Ich bin gerührt über eine Liebesszene und wische rasch eine Träne fort. Ich mag es nicht, wenn man mich für derart sentimental hält. Danach gehen wir heim, genießen das warme Herbstwetter und gönnen uns noch eine Flasche Merlot. So einfach und schön kann das Leben manchmal sein.

Am nächsten Morgen trödle ich ein wenig, Vesna muss eine Firma überwachen, in der angeblich geklaut wird, und hat keine Zeit zum Joggen. Soll ich es allein tun? Oskar hat Gerichtstag und ist schon fort. Schön ist es hier, in dem großen, lichtdurchfluteten Raum. Andererseits: Ein paar Kilometer zu laufen, erzeugt ein gutes Gefühl. Zumindest im Nachhinein. Und ich kann Vesna damit verblüffen. Das gibt wohl den Ausschlag. Ich ziehe mich rasch um. Allzu lange habe ich ohnehin nicht Zeit, spätestens um halb elf sollte ich in der Redaktion sein.

Ich gebe zu, ich trabe bloß und bin deutlich langsamer, als wenn Vesna mich antreibt, aber dafür keuche ich auch nicht so. Was für ein schöner Tag. Ich renne vom Donaukanal durch Nebengassen heim, so viele Leute sind um die Zeit noch nicht auf der Straße. Und sollte mich jemand erkennen: Was soll's?

Ich singe unter der Dusche, misstrauisch beäugt von Gismo. Die bekommt noch drei Oliven zur Belohnung für den prächtigen Tag. Eine SMS. Von Christoph Unterberger. „Danke für unseren wunderschönen Abend. – Fortsetzung?" Man wird sehen, warum nicht. Er weiß, dass ich meinen Oskar habe. Und trotzdem ... Ich werde später antworten, jetzt muss ich in die Redaktion. Mira, die Frau mit Ausdauer und Elan. Es ist ein bisschen später geworden als gedacht, ein Viertelstündchen vor der Redaktionssitzung werde ich trotzdem in meinem Büro sein.

Als ich um die Ecke biege, läutet das Telefon. Er soll nicht so ungeduldig sein, mein Bundesheerleutnant, quatsch, er ist nicht „mein" Leutnant. – Aber nett. Ein Blick aufs Display. Es ist die „Magazin"-Chefsekretärin. Wo ich denn sei? Es gehe um die Energie-Serie, der Chef suche mich. Ich bin in fünf Minuten da, versichere ich, und während ich das Redaktionsgebäude betrete, überlege ich, warum der Chefredakteur mit mir schon vor der Sitzung über die Story sprechen will und wie ich mehr Seiten herausschlagen kann. Dass das Thema brisant ist, wird auch durch „Cybersolar" immer klarer. Und ich möchte die Reportage über das Fest in Sonnendorf nicht reduzieren. Solche Geschichten werden gerne gelesen. Vielleicht ist es meine Art, zur Weltverbesserung beizutragen: indem ich über ein kleines Dorf und diejenigen berichte, die ihre Vision von einer besseren Zukunft in die Realität umsetzen.

Im Büro des Chefredakteurs treffe ich erstaunlicherweise auch unseren Geschäftsführer. Nicht notwendig, mich für das Interview mit Schwarzenegger noch extra zu loben! Kaum der Rede wert, er ist doch unser aller Freund, der Arnie. Tatsächlich drückt mir der Geschäftsführer überschwänglich die Hand. Ich lächle ihn an, heute finde ich sogar den Abgesandten unserer Geldzähler nett. Klaus sieht seltsamerweise viel weniger glücklich drein. Er verzichtet auf die zwischen uns üblichen Küsschen und nickt mir bloß, ganz Chefredakteur und Vorgesetzter, zu. „Guten Morgen, Mira. Danke, dass du gekommen bist."

Oder wollen sie etwa, dass ich den Unsinn über Umweltterroristen nachschreibe? Na gut. Mit Karl Novak von „PRO!" möchte ich ohnehin reden und ihn fragen, ob er während des Fests in Sonnendorf im Elektroauto unterwegs gewesen ist. Und wohin er gefahren ist. Am besten, ich gehe auch meinen beiden Chefs gegenüber in die Offensive. Also lege ich los und erkläre den beiden, was ich für die nächste Ausgabe plane. Sie hören zu und unterbrechen mich nicht. Sehr gut.

„Ich fürchte, wir haben nicht ganz so viel Platz", sagt mein Chefredakteur dann.

Ich starre ihn an. Vier Seiten waren vereinbart. Eigentlich wollte ich sechs. Er scheint sich in seiner Haut nicht wohlzufühlen.

„Es gibt da sehr viele ungeklärte Fragen", mischt sich der Geschäftsführer ein. „Wir können unseren Ruf nicht aufs Spiel setzen, indem wir eine Position beziehen, die sich später als problematisch herausstellt."

Also, so großartig ist der Ruf des „Magazin" auch wieder nicht. Wochenzeitung mit Hang zum Boulevard und seriösen Einsprengseln in auflagenverträglicher Dosis. „Ich beziehe keine Position. Ich berichte."

„Manchmal bezieht man schon Position, indem man berichtet."

„Sind wir in China oder was?", platze ich heraus. „Energieversorgung ist ein heißes Thema, deswegen schreiben wir darüber. Alle waren für diese Serie. Warum ist das jetzt anders?"

„Es ist nicht anders, die Umstände haben sich geändert."

„Wir setzen die Serie ja fort, nur etwas kleiner eben", ergänzt Klaus, den ich in dummem Momenten fast für einen Freund halte. Was für ein Anpassler. Da hat sicher wieder einmal die Anzeigenabteilung dreingepfuscht. Hat wohl Angst, dass die Energie-Multis nicht gut genug wegkommen und sauer werden. Hat gar schon jemand mit der Stornierung von Anzeigen gedroht? Wir hier sind die Redaktion und nicht die Verkaufsabteilung!

„Und mit einem anderen Schwerpunkt", fällt der Geschäftsführer ein.

Was ist das hier, ein Duett für zwei Heuchler?

„Das Wichtigste ist, dass wir serviceorientiert berichten. Über Energiespartipps zum Beispiel. Die Leute haben kein Interesse an ideologischen Konzepten, sie wollen lesen, was sie unmittelbar betrifft."

„Wenn ein AKW in die Luft geht, dann betrifft das viele sehr unmittelbar", fauche ich. „Und wenn uns Russland den Gashahn zudreht, auch. – Wissen Sie übrigens, dass ‚Pure Energy' mit russischem und chinesischem Kapital arbeitet?"

„Natürlich werden grenznahe Atomkraftwerke und der Ausstieg aus der Atomenergie weiter ein Thema sein", säuselt der Chefredakteur.

Dafür braucht man keinen besonderen Mut. Gegen Atomstrom sind sogar die vom „Blatt". Und unsere Politiker auch. „Soll ich vielleicht Zemlinsky zum neuen Helden der Energiepolitik machen? Bekomme ich dann mehr Platz? Der will auch keine AKWs, und dass seine Werbefirma von ‚Pure Energy' Geld nimmt, ist ja egal, was?"

Der Geschäftsführer des „Magazin" sieht mich traurig an und blickt dann zum Chefredakteur. „Genau das habe ich gemeint. Wir sind nicht dazu da, die unbewiesenen Anschuldigungen irgendwelcher Lobbys zu übernehmen. Das können wir uns einfach nicht leisten. Wir brauchen gerade in so einem Bereich seriös recherchierte Berichte, keine wilde Verfolgungsjagd."

„Ich dachte, wir seien auch dazu da, um Missstände aufzudecken", erwidere ich. Meine Stimme kippt beinahe. Gar nicht gut. Außerdem klingt es schrecklich pathetisch. Ich hole tief Luft. „Und wie ist es mit dem? Ich habe ein Exklusivinterview mit Generalleutnant Christoph Unterberger, in dem er bestätigt, dass internationale Terroristen daran denken, die europäische Energieversorgung anzugreifen. Das Bundesheer macht Übungen bei gefährdeten Objekten."

„Es gibt eine konkrete Terrorwarnung?", fragt Klaus plötzlich sehr interessiert.

„Das nicht direkt. Aber in Terrorcamps wird darüber geredet, wie sie uns am besten treffen könnten."

„Gut, das kann man schreiben. Aber wenn die Gefahr nicht konkreter ist, dann ist das auch keine große Geschichte. Wir wollen die Menschen nicht verunsichern", befindet der Geschäftsführer, der sich eigentlich in redaktionelle Belange gar nicht einzumischen hätte. Sinnlos, ihm das zu sagen, das weiß sogar ich. Hm. Auch Christoph hat davor gewarnt, die Menschen zu verunsichern.

„Unsere Überlandgasleitungen sind jedenfalls ein wunderbares Ziel", setze ich nach. „Dabei gäbe es eine Alternative zu ihnen: regionale und lokale Energieversorgung." Fran wäre stolz auf mich.

„Genau so einen Unsinn will ich nicht in unserem Blatt lesen", sagt der Geschäftsführer nicht zu mir, sondern zum Chefredakteur.

„Arnold Schwarzenegger. Der sagt das auch", werfe ich meinen letzten Triumph in die Waagschale. Aber heute scheint nicht einmal der Terminator die Welt retten zu können.

Ich habe die Redaktionskonferenz über geschwiegen. Der Chefredakteur hat nur erzählt, wir seien uns über die Fortsetzung der Energie-Serie einig, und sich dann anderen Themen zugewandt. Soll ich aus Protest kündigen? Nicht einmal das ist so einfach. Ich bin gar nicht angestellt, sondern bloß ständige freie Mitarbeiterin mit einem Sondervertrag. Einem inzwischen recht gut bezahlten. Hätte ich das Rückgrat, das ich von anderen einfordere ... Andererseits: Wer würde an der Serie weiterschreiben? Ganz abgesehen davon: Wie wichtig ist sie? Habe ich mich da in etwas hineingesteigert? Wem will ich etwas beweisen? Ich verschanze mich in meiner Dschungelecke und rede mir ein, dass ich Material sichte. In Wirklichkeit rennen meine Gedanken im Kreis, ich surfe durchs Internet, finde bei „Pure Energy" noch immer Sonnen. Offenbar bringt man sie nicht so schnell weg. Auf der Facebookseite von „Cybersolar" ein Statement:

„Wir können nicht mehr zusehen, wie es mit der Umwelt bergab geht. Die Politiker sind wie Tauben: Sie lassen sich füttern und scheißen uns auf den Kopf. Wir sind vereint in der Sache, kennen einander aber nicht. So können sie uns nie schnappen. Jeder bringt seine Fähigkeiten mit: technisches Know-how, Hacken, Informationsbeschaffung. Wir sind Schüler und Studentinnen, Arbeitslose und Arbeitnehmerinnen, Militärs und Beamtinnen. Unser Kollektiv hat eben erst begonnen! Wir geben dem Volk wieder eine Stimme!"

Militärs: Was, wenn Unterberger ... Mira, vergiss es. Der ist Teil des Establishments und du bist es in Wirklichkeit auch. Sonst hättest du heute in der Redaktionssitzung Radau gemacht und wärst danach gegangen. Ganz abgesehen von alldem: Ist „Cybersolar" wirklich die „Stimme des Volks"? Das haben schon viele gedacht und damit großen Schaden angerichtet.

Sinnlos, hier herumzuhängen. Im Internet surfen kann ich daheim auch. Und dort kann ich vielleicht auch besser nachdenken. Ich eile durch das Großraumbüro, als wäre ich in höchst dringlicher Mission unterwegs. Ich renne beinahe die Straße entlang, überquere mit großen schnellen Schritten die Alte Donau, bin im ersten Bezirk. Ich sollte mich vielleicht doch „Cybersolar" anschließen. Oder eine Leitung sprengen. Zumindest eine kleine. Nur um zu zeigen, dass es so nicht weitergeht. Was für eine feige Bagage die Chefs im „Magazin" sind. Dabei können sie in diesem Fall nicht einmal damit argumentieren, dass die Zukunft unserer Energieversorgung keinen Menschen interessiert. Offenbar gibt es doch noch höhere Interessen als die heilige Auflage! SMS-Ton. Nein, ich habe gar keine Lust, das Gejammer des Chefredakteurs zu lesen. Zu feig, um zu meinem Schreibtisch zu kommen. Zu feig, um anzurufen. Jetzt ist es zu spät. Zumindest für heute.

Ich muss nachdenken. In Ruhe. Und wenn es jemand anderer ist, der mir eine Nachricht geschickt hat? Ich reduziere mein wütendes Tempo ein wenig und fingere das Telefon aus der Jackentasche. Tina Bogner. Wunderbar. Was will die von mir? Mich vereinnahmen? Wenn die wirklich mit „Cybersolar" zu tun haben, dann gibt es ein großes Problem. Die meisten Menschen sehen es nicht so locker wie Fran, wenn man fremde Homepages mit Sonnen verziert. Und: Offenbar haben sie noch so einiges vor. Ich bleibe stehen und lese, was mir die Sprecherin von „PRO!" geschickt hat.

„Bitte rufen Sie mich sofort an! Es ist wichtig! Vertraulich."

Vielleicht sind sie ja jetzt erst draufgekommen, dass da eine Organisation mit ihren Sonnen gegen herkömmliche Energieerzeuger Stimmung macht. Ist, selbst wenn sie nichts damit zu tun haben, gar nicht gut für ihr Image. Ich drücke auf die markierte Rufnummer.

„Sie haben das mit den Sonnen mitbekommen?", frage ich. Soll sie nur sehen, dass ich gut informiert bin.

„Was für Sonnen? Keine Ahnung, wovon Sie sprechen. Bitte kommen Sie, ich brauche jemanden, der uns nicht so feindlich gegenübersteht. Es ist etwas Verrücktes passiert." Tina Bogner klingt aufgeregt.

„Wohin?"

„Zu einer Hochspannungsleitung etwas nördlich von Wien, bei Gerasdorf." Sie gibt mir die genauen Daten durch. „Ich möchte nicht mehr sagen am Telefon, inzwischen glaube ich alles, auch dass wir abgehört werden!"

Ihre Stimme hat so geklungen, dass ich nicht nachfrage. Ich laufe die letzten paar Meter zu unserem Haus, fahre in die Tiefgarage, programmiere mein Navi.

Es dauert keine dreißig Minuten und ich habe den Zielort erreicht. Ich parke dort, wo der Weg aufhört. Hundert, vielleicht auch hundertfünfzig Meter entfernt sehe ich in einem abgeernteten Feld den Mast einer mächtigen Hochspannungsleitung, darunter stehen einige Menschen. Ich steige aus, nehme meine Kamera, zoome und fotografiere. Am Mast hängt etwas. Das Zoom ist nicht stark genug. Ich stapfe über den Acker, braune trockene Erde. Zum Glück habe ich Sportschuhe an. Journalistinnen in High Heels würden hier scheitern. Tina Bogner steht neben zwei Männern. Einen von ihnen kenne ich. Zuckerbrot. Der Leiter der Wiener Mordkommission 1. Er wirft mir einen kurzen

Blick zu, redet dann aber weiter mit der „PRO!"-Sprecherin. Spurensicherer in ihren weißen Overalls. Etwas abseits zwei jüngere Männer in Sonnen-Shirts. Auf das Gitter des Hochspannungsmasts ist ein Transparent gespannt. Rote Buchstaben auf weißem Grund: „So wird es allen Fossilen gehen!"

Ganz langsam sehe ich nach oben. Da hängt jemand. Schwingt mit dem Herbstwind, den Kopf in der Schlinge. Ich habe den blauen Blazer mit den Goldknöpfen schon gesehen. Damals, im „Fabios". An Gruber, dem ehemaligen Vizekanzler, der es nie zur Nummer eins gebracht hat. Dem Lobbyisten von „Pure Energy". Dem, der gegen „PRO!" und Ökos Stimmung gemacht hat. Ich zwinge mich, ein Foto zu machen. Seltsamerweise hält mich keiner davon ab. Gruber hängt so, dass ich sein Gesicht von hier aus nicht sehen kann. Ich habe keine Lust, mir eine bessere Perspektive zu suchen. Ich kann mir vorstellen, wie es aussieht: bläulich angelaufen, die Zunge herausgestreckt, tote Augen. Das reicht. Wer hat ihn da hingehängt? Dass es Selbstmord war, kann man wohl ausschließen.

Jetzt hat mich auch Tina Bogner bemerkt. „Ist das nicht eine unglaubliche Sauerei!", ruft sie mir zu.

So hätte ich das nicht bezeichnet.

„Das da raufzuhängen! Natürlich nur um uns zu schaden!", fährt sie fort.

Zuckerbrot wirkt nicht, als wäre er sonderlich begeistert, mich hier zu sehen. War er allerdings in solchen Fällen auch noch selten. Eigenartig, dass sie den Tatort gar nicht abgesperrt haben. Oder sind sie erst kurz vor mir gekommen? Andere Medien sind jedenfalls keine in Sicht. Der Mann neben ihm, offenbar ein Kollege, geht zu den Spurensicherern.

„Wer hat ihn gefunden?", frage ich den Chef der Mordkommission 1. Besser, nicht mit ihm zu diskutieren, ob ich überhaupt hier sein darf.

„Ihn? Wie es aussieht, Frau Bogner."

Die nickt. „Man hat mir eine Nachricht geschickt, dass ich herkommen soll. Hier gäbe es ein Geschenk für uns. Ich habe mir gleich gedacht, dass es seltsam ist, deswegen habe ich zwei unserer Mitarbeiter mitgebracht, für alle Fälle. Und dann das!"

Eine Spur mehr Trauer und Pietät täten ihr gut.

„Selbstmord war das keiner. Wer klettert schon auf einen Hochspannungsmast, um sich zu erhängen, selbst wenn er für ein Energieunternehmen arbeitet", meine ich zu Zuckerbrot.

Er sieht mich erstaunt an, fängt an zu schmunzeln. „Selbstmord war das keiner, das haben Sie klug erkannt. Sie sollten genauer hinschauen."

Was soll das? Ich spähe nach oben, zwinge mich, auf Details zu achten. Die Schultern hängen etwas, aber das hat wohl mit dem Fall in den Strick zu tun. Ich gehe ein Stück um den Mast herum. Sein Gesicht ... schweinchenrosa mit vollen roten Lippen und riesigen blauen Augen. Eine Puppe. So eine lebensgroße aufblasbare Puppe, die man in Sexshops kriegt. Aber die Jacke, der Blazer mit den großen Goldknöpfen: der ist von Gruber. Oder zumindest täuschend ähnlich.

Tina Bogner sieht mich an. „Man denkt sofort an Gruber, nicht wahr? Der Typ rennt ja dauernd in diesen absurden Sakkos herum. Und irgendwie sieht ihm dieses luftgefüllte Dings auch sonst ähnlich. Aber ich bin von der anderen Seite gekommen und hab schneller bemerkt, dass da eine verkleidete Sexpuppe hängt."

„Warum? Warum ein Sexspielzeug?", frage ich Zuckerbrot noch immer etwas fassungslos.

„Bin nicht ich es, der im Allgemeinen die Fragen stellt?", entgegnet er. „Was machen Sie hier?"

„Ich habe sie angerufen", sagt Tina Bogner an meiner Stelle. „Ich brauche jemanden, der halbwegs neutral ist. Was momentan mit uns gespielt wird, ist der pure Wahnsinn."

„Und was machen Sie hier eigentlich?", frage ich Zuckerbrot zurück. „Mord an Puppen ist üblicherweise nicht Ihr Thema."

„Morddrohungen wie diese aber schon", murmelt Zuckerbrot und fügt lauter hinzu: „Darf ich Sie jetzt bitten, das Gelände zu verlassen?"

Ich sehe ihn freundlich an. „Das ist kein Tatort."

„Ein Lausbubenstreich ist das da aber auch nicht. Die können nicht tun, was sie wollen, und alle anderen in Geiselhaft nehmen."

„Wer sind ‚die'?", will ich wissen.

„Was weiß ich", poltert Zuckerbrot.

„‚Die'? Ich kann Ihnen sagen, was er unter ‚die' versteht! Leute aus der Umweltschutzbewegung! Hat er vorher deutlich gesagt!", mischt sich Tina Bogner ein.

„Seien Sie vorsichtig mit Ihren Interpretationen", antwortet Zuckerbrot.

„Ich werde doch nicht herkommen und diesen ... Gruber-Verschnitt finden und die Polizei anrufen, wenn wir damit selbst zu tun haben!"

„Und wenn es die von ‚Cybersolar' waren?", überlege ich laut.

„Wer bitte ist ‚Cybersolar'?", fragt Zuckerbrot. Tina Bogner scheint es schon zu wissen.

Ich erkläre es meinem alten Bekannten und erzähle ihm auch ein wenig über Gruber. Natürlich rechtfertigt nichts diese anschauliche Drohung mit dem Erhängen, aber er sollte doch wissen, was Gruber für ein Typ ist: Lobbyist, mit genug Geld in der Tasche, um sich das Wohlwollen derer zu kaufen, die „Pure Energy" gut brauchen kann. Und einer, der Umweltschützer denunziert.

„Na entzückend", sagt Zuckerbrot. „Dann wissen Sie doch sicher auch, dass er verschwunden ist?"

„Seit wann?", frage ich reflexartig.

„Offenbar seit vorgestern."

Ich überlege kurz, wann ich ihn zum letzten Mal gesehen habe. Vorgestern. In der Früh. Da ist er – rein zufällig – bei unserem Redaktionsgebäude vorbeigekommen und musste mir erzählen, dass hinter der Explosion der Gasleitung linke Umweltterroristen stecken. Inzwischen ist ziemlich klar, dass er nicht nur mir diese Geschichte aufgetischt haben dürfte. Als gestern auf der Homepage von „Pure Energy" die Sonnen aufgetaucht sind, hab ich ihn angerufen. Er war nicht zu erreichen. Sonst allerdings auch niemand. Außer dann dieser Stepanovic.

Es gelingt mir nicht, mit Tina Bogner unter vier Augen zu reden. Zuckerbrot besteht darauf: Sie muss dableiben, bis die Spurensicherung abgeschlossen ist. Eigentlich ungewöhnlich. Ich habe den Verdacht, dass Zuckerbrot nicht besonders viel über die aufgeheizte Stimmung zwischen Umweltbewegten und Energielobby weiß. Wahrscheinlich will er sich auf das, was ich ihm erzählt habe, nicht verlassen. Also behält er die Sprecherin von „PRO!" hier, bis ihm seine Leute mehr Informationen liefern und er ihr genauere Fragen stellen kann.

Sonnendorf liegt vielleicht zwanzig Minuten von dem Hochspannungsmast entfernt. Es wäre eine gute Idee, mit Novak zu reden, bevor die Polizei ihn befragt. – Wie ernst werden die den Puppenmord nehmen? Jedenfalls ernst genug, um Zuckerbrot damit zu beschäftigen. Warum ist Gruber verschwunden? Hat er vielleicht gar selbst seinen Pseudo-Abgang inszeniert? Mit einer Sexpuppe? Unwahrscheinlich.

Zuckerbrot scheint damit leben zu können, dass ich mich verabschiede. Einige Kilometer später biege ich ab und parke meinen Wagen in einem Feldweg. Vor mir Wald. Wie war das damals mit dem Waldsterben? Ewig ist darüber geredet worden und dann war es doch nicht so schlimm. Für mich jedenfalls sehen die Bäume prächtig aus. Ja, hier, aber als ich vor Jahren über die tschechisch-ehemals ostdeutsche Grenze gefahren bin, gab es dort bloß Baumgerippe. In dieser Gegend waren Kohlekraftwerke, Schwerindustrie. – Es wäre gut zu wissen, ob „Cybersolar" etwas zum Gruberpuppenmord online gestellt hat. Oder sich sogar dazu bekennt. Würde ganz gut zu dem Grundsatztext auf Facebook passen. Woher haben die Täter Grubers Jacke? Hat jemand, der in fremde Computerseiten eindringt, auch kein Problem, einen Blazer vom Balkon oder aus einer Putzerei zu klauen? Oder ist das einfach protzige Konfektionsware vom Herrenausstatter? Ärgerlich, dass ich meinen Laptop nicht mithabe. Aber ich kann auch mit meinem Smartphone ins Internet. Ich brauche bloß auf Facebook zu gehen und dann ... Ich tippe den Suchbefehl ein und lande ganz woanders. Mist. Ich habe einen Buchstaben falsch getippt. Ich probiere es noch einmal. Jetzt bin ich auf der Facebookseite. Die wollen, dass ich mich registriere. Bin ich das nicht? Vom Mobiltelefon aus habe ich die Seite noch nie aufgerufen. Aus dem Wald kommt ein Reh. Ich kann es zuerst gar nicht glauben. Es steht am Waldrand und knabbert an den Blättern eines Buschs. Ich darf mich nicht bewegen. Oder sieht es mich im Auto sowieso nicht? Der Fotoapparat. Ich will ins Facebook und ein Reh erscheint. Das Tier hebt den Kopf und sieht in meine Richtung, bewegt die Ohren, als ob es lauschen würde. Ich atme vorsichtig. Dann senkt es den Kopf und frisst friedlich weiter. Langsam taste ich nach dem Fotoapparat. Ich zoome. Das glaubt mir keiner. Leider ist die Autoscheibe ein wenig schmutzig. Klick. Und noch einmal. Ich bewege mich, so weit es geht, zur Windschutzscheibe. Jetzt sieht man die Schlieren deutlicher als das Reh. Ich drehe den Startschlüssel halb. Wenn ich ein Fenster öffne ... Vorsichtig drücke ich auf den Knopf. Ein ganz leises Surren. Das Reh sieht aufmerksam her zu mir – und ist mit zwei eleganten Sprüngen im Wald verschwunden.

Dann eben eine paar Fotos samt schmutziger Scheibe. Wunderschön, das Tier. Unschuldig, fällt mir dazu ein. – Vom wem sonst lässt sich das noch sagen? Ich starte den Wagen, biege wieder auf die Landstraße und rufe Fran an. Besser, er sieht nach, ob es bei „Cybersolar" etwas Neues gibt.

Er geht erst nach geraumer Zeit ans Telefon. Im Hintergrund Lärm. „Kommst du doch noch?", ruft er. „Man glaubt nicht, wie viele da sind! Sicher zweihundert!"

„Wo?"

„Na bei dem Picknick vor der ‚AE'-Zentrale."

„Und was tut ihr dort?" – Außer Lärm zu machen, füge ich im Geist hinzu.

„Wir essen und trinken, zwei Solargrills gibt es auch, man redet über erneuerbare Energie, alle, die wollen, können Infomaterial verteilen. Einer hat ein Mikro mitgebracht, jeder kann etwas sagen. Und Jana ist unterwegs und macht Interviews für ihre Uni-Arbeit. Fragt Leute, warum sie da sind, was sie wollen."

„Wer leitet das eigentlich? Kann ich mit ihm reden?"

„Mira, da gibt es keinen Anführer. Das ist ja das Gute. Und die Polizei ist ziemlich ratlos. Wir sind alle bloß zufällig da. Gegen einen Stau am Montagmorgen können sie ja auch nicht polizeilich vorgehen. Jetzt ist der Stau eben auf den Gehsteigen rund um die ‚AE'. Wenn sie sagen, dass wir den Verkehr beeinträchtigen, dann gehen wir eben ein Haus weiter und setzen uns dort auf den Gehsteig. Alle sind total friedlich. Selbst die Polizisten sind eigentlich sehr okay. Einer hat zu mir gesagt, dass er alles unterstützt, was gegen Atomkraftwerke ist. Das ist zwar zu wenig, aber man sieht: Viele sind auf unserer Seite."

Klingt irgendwie nett. Es gibt Menschen, die eine Änderung der Energiepolitik wollen und dafür ganz ohne Anführer auf die Straße gehen. Ich werde einen Fotografen hinschicken. „Kannst du klären, ob bei ‚Cybersolar' eine neue Botschaft aufgetaucht ist?"

„Klar, ich habe mein Netbook mit, bleib einfach dran."

Ich fahre weiter die Landstraße entlang, denke an das Reh und die baumelnde Gruber-Puppe. Übers Mobiltelefon höre ich, wie einer durch den Lautsprecher sagt: „Wir sind das Volk, liebe Picknicker! Wir verlangen, dass der CO_2-Ausstoß massiv reduziert wird. Auch die Generationen nach uns wollen leben! Wenn die Politiker zu feig sind, müssen wir uns einmischen!" Klatschen, Rumpeln, offenbar hat jemand anderer das Mikrofon ergriffen. „Weg mit den Öl-Multis!", ruft er. „Sie gehen für ihren Profit über Leichen! Solidarität mit Afrika! Kampf den Kolonialisten!" Das klingt schon weniger friedlich.

„Mira?" Fran ist wieder dran. „Die Erklärung zu ihren Zielen und wer sie sind, die kennst du schon?"

„Ja. Sagen Sie etwas zu der Drohung gegen die Fossilen?"
„Gegen Fossile? Kein Wort. Passt aber gut, Fossile, die mit fossiler Energie die großen Geschäfte machen."
„Man hat eine Puppe, die Gruber verdammt ähnlich sieht, an einen Hochspannungsmast gehängt, und dann damit gedroht, dass es allen Fossilen so gehen werde."
„Das waren nicht die von ‚Cybersolar'. Nie im Leben", antwortet Fran empört.
„Ist eure Mutter übrigens auch da?"
Stille in der Leitung.
„Fran?"
„Na ja. Wir haben gefragt, ob sie mitkommt. Aber sie hat herumgeschnüffelt und hat das mit den Sonnen auf der Homepage von ‚Pure Energy' herausbekommen. Und jetzt glaubt sie, dass ich es war, der sich in die Seiten gehackt hat. Totaler Schwachsinn. Ich hab ja erst von dir davon erfahren. Momentan hängt der Haussegen etwas schief. Vielleicht kannst du sie anrufen ..."
Ich grinse und verspreche es.

Zuerst aber parke ich mein Auto auf dem Gelände von „PRO!". Novak sei leider in einer wichtigen Besprechung, teilt mir eine Mitarbeiterin mit. Sie trägt keines der Sonnen-Shirts, sondern eine rote Bluse. Ich hätte anrufen sollen.
„Er ist in einem Chat?", frage ich. Ich erinnere mich an meinen ersten Besuch hier. Da war Tina Bogner in so einer virtuellen Gesprächsrunde. Mit neuen Medien kennt man sich hier jedenfalls sehr gut aus.
Die Mitarbeiterin sieht mich freundlich an. „Nein, in einer Besprechung. Mit den Gesellschaftern. Ich weiß nicht, wie lang es dauert. – Kann ich Ihnen Kaffee machen? Oder wollen Sie unser Biomasseheizwerk besichtigen, bis Diplomingenieur Novak frei ist?"
„Können Sie ihm sagen, dass ich da bin und dass ich ihn dringend sprechen muss?"
„Natürlich." Sie fängt ein Mobiltelefon aus ihrer Hosentasche und schreibt mit unglaublicher Fingerfertigkeit eine SMS. Dabei ist sie kaum jünger als ich. Sie sieht meinen Blick. „Hab ich von meinen Kindern gelernt. Es wollte mir einfach nicht einleuchten, dass ich das nicht kann. Ich bin ausgebildete Europasekretärin. Man muss eben üben, wie beim Maschineschreiben."

Ein Telefonton. Sie tippt auf das Display, liest. „Es wird eine halbe Stunde dauern."

Okay, dann sehe ich mir eben tatsächlich das Biomasseheizwerk an. Toni, „der Mann für alles", wie mir die Sekretärin in der roten Bluse sagt, begleitet mich. Toni ist maximal dreißig, dünn, hat ein paar Hackschnitzel in den Haaren und ist offenkundig sehr stolz auf sein Kraftwerk.

„Ich transportiere das Material zu den Öfen", erklärt er. „Es kommt vom Lager dort drüben", er deutet auf die holzduftenden Berge unter dem geschwungenen Dach. „Dann nehme ich es auf meine Baggerschaufel und schütte die Hackschnitzel auf die Förderanlage. Von dort werden sie automatisch in die Öfen transportiert. Momentan läuft nur einer, es ist noch warm, da brauchen die Leute keine Heizung, sondern nur heißes Wasser. Wollen Sie die Öfen sehen?"

Ich nicke.

Wir gehen um das Gebäude herum, er öffnet ein großes grünes Tor. Angenehm warm ist es hier drinnen. Eine Menge silbrig glänzender Leitungen führen die Wand entlang. Beherrscht wird die Halle von den zwei riesigen Öfen, sie sind sicher drei Meter hoch und ebenso tief. Beim einen steht die dick ausgekleidete Tür ins Innere offen. Vom anderen kommt ein regelmäßiges Brummen und Bullern, ein Geräusch, das es nur gibt, wenn Holz verbrennt. Und hier verbrennt eben sehr viel kleines Holz.

„Sie werden automatisch gesteuert. Es muss bloß jemand überwachen, ob alles in Ordnung ist. Aber wer die Öfen kennt, hört am Geräusch, ob alles passt. Da brauchst du keinen Computer dafür."

„Wir haben natürlich die besten Abgasfilter eingebaut, die es gibt", sagt eine Stimme hinter uns.

Ich drehe mich um. Novak. Offenbar hat er sich früher aus der Besprechung lösen können. „Wenn ich hier drin bin, weiß ich wieder, wofür ich arbeite", sagt er. „Oder wenn ich bei den Windrädern draußen bin. Die Verwaltungsarbeit ist nicht gerade das, was ich mag. Ich bin Techniker."

„Ein super Techniker", ergänzt Toni.

„Hast du Frau Valensky schon den Steuerungsraum gezeigt?"

Toni und ich schütteln den Kopf.

„Ich sollte Material nachfüllen", sagt Toni und verabschiedet sich.

Ich gehe mit Novak durch eine kleine Tür in einen wenig eindrucksvollen Büroraum. Nur die eine Wand, die ist voller Leitungen und Schaltungen oder was ich eben dafür halte. Auch einige kleine Monitore sind eingebaut.

„Gesteuert wird alles über unsere Computer", sagt Novak und deutet auf zwei Bildschirme. „Über einen Zugangscode kann ich auch bei mir zu Hause einsteigen und sehen, was im Heizwerk los ist." Auf einem dritten Bildschirm sind Bilder von Überwachungskameras. „Sie kontrollieren das Gelände?", frage ich.

„Durch die Kameras sehen wir selbst von daheim, wenn zu wenig Hackschnitzel in der Förderanlage sind. Die Anlage hat mehr damit zu tun, dass unter uns einige Computerfreaks sind. Bei dem, was in letzter Zeit alles geschehen ist, bin ich aber ganz froh, dass wir dadurch auch unser Gelände überwachen können."

„Sie wissen, was beim Hochspannungsmast los war?", wechsle ich das Thema.

„Tina hat mich angerufen", erwidert Novak. „Es ist unglaublich. Ich kenne Gruber nicht persönlich, wir wären wohl auch kaum befreundet, aber so etwas zu tun: Es ist menschenverachtend."

„Und was, wenn es Leute aus Ihrem Umfeld waren? Solche, die einfach genug haben von der Macht der Energiekonzerne und die Sache selbst in die Hand nehmen wollen?"

„Wir nehmen die Sache selbst in die Hand, aber ganz anders. Praktisch. Indem wir Windparks bauen und alternative Lösungen wie in Sonnendorf aufzeigen. Sollte einer aus unserem Umfeld beteiligt sein und ich erfahre davon, er wäre sofort weg", sagt Novak und starrt auf einen der Bildschirme. Es ist bloß das Sonnen-Logo darauf zu sehen. „Das habe ich übrigens auch gerade den Gesellschaftern gesagt. Und bevor Sie fragen: Nein, wir wussten selbstverständlich nichts von ‚Cybersolar', bevor die Gruppe im Internet aufgetreten ist. Wir sind gar nicht glücklich über diese Entwicklungen."

„Die Kinder meiner Freundin sind heute sofort zu dem Picknick vor der ‚AE'-Zentrale gefahren."

„Ich verstehe sie. Aber: Sich in Computersysteme zu hacken und wichtigtuerische Botschaften zu verbreiten, das schadet unserer Sache bloß. Wir müssen uns an die Gesetze halten. Wir stehen ununterbrochen unter Beobachtung und unter Verdacht. Das ist so, wenn man Neues will und an alten Strukturen rüttelt."

„Und was, wenn Ihre Sprecherin etwas kräftiger rütteln will? ‚Cybersolar' könnte dafür doch ganz gut sein."

Novak starrt mich an und schüttelt dann langsam den Kopf. „Auf keinen Fall. So etwas würde sie nicht tun. Es wäre ... Wir können nur versuchen, die Menschen durch unsere praktische Arbeit zu überzeugen."
„Und durch entsprechende Werbung dafür, oder? – Ich habe vor kurzem mit Zemlinsky geredet. Er hat nicht gewirkt, als wäre er an Veränderungen interessiert."
„Zemlinsky? Vom Energieausschuss? Nein, man kann nicht eben behaupten, dass der längerfristig denkt." Novak deutet auf die Wand mit den vielen Leitungen und Steuerungselementen. „Das hier verändert etwas zum Positiven. Unser Biomasseheizwerk ist CO_2-neutral. Wir verbrennen das Holz aus dem anliegenden Wald, die Asche holen sich die Bauern aus der Umgebung für ihre Felder. Das CO_2, das durch die Verbrennung freigesetzt wird, wird durch die Bäume im Wald gebunden."

Bevor zu viel Ökoidylle aufkommt und gar noch ein Reh erscheint, frage ich: „Beim Fest in Sonnendorf: Waren Sie da mit dem weißen ‚PRO!'-Auto unterwegs?"
„Woher wissen Sie ..." Er sieht mich erstaunt an.
„Wir haben es per Zufall vom Kran aus fotografiert."
Novak beginnt auf und ab zu gehen. Hat er vielleicht von Tina Bogner übernommen. Nur dass sein Energiepotenzial nicht so hoch ist.
„Ich habe es der Polizei schon gesagt. Ja, ich war im Auto unterwegs. Wir haben für unsere Anlagen Wartungstechniker, aber ich mache das auch selbst immer wieder. Beim Fest hatten alle frei. Die meisten waren da und haben mitgefeiert. Wir bekommen Störmeldungen automatisch auf unsere Computer und auch aufs Mobiltelefon. Die Leitung zu einem Windrad war unterbrochen. Ich hab die Meldung am Handy gesehen. Der Windpark, zu dem es gehört, liegt in der gleichen Richtung wie die gesprengte Gasleitung. Allerdings fünf Kilometer weiter südlich. Es war dann nichts, das Windrad ist ganz normal gelaufen. Ich hab am nächsten Tag das Fehlermeldungssystem mit unserem Techniker durchgesehen, auch das war in Ordnung."
„Und was könnte die Meldung ausgelöst haben?", frage ich.
„Es könnte ein Störsender gewesen sein. Mit so einem Sender ist es ganz einfach, die Verbindung zu unterbrechen. Und das wird dann angezeigt."
„Windkraftgegner, die Ihnen das Fest nicht gönnen wollten?"
„Natürlich hab ich daran gedacht. Aber ich will keinen beschuldigen. Es könnte eventuell auch ein Objekt in der Luft gewesen sein."

„Vögel?"
„Einmal war es ein großer Drache aus Papier, der sich verfangen hatte. Diesmal gab's allerdings keine Spuren. Dass Vögel in unsere Windräder fliegen, ist extrem selten. Hochspannungsleitungen richten da viel mehr an."
„Bei denen werden zur Warnung Puppen aufgehängt", erinnere ich ihn. „Was war eigentlich mit der Zündholzschachtel von ‚PRO!', die bei der explodierten Leitung gefunden worden ist?"
„Wir verteilen sie. Jeder kann sie dorthin legen oder dort verlieren. Wären meine Fingerabdrücke drauf gewesen, ich säße längst in Untersuchungshaft, nehme ich einmal an." Novak schüttelt den Kopf. „So gut ist das mit Sonnendorf gelaufen, wir haben Anfragen aus ganz Europa. Es gibt wirklich vielversprechende Gespräche mit der Stadt Wien. Immer mehr Menschen kommen dahinter, dass man Energieversorgung viel intelligenter und auch kostensparender organisieren kann. Und dann das! Wenn jemandem die gesprengte Gasleitung oder die Aktion beim Hochspannungsmast schadet, dann uns."
„Sie glauben, dass jemand gezielt gegen ‚PRO!' arbeitet?"
Novak sieht mich an. „Keine Ahnung. Ich weiß nur, dass wir am Ende die besseren Argumente haben."

Morgen ist Redaktionsschluss. Ich muss mich entscheiden, was ich bringen werde. Entweder den Cyberaufruhr mit allem rundum, natürlich samt Puppe am Hochspannungsmast. Ginge dann doch irgendwie in die Richtung Ökoterrorismus. Oder meine sonnige Sonnendorf-Reportage und daneben ein, zwei Spalten über die jüngsten Entwicklungen. – Was wäre, wenn ich vom Fest in Sonnendorf ausgehe, dann den Brand bei der Gasleitung schildere und schließlich die Frage stelle, wer da gegen wen kämpft und warum? Dass die Tageszeitungen von der Sache mit Gruber erfahren, bevor das „Magazin" erscheint, ist leider so gut wie sicher. Wo steckt er? Der Vorstandssprecher von „AE" hat durchblicken lassen, dass Gruber den Mund bisweilen sehr voll nimmt. Vielleicht hat er zu viel geredet. Oder jemand hatte Angst, dass er zu viel reden könnte. Zemlinsky? Hat Gruber ihn im Auftrag von „Pure Energy" bestochen? Dass die Firma seiner Frau vom Energiekonzern Werbeaufträge bekommen hat, ist bereits sicher. Wen hat Gruber sonst noch gekauft? Lobbying bei Politikern ist international ins Gerede gekommen. In Österreich freilich geht da noch immer viel. Und auch die

Parteienfinanzierung ist hierzulande nicht so transparent, wie uns die Regierung mit ihrem neuen Gesetz vorgaukelt. – Nur: Um so weite Verbindungen herzustellen, reicht der Platz, den ich bekommen habe, keinesfalls. Warum hat die Geschäftsführung meine Serie gekürzt? Weil das „Magazin" ach so seriös und vorsichtig sein möchte? Das glaubt wirklich keiner.

Ich fahre heim, kein Reh weit und breit, dafür der in Wien typische Stau im Nachmittagsverkehr. Ich parke meinen Wagen, nehme den Lift nach oben. Ich sollte dem Generalleutnant auf seine nette SMS antworten. Wäre vielleicht gar keine schlechte Idee, mit ihm über alles, was mir durch den Kopf geht, zu reden. Er ist Stratege. Und vielleicht kriegt er sogar das eine oder andere aus Zuckerbrot heraus – das er mir dann sicher erzählen wird! Ich sollte mich nicht überschätzen. Ich steige aus dem Lift. Sperre die Tür auf. Plötzlich jemand hinter mir. Hat offenbar einen Treppenabsatz weiter oben gelauert. Ich fahre herum. Und da steht Vesna.

„Wollte ich auf dich warten", sagt sie und klingt irgendwie geknickt. Ich atme tief aus.

„Ich habe dich hoffentlich nicht erschreckt?"

Kaum, ich hätte nur fast einen Herzinfarkt bekommen. Was weiß man momentan schon, wer hinter einem her ist. „Komm rein."

Ich mache uns Kaffee, wir ziehen zwei Sessel an die Glasfront zur Dachterrasse. Um jetzt draußen zu sitzen, ist es doch schon zu kalt. Aber so kann uns die Abendsonne durchs Glas hindurch bescheinen.

„Fran. Er ist normal so vernünftig. Und jetzt er ist bei diesen ‚Cybersolar'. Ich bin nicht sicher, ob nicht er in Energieseiten gehackt hat."

„Er hat mir schon erzählt, dass du dir Sorgen machst. Ich bin auf die Homepage von ‚Pure Energy' gegangen und da waren die Sonnen. Ich kenn mich mit so etwas nicht so gut aus, also hab ich ihm eine E-Mail geschickt. Vorher hat er von ‚Cybersolar' nichts gewusst."

„Sagt er. Und wenn es so war: Er findet es jetzt gut. Du glaubst, der Dummkopf bekommt Job als Computerfachmann, wenn er unterstützt Leute, die in Seiten einbrechen?"

„Die stellen manchmal sogar Hacker an", versuche ich meine Freundin zu beruhigen.

„Na wunderbar!", fährt sie auf. „Aber nicht als Chef von Abteilung!"

„Mir gefällt auch nicht, was ‚Cybersolar' auf Facebook schreibt. Klingt schaurig selbstgerecht", gebe ich zu. „Aber gerade die Jungen wollen eben nicht mehr warten, bis sich etwas ändert. Denk an die vielen Demokratiebewegungen übers Internet, ist ja eigentlich ein großartiges Zeichen …"

„Ist keine Demokratie, in Seite hacken, selbst wenn es Seite von Verbrecher ist", argumentiert Vesna. Womit sie ja recht hat. „Und Jana, er schleppt auch noch Schwester mit."

„Sie war bisher die viel Politischere von den beiden", gebe ich zu bedenken. „Kannst du dich noch an ihre Mädchenbande erinnern und wie sie Machos aus Zuwandererländern bekämpfen wollten?"

Vesna grinst. „Hat sich irgendwie aufgelöst. Manchmal ich denke inzwischen: leider."

„Hast du mit den Zwillingen schon in Ruhe gesprochen?"

„Wann denn?", erwidert Vesna. „Ist ja alles gerade erst losgegangen."

„Ich habe eine Idee: Ich koche und wir laden Jana und Fran ein. Vielleicht ist das gut fürs Familienklima. Und ich kann Fran noch das eine oder andere fragen."

„Ist es nicht schon spät?"

„Ich laufe nur schnell zum Gemüsehändler zwei Gassen weiter, er hat noch offen. Du wartest und hilfst mir dann. Ich rufe Oskar an und du deine Zwillinge." Eine ausgezeichnete Idee. Was, wenn nicht ein gemeinsames Essen, kann Beziehungen wieder ins Lot bringen?

Oskar ist von der Idee sehr angetan. Und er hat noch einen Zusatzvorschlag: „Laden wir doch Carmen dazu ein."

„Damit die glückliche Familie komplett ist", sage ich trocken und füge dann rasch an: „Ist sie schon zurück aus der Türkei?"

„Sie hat mich angerufen. Sie ist wieder da. Du hast versucht, sie zu erreichen. Warum?"

„Hat mit der Energie-Serie zu tun." Warum hat sie sich bei Oskar und nicht gleich bei mir gemeldet? Okay, Oskar ist ihr Vater.

Oskar ist gerade bei einem Termin in der Nähe der Konditorei Oberlaa. Er verspricht, dort fürs Dessert zu sorgen. Wunderbar. Wer Blödsinn redet, dem wird der Mund mit Kuchen gestopft.

Ich komme mit einer vollen Einkaufstasche wieder und finde Vesna noch immer im Sessel, sie starrt über die Dächer von Wien.

„Geht's dir nicht gut?"

„Ich mache mir wirklich Sorge. Da ist was nicht in Ordnung, ich spüre das", murmelt Vesna. Quasi zum Trost erzähle ich ihr vom möglichen Verhältnis zwischen Carmen und dem „Pure Energy"-Boss Hohenfels. Und dass Oskar nichts davon weiß.

„Na und?", meint sie. „Das ist ja kein Verbrechen, oder?"

Jetzt erst wird mir klar, dass heute Abend sozusagen „Cybersolar" auf „Pure Energy" trifft. Vielleicht wird es doch nicht so ein ruhiger Abend wie ersehnt.

Ich habe wunderschöne breite gelbe Fisolen bekommen. Vesna putzt sie und entfernt sorgfältig die Fäden. Sie werden eine feine Beilage zum Roastbeef sein.

„Seit wann es gibt Roastbeef in Gemüsegeschäft?", hat meine Freundin gefragt, als ich meine Schätze auf der Arbeitsfläche ausgebreitet habe.

„Unter der Hand verkauft Wladimir Fleisch von einem Freund, der Galloway-Rinder züchtet", grinse ich. „Sicher ist nie, ob er welches hat, ich hatte Glück."

„Da sieht Steuer sicher nichts. Und Lebensmittelinspektor wahrscheinlich auch nicht", stellt Vesna fest.

„Seit wann bist ausgerechnet du für Law and Order?", spöttle ich.

„Man muss sich eben überlegen, was wird gefährlich."

„Das Rind ist ungefährlich. Vor allem in seinem jetzigen Zustand."

Ich habe das Roastbeef rundherum in einer schweren Pfanne in Olivenöl angebraten und das Backrohr auf achtzig Grad gestellt. Jetzt schneide ich viel Ingwer ganz fein und vermische ihn mit Dijonsenf und einer Handvoll grobem Meersalz.

„Du wirst Carmen heute nach Manager-Freund fragen?", will Vesna wissen.

„Keine Ahnung. Jedenfalls nicht vor Oskar. Der ist sonst stinksauer, dass ich ihm bisher nichts davon erzählt habe." Ich streiche das Roastbeef liebevoll mit der Gewürzmischung ein. Es wiegt ungefähr zwei Kilo, ein bisschen etwas geht beim Braten verloren. Wir sollten jedenfalls reichlich genug haben. Essen beruhigt. Zumindest bei mir ist das so.

„Gruber hat viel getrunken, man sagt", fährt Vesna fort.

„Warum ,hat'? Es wurde ja bloß eine Puppe aufgehängt."

„Er ist verschwunden. Ich werde morgen nachsehen, ob ich Spur finde. Ich kann nur hoffen, diese ‚Cybersolar' hat nichts zu tun damit."

Ich schiebe das Roastbeef in den Ofen. Nach einer halben Stunde werde ich auf siebzig Grad zurückdrehen. Danach kann das Fleisch langsam gar ziehen und bleibt trotzdem innen rosa. „Fran war es jedenfalls nicht, der die Puppe auf den Hochspannungsmast gehängt hat, dafür lege ich meine Hand ins Feuer", tröste ich Vesna.

„Weiß ich auch, aber vielleicht er macht andere Dummheit. Und, wie man sagt: Mitgefangen, mitgehangen."

„Das wär wohl eher ein guter Spruch für Gruber", murmle ich.

„Vielleicht du bist es, die nächste Botschaft schreibt? Gar nicht nett."

„Würdest du Gruber und die Typen rund um ihn kennen, du würdest sie auch nicht nett finden. Ich frage mich nur, was Carmen zu diesem Hohenfels hinzieht."

„Vielleicht sie hat Vaterkomplex. Hat sie echten Vater erst sehr spät getroffen. Oder Hohenfels ist einfach sympathisch und sie ist verliebt. Soll vorkommen. – So, Fisolen sind fertig geputzt."

Ich werde sie knackig blanchieren und dann im Ganzen braten. Als Vorspeise gibt es pikanten Mango-Gurken-Salat, darauf etwas vom Hirschschinken, den wir noch im Kühlschrank haben. Danach Linguini mit Melanzani-Knoblauch-Sauce und viel frischem Basilikum.

„Weißt du, dass ich heute laufen war?", erzähle ich Vesna, weide mich an ihrer Überraschung und lege ihr die Mangos zum Schälen hin. Schön, wieder einmal zu kochen. Noch schöner, sie dabeizuhaben. Vor allem zum Reden. Ich merke schon jetzt, wie die Welt für mich wieder runder wird.

„Sorry, aber du bist einfach ignorant, Mam", sagt Fran eine Stunde später empört. Wir stehen mit Aperitifs auf der Dachterrasse. Bislang gab es so etwas wie Waffenstillstand. Warum steigert sich der sonst so ruhige Fran derart hinein? Ich lege Vesna begütigend die Hand auf den Unterarm.

„Ignorant ist, wenn ich mache mir keine Sorgen um dummes Kind", gibt sie einigermaßen friedlich zurück.

Wir warten nur noch auf Carmen. Wer weiß, wo sich die Prinzessin herumtreibt. Andererseits eine gute Gelegenheit, Fran, den neuen Umweltkämpfer, darauf vorzubereiten, dass sie gerade bei „Pure Energy" ein Praktikum absolviert. Ich erzähle davon, Fran sieht zu Oskar und dreht dann die Augen über. Und Jana sagt: „Das glaube ich einfach nicht. Darüber solltet ihr euch aufregen."

„Die haben eine Umweltabteilung und dort gab es eben einen Praktikumsplatz", erkläre ich bestimmt.
„Eine solche Abteilung hat heute wirklich jeder", ereifert sich Fran.
„Und ich habe es super gefunden, dass sie Umweltmanagement studiert."
„Ach", sagt Vesna und ich merke, wie sie langsam wütend wird. „Und was ist mit Firma, für die du vor ein paar Monaten hast gearbeitet? Habe ich falsch in Erinnerung oder war es Mercedes Benz? Die mit großen Autos, die so viel CO_2 in Luft pusten und Öllobby Freude machen?"

Fran sieht Jana an, jetzt drehen beide die Augen über. Oskar nimmt einen großen Schluck Weißwein. Vielleicht besser, wir essen etwas, bevor der Abend entgleist. Carmen ist bereits seit zwanzig Minuten überfällig.

Am Esstisch stehen kleine Gläser mit frischen Kräutern, ich konnte ihrem Duft im Gemüseladen nicht widerstehen und habe weit mehr davon gekauft, als ich für mein Menü brauche. Viel schöner als Blumen, lobe ich mich selbst. Noch dazu, wo die Kräuter in den Töpfen am Balkon schon herbstlich karg aussehen. Oskar schenkt Wein ein, selbst Vesna nimmt einen Schluck Riesling. Er ist einer von Evas besten Weinen. Bei Eva in Treberndorf, dort hat es angefangen, mit fünf Hubschraubern ...

Ich richte die Vorspeise an. Ich habe Mangos in feine lange Streifen und entkernte Gurken in Würfel geschnitten. Sie ziehen seit einer halben Stunde in einer Marinade aus geröstetem Sesamöl, ein paar Tropfen vom großartigen Chili-Olivenöl, das mein Gemüsehändler verkauft, Salz, Zitronensaft und einer Handvoll grob gehackter Walnüsse. Ich zupfe frische Korianderblätter ab, mische sie unter den Salat und verteile die Vorspeise auf große flache Teller. Ich sehe zum Esstisch hinüber. Sieht so aus, als würden sich jetzt alle friedlich unterhalten. Valentin ist noch in Amsterdam, vielleicht gar nicht schlecht so. Heute Abend über seinen alten Freund beim Bundesheer zu plaudern, wäre vielleicht doch zu viel. Oh, da fällt mir wieder ein: Ich habe Christoph noch immer nicht geantwortet. Aber bei all dem, was heute los war ...

Ich schneide den Hirschschinken in feine Scheiben und lege sie rund um den Mango-Gurken-Salat. Fertig. Brot steht schon auf dem Tisch. Und genug davon. Fran kann Unmengen essen. Ich trage die ersten beiden Teller hin, Jana springt auf und hilft mir. Gut erzogen ist

Vesnas Tochter jedenfalls. Für die, die es schärfer wollen, stelle ich das Chili-Olivenöl dazu.

„Und für Carmen hast du eine Portion aufgehoben?", fragt Oskar.

Mist. Darauf hab ich total vergessen. „So etwas Dummes", murmle ich. „Ich muss mich einfach verzählt haben."

„Wer weiß, ob sie kommt", sagt Fran und starrt sehnsuchtsvoll auf seinen Teller.

„Sie kann meine Vorspeise haben", meint Vesna. „Ich habe nicht viel Hunger."

So kenne ich meine Freundin gar nicht. Beim Kochen, so ist mir zumindest vorgekommen, war sie schon wieder besser gelaunt, aber jetzt ...

„Hirschschinken habe ich noch genug", überlege ich, hole einen leeren Teller, nehme etwas von meinem Salat und lege ihn darauf.

„Nicht bloß du, wir wollen gerecht sein", sagt Jana. „Jeder gibt einen Löffel Salat her."

Und so wird es dann auch gemacht. Carmen kommt, gerade als die anderen ihre Vorspeise aufgegessen haben. Es tue ihr fürchterlich leid, sie sei aufgehalten worden. Man muss zugeben, sie sieht hinreißend aus. Schmal geschnittene khakifarbene Leinenhose, ein schwarzes ausgeschnittenes T-Shirt mit einem roten türkischen Halbmond drauf. Die kurzen blonden Haare gerade so struppig, dass sie wirken wie aus einem edlen Frisurenjournal. Fran sieht sie bewundernd an. Vesnas Kinder und Carmen haben einander bisher nur kurz getroffen und auch das ist schon lang her. Carmen küsst ihren Vater und meint: „Du hast abgenommen, oder? Du bist viel zu attraktiv für einen Juristen, Oskar." Ihn „Papa" oder so zu nennen, wäre uns allen, nachdem sich die beiden ja erst im Erwachsenenalter kennengelernt haben, seltsam vorgekommen. Carmen weiß jedenfalls, wie einfach es ist, Männer zu umgarnen. Oskar strahlt und murmelt etwas wie, dass er, wenn überhaupt, nur ein wenig an Gewicht verloren habe, jedenfalls sei sie es, die großartig aussehe. Oskar hat kein Gramm abgenommen. Objektiv betrachtet würde es ihm gar nicht schaden, zehn Kilo zu verlieren. Dann wär er endlich wieder einmal unter der magischen Hundertermarke. Okay, er ist eins vierundneunzig groß, aber trotzdem. Wir werden reihum geküsst, schließlich entdeckt Carmen ihren Teller und für eine Zeit lang gibt sie Ruhe. Eins muss man ihr lassen: Sie ist eine begeisterte und keinesfalls zimperliche Esserin. Wird sie von Oskar geerbt haben.

Ich stelle einen großen Topf mit Wasser auf. Die reifen Melanzani schneide ich in ganz kleine Würfel und brate sie in Olivenöl an. Ich rühre immer wieder um, die Würfelchen beginnen sich aufzulösen, das sollen sie auch. Jetzt sechs große Zehen Bio-Knoblauch, natürlich nicht aus China, in feine Scheibchen schneiden und daruntermischen.

Carmen kommt und sieht mir interessiert zu. „Willst du weiterrühren?", frage ich. „Wie war es in der Türkei?"

„Superinteressant", antwortet sie, nimmt den Kochlöffel und rührt die Melanzani um. „Auch wenn die Regierungspartei leider was anderes will, die Türkei ist ziemlich modern. Und Istanbul ist eine Weltstadt, da kann Wien einpacken. Und Zürich sowieso." In der Nähe von Zürich ist Carmen aufgewachsen.

Ich salze das kochende Wasser kräftig, es wallt auf, und sofort lege ich die Linguini ein. Ein halbes Kilo sollte als Zwischengang genügen.

„Du hast versucht, mich zu erreichen. Du schreibst an einer Energie-Serie, nicht wahr?", fragt Oskars hübsche Tochter.

„Ja. Ich wollte ein Interview mit Hohenfels machen, es ist gar nicht so leicht, an die Chefs von ‚Pure Energy' ranzukommen. Und da du mir ja schon bei Gruber geholfen ..."

„Was hältst du von Gruber?", unterbricht mich Carmen. Will sie ablenken?

„Er ist verschwunden, hast du schon davon gehört?" Ich habe das Gefühl, wir umschleichen einander. Ist Carmen etwa nur deswegen so spät gekommen, weil sie das Management auf ein Treffen mit mir und Vesnas Zwillingen vorbereiten wollte? Unsinn. Sie ist keine Spionin. Und: Was gäbe es schon zu erfahren? Was ich mir denke, kann man ohnehin im „Magazin" lesen. – Zumindest in der Form, die nicht klagbar ist.

Carmen rührt konzentriert in der Melanzanisauce. „Riecht großartig."

Ich schneide inzwischen einen Berg Basilikum in Streifen. Sie müssen nicht einmal besonders fein sein.

„Ich finde Gruber ziemlich unangenehm. Vor allem, wenn er etwas getrunken hat", sagt Carmen dann unvermittelt. „Er redet sehr viel Blödsinn und er bläst sich auf wie ein Frosch im Blazer ... Ich glaube, im Unternehmen wollen sie ihn loswerden. Aber er hat einflussreiche Freunde."

„Wenn er verschwunden ist, hat sich dieses Problem wohl gelöst", überlege ich. Vorausgesetzt, man wollte ihn bei „Pure Energy" wirklich loswerden.

„Er wird ein paar Tage untergetaucht sein. Das hat er angeblich schon öfter gemacht, erzählen sie jedenfalls bei ‚Pure Energy'. Er trinkt, bis er nicht mehr kann, und wenn er nüchtern ist, kommt er wieder."

Zwei Minuten brauchen die Nudeln noch. Auch wenn es spannend ist, was Carmen weiß: Das Abendessen sollte nicht darunter leiden. Ich koste die Melanzanisauce, verbrenne mir die Lippe, salze kräftig und drehe die Platte ab. Auf Pfeffer und Ähnliches kann ich verzichten, frisch geschnittenes Basilikum hat ein wunderbar würziges Aroma.

„Woher kennst du dich bei den hohen Herrn von ‚Pure Energy' so gut aus? Ist das nicht ungewöhnlich für eine Praktikantin?", frage ich so unbefangen wie möglich und starre dabei auf meine Nudeln. Das Abtropfsieb und darunter eine große Schüssel stehen schon bereit.

„Erstens bin ich eine Praktikantin mit zwei abgeschlossenen Studien und einem dritten, das ich fast fertig habe. Und zweitens: Es gibt dort auch nette Typen. Hohenfels zum Beispiel."

„Ah?", sage ich.

„Na ja", antwortet Carmen und ich habe das Gefühl, als ähnelte dieses Küchengespräch einigen, die ich vor vielen Jahren mit meiner Mutter geführt habe. „Er ist total nett. Und so zivilisiert. Sag Oskar nichts davon, dem würde das nicht passen. Und man muss ihn ja nicht unnötig aufregen."

Genau so habe ich immer argumentiert, wenn ich einen eher zwielichtigen Jungen sehr, sehr nett gefunden habe.

„Er ist schon ein bisschen älter", fährt Carmen fort, die offenbar glücklich ist, jemandem ihr Herz ausschütten zu können. „Aber er ist echt jung geblieben. Und topfit. Wir lachen eine Menge miteinander. Er ist einfach ... wunderbar. Trotzdem: Wer weiß, wie lang das gut geht."

Ja, wer weiß. Er ist Mitte fünfzig. Ich sage es aber nicht. Carmen ist irgendwie rührend. Und offenkundig verliebt. Es ist nicht so, wie Gruber schmierig gemeint hat: Die werde eben ihre Vorteile aus der Verbindung schlagen. – Und jetzt habe ich doch glatt den Wecker für das Nudelwasser überhört. Ich packe den Topf mit zwei Lappen, gieße das Wasser durch das Sieb in die große Schüssel. So ist sie gleich vorgewärmt. Wasser aus der Schüssel raus, gut abgetropfte Nudeln hinein.

Basilikum unter die Melanzanisauce mischen, alles über die Nudeln schütten.

„Du nimmst die Nudelteller", sage ich zu Carmen.

„Danke", antwortet sie und gibt mir einen Kuss auf die Wange. Der war, glaube ich, nicht fürs Tellertragendürfen.

„Findest du es wirklich toll, bei ‚Pure Energy' zu arbeiten?", fragt Fran, als er sich zum zweiten Mal bedient. Er sagt es allerdings mit einem reizenden Lächeln. Wenn eine Frau so hübsch ist, kann sie kein ganz schlechter Mensch sein, scheint er sich zu denken.

„Es ist ein super Praktikum", erwidert Carmen. „Alt werden möchte ich dort nicht." Das hat sie mir vor geraumer Zeit auch schon gesagt.

„Und warum nicht?", will Jana wissen.

„Weil ich nicht unbedingt auf die großen Energiekonzerne stehe. Habt ihr ‚Blut gegen Öl' gelesen? So schlimm ist ‚Pure Energy' natürlich nicht, sie investieren auch viel in Windparks und Solarkraftwerke. Aber ihre internationale Linie dürfte die sein, dass man eben das tut, was am meisten Geld bringt."

Fran ist entwaffnet. „Hast du etwas von dem mitgekriegt, was bei uns in den letzten Tagen gelaufen ist?"

Carmen schüttelt den Kopf. „Nicht wirklich viel."

„‚Pure Energy' spielt da eine ziemlich miese Rolle", erklärt Jana, die sich naturgemäß von Carmens äußeren Werten nicht so leicht beeindrucken lässt. „Ich hab da übrigens etwas über Gruber auf YouTube gefunden, das ziemlich interessant ist."

Carmen runzelt die Stirn. „Dir ist klar, dass ich den auch nicht ausstehen kann, oder?"

„Na, umso besser. Dann würde ich mit ihm aber auch nicht arbeiten", kommt es zurück.

„Schon vergessen? Ich mach dort bloß ein Praktikum. Und er ist der Über-drüber-Chefberater."

„Kennst du eigentlich Zemlinsky?", fällt mir ein.

Carmen sieht mich an und schüttelt dann langsam den Kopf. „Ich denke, nicht. Aber mir kommt vor, ich hab den Namen schon irgendwo gehört."

„Er ist Parlamentarier, Vorsitzender des Energieausschusses."

„Er ist von ‚Pure Energy' gekauft worden", ergänzt Jana.

„Und ich bin wohl für alles verantwortlich, was bei ‚Pure Energy' läuft!", faucht Oskars Tochter. „Ich kenne den Typen nicht und ich schwöre, ich habe ihn nicht bestochen. Sucht den Gruber und fragt den!"

„Dieses Video auf YouTube," schaltet sich Oskar ein, „wir sollten es uns ansehen. Ist vielleicht auch für Miras Reportage interessant." Ganz offensichtlich ist er um Deeskalation bemüht.

„Das ist eine gute Idee. Aber zuerst gibt es noch Roastbeef mit Ingwer auf scharfen Fisolen", werfe ich ins Gespräch und stehe auf. Eigentlich habe ich heute keine Lust auf noch mehr „Pure Energy". Während am Tisch darüber debattiert wird, welche Kompromisse man an einem Arbeitsplatz eingehen dürfe und wann man sich das YouTube-Video ansehen solle, habe ich Olivenöl in einer großen Pfanne erhitzt. Jetzt lege ich die Fisolen ein. Fleur de Sel, diese köstlichen Salzkristalle, drüberstreuen, einige Minuten braten. In der Zwischenzeit nehme ich das Roastbeef aus dem Ofen und schneide es in Scheiben. Schön rosa ist es innen, genau richtig.

„Ich helfe dir lieber", sagt Fran. Ich habe ihn gar nicht kommen gehört.

„Carmen ist gar nicht so übel, was?", murmle ich.

„Na ja. Ich will jedenfalls nicht, dass Jana und sie sich in die Haare kriegen. Jana kann manchmal so etwas von stur sein."

„Aber du fährst doch genauso auf ‚Cybersolar' ab", lächle ich.

„Ich finde es einfach gut, dass endlich was passiert. Dieses Land schläft so tief, es liegt schon fast im Koma. Die Mächtigen halten zusammen und die anderen halten den Mund."

Ich gieße eine Menge Sweet & Hot Chilisauce über die Fisolen und schwenke sie in der Pfanne. Die Sauce soll leicht karamellisieren, aber natürlich nicht zu dunkel werden.

„Wieso sagst du nichts?", fragt Fran kämpferisch.

„Weil ich gerade überlege, zu welcher der beiden Kategorien ich gehöre. Gehöre ich zu den Mächtigen, weil ich im ‚Magazin' schreibe, und halte ich es mit den anderen Mächtigen, oder gehöre ich zum Rest und mucke nicht auf."

„Das war doch nicht auf dich bezogen, Mira. Du bist eine echt gute Journalistin", sagt Fran erschrocken.

„Na ja. Wenn es bloß immer so wäre. Auf alle Fälle gibt es vielleicht doch mehr als deine zwei Kategorien an Menschen in diesem Land."

„Mag schon sein, aber vereinfacht gesagt ..."

„Vereinfacht gesagt, ist eben falsch", falle ich ihm ins Wort. „Und jetzt gibt es endlich ein ordentliches Stück Fleisch."

„Yes", grinst Fran. „Zum Vegetarier werde ich nicht."

Wir bringen Fisolen und Roastbeef zum Tisch.

„Wisst ihr übrigens, dass China inzwischen der größte Windkrafterzeuger der Welt ist?", erzählt Carmen. „In der Türkei waren zwei Manager von ‚Goldbreeze' dabei, das ist ein chinesisches Unternehmen, das sich auf erneuerbare Energie spezialisiert hat. Ich finde es schon spannend, wenn man sieht, was anderswo los ist."

„Ihr habt doch diesen Connecting Manager. Drago Stepanovic. Der ist zuständig für die Verbindung zwischen ‚Pure Energy' in Österreich und dem Konzern, nicht wahr?", frage ich und schiebe das Roastbeef in die Richtung von Carmen.

„Den hast du auch schon kennengelernt?"

„Ich hab mit ihm telefoniert. Er war nach dem Hackerangriff auf die Homepage der Einzige vom Management, der erreichbar war."

Carmen nimmt sich eine dicke Scheibe und reicht die Platte weiter. „Das schaut ihm ähnlich. Der packt alles an. Es gibt welche in der Umweltabteilung, die halten ihn für einen Spion der Zentrale. Aber ich glaube, er ist nur extrem ehrgeizig. Eben ein Migrant der zweiten Generation, der sich unbedingt etwas beweisen muss." Gleich darauf sieht sie Vesna erschrocken an. „Das hab ich natürlich nicht negativ gemeint."

„Na danke", erwidert Jana anstelle ihrer Mutter. „Unsereins ist also extrem ehrgeizig, weil wir ja was beweisen müssen."

„Fisolen?", fragt Oskar und hält ihr die Schüssel hin.

„Schau dir den Stepanovic an und du weißt, was ich meine. Die gibt's eben, ich kenn solche Typen auch vom Studium", gibt Carmen zurück.

Jana nimmt Fisolen, deutet dann mit dem Vorlegebesteck auf Carmen und lässt nicht locker: „Also ist Fran nur deswegen so gut im Studium, weil er ein Migrant der zweiten Generation ist und was zu beweisen hat. Und wäre er arbeitslos und würde mit einigen Kumpels mit dicken Goldketten irgendwo rumhängen, dann wäre das auch typisch Migrantenkind, oder? Gar nicht so einfach für unsereins, nicht typisch zu sein."

Carmen seufzt. „Ich hab das doch nicht auf euch bezogen. Oder habt ihr etwa Maßschuhe, den neuesten Businessanzug, spielt ihr mit den einen Golf und mit den anderen Paintball, habt ihr in Leoben an der Montanuniversität und in St. Petersburg studiert, daneben ein Wirtschaftsstudium abgeschlossen und in Moskau auch noch die Schule eines privaten Sicherheitsdiensts besucht, damit ihr euch und eure Freunde gleich selbst verteidigen könnt?"

„Du kennst Mister Superman aber verdammt gut", sagt Fran kauend. „Das Roastbeef ist ganz große Klasse", sagt er nebenbei zu mir.

Oskar wirft seiner Tochter einen fragenden Blick zu.

„Ich hab seinen Lebenslauf gelesen, das ist alles. Und außerdem wird in jeder Firma getratscht. Stepanovic ist einfach ein bisschen zu toll unterwegs, finden einige. Aber er soll ganz oben in der Konzernzentrale wichtige Gönner haben. Seine Osteuropa-Connections und dass er fließend Russisch kann: das kommt bei denen wohl gut an."

„Welche Osteuropa-Connections?", will ich wissen.

„Das weiß offenbar keiner so genau", murmelt Carmen. „Es gibt auch seltsame Löcher in seiner Biografie. Nach den Studien scheint er drei Jahre nirgendwo gewesen zu sein. Und plötzlich taucht er dann im Dunstkreis von ,Pure Energy' auf."

„Vielleicht eine Weltumsegelung? Würde zu so einem Supermann doch wunderbar passen", spöttelt Fran.

Carmen grinst. „Die würde er in einem halben Jahr schaffen. Und jede Menge Wind darum machen. Vielleicht gehen wir ihm ohnehin alle auf den Leim und er ist einfach ein wichtigtuerischer Karrierist. In den ersten Jahren nach dem Studium hat er wahrscheinlich so miese Jobs gehabt, dass er einfach keine Lust hat, sie im Lebenslauf zu erwähnen."

„Stimmt es, dass ,Pure Energy' mit russischem Geld finanziert wird?", will ich wissen.

Carmen runzelt die Stirn. „Alles weiß eine Praktikantin auch nicht. Alles weiß nicht einmal … wissen nicht einmal die, die schon länger mit dabei sind, glaube ich. Russisches und chinesisches Kapital ist sicher mit drin, das ist ja auch offiziell. Nur: wie viel davon …"

„Entscheidend ist, wer die Fäden zieht", mischt sich Jana ein.

Zu Kuchen, Torten und Petit Fours – Oskar hat eine solche Menge herangeschleppt, als hätten wir eine Hochzeitsgesellschaft zu verköstigen – gibt es das Video auf YouTube. Fran lästert über den kleinen Bildschirm meines Laptops, aber was brauche ich zum Schreiben mehr als fünfzehn Zoll, gibt dann in unglaublicher Geschwindigkeit ein paar Befehle ein und der Film startet. Er ist in eher mäßiger Qualität, wie das meiste, was man auf YouTube abrufen kann. Man sieht einen ausgesprochen noblen Festsaal. Weiß gedeckte Tische mit vielen Gläsern und edlem Besteck, dreißig oder vierzig Sitzplätze. Der Saal ist leer. Schwenk zu einem Sideboard mit Weinflaschen. In Großaufnahme sieht man, es sind Rotweine. Und keine üblen. Château Pétrus, Château Lafite, Château Margaux und ein paar andere nobel aussehende Bordeaux-Weine. Eine Stimme aus dem Off: „Ich bin da ja nur einer der Kellner, aber heute gibt es etwas Besonderes zu feiern: die zweiten Internationalen Energiegespräche. Da treffen sich Menschen, die viel von teurem französischem Rotwein verstehen. Und manche von ihnen können auch eine Menge trinken. Nur, ob sie es vertragen ..."

Schnitt. Man sieht Männer in dunklen Anzügen an den Tischen sitzen, einige wenige Frauen sind auch dabei. Offenbar ist das Essen bereits vorbei, zerknüllte Stoffservietten, leere und halbvolle Gläser. Schwenk auf einen Mann mit großem Kopf und schütteren Haaren. Die Stimme aus dem Off: „Sieh an, der frühere deutsche Kanzler. Wen ich heute alles bedienen darf ... Aber er arbeitet jetzt ja fleißig daran, dass lange Gasleitungen von Asien nach Europa gebaut werden. Da hat er sich einen guten Schluck verdient." Man sieht den deutschen Exkanzler trinken. Schwenk zu einem anderen Tisch. „Und hier das Konsortium der russischen Erdgasindustrie. Wenn es sein muss, nehmen sie auch Rotwein. Sie sind höfliche Menschen. Meistens." Einer der Russen steht auf, hebt sein Glas, hält eine kurze Rede, die nicht zu verstehen ist. Schwenk zum Tisch daneben. „Ach ja, und gleich daneben die Abordnung von ‚Pure Energy'. Einer von ihnen scheint Rotwein ganz besonders zu lieben." Wir sehen Gruber in Großaufnahme. Er kann nicht mehr gerade sitzen, greift einem Kellner hinter ihm auf den Arm, deutet, er solle ihm nachschenken.

„Da ist Stepanovic!", ruft Carmen. „Der Schlanke neben Gruber." Dunkler Typ mit kurz geschnittenen Haaren, drahtig, mit ausgeprägten Backenknochen. Der Anzug sitzt perfekt. Mitte dreißig, schätze ich. Er wirkt, als hätte er sich immer unter Kontrolle. Er sieht Gruber angewidert an.

„Gruber ist total betrunken", kommentiert Vesna.

„Zuhören! Gleich kommt es!", sagt Jana.

Gruber steht langsam und schwankend auf, er scheint es dem Russen nachmachen und auch eine Rede halten zu wollen. Er fängt einen Löffel vom Tisch und klopft damit gegen das Glas. Er klopft so heftig, dass das Glas bricht. „Scheiße", hören wir ihn sagen. „Aber Scherben bringen Glück. Liebe Freunde im Öl, wenn ich so sagen darf, wir haben Glück. Lasst uns auf unsere Partner trinken, gemeinsam werden wir die Welt erobern! Nastrovje!" Einige klatschen. Man sieht, wie Stepanovic versucht, ihn zum Niedersetzen zu bewegen. Aber Gruber schüttelt seinen Kollegen ab. „Wir müssen nur fest zusammenhalten, das war schon immer so – kann mir jemand ein Glas Wein geben, ich habe dafür gesorgt, dass es heute nur das Beste gibt, Sie sind unsere Gäste, nur das Beste für die Gäste – wir müssen uns also zusammenhalten und unter die Arme geifern ... äh ... grabschen ... äh ... oder so." Er stützt sich am Tisch ab. „Sie verstehen, was ich ..." Stepanovic beginnt heftig zu klatschen, die Kamera schwenkt durch den Saal, die meisten Menschen klatschen mit. Haben sie ihm gar nicht zugehört? Verstehen sie ihn nicht? Wollen sie bloß, dass er endlich ruhig ist? Der ehemalige deutsche Kanzler steht auf und verlässt den Saal, seine Begleiter folgen ihm. Die Stimme aus dem Off: „Natürlich war ich dem Herrn Gruber sehr dankbar, wir mussten nicht so lange nachschenken, wie zu befürchten war. Irgendwie hat seine Rede doch einigen auf den Magen geschlagen."

Schnitt. Man sieht den leeren Raum, ein paar Kellner räumen Gläser ab. Auf den Tischen stehen viele noch halbvolle Rotweinflaschen. „Schade drum, und: Prost!" Wir sehen einen jüngeren Mann mit einer Frisur, die in den Sechzigerjahren modern war, „Beatleslook" hat man das damals genannt, und Kellnerkleidung. Er greift sich einen Château Lafite, hält ihn in die Höhe und nimmt einen großen Schluck aus der Flasche. „Damit habe ich soeben rund einhundert Euro vernichtet. Peanuts!" Er grinst und der Film ist aus.

„Ist Original oder nur guter Fake?", fragt Vesna.

„Original", antwortet Jana. „Ich habe recherchiert: Es hat diese Internationalen Energiegespräche gegeben und es waren die Leute dabei, die in dem Film zu sehen sind. Es gab ein exklusives Abendessen, Medien hatten keinen Zutritt. Einige Beobachter haben sich gewundert, dass es so früh aus war. Und die Russen haben dem Barmann im Hotel erzählt, dass da ein Österreicher war, der nichts vertragen hat. Und ein deutscher Politiker ohne Humor."

„Die ganze Sache ist typisch für Gruber", kommentiert Carmen.

„Da ist noch was: Seit gestern ist das Video von YouTube gelöscht. Ich habe es rechtzeitig gesichert", murmelt Fran und schielt nach einem Stück Schokoladentorte.

„Und seit vorgestern ist Gruber verschwunden", füge ich hinzu.

[8.]

Am nächsten Tag übertreffen sich die Zeitungen darin, vor Hackern zu warnen. „Cybersolar" wird als kriminelle Untergrundorganisation gebrandmarkt. Das „Blatt" hat auf der Titelseite aus aktuellem Anlass sogar einen der seltenen Kommentare des Herausgebers veröffentlicht:
„*Internet-Betrüger oder Hacker sind um nichts besser als Geldfälscher oder Einbrecher. Sie umgeben sich gern mit dem Nimbus des unsichtbar Mächtigen, des Rächers der Kleinen, der es jetzt allen zeigt. Zu feige, in der realen Welt Ladendiebstähle zu begehen, treiben sie in der vorgeblich virtuellen Welt frech ihr Unwesen. Und sie werden allmählich gefährlicher als die klassische Unterwelt.*"

Vesna dürfte recht haben: Wer im Umfeld von „Cybersolar" unterwegs ist, bekommt Schwierigkeiten. Interessanterweise berichten weder Zeitungen noch elektronische Medien darüber, dass Gruber verschwunden ist. Und auch die Sexpuppe auf dem Hochspannungsmast scheint sich nicht herumgesprochen zu haben.

Vesna hat herausgefunden, dass Gruber eine Lebensgefährtin hat. Eine Universitätsprofessorin, erstaunlicherweise. Ich hätte als seine Partnerin eine aufgedonnerte Blonde vermutet. Aber wer weiß, vielleicht gibt's solche ja auch unter den Professorinnen. Wahrscheinlich war er nützlich für ihre Karriere, immerhin war er einmal Vizekanzler. Und er ist noch jetzt bei vielen Parteifreunden angesehen. Unsere erweiterte Familie hat Gruber gestern Abend dankenswerterweise geeint: in der Ablehnung gegen ihn. Ich bin unterwegs zum Juridikum, dort unterrichtet Frau Professor Wasserbauer Internationales Wirtschaftsrecht. Was ja gut passt. Da kann sie ihren Lebensgefährten wohl immer wieder beraten.

Mit der aufgedonnerten Blonden bin ich extrem danebengelegen. Und sonst offenbar auch. Dass sich Gegensätze angeblich anziehen, scheint auf die Professorin und den verschwundenen Energielobbyisten zuzutreffen. Rita Wasserbauer ist eine kleine zarte Frau, die nicht wirkt, als wolle sie Eindruck schinden. Freundlich hat sie mich in ihr Büro gebeten.

„Selbstverständlich mache ich mir Sorgen", sagt sie. „Ich möchte auch nicht, dass das, was ich sage, im ‚Magazin' erscheint. Ich habe Ihnen einen Termin gegeben, weil ich hoffe, Sie wissen etwas, das mir weiterhilft. Wenn das für Sie nicht in Ordnung ist, dann können Sie auch wieder gehen."

Natürlich hatte ich gehofft, dass sie mir ein Interview gibt. Aber: Vielleicht bringt es auch etwas, wenn wir Informationen austauschen.

„Er zieht Widerspruch geradezu an", sagt sie, nachdem ich ihr in groben Zügen erzählt habe, was ich weiß. Die Sache mit dem YouTube-Video habe ich weggelassen. „Er ist einfach schrecklich direkt."

„Haben Sie eine Idee, warum er seit drei Tagen verschwunden ist? Manche meinen, er ..." – wie sage ich das halbwegs vorsichtig – „... er trinke manchmal zu viel und tauche dann für eine gewisse Zeit unter."

Sie fährt sich durch die kurzen Haare mit den grauen Strähnen. „Das ist eines seiner Probleme: Er erkennt nicht, dass er alkoholkrank ist. Und solange er es nicht erkennt, ist es aussichtslos, ihn zu einem Entzug zu überreden. Aber: Er war noch nie länger als achtundvierzig Stunden verschwunden."

Was verbindet sie mit diesem Menschen? Das will ich eigentlich wissen. Doch ich frage: „Glauben Sie, dass sein Verschwinden mit den Drohungen gegen ihn zu tun haben könnte?"

„Wer kann das wissen. Mir sind die Drohungen eher kindisch vorgekommen. Das mit der Puppe am Hochspannungsmast ist bösartig, offenbar gibt es Menschen, die ihn hassen. Aber ... wissen Sie, ich bin mir gar nicht sicher, ob er überhaupt gekidnappt oder ... gar noch Schlimmeres wurde. Er hat, vor allem unter Alkoholeinfluss, sehr viel geredet. Er hat es nicht leicht gehabt, als ihn die Partei nach der verlorenen Wahl fallen lassen hat. Bis zum Tag X bist du der Held, um den alle herumscharwenzeln, und sofort danach der Versager, mit dem niemand mehr etwas zu tun haben möchte. Das hat seinen Geltungsdrang, eine ständige Selbstbestätigungssucht, gefördert."

„In seiner Branche sollte man wahrscheinlich ziemlich genau wissen, was man sagt", lächle ich. Ich finde die Frau recht sympathisch. Vielleicht hat sie ein Krankenschwesternsyndrom und bildet sich ein, dem armen Gruber helfen zu müssen.

„Da haben Sie wohl recht. Und an welchem Ort man es sagt. Ich überlege, ob die ihn nicht selbst aus dem Verkehr gezogen haben ..."

Ich sehe die Professorin erstaunt an. „Sie meinen ‚Pure Energy'? Die wären dazu imstande?"

„Aber nein, nicht was Sie offenbar vermuten. Sie könnten ihn einfach auf eine entlegene Insel, irgendwo in Asien oder in der Karibik, geschickt haben. Bis sich die Wogen glätten. In den letzten Tagen gab es ja einiges an Aufruhr. Wahrscheinlich hat er sich wieder alles andere als geschickt verhalten."

„Würde er Sie da nicht verständigen?"

„Wenn die es nicht wollten ... wahrscheinlich nicht."

„Was ist das für eine Beziehung?" Das ist mir einfach so herausgerutscht. Ich kann mir nicht vorstellen, dass mir irgendwer vom „Magazin" verbieten könnte, Oskar zu sagen, wo ich bin. – Wie ist das eigentlich im Fall von hohen Militärbeamten? Dürfen die immer erzählen, wo sie sind und was sie tun?

Die Universitätsprofessorin schweigt.

„Entschuldigen Sie, ich wollte Ihnen nicht zu nahe treten. Es ist nur ..."

„Ich habe bloß nachgedacht. Sie haben schon recht, die Frage stellt sich. Aber: Es verbinden uns einige schwierige Jahre. Ich kenne ihn auch ganz anders. Und: Ich will ihn nicht ausgerechnet jetzt im Stich lassen."

Wieder in der Redaktion, sehe ich ins Internet. „Cybersolar" hat seine Message auf Facebook ergänzt: *„Wir stehlen nicht – wir schenken jenen Informationen, denen sie gehören: der Öffentlichkeit. Wir bereichern uns nicht – wir kämpfen gegen die Ausbeutung des Volks und der Umwelt. Wir herrschen nicht – wir sind die bisher Unterdrückten."* Robin Hood und Superman waren Waisenkinder gegen diese Internethelden. Aufrufe zu neuen Picknicks gibt es keine. Haben sie doch Angst bekommen, sich in der realen Welt zu zeigen?

Den Rest des Tags habe ich allerdings keine Zeit mehr für solche Gedanken. Heute ist Redaktionsschluss. Wegen eines Inserats sind meine zwei Seiten jetzt auf eineinhalb geschrumpft. „Ist es zufällig eines von ‚Pure Energy', von ‚AE', oder zumindest von einer Tankstellenkette?", habe ich meinen Chefredakteur angefaucht. Ich sollte eigentlich wissen, dass wir keine themenverwandten Inserate auf eine Reportageseite stellen, war die Antwort. Das Inserat bewerbe ein neues Fünfsterne-Wellnesshotel.

Ich beginne meine Story mit der Schilderung eines netten Dorffests. Beinahe alle – mit Ausnahme einiger Windkraftgegner – sind glücklich. Und dann fliegt eine Gasdruckleitung in die Luft. Nur wenige Kilometer entfernt. Ich habe bloß für ein großes Bild Platz. Es zeigt die mächtigen Rotorblätter eines Windrads, dahinter die hohe Flamme. „Wo ist Ex-Vizekanzler Gruber?", title ich und erzähle einiges über die Gegensätze zwischen Umweltaktivisten und dem Lobbyisten der Energiebranche. Dazu als kleines Foto die erhängte Sexpuppe auf dem Hochspannungsmast. Wenn man nicht ganz genau hinsieht, könnte man denken, dort baumle ein Mensch.

Das Wochenende beginnt beschaulich. Ich verziehe mich nach einem ausgiebigen Frühstück mit einem Buch auf das Sofa, Gismo legt sich zu mir. Oskar schmökert in den Zeitungen und liest mir das eine oder andere vor. Nichts hat mit Energiepolitik zu tun. Sieht so aus, als gönnten sich auch „Pure Energy" und „Cybersolar" einen freien Tag. Vesna holt Valentin vom Flughafen ab, danach wollen sie ins Burgenland. Auf ihre Frage, ob ich joggen war, antworte ich bloß träge, dass man auch Pausen brauche.

Am Sonntag erreicht mich eine eigenartige Massen-E-Mail: „Party mit Knall in Loidesbach! Um Mitternacht auf dem Friedhof." Der Absender: „Cyberfriends". Ich versuche auf die E-Mail zu antworten, die Nachricht ist nicht zustellbar. In Loidesbach ist die größte Gasstation Österreichs. Von dort aus wird das Gas, das aus Russland und anderen Staaten im Osten kommt, verteilt und in verschiedene Ecken Europas weitergeschickt. Woher haben die „Cyberfriends" meine Adresse? „Cybersolar" bin ich auf Facebook nicht beigetreten, dass „Cyberfriends" etwas mit denen zu tun haben, ist naheliegend. Reicht es, dass ich ihre Seite aufgerufen habe? Haben sie sich sonst irgendwie meine E-Mail-Adresse besorgt? Ich rufe Fran an.

„Ich habe das auch bekommen. Die Sache mit dem Absender ist ziemlich geschickt gebaut, so viel kann ich sagen, ich hab ihn nicht herausgekriegt." Aber dass sie an meine Adresse kommen, weil ich auf ihrer Facebookseite war, sei eher unwahrscheinlich. „Da müssten sie sich schon direkt in Facebook hineingehackt haben, was ich kaum glaube. Die sind sehr gut geschützt. Außer natürlich, ein halbwegs wichtiger Macher bei Facebook ist auch bei ‚Cybersolar' – die haben Zugriff auf so gut wie alle Daten."

Fran glaubt allerdings, dass unsere Cyberfreunde viel einfacher an E-Mail-Adressen kommen: Man kommuniziert miteinander, alle, die bei „Cybersolar" im engeren Kreis mit dabei sind, steuern die Adressen ihrer Freunde und auch von Journalisten bei.

„Und: Gehst du heute Abend dorthin?", frage ich Fran.

„Ich weiß noch nicht. Das klingt nach einer eher unnötigen Aktion. Vielleicht ist das bloß irgendein schräger Ableger von ‚Cybersolar'. Kann ja jeder mit dabei sein, Hierarchie gibt es keine. Mitternachtspartys auf Friedhöfen. Aus diesem Alter bin ich raus."

„‚Party mit Knall' kann vieles bedeuten", überlege ich.

„Sprengen werden sie Loidesbach schon nicht wollen. Mal sehen, vielleicht kommen ja weitere Botschaften, die es konkreter machen. Ich halte dich jedenfalls auf dem Laufenden."

Ich trödle herum und genieße das Nichtstun. Ich füttere Gismo mit ein paar Oliven, surfe eher ziellos im Internet, lese meinen Roman fertig. Oskar hat Arbeit mit nach Hause gebracht. Er brütet über irgendwelchen Akten. Vor Urzeiten habe auch ich Rechtswissenschaften studiert. Aber bei so etwas kann ich ihm sicher nicht helfen. Vielleicht sollte ich in seiner Praxis mitarbeiten, ich traue mir schon zu, dass ich mich an einiges erinnere und anderes lerne. Aber: Gemeinsam arbeiten und gemeinsam leben bedeutet schon sehr viel an ununterbrochener Nähe. Ganz abgesehen davon, dass ich nicht das Gefühl haben möchte, letztlich von ihm abhängig zu sein. Wer sonst als der eigene Mann würde eine neunundvierzigjährige Juristin ohne Praxis beschäftigen? Und das Wichtigste: Ich bin deutlich lieber Journalistin. Jedenfalls üblicherweise. Ich nehme mein Mobiltelefon und sehe nach, ob mir jemand eine Nachricht geschickt hat. Es gibt keine neue. Dafür eine alte. Sehr nette. „Danke für unseren wunderschönen Abend. – Fortsetzung?" Ich hätte Christoph längst antworten sollen. Aber da ruft Vesna an und fragt, was ich davon halte, joggen zu gehen. Bis ewig werde das schöne Septemberwetter nicht dauern. Allzu schnell wolle sie ohnehin nicht unterwegs sein, sie sei gestern Abend endlich wieder einmal fünfzehn

Kilometer gelaufen. Allein bei dieser Vorstellung bekomme ich keine Luft mehr.

Wenig später traben wir tatsächlich einigermaßen gemächlich durch den Prater. Ich erzähle Vesna, dass Frans Liebe zu „Cybersolar" offenbar schon am Abklingen sei. Die heutige Aktion auf dem Friedhof komme ihm eher kindisch vor.

„Gut so. Aber du willst auch nicht hin? Du bist Journalistin. Ich glaube nicht, viele von Medien haben Einladung bekommen und wissen davon. Vielleicht du bist nur durch Zufall auf Liste."

„Was soll ich über so einen Blödsinn berichten?", keuche ich. Gleichzeitig sprechen und laufen geht sich noch immer nicht gut aus.

„Blödsinn ist bei größter Gasstation, du hast selbst gesagt. Das kann wichtig sein. Man kann herausfinden, was die wollen. Wenn du willst, ich komme mit."

„Und Valentin?"

„Der muss mit irgendwelchen Fernsehleuten aus Deutschland, die ihm Show abkaufen wollen, essen. Er will, dass ich mitgehe. Aber ich sage: Dafür er hat falsche Freundin. Dafür er braucht Aufputz wie Carmen."

„Carmen ist nicht bloß Aufputz", nehme ich Oskars Tochter in Schutz.

„Aber auch, das zählt."

Wie sehr ist sie Aufputz für Hohenfels? Ich werde versuchen, in den nächsten Tagen einen Termin bei ihm zu bekommen. Natürlich aus beruflichen Gründen. Vesna will nicht mit zum Geschäftsabendessen. Also braucht sie eine Ausrede und ich soll mit ihr auf die Friedhofsparty. Aber: Ich bin gern bei Oskar daheim.

Ich komme beschwingt zurück. Oskar grüßt etwas kurz angebunden, er ist noch immer in seinen juristischen Unterlagen gefangen. Ich dusche, lege von hinten meine Hände auf seine Schultern. „Was machen wir mit dem heutigen Abend?"

„Hast du nichts Besseres vor?"

„Lass mich einmal überlegen, nein. Ich denke nicht", blödle ich. „Ich kann mir glatt einen Abend mit dir einrichten."

„Und da bist du sicher?", kommt es ohne Funken von Humor zurück. Ich weiß schon, warum ich nichts mehr mit der Juristerei zu tun haben will. Schlägt sich aufs Gemüt, scheint es.

„Bin ich. Sollen wir kochen oder gehen wir essen?" Er hat sich immer noch nicht zu mir umgedreht. Eigenartig ist das schon. „Ist irgendwas los?"

„Du weißt, dass ich nicht in deinem Telefon spioniere", beginnt er. Mein Telefon. Ich habe es daheim gelassen. „Aber es hat jemand angerufen. Es war übrigens Jana. Ich habe gesagt, sie soll es später noch einmal probieren. Die SMS war offen."

Ich starre Oskar an. Welche SMS? – *Die* SMS! Generalleutnant Christoph Unterberger. „Danke für unseren wunderschönen Abend. – Fortsetzung?" Das kann natürlich alles heißen. Das klingt verdammt missverständlich. Vor allem, weil ich vergessen habe, Oskar von dem zypriotischen Lokal und meinem Gesprächspartner zu erzählen.

„Das ist ein Informant für die Energie-Serie. Du hast das völlig falsch verstanden."

Jetzt dreht sich Oskar zu mir um. Sein Blick ist verschlossen. „Was gibt es daran falsch zu verstehen? Du hast mit ihm einen wunderschönen Abend verbracht. – War die Fortsetzung schon?"

„Wann denn? Ja, es war ein netter Abend. Wir haben in einem kleinen zypriotischen Lokal gegessen. Ich hab dir gesagt, dass ich an meiner Story recherchiere. Du bist viel später als ich nach Hause gekommen, also konnte ich dir nicht gleich davon erzählen. Unterberger weiß übrigens, dass wir verheiratet sind. Er ist ein alter Freund von Valentin. Okay?"

„Du bist ein freier Mensch", antwortet Oskar, und das klingt gar nicht okay.

Was will er noch? Dass ich den Koch und Lokalbesitzer als Zeugen herbeizitiere? Eine eidesstattliche Erklärung von Unterberger, dass er mir nicht zu nahe gekommen ist? Ich werde wütend. Und weil ich weiß, dass ich mindestens zwei Fehler gemacht habe, werde ich noch wütender: Erstens hätte ich Oskar natürlich gleich von dem Abend erzählen sollen. Und zweitens ist es idiotisch, die SMS mit der Nachricht herumliegen zu lassen. Und drittens. Nein, kein drittens. Es muss möglich sein, mit einem sympathischen Mann zu Abend zu essen, auch wenn es nicht der eigene ist. „Ich fahre heute übrigens doch noch weg. Und bevor du dir wieder etwas Falsches denkst: Vesna wird als Anstandsdame dabei sein. Wir sind auf dem Friedhof in Loidesbach, das ist der Ort, in dem die große Gasstation ist."

„Ach, plötzlich? Gerade eben wolltest du noch daheim bleiben."

„Ja. Weil ich dachte, wir würden uns einen schönen Abend machen. Weil mir das wichtiger war als meine Energie-Serie. Aber du hast mir geholfen, mich auf meine Arbeit zu konzentrieren."

„Und wer ist dieser Christoph überhaupt? Einer von Valentins dämlichen Showleuten?"

„Erraten. Er ist blond, dreiundzwanzig, war Unterhosenmodel und moderiert Valentins neue Show: ‚Bist du so sexy wie ich? Wenn nicht, hast du verloren!'" Ist mir gerade so eingefallen.

„So ein Unsinn!", kommt es zurück.

„Unsinn ist, was du dir da zusammenreimst."

„Ich kann lesen."

„Ja, aber offenbar nur in Paragrafen denken."

„Warum willst du mir nicht sagen, wer dieser Christoph wirklich ist?"

„Du hast es ja schon erraten. Es kann bloß ein dämlicher Typ sein, wenn er mit mir einen netten Abend verbringt."

„So habe ich das nicht gesagt, verdreh mir nicht das Wort im Mund!"

„Und einen attraktiven Freund traust du mir nicht zu!"

„Ich trau dir alles zu!"

„Genau. Jetzt ist es draußen. Du traust mir alles zu!" Ich schnappe mir einen dicken Pullover, nehme meine Tasche. „Wo ist das dämliche Telefon?"

„Dort, wo du es hingelegt hast. Auf dem Sofa."

Ich gehe noch einmal zu Oskars Schreibtisch, stelle mich so, dass er mich ansehen muss. „Mein Gesprächspartner war Generalleutnant Christoph Unterberger, ich hab dir von ihm erzählt, was er gesagt hat, kannst du im ‚Magazin' nachlesen. Einen schönen Abend noch."

Er sieht mich an, sagt nichts. Okay, wie du möchtest. Ich bin bei der Tür, reiße sie auf und stolpere über Gismo. Sie hasst es, wenn wir streiten. Ich fluche, rapple mich wieder auf. Hat sich heute meine ganze Familie gegen mich verschworen? Gismo sitzt im Stiegenhaus und starrt mich an. Komm her, du Bestie. Du kannst nicht da draußen bleiben. Gismo zieht sich zwei Meter weiter zurück.

„Was ist?", sagt Oskar hinter mir. Er klingt fast besorgt.

„Ich bin über die blöde Katze gestolpert und jetzt hockt sie da und will nicht mehr hinein."

„Ich mach das schon. Geh nur." Das klingt sogar halbwegs versöhnlich. Ich schaue meinem Mann ins Gesicht. „Und viel Vergnügen!", fügt er hinzu. Das klingt schon wieder weniger gut.

„Danke!", antworte ich dennoch und steige in den Lift.

Es ist zu früh, um schon Richtung Loidesbach zu fahren. Ich trödle und gehe langsam zum Donaukanal, Richtung „Badeschiff". Der Swimmingpool hat schon geschlossen, aber so nah beim Wasser zu sitzen und gut zu essen ... vielleicht kann mich das aufheitern. Ich schicke Vesna eine SMS. Ich ärgere mich über Oskar, und über mich ärgere ich mich mindestens so sehr. Vertraut er mir nicht? Würde ich ihm in so einer Situation vertrauen? Na gut. Bei ihm hat es ja tatsächlich einen Seitensprung gegeben. Und ich bin der Dame, natürlich war's eine Kollegin von ihm, auch noch im Hotel begegnet. Gerade dass ich die beiden nicht in flagranti erwischt habe. Ich habe ihm verziehen. Während er schon wegen eines Abendessens ... Oh, einen kleinen Sprung auf die Seite hab ich auch gemacht. Kurz nach Oskars Eskapade. Ich sollte das nicht vergessen. Wäre schade. Es war zu schön. Eine Nacht am karibischen Strand ... romantischer geht es nicht. Aber eben nur eine Nacht, für den Alltag taugt solche Romantik nicht. Während er sich mit der jungen Anwältin deutlich häufiger getroffen hat. In Frankfurt. Ich sollte ihn vielleicht daran erinnern. Quatsch. Was will ich da aufrechnen?

Ich gehe über den Steg ins „Badeschiff" und habe Glück: Noch sind einige Tische frei. Der Kellner nickt mir zu. Hat er mich erkannt? Ich ihn nicht, mein Personengedächtnis ist leider eine Katastrophe. Und wenn ich dann auch noch abgelenkt bin ... Ich versuche ein Lächeln, nehme Platz und denke an gescheiterte Beziehungen. Wie war das damals mit unserer Fotografin und ihrem eifersüchtigen Ehemann? Zuerst die Scheidung, dann ist er mit dem Auto einen Steinbruch hintergestürzt. Hinuntergestürzt worden, um genau zu sein. Stopp, was soll das? Konzentriere dich auf etwas anderes. Ich habe Oskar ja wirklich vom Generalleutnant erzählt. Damals, nach unserem Treffen im „Prückel". Wie kann er ... Ich sehe irritiert auf, als Vesna kommt.

„Siehst nicht sehr fröhlich aus, es ist etwas passiert?", fragt sie.

Dass sie das aber auch immer gleich merken muss. Ich kann nicht anders, ich muss ihr von der dummen Sache erzählen.

„Du hast ihm nichts gesagt von Rendezvous?", meint sie und studiert gleichzeitig die Tagesempfehlungen. „Dann es ist an Offizier was dran. Du hast dir Möglichkeiten offengelassen."

„Quatsch", sage ich ziemlich rau.

Der Abend ist schneller vergangen als gedacht. Ich kenne den Chef seit Jahren, er hat sich in den besten Lokalen Hauben und Sterne erarbeitet. Und er hat noch nie so entspannt ausgesehen wie jetzt, da er am Wasser locker Gutes ohne viel Aufwand für ein jüngeres Publikum kocht. Wir haben geplaudert und uns durchgekostet. Und als Vesna auf die Uhr schaut und sagt: „Ist es gleich elf. Wir müssen dringend los", sehe ich sie erschrocken an.

Wir verabschieden uns mit dem Versprechen, bald wiederzukommen. Es gibt deutlich Schöneres, als in der Nacht ausgeflippten Umweltkriegern hinterherzujagen.

Vesna fährt wie immer. Sie nennt es „gleiten", ich nenne es „rasen". Wir sind zehn vor zwölf in Loidesbach, ganz nah bei der slowakischen Grenze. Ein kleiner Ort, auf der einen Seite Felder, auf der anderen die Aulandschaft bei der March. Viel sehen wir nicht, es ist beinahe Neumond. Jetzt müssen wir nur noch den Friedhof finden. Kein Mensch, den man nach dem Weg fragen könnte. Alles scheint zu schlafen. Weiter vorne die Scheinwerfer zweier Autos. Und was, wenn ich einem Spaßvogel aufgesessen bin? Schlimmere Möglichkeit: Was, wenn mich jemand hierherlocken wollte? Gruber ist verschwunden. Na gut. Mit dem bin ich wohl kaum zu vergleichen. Außerdem: Fran hat die gleiche E-Mail bekommen. Bei dem Gedanken atme ich auf.

„Dort hinten ist Kirche", sagt Vesna und biegt von der Hauptstraße ab.
„Und wo ist eigentlich die Gasstation?"
„Habe noch kein Hinweis gesehen."

So ein Unsinn, hierherzufahren. Wenn Oskar nicht so idiotisch reagiert hätte ... Hör auf, ihm die Schuld zu geben, du bist selbst für dein Leben ...

„Schau, da ist Friedhof", Vesna deutet geradeaus.
„Und die Kirche. Selten, dass der Friedhof noch rund um die Kirche angelegt ist", murmle ich. Unwillkürlich reden wir beide leise.

Vesna parkt etwas abseits unter einem Baum, wir steigen aus. „Dafür ist Kirche auch nicht in Dorfmitte, sondern am Rand."

Wir lauschen. „Da war ein Geräusch. Und hinter dem Friedhof ist ein seltsamer heller Schimmer", flüstere ich ihr zu. Drei Minuten vor zwölf.

„Ja. Du bleibst, ich sehe nach", flüstert meine Freundin zurück und läuft um die Ecke. Da stehe ich jetzt, ganz knapp vor Mitternacht, bei der steinernen Mauer eines Friedhofs. Allein.

Es dauert nur ganz kurz und Vesna ist von ihrer Inspektion zurück. „Das Licht kommt von Gasstation, die ist einen Kilometer oder so hinter Kirche. Und Leute es gibt genug. Treffpunkt ist auf anderer Seite von Friedhof, dort sind auch ihre Autos."

„Auto fahren tun die Ökos also schon", knurre ich.

„Na, sollen sie zu Fuß gehen?", kommt es zurück. Vesna probiert das schmiedeeiserne Tor zum Friedhofsgelände. Es ist versperrt. „Wir müssen herum um Mauer zu den anderen."

Und in diesem Moment geht es los. Krachen. Knallen. Lichtblitze. Ich werfe mich auf den Boden. „Runter!", schreie ich, aber in dem Lärm geht alles unter. Vesna duckt sich neben die Mauer. Ich hebe den Kopf. Die jagen die Gasstation in die Luft! Ich muss Zuckerbrot anrufen. Christoph. Hubschrauber. Die jagen uns mit in die Luft! Leuchtraketen. Mit wem haben wir es hier zu tun? Vesna steht auf. Ich will sie niederziehen. „Ist bloß Feuerwerk!", brüllt sie. „Gebe zu, habe mich auch geschreckt!" Ich sehe genauer hin. Es stimmt. Eindeutig ein Feuerwerk. Mitten auf dem Friedhof. Das schmiedeeiserne Tor ist nun offen. Wurde es durch einen Feuerwerkskörper aufgesprengt? Wahrscheinlich hat es jemand geöffnet. Leute rennen zwischen den Gräbern umher. Da und dort gehen weiter Leuchtbälle in die Luft. Vesna ist schon im Friedhofsgelände. Ist das nicht Störung der Totenruhe? Andererseits: Den Toten macht es wohl nicht mehr viel aus. Ich folge Vesna. Keine Ahnung, wie viele Menschen hier sind. Fünfzig? Hundert? Sie scheinen Spaß zu haben, sie lachen, springen herum. Vesna deutet, dass sie zur anderen Seite der kleinen Kirche will. Ich erschrecke mich vor Krachern, die von irgendwo hinter den Gräbern abgefeuert werden.

„Von da man hat guten Blick auf Gasstation", ruft mir meine Freundin ins Ohr. Wir rennen zickzack an Gräbern und Feuerwerkskörpern und kreischenden Jugendlichen vorbei, auf der anderen Seite der Kirche ist es ruhig. Ich spähe mit ihr über die Mauer. Und tatsächlich. Im Licht hoher Laternen liegt die Station grau und weiß da, als herrschte auch auf dem benachbarten Friedhof die übliche Totenstille.

„Da hängt etwas!", erwidere ich. Auf dem einzigen Grabstein, der direkt an die Mauer anschließt, klebt ein Blatt Papier: *„Es geht auch anders!"* Ich löse den Zettel vorsichtig, stecke ihn in meine Tasche. „Für die Gefallenen des Zweiten Weltkriegs", steht auf der großen, verwitterten Tafel. Niemand scheint sich um uns zu kümmern, alle rennen noch immer ausgelassen durcheinander und jagen kleine Feuerwerkskörper in die Luft. Ist das, was auf dem Zettel steht, eine Botschaft für uns? Für wen sonst kann sie gedacht sein?

„Klebt auch auf anderen Gräbern", sagt Vesna und deutet auf eine Gräberzeile. Da und dort ein Zettel, sicher kein hier üblicher Grabschmuck. Sirenen. Feuerwehr? Oder Polizei? Ich kann sie in dem Tumult nicht einordnen. „Weg hier", höre ich einen jungen Mann rufen. „Die Kieberer!" Wir sind nicht Teil dieser seltsamen Veranstaltung, ich bin von der Presse. Blaulicht. Polizei. Und Feuerwehr.

„Komm!", ruft Vesna und zieht mich mit. Wir drängen mit anderen durch ein Tor. Ein spitzer Schrei meiner Freundin. „Was du machst hier!"

Jana sieht uns verstört an. „Und was bitte du?"

„Bin im Dienst, wir reden noch. Und jetzt: Schnell! Komm!"

„Ich bin mit Freunden ..."

Zwei Polizeiwagen, ein Feuerwehrfahrzeug.

Ich renne Richtung Auto, was für ein Glück, dass wir weit weg von den Aktivisten geparkt haben. Vesna ist vor mir dort. „Soll dummes Mädchen gefasst werden", knurrt sie und startet.

Ich lasse mich in den Beifahrersitz fallen, Vesna fährt los, bevor ich noch die Tür schließen kann. „Du bist in die falsche Richtung unterwegs!", rufe ich.

„Nein, ist richtig. Da war ein Feldweg. In Richtung, die Jana gelaufen ist." Sie kurvt an Blaulichtern und Autos und rennenden Menschen vorbei, biegt dann scharf ab, unbefestigte Straße, rennende Menschen auch hier. Plötzlich bremst sie, beinahe hätte ich mir den Kopf an der Windschutzscheibe angeschlagen. Sie reißt die Tür auf, schreit: „Jana!" Ihre Tochter dreht sich um, rennt die drei Schritte her, steigt ein und Vesna zeigt, dass sie Auto fahren kann. Erst einige Kilometer später, als die Landstraße längst an friedlichen Feldern und schlafenden Dörfern vorbeiführt, sagt Vesna: „Das nächste Mal, meine Tochter, ich rette dich nicht mehr vor Unsinn wie so was."

Eine Zeit lang bleibt es auf der Rückbank still. „Das war wirklich ein bisschen krass", kommt es dann zurück. „Ich dachte, das wird eine Aktion wie vor der ‚AE'-Zentrale, einfach ein cooles Treffen mit Picknick und Diskussion. Aber dass die auf dem Friedhof ein Feuerwerk machen ..."

„Wir sind sehr spät gekommen. Was war eigentlich vor dem Feuerwerk los?", frage ich.

„Das ist ja das Seltsame. Gar nichts. Es sind Leute gekommen und herumgestanden, einige haben was zu trinken mitgehabt und es hat geheißen, gleich wird es losgehen. Um Mitternacht sind dann die Türen vom Friedhof aufgegangen und dann hat es zu knallen begonnen."

„Sind eigenartige Typen bei ‚Cybersolar', sage ich ja. Aber auf mich keiner hört", sagt Vesna und nimmt die Kurve mit gut hundertzwanzig.

[9.]

Am nächsten Morgen rumort es im großen Wohnraum. Als ich heimgekommen bin, hat Oskar schon geschlafen. Kein Wunder. Es war halb drei in der Früh. Mein ungutes Gefühl, er könnte sein Bettzeug genommen haben und auf die Couch übersiedelt sein, hat sich zum Glück nicht bewahrheitet. Ich habe mich so leise wie möglich in unser großes Doppelbett geschlichen. Jetzt höre ich Lärm. Ich blinzle zum Digitalwecker. Gleich acht. Ich sollte mich umdrehen und noch eine Stunde schlafen. Da kann mir nichts und niemand ... Ich habe einen Gedanken, der mich schlagartig munter macht: Was, wenn Oskar packt? Wegen einer SMS? Vielleicht hat er ohnehin nur mehr nach einer Ausrede gesucht. Blödsinn, Mira, dafür gab es wirklich keine Anzeichen. – Und wenn ich sie übersehen habe? Ich muss ihn zurückhalten. Kann ich das? Ich will. Da bin ich mir sicher. So ein Flirt, das ist doch nichts im Vergleich zu meiner Beziehung mit Oskar. Das ist etwas Dauerhaftes. – Habe ich gedacht.

Die Schlafzimmertür geht auf. Oskar. Was tue ich jetzt? Was sage ich jetzt?

„Ich hab Frühstück gemacht", murmelt er und verschwindet wieder.

Ich springe nahezu auf, wickle mich in meinen warmen, wenn auch nicht besonders erotischen Frotteebademantel und bin in der Küche.

„Du warst so lang weg", sagt Oskar. „Wer weiß, ob du gestern Abend etwas Ordentliches zu essen bekommen hast."

Ein Versöhnungsangebot. Und was für eines. Es gibt Schinken und Eier und Speck und Käse und alles, was man sonst zu einem prächtigen Frühstück braucht. Ganz abgesehen davon, dass mir in der Früh Kaffee reicht. Aber ich werde die Versöhnungsgeste würdigen. Ich setze mich und baggere Ei und Speck auf meinen Teller.

„Wie war es?", fragt Oskar und kaut.

Irgendwie ist unser Dialog noch etwas schwerfällig.

„Seltsam. Ein Feuerwerk um Mitternacht auf einem Dorffriedhof. Und dann sind Feuerwehr und Polizei gekommen. Wir konnten gerade noch rechtzeitig abhauen."

„Und ihr macht den Kids von Vesna Vorhaltungen."

„Ich war als Journalistin dort, aber das der Polizei zu erklären … Jana haben wir übrigens getroffen. Die dachte, sie hat eine Erscheinung, als plötzlich ihre Mutter dagestanden ist."

Oskar lacht. Ich stehe auf und gehe zu ihm. Wie sehr ich ihn liebe. „Es tut mir leid", murmle ich und wickle meine Arme um seinen kräftigen Oberkörper. „Es war einfach nur blöd, dass ich nicht dazu gekommen bin, dir von dem Abend zu erzählen."

„Ach Mira", erwidert er. „Ich war so eifersüchtig. Ich hatte solche Angst, dich zu verlieren."

Ich drücke meinen Kopf an seinen, er dreht sich um und gibt mir einen langen Kuss. Vielleicht ist ein kleiner Flirt gar nicht so übel, wenn man danach wieder sieht, was man am eigenen Mann hat. Ich verbanne den Gedanken rasch und empört.

„Ich habe gestern noch mit Valentin telefoniert", gesteht Oskar. „Er hat erzählt, dass dieser Generalleutnant einer der charmantesten Menschen sei, die er kenne. Und klug sei er auch. Und dann hat er gemeint, dass du mich nie wegen ihm verlassen würdest. Das sei einfach völlig klar. Und ich solle ja nicht spinnen und dich womöglich in etwas hineinhetzen, das du gar nicht möchtest."

„Ich dachte, Valentin war mit Geschäftsfreunden essen", erwidere ich. Etwas Besseres fällt mir nicht ein.

„War er. Er hat mich gefragt, ob ich nachkommen möchte. Um mich abzulenken und wieder klar denken zu können. Er hat übrigens eine Idee gehabt: Am besten wär es, ich würde Unterberger kennenlernen. Er will uns einladen. Und dazu eben noch seinen Freund."

O du liebe Güte. Hoffentlich wird das nicht doch ein wenig kompliziert. Aber es zu sagen, wäre jetzt wohl grundfalsch. „Eine gute Idee", erwidere ich daher. „Ich glaube, er wird dir gefallen. Und: Er versteht etwas von gutem Essen. Wir sollten ganz dringend in dieses kleine zypriotische Lokal gehen. Wollte ich dir schon seit Tagen vorschlagen."

Oskar sieht auf die Uhr. „Es ist höchste Zeit für mich."

Ich nicke, ganz brave Ehefrau. „Ich räume schon ab."

An der Tür umarmen wir uns, als ginge mein tapferer Held auf Weltreise. „Ist er wirklich so charmant?", will er noch wissen.

„Und wie", grinse ich. „Aber du bist größer."

In der Redaktionskonferenz berichte ich nur ganz allgemein über die Hochspannung zwischen Energieleuten und Aktivisten. Dass ich gestern Nacht bei der Friedhofsaktion dabei war, erwähne ich nicht. Ich habe die Agenturmeldungen durchforstet und bin bloß auf eine kleine Nachricht gestoßen. „In der Nacht verwüsteten Randalierer den Friedhof von Loidesbach. Einige der Täter konnten noch vor Ort gefasst werden, die Polizei ermittelt." Kein Hinweis auf einen Zusammenhang mit „Cybersolar". Auf ihrer Facebookseite kein Bekenntnis zum Feuerwerk. Vielleicht hat Fran recht und die „Cyberfriends" sind bloß eine Randgruppe der „Cybersolar"-Leute. Keine Hierarchie ... Woran soll man sich dann halten? – Das sind alte Gedanken, uralte, Mira. Und ausgerechnet von dir, der Befehlsstrukturen immer verdächtig waren. Aber: Wenn man keinen hat, gegen den man kämpfen kann? Ich grinse. Dumme Sache. Vor mir liegt der Zettel, den ich gestern vom Friedhof mitgenommen habe: „*Es geht auch anders.*" Was ist das? Eine Drohung? Gegen wen? Von wem? Im Netz stehen einige neue Aufrufe, sich zu Protestpicknicks zu treffen. Kann man dadurch tatsächlich den CO_2-Ausstoß reduzieren oder gar die Welt retten?

Ich überlege gerade, zu Droch rüberzugehen und ihm von der Friedhofssache zu erzählen; erstens hat er für skurrile Aktionen etwas übrig – zumindest Spott –, und zweitens möchte ich ihn um seine Einschätzung bitten. Da läutet mein Telefon und dran ist Oskar. Ob ich nicht Lust hätte, in seine Kanzlei zu kommen? Man könnte wieder einmal Sushi essen. An Essen kann ich eigentlich nach diesem üppigen Frühstück noch gar nicht denken. Ich habe beim Abräumen die ganze Eierspeise und das meiste vom Schinken verputzt. Ist einfach so passiert. Aber wenn er mich zu sich einlädt ...

„Oder hast du keine Zeit?", fragt er beinahe schüchtern nach.

„Klar habe ich Zeit, ich wollte bloß gerade zu Droch. Ich komme. Und nicht zu viele Sushis bitte."

Seine Sekretärin sieht mich an, als wäre ich ähnlich willkommen wie des Ebolavirus. Oskar schwört, dass sie alle, die hier reinkommen, so anschaut, aber ich bin überzeugt davon: Dieser Blick ist exklusiv für mich. Sie ist laut Oskar einfach eine Perle, unersetzbar, also müsse er gewisse Eigenheiten eben tolerieren. Ich grüße sie so freundlich wie möglich, öffne Oskars Tür und verseuche ihren heiß geliebten Chef mit meiner Anwesenheit.

Oskar gibt mir einen Kuss auf den Mund und drückt mich an sich. Ganz zur Normalität sind wir noch nicht übergegangen. Üblicherweise tut es ein kürzerer Kuss ohne allzu viel Körperkontakt auch. Wird eben so, wenn man schon jahrelang zusammen ist. Auf seinem Besprechungstisch stehen Sushis, Wasser und Weißwein. Ich werde verwöhnt. Weil es mich gibt. So supertoll bin ich ja gar nicht. Gut, dass das die anderen nicht wissen.

„Worüber lächelst du?", will Oskar wissen.

„Es war ein innerer Monolog. Ich freu mich, weil ich verwöhnt werde."

„Du findest das kindisch?" Besorgter Dackelblick.

„Oskar, du kannst dich entspannen! Ich finde es nicht kindisch, sondern total nett. Ich hab mir nur gerade gedacht, so toll bin ich ja gar nicht, was für ein Glück, dass das die anderen nicht wissen."

„Ja dann", lacht Oskar und zieht die Sushis weg von mir.

„Ich wollte dich einfach sehen, aber es hat noch einen Grund, warum ich wollte, dass du kommst", sagt Oskar nach dem ersten Sushi.

„‚Pure Energy'. Man hat mich angerufen und gefragt, ob ich mir vorstellen könnte, einer ihrer Anwälte zu werden."

„Die wollen dich aushorchen. Oder mich unter Druck setzen", erwidere ich.

„Ich weiß gar nicht, ob ihnen klar ist, dass wir zusammen sind. Sie wollen in Österreich expandieren und sie wissen von meiner Partnerkanzlei in Frankfurt. Frankfurt ist ihr Hauptsitz."

„Ihre Konzernzentrale ist in Zypern", murmle ich nachdenklich.

„Die wollen in Österreich expandieren? Was haben sie vor?"

„Mira, es war bloß ein erstes Telefongespräch."

„Mit wem? Mit Hohenfels?"

„Nein, mit diesem Stepanovic, von dem Carmen erzählt hat."

„Hat das Ganze vielleicht mit ihr zu tun?", überlege ich.

„Kann ich mir nicht vorstellen."

„Einen Vorteil hätte es, wenn du einer ihrer Anwälte wärst: Du wüsstest, was dort vorgeht."

„Du glaubst aber nicht im Ernst, dass ich dir das dann sagen würde? Schon einmal was von beruflicher Verschwiegenheitspflicht gehört?"

„Ich will ja nicht, dass du mir offiziell etwas erzählst." Ich nehme ein Sushi mit Garnele und viel Wasabi. Mit zu viel Wasabi habe ich Oskar schon einmal dazu gebracht, für mich zu spionieren. Nein. Keine Wiederholungen. Ganz abgesehen davon, dass der arme Oskar nach der damaligen Aktion ganz schön lädiert war. „Willst du den Auftrag eigentlich?"

„Ich weiß nicht", überlegt er. „Für Jana und Fran gehören die von ,Pure Energy' zu den Bösen. Ich glaube nicht, dass man die Welt derart schwarz-weiß sehen kann. Es ist ein aufstrebender internationaler Konzern. Sie sind inzwischen ein Big Player im europäischen Energiehandel, investieren in herkömmliche Energieformen, aber auch in erneuerbare Energie. Sie wollen sich übrigens nicht nur an Offshore-Windparks beteiligen, sondern auch auf dem Festland welche bauen. Allen ist klar, dass es mit Öl und Gas irgendwann einmal vorbei sein wird. Darauf bereiten sie sich vor. Bis das so ist, machen sie Geschäfte mit denen, die Rohstoffe haben. Das ist eben nicht nur Norwegen, das sind auch Russland, der Iran und andere Länder."

„Die nicht gerade superdemokratisch sind", ergänze ich.

„Richtig", sagt Oskar, nimmt noch ein Sushi und wir sind wieder einmal bei der Frage angelangt, wie viele Kompromisse man machen darf.

Am Nachmittag geht mir etwas, das Oskar gesagt hat, nicht mehr aus dem Kopf: „Pure Energy" wolle auch auf dem Festland Windparks bauen. Sollte sich das auch auf Österreich beziehen, wären sie direkte Konkurrenten von „PRO!" – oder sind meine Sonnendorfer so nett, dass sie sich über alle freuen, die Windräder aufstellen?

Ich treffe Tina Bogner bei Eva in Treberndorf. Sie hat um einen Ort gebeten, an dem wir nicht gesehen werden. Alles sei schrecklich aufgeheizt, auch wegen der Idioten von „Cybersolar". – Ob die denn keine Unterstützung für sie wären, habe ich gefragt. Tina Bogner hat nur ins Telefon geseufzt.

Eva ist in den Weingärten unterwegs. Heute werden Frühtrauben gelesen. „Die Menschen werden immer gieriger nach dem ersten jungen Wein", hat sie gelacht, bevor sie noch einmal ausgefahren ist. Man wolle arbeiten, bis die Sonne untergeht. „Sie trinken lieber ein unruhiges, unfertiges Zeug, als zu warten. Hauptsache, man ist vorne dabei, der Erste, der den neuen Jahrgang schon probiert hat. Wir versuchen eben unser Bestes, einen ordentlichen Jungwein hinzukriegen."

Ich sitze mit Tina Bogner im Innenhof des Winzerhauses. Vor uns selbst gemachter Pfefferoniaufstrich, ein Korb mit Brot und zwei Messer. Die Sprecherin von „PRO!", so hat sich herausgestellt, mag Scharfes genauso gern wie ich. Wasser, eine Flasche rescher Welschriesling.

„So ließe es sich leben", seufzt Tina Bogner, nimmt einen Schluck und lehnt sich zurück.

„Die pure Idylle ist das Winzerleben auch nicht." Das habe ich schließlich gerade auf diesem Hof gelernt.

„Die gibt's sowieso nicht. Die haben wir aus der Werbebranche erfunden. Wenn du etwas kaufst, dann geht es in reichen Ländern selten um Bedarf, sondern um Sehnsüchte."

„Und Sie erzeugen eben die Sehnsucht nach einer intakten Umwelt, um Gemeinden Ihre Energiekonzepte und den Menschen Ihren Ökostrom zu verkaufen", hake ich ein.

„Sie ist ja nichts Schlechtes, die Sehnsucht nach dem Besseren. Und nach dem Vernünftigen. Es gibt sie. Wir versuchen sie zu wecken."

„Ich habe gehört, ‚Pure Energy' will Windparks bauen, wissen Sie davon?", bringe ich unser Gespräch in weniger philosophische Bahnen. Tina Bogner sieht mich forschend an. Sie scheint zu überlegen, was ich sonst noch gehört haben könnte. „Ja", sagt sie dann. „Auch wenn sie noch mit keiner einzigen Anlage begonnen haben. Sie haben Grund gekauft und gepachtet. Und das nicht zu knapp."

„Ist das für Sie eine gute oder eine schlechte Entwicklung?" Ich nehme mir noch ein Brot und bestreiche es dick mit dem scharfen Aufstrich. Köstliche Pfefferoni und Chilis aus Evas Garten mit Kräutern, Knoblauch und Crème fraîche.

„Ökologisch-theoretisch natürlich eine gute", antwortet Tina Bogner. Sie wirkt heute weniger aufgeladen, beinahe müde.

„Und wirtschaftlich-praktisch?"

„Wenn Sie darauf hinauswollen: Natürlich sind wir dann Konkurrenten am Ökostrommarkt, aber wir haben nichts gegen faire Mitbewerber. Nur: Sie haben eben noch kein einziges Windrad gebaut. Es gibt keinen einzigen konkreten Plan, auch keine Umweltverträglichkeitsprüfung. Und es könnte gut sein, dass das in der nächsten Zeit so bleibt."

„Die haben doch Kapital genug, heißt es", werfe ich ein.

„Das ist richtig. Aber was, wenn die gar nicht bauen, sondern uns bloß die besten Gründe wegschnappen wollen? Damit wir keine zusätzlichen Windparks errichten können. Außerdem haben sie so für die Zukunft, wenn Windenergie mehr Gewinn abwirft, vorgesorgt. Boden, auf dem Windparks entstehen können, gibt es nicht unendlich viel."

„Ist das realistisch?", frage ich.

„Mehr als realistisch. Es ist wahrscheinlich. So funktioniert Konkurrenz eben auch: im Verhindern, dass ein anderer etwas tun kann. Sie schnappen uns Standorte weg. Es gibt übrigens noch ein zweites Szenario: Sie bauen doch Windkraftanlagen. Und zwar mit Windrädern aus China. Die Chinesen sind an ‚Pure Energy' beteiligt, das ist ganz klar, auch wenn sie ihre Eigentumsverhältnisse zu verschleiern versuchen. China produziert sehr viel auf diesem Sektor, also drängt es nach Europa."

„Sind chinesische Windräder schlechter?", will ich wissen. „Und wenn: Werden sie dann bei uns zugelassen?"

„Ich nehme an, dass wir einen technologischen Vorsprung haben, aber vielleicht ist das auch bloß überheblich. Auf alle Fälle gäbe es jede Menge unnötiger Transporte rund um die halbe Welt. Und wenn technisch doch nicht alles passt: Gruber wird schon eine Möglichkeit finden, dass gravierende zu unwesentlichen Mängeln werden."

„Er ist verschwunden. Das wissen Sie."

„Es könnte ein taktischer Schachzug sein. Er ist zu weit vorgeprescht. Er ist nicht immer berechenbar, auch nicht für ‚Pure Energy'. Er hält sich für den Größten. Vor allem, wenn er getrunken hat. Außerdem haben sie sich ja Zemlinsky gekauft. Und einige andere wohl auch."

„Was kann dieser Zemlinsky eigentlich für ‚Pure Energy' tun? Gesetze werden ja doch mit demokratischen Mehrheiten beschlossen."

Tina Bogner seufzt. „Eine Menge. Es geht gar nicht in erster Linie um seinen Einfluss auf Energiegesetze. Viel wichtiger ist, dass er sehr früh über alle möglichen energiepolitischen Vorhaben Bescheid weiß. Er meldet es, wie jeder gute Spion, weiter. Da kann man noch steuern, Dinge verhindern, andere befördern. Und er ist wohl auch dazu da, um Stimmung zu machen, um opulente Abendessen und Reisen ins Ausland zu organisieren. Natürlich alles ganz wichtige Missionen im Umfeld des Energieausschusses, damit sich Politiker und ihre Experten ein Bild über neue Entwicklungen machen können."

„Und Gruber war immer mit dabei", murmle ich und nehme noch einen Schluck.

„Sie sind eben Parteifreunde", erwidert Tina Bogner und verzieht das Gesicht. „Vielleicht sollten Sie Zemlinsky fragen, wo Gruber steckt."

Ich erzähle ihr von dem Video auf YouTube, das vor kurzem gelöscht worden ist. Nein, das kenne sie leider nicht. Aber es passe ins Bild.

Ich sollte mich auf das konzentrieren, was Tina Bogner beeinflussen kann. „Pure Energy" schadet „PRO!" also ganz konkret. Indem es Flächen aufkauft, um zu verhindern, dass „PRO!" dort Windparks bauen kann. Wie aber könnte „PRO!" sich rächen? Mit Aktionen gegen die Energie-Multis. Die sie natürlich nicht selbst organisieren, sondern über „Cybersolar" organisieren lassen. Aktionen, durch die vielen klar wird, dass Gasstationen und Druckleitungen nicht sicher sind und angegriffen, beschädigt, zerstört werden können.

„Wie hängt ‚PRO!' mit ‚Cybersolar' zusammen? Und sagen Sie mir nicht, es gäbe gar keine Kontakte."

„Noch einmal und zum Mitschreiben: Wir haben mit ‚Cybersolar' nichts zu tun!" Ich scheine Tina Bogner mit der Frage wieder auf ihr übliches Aktivitätsniveau gehoben zu haben. Sie springt auf und holt tief Luft. „Wissen Sie was? Die haben bei uns heute eine Hausdurchsuchung gemacht. Weil irgendwelche Idioten gestern einen Friedhof nahe der Gasstation von Loidesbach geschändet haben! Weil es Querverweise zu uns geben soll! Bloß: Sie sagen nicht, welche!"

Du liebe Güte. Was, wenn sie herausfinden, dass ich dort mit dabei war? – Als Journalistin, nicht als Aktivistin. Das müsste jedem klar sein. Hoffentlich. „Haben sie etwas gefunden?"

„Die können nichts gefunden haben. Aber sie sagen natürlich auch das nicht. Zumindest nicht uns."

Ich habe eine Idee: „Wer hat die Hausdurchsuchung geleitet? Zuckerbrot?"

„Nein. Der war nicht da. Aber er dürfte der Chef der Sonderkommission sein. – Stellen Sie sich das einmal vor: Die haben wegen der gesprengten Gasleitung eine Sonderkommission gebildet."

„Und wegen Ex-Vizekanzler Gruber, der verschwunden ist. Und wegen der Hackerangriffe von ‚Cybersolar'", ergänze ich.

Er werde das Angebot von „Pure Energy" nicht annehmen, teilt mir Oskar am Abend mit.

„Aber reden könnte man mit ihnen doch darüber", antworte ich.

„Mira, ich kann sie nicht für dich aushorchen." Oskar sieht mich beinahe flehentlich an.

„Musst du auch nicht. Ich werde mit dabei sein. Wir laden sie einfach zum Essen ein. Hohenfels und Stepanovic. Wenn sie an dir wirklich Interesse haben, werden sie kommen. Und wir können gleich einmal sehen, ob sie von unserer Verbindung wissen."

Oskar überlegt. „Okay", sagt er. „Wir spielen mit offenen Karten. Was kann fairer sein? Hören wir uns an, was sie zu sagen haben."

Vielleicht kann ich danach auch besser einschätzen, was mir Tina Bogner über die Pläne und Absichten von „Pure Energy" erzählt hat. Sie kaufen Flächen für Windparks auf, ohne sie bisher zu bebauen. Was tun sie noch, um die Konkurrenz zu stören? Haben sie Einfluss genug, um eine Hausdurchsuchung zu veranlassen?

Oskar rüttelt mich an der Schulter. „Ich hab dich was gefragt, Mira."

Ich sehe ihn irritiert an. Ich war in Gedanken bei der Hausdurchsuchung. Für eine Hausdurchsuchung braucht man einen begründeten Verdacht auf eine schwere strafbare Handlung.

„Noch einmal: Wohin willst du essen gehen?", sagt Oskar langsam und überdeutlich.

Womit wir zum Glück endlich beim Wesentlichen angelangt sind.

Am nächsten Morgen treffe ich Zuckerbrot, eigentlich Leiter der Mordkommission 1. Es ist viel zu früh für mich. Ich habe Droch gebeten, ihn anzurufen. Ohne Beziehungen geht bei uns eben fast gar nichts. Droch und Zuckerbrot sind alte Freunde, auch wenn sie versuchen, Dienstliches und Privates strikt zu trennen. Zuckerbrot hat mir ausrichten lassen, dass er den ganzen Tag über unterwegs sein werde. Er komme aber immer schon um sieben ins Büro. Da habe er Zeit, nachzudenken und, wenn es denn sein müsse, auch Zeit, mit mir zu reden. Ich bin sicher, dass er bloß herauskriegen wollte, ob ich den frühen Termin tatsächlich akzeptiere. Erstens findet er es sicher amüsant, wenn ich noch müde bin. Und zweitens weiß er dann, dass es mir wichtig ist, mit ihm zu sprechen.

Ich gehe durch die beinahe leeren Gänge des Amtsgebäudes. Immer scheinen unsere Freunde und Helfer auch nicht zu wachen. Geruch nach scharfem Putzmittel und Angstschweiß. Ich kenne Zuckerbrots Büro ganz gut. Ich klopfe bei seiner Sekretärin, sie ist noch nicht da. Die Tür zu Zuckerbrots Büro steht offen. Ich klopfe gegen den Türrahmen. Zuckerbrot gießt gerade seine beachtlichen Grünpflanzen und fährt wie ertappt herum.

„Seit wann haben Sie einen grünen Daumen?", frage ich.

„Guten Morgen. Habe ich nicht. Meine Sekretärin ist auf Urlaub. Und ich habe strikte Anweisungen. Sie wissen, dass sie dieses Grünzeug liebt."

Ich nicke. „Und dass sie meint, viel Chlorophyll wäre gut für Ihr Hirn und Ihre Kombinationsgabe."

„Als ob wir in der Zeit von Sherlock Holmes wären und ich vor ihr keine Fälle geklärt hätte."

„Hat man Sie eigentlich degradiert? Von der Mordkommission zu einer Kommission wegen Sachbeschädigung?" Ich stehe noch immer in der Tür.

Er seufzt. „Kommen Sie rein. Viel Zeit habe ich allerdings nicht."

Ich sitze auf dem unbequemen Besucherstuhl, er hinter dem Schreibtisch.

„Wir haben momentan keine Mordfälle, die auch nur ansatzweise kompliziert sind. Also hat man mich gebeten, die Leitung der Sonderkommission Energie zu übernehmen."

„Und es kann nicht sein, dass es Indizien gibt, die darauf hindeuten, dass Gruber ermordet worden ist?", will ich wissen.

„Reicht doch, dass er verschwunden ist. Und dass es diese absurde Drohung beim Hochspannungsmast gegeben hat. Wir haben es mit einem komplexen Fall zu tun: Cyberkriminalität, Sprengung einer Gasdruckleitung, der ehemalige Vizekanzler ist bedroht worden und jetzt nicht auffindbar, seit gestern Nacht auch noch Friedhofsschändung."

„Tatsächlich?", erwidere ich und sehe so unschuldig wie möglich drein.

„Die haben doch glatt in ein paar hundert Meter Entfernung von der Gasstation in Loidesbach auf dem Friedhof ein Feuerwerk veranstaltet."

„Wenn man da keine Sonderkommission bildet ..." Ich nicke verständnisvoll.

„Sie können sich das Gefrotzel sparen", antwortet Zuckerbrot etwas grob. Er wirkt gemütlich, aber ich weiß: Er kann auch anders. „Es geht um die Energieversorgung. Können Sie sich vorstellen, was passiert, wenn es ‚Cybersolar' oder irgendwelchen anderen Hackern gelingt, in die Computersysteme von Stromnetzen oder von Atomkraftwerken einzudringen? Wenn die es zum Beispiel schaffen, die computergesteuerte Stromversorgung von Wien herunterzufahren, dann sitzen wir alle im Finstern."

„Ist so etwas möglich?"

„Leider ja. Es gibt da welche, die versuchen, die Stabilität unseres Systems zu unterlaufen. Ich weiß nicht, wie gut sie sind. Und wie weit sie gehen werden."

Auch das kleine Biomasseheizwerk läuft über eine Computersteuerung. Mehr oder weniger alles wird heute computergesteuert. Ich lächle Zuckerbrot an: „Die von ‚Cybersolar' rufen zu Picknicks vor Energieunternehmen auf und schicken Sonnen über die Homepage von ‚Pure Energy'. Das klingt nicht nach ganz bösen Schurken, oder?"

„Was, wenn sie eine Gasdruckleitung in Waldnähe gesprengt hätten? Es hat schon lange nicht mehr geregnet. Oder in der Nähe von Siedlungen?", gibt Zuckerbrot zu bedenken.

„Das soll auch ‚Cybersolar' gewesen sein?"

„Wir ermitteln, wir können es nicht ausschließen. Ganz abgesehen davon, dass wir es da nicht mit einem strukturierten Gegenüber zu tun haben, sondern mit einer bloß über Computer vernetzten unbestimmten Anzahl von Einzelpersonen. Sie haben übrigens gestern Nacht ihren Facebook-Account geschlossen und sind jetzt nur noch über Twitter erreichbar. Da kann man ihre Herkunft noch schwieriger ausforschen."

„Und warum die Hausdurchsuchung bei ‚PRO!'?"

„Seit wann erzähle ich Ihnen über Ermittlungsdetails und unsere Motive?", fragt Zuckerbrot zurück.

„Wegen einer Streichholzschachtel in der Nähe der explodierten Gasleitung ... Kaum denkbar, dass sie eine Sprengladung mit dem Streichholz aus einer Schachtel mit dem Firmenlogo zünden. Das sieht doch nach plump untergeschobenem Beweismittel aus."

„Glauben Sie mir, so weit kann auch ich denken. Aber es könnte ja jemand die Streichholzschachtel in der Hektik des Rückzugs verloren haben. Außerdem: Ein bisschen mehr haben wir schon."

„Das mit Novak, der während des Fests weggefahren und kurz nach der Explosion wiedergekommen ist", sage ich. Gut, wenn er merkt, dass auch ich so einiges weiß. Vielleicht erzählt er dann ja doch noch etwas.

Zuckerbrot nickt bloß ein wenig mit dem Kopf. Er wirkt unbeeindruckt.

„Haben Sie sich eigentlich die Windkraftgegner auch angesehen? Die haben offenbar genug Geld, um einen Privatdetektiv zu finanzieren. Und sie sollen Menschen in Sonnendorf Geld angeboten haben, wenn sie nicht für eine Änderung des Ortsnamens stimmen. Die zwei Obermacher werden im Dorf übrigens Don Quichotte und Sancho Pansa genannt – weil sie gegen Windräder kämpfen."

Zuckerbrot schmunzelt. Ist ja schon was. Wenigstens gelingt es mir, ihn zu unterhalten. „Passen Sie bloß auf, dass nicht die Fantasie mit Ihnen durchgeht. Im Vertrauen gesagt: ‚Don Quichotte' hat einen Lottogewinn gemacht, keinen besonders großen, aber um etwas Geld in der Hand zu haben, reicht es. Und der Privatdetektiv hat sich gestern bei uns mit dem Hinweis gemeldet, dass ein Mitarbeiter von ‚PRO!' auf einer der Protestpartys von ‚Cybersolar' gesehen worden ist. Ganz abgesehen davon, dass er schwört, dass die von ‚PRO!' in der Nacht Abfälle verheizen. Auch wenn wir umfassend ermitteln: ‚Don Quichotte' und seine Freunde sind harmlos. Und ihr Privatdetektiv scheint auch nicht eben eine Leuchte seines Fachs zu sein."

„Warum dann die Hausdurchsuchung? Nur weil einer auf eine Party gegangen ist? Das machen viele. Harmlose junge Menschen, die sich für unsere Umwelt einsetzen. Oder gar, weil ‚PRO!' angeblich Abfälle verbrennt? Was ich mir übrigens beim besten Willen nicht vorstellen kann."

„Damit hatte der Durchsuchungsbefehl nichts zu tun, so viel kann ich Ihnen verraten. Auch wenn ein paar dieser ‚harmlosen jungen Menschen' zur Warnung die Attrappe eines ‚bösen' Vertreters der Energielobby aufgeknüpft haben könnten."

„Haben Sie eigentlich mit den Vorerhebungen gegen Zemlinsky wegen Geschenkannahme und Bestechung zu tun? Beschäftigt sich die Sonderkommission auch damit?"

Zuckerbrot sieht auf die Uhr. „Sie sollten sich nicht zu sehr von Ihren Ökofreunden beeinflussen lassen. Die Vorerhebungen sind eingestellt. Und sie haben mit unserem Fall nichts zu tun."

„Gruber soll Zemlinsky gekauft haben."

„Es ging um eine Zahlung von ‚Pure Energy' an die Werbefirma der Frau von Zemlinsky. Das ist ja doch etwas anderes."

„Es sieht anders aus. Aber ob es etwas anderes ist?", erwidere ich.

„Der Erhebungen wurden eingestellt."

„Sieh an."

„Ja, sieh an." Zuckerbrot schenkt mir einen Blick, der jedem Poker-Profi alle Ehre machen würde. Es macht nicht den Anschein, als würde ich noch mehr von ihm erfahren. Klar ist: In den obersten Justizstellen hält man die Attacken auf das Energiesystem für so wichtig, dass eine Sonderkommission unter der Leitung eines der erfahrensten Kriminalbeamten eingesetzt worden ist. Auf der anderen Seite versucht das „Magazin", meine Serie so klein wie möglich zu halten. Und andere Medien berichten so gut wie ausschließlich über die Schurken von „Cybersolar". Kann schon sein, dass es dort nicht nur Gute gibt. Aber das könnte auch auf das eine oder andere Energieunternehmen zutreffen. Wir verabschieden uns, Zuckerbrot bringt mich bis zur Tür. Will er mir doch noch etwas erzählen?

„Ich weiß, dass Sie auch nicht immer so können, wie Sie wollen", murmle ich und denke im Moment darauf: Hoffentlich kommt das nicht wieder falsch an und er wird wütend, weil ich seine Unabhängigkeit in Zweifel ziehe.

Aber er versucht ein Lächeln. „Eines noch", sagt er. „Sie haben es auf keinen Fall von mir: Ihre Freundin soll auf ihre beiden Kinder aufpassen."

Ich sehe ihn alarmiert an: „Was heißt das? Ich weiß, dass sie bei Veranstaltungen von ‚Cybersolar' waren, aber das ist doch nicht strafbar."

„Das ist nicht strafbar. Aber ... es könnte sein, dass sie mehr mit dem Ganzen zu tun haben. Und es gibt Leute im Justizapparat, die auf Internetkriminalität sehr allergisch reagieren."

„Könnte es vielleicht auch damit zu tun haben, dass man mich ruhigstellen will?", frage ich.

„Das habe ich nicht gesagt." Und damit zieht Zuckerbrot langsam die Tür hinter sich zu.

Ich muss Vesna warnen. Ich muss Fran und Jana warnen. Aber sicher nicht übers Telefon. In welchen virtuellen Wahnsinn sind wir da hineingeraten? Oder ist er eigentlich sehr real?

Dass der Wahnsinn tatsächlich nicht nur virtuell ist, stellt sich schon am Vormittag heraus. Eine Eilt-Meldung kommt über die Nachrichtenagenturen: „Erneut Gasleitung gesprengt! In der Nähe von Pointenbrunn beschädigen noch unbekannte Täter eine in Bau befindliche Gaspipeline. Die Polizei ermittelt." Das klingt jetzt nicht eben nach einem Riesenfeuer, aber da ich weder Zuckerbrot noch einen seiner Beamten erreiche, fahre ich hin. Pointenbrunn ist ein nettes kleines Dorf, umgeben von Weinbergen, Ölpumpen und einer Gasstation. Feuer kann ich tatsächlich keines entdecken, dafür außerhalb des Orts eine ungewöhnliche Menschenansammlung. Polizei und Feuerwehr, vor allem aber Autos von Fernsehsendern und anderen Medien. Offenbar war ich diesmal langsamer als viele meiner Kollegen. Durch ein abgeerntetes Feld führt ein schmaler, unbefestigter Weg. Ich fahre ihn entlang, parke meinen Wagen neben mindestens zehn anderen. Etwas weiter vorne hat die Polizei das Gelände abgesperrt. Ich drängle mich an Kollegen, Kameraleuten, aufgeregten Ortsbewohnern vorbei und sehe ein etwa zwei Meter tiefes Loch. Zuckerbrot steht mit einigen ernst dreinblickenden Menschen zusammen, ein Mann im Anzug redet auf ihn ein. Ist er von „AE"? Ist er Sprengstoffexperte?

„Dass man sich so schnell wiedersieht!", rufe ich dem Leiter der Sonderkommission zu.

Er dreht sich irritiert um, knurrt bloß etwas Unverständliches.

„Was ist geschehen?", frage ich eine Kollegin, die ich gern mag. Sie arbeitet für Ö 1, einen öffentlichen Radiosender, der tatsächlich noch informiert.

„Da entlang", sie deutet auf den Weg, „führt eine neue Gasleitung. Sie haben sie erst vor kurzem zugeschüttet. Sie ist noch nicht in Betrieb. Die haben versucht, sie zu sprengen."

„Seltsam. Warum nicht eine, in der schon Gas ist?", antworte ich.

„Es war wohl bloß eine Drohung. Es ist im Netz eine Art von anonymem Bekennerschreiben aufgetaucht, in dem davon die Rede ist, dass sie die ‚schmutzige Energieversorgung' lahmlegen können, wenn sie wollen. Sie haben es auf die Startseite von ‚AE' geschrieben."

„Da haben sie sich jetzt auch hineingehackt?"

„Sieht so aus."

Üblicherweise würde ich in dieser Gegend nach einem netten Heurigen suchen, mich dort an Hausgemachtem erfreuen, Wein einkaufen. Aber ich hetze weg. Ich muss zu Fran. Allerdings ist es wohl wirklich besser, ihn nicht anzurufen, ihm auch keine E-Mail zu schicken. Wie erreiche ich ihn ohne die Hilfe elektronischer Kommunikationsmittel? Ich habe keine Ahnung, wo er sein könnte. Ich fahre zu Vesnas Reinigungsfirma. Sie ist noch immer in dem einstöckigen Haus untergebracht, für das es schon lange einen Abbruchbescheid gibt. Aber die Eigentümer warten auf die beste Möglichkeit, den wertvollen Grund innerhalb des Wiener Gürtels zu verkaufen. Und seit der Krise scheint keiner ausreichend Geld dafür gehabt zu haben.

„Sauber! Reinigungsarbeiten aller Art", steht auf dem großen blankgeputzten Schild über dem Eingang. Früher hat Vesna hier auch gewohnt. Jetzt lebt sie bei Valentin am Stadtrand in seiner schicken Villa und hat Jana ihre kleine Wohnung überlassen. Ich habe Glück. Meine Freundin ist da. Ich erzähle ihr von dem neuen Anschlag auf eine Gasleitung und von Zuckerbrots Warnung. Anders als erwartet, reagiert sie nicht mit einem Wutausbruch und Anschuldigungen. Sie ist still. Sie denkt nach. „Wir müssen Fran und Jana erreichen. War gut, dass du nicht hast telefoniert. Jana ist kein Problem, die ist heute unterwegs für mich. Soll Tankstelle beobachten, in der Tankwart angeblich stiehlt." Vesna sieht ihren Reinigungsauftrag, auch wenn die Behörden nichts davon wissen, umfassend. „Fran wird, ich nehme an, auf Uni-Institut sein. Ich weiß, wo es ist."

„Dann hole ich Jana und du holst Fran", schlage ich vor.

„Nicht so gut, wenn du mit ihnen gesehen wirst. Ich kann zuerst zu Jana, liegt am Weg, und dann zu Uni. Wenn ich anrufe und sage, dass es sich heute doch nicht ausgeht mit gemeinsam Essen, dann du fahrst wieder, am besten heim. Da komme ich hin, wenn ich kann."

Ich sehe meine Freundin an: „Ist das nicht ein ziemlich umständlicher Plan?"

„Man muss sein vorsichtig. Zuckerbrot warnt nicht zum Spaß. Ist sehr nett von ihm, er hat überhaupt etwas gesagt. Und du kannst sicher sein: Ich werde aus Jana und Fran rausbekommen, was sie treiben!"

Ich setze mich an Vesnas Schreibtisch und rufe an ihrem Computer die Seite von „Pure Energy" auf. Vielleicht steht auch da etwas Neues. Aber man hat die Homepage vom Netz genommen. Offenbar ist es nicht gelungen, sie von den Sonnen zu reinigen. Auf der Startseite von „AE" finde ich den Text, von dem mir meine Kollegin erzählt hat: *Es geht auch anders. Wir können eure schmutzige Energieversorgung lahmlegen. Die Umwelt kann sich nicht wehren. Wir uns schon."* Zu einem Bekennerschreiben freilich fehlt etwas Wesentliches: nämlich wer sich gegen die „schmutzige Energieversorgung" wehrt. *„Es geht auch anders":* Das ist auch auf den Zetteln auf dem Friedhof gestanden. Eine Drohung. Womit wird da gedroht? Mit Anschlägen, die großen Schaden verursachen? Mit Hackerangriffen auf Energiezentralen, die ein Chaos auslösen könnten? Sonnen sind auf der „AE"-Homepage keine zu sehen. Stammt die Botschaft trotzdem von „Cybersolar"? Oder von einem gewaltbereiten Teil dieser diffusen Gruppe? Im Schloss der Eingangstür dreht sich ein Schlüssel. Ich zucke zusammen. Was, wenn ... Unsinn, hinter dir ist keiner her, Mira. Terroristen. Wir könnten auch ganz falsch gedacht haben. Wer sagt, dass hier Ökos und nicht echte Terroristen am Werk sind? Welche, die sich bei „Cybersolar" eingeschlichen haben, um unser System zu destabilisieren. – Weit hergeholt, ganz weit hergeholt. – Aber sie würden wissen, dass ich recherchiere, dass ich sogar mit den Militärs in Verbindung bin ... Ich sehe mich nach einer Waffe um. Irgendeinem schweren Gegenstand ... Die Tür zu Vesnas Büro geht auf. Vor mir steht Jana. „Kannst du mir bitte sagen, was da los ist?", fragt sie.

Ich atme tief aus. Dann zeige ich ihr den Text auf der Startseite von „AE" und erzähle.

„Das heißt, diesmal ist nichts passiert, oder?"

„Ein zwei Meter tiefes Loch im Boden, ob die Leitung beschädigt wurde, weiß ich nicht", antworte ich. „Dafür gibt's deutlich mehr Medienrummel als beim ersten Mal, als es wirklich gebrannt hat."

„Die wollen uns doch nur schaden", murmelt Jana.

„Wer sind ‚die' und wer ist ‚uns'?", frage ich.

„Jetzt hörst du dich schon an wie Mam. Wir sind keine Kinder mehr. Wir wissen, was wir tun."

„Ja klar", höhne ich. „So sehr, dass mich der Leiter der Sonderkommission im Vertrauen warnt."

„Ich sag dir ja, die sind hinter allen her, die sich unser korruptes System nicht mehr gefallen lassen wollen."

„Du spinnst. Das sind derart dumme Gemeinplätze, ich ..."

Jana nimmt mich am Unterarm: „Ich hab es anders gemeint: Wenn du wirklich was verändern willst, dann legen sich die massiv quer, die das nicht wollen. Und wenn sie an der Macht sind, haben sie auch die Mittel dazu."

„Und warum wollt ihr plötzlich ‚wirklich was verändern'?"

„Weil es höchste Zeit ist! Weil wir immer bessere Chance haben, uns zu vernetzen! Weil es weltweit Aufbruchsbewegungen gibt. Du warst ja selbst von Sonnendorf und ihrem Konzept der unabhängigen Energieversorgung angetan."

Sonnendorf. Wie harmlos alles begonnen hat. Mit Windrädern, einem kleinen Biomasseheizwerk am Waldrand – und einer überaus dynamischen Werbefachfrau, für die das erst der Anfang sein soll.

„Habt ihr eigentlich mit Tina Bogner Kontakt?", frage ich vorsichtig.

„Mit der Sprecherin von ‚PRO!'?", kommt es zurück. „Zumindest nicht persönlich. Und im Netz kennen wir einander nicht, wir haben Nicknames, wir verwenden nicht einmal unsere Vornamen. Das Netz ist basisdemokratisch. Alle sind gleich, egal, woher sie kommen, was sie machen und wie sie aussehen."

„Also kann man wunderbar anonym dazu aufrufen, Gasleitungen in die Luft zu jagen."

„Das hat keiner getan!", fährt mich Jana an. „Ich glaube nicht, dass das mit ‚Cybersolar' zu tun hat! Wir lassen uns unseren demokratischen Widerstand durch solche Aktionen sicher nicht kaputtmachen!"

„Und das Hacken? Die Botschaft auf der Startseite von ‚AE'?"

„Glaubst du, außerhalb unserer Community gibt es keine Hacker? Wenn jemand bei ‚Cybersolar' hackt, dann nicht, um zu stehlen, sondern um etwas aufzuzeigen! Und um sich zu wehren!"

„Das habe ich so ähnlich schon gehört. Auf ihrer Facebookseite, die dann geschlossen wurde. Dein Bruder ist der beste Computerexperte, den ich kenne. Ich weiß, dass er selbst auf der Uni als großes Talent gilt. Was hat er damit zu tun?"

Jana sieht mich böse an. „Du glaubst wohl nicht, dass ich Fran verpfeife? Ich weiß es nicht. Das ist die Wahrheit. Ich glaube übrigens nicht, dass er einer der Hacker ist. Mehr kann ich nicht sagen."

„Die können uns nichts tun", ergänzt Fran eine halbe Stunde später, als wir zu viert in Vesnas Arbeitszimmer stehen. Keiner hat die Ruhe, sich zu setzen. „Wir haben nichts Illegales gemacht."

„Oder du glaubst, du wirst nicht erwischt, weil du bist so schlau", stellt Vesna fest. „Aber Polizei hat auch schlaue Computerexperten. Das muss klar sein."

Fran geht zu Vesnas Computer und tippt. „Oje", sagt er dann. „Bei einem Hochspannungsmast hat es vor einer Stunde eine Serie von Explosionen gegeben. Man hat die Leitung sicherheitshalber vom Netz genommen. Daraufhin dürfte eine Trafostation eingegangen sein. In Baden haben die Leute momentan keinen Strom."

Wir rennen zu Vesnas Schreibtisch.

„Gibt's ein Bekennerschreiben?", will ich wissen.

„Lass mich schauen ..." Fran tippt wie wild in den Computer, sieht dann seine Mutter an. „Vielleicht ist es gar nicht so gut, wenn wir in deinem Computer so viel herumsuchen. Da könnte die Polizei auf dumme Gedanken kommen."

„Auch schon egal", antwortet Vesna. „Sieh nach, ob jemand sich bekennt zu Anschlag."

„,Cybersolar' tut es auch diesmal nicht. Zumindest nicht direkt. Sie schicken über Twitter nur die Botschaft: ‚*Leitungsnetze sind anfällig. Das ist nicht unsere Schuld.*'"

Vesna setzt durch, dass Jana und Fran mit ihr in die Villa von Valentin kommen und bis auf weiteres dort wohnen. Platz sei genug. Irgendwie scheint den beiden doch nicht ganz geheuer zu sein, was da passiert. Sie stimmen erstaunlich schnell zu.

Ich verzichte darauf, quer durch Wien nach Baden zu hetzen. Unwahrscheinlich, dass ich dort noch irgendetwas Neues erfahren kann. In der Redaktion stelle ich fest, dass „AE" seine Homepage vorübergehend vom Netz genommen hat, auf der Startseite der Badener Stadtgemeinde taucht wenig später die Botschaft auf: „*Es geht auch anders.*" Das ist alles. Wieder dieser Satz. Wieder keine Sonnen. Haben nur gewisse Aktivisten von „Cybersolar" Zugang zu den Sonnensymbolen?

Nach der Hauptnachrichtensendung wird es ein TV-Streitgespräch zwischen Tina Bogner, der Sprecherin von „PRO!", und Reinhard Hohenfels, dem Manager von „Pure Energy", geben. Klaus, der Chefredakteur, kommt in meine Dschungelecke und fragt, ob ich die Programmänderung mitbekomme habe.

„Ich nehme an, in der nächsten Ausgabe wird die Serie wieder mehr Platz haben?", frage ich so neutral wie möglich.

„Nehme ich auch an. Wenngleich sich der Schwerpunkt verschoben hat. Stichwort: Energieterror."

„Klar", antworte ich friedlich. „Auch wenn nicht sicher ist, wer da wirklich Terror macht. Abgesehen davon: ‚Cybersolar' ist kein exklusiver Zirkel, man kennt einander nicht persönlich und mitmachen kann jeder, der sich zu den Zielen bekennt und etwas einbringen kann."

„Das ist wohl deren Problem."

„Da bin ich mir, juristisch gesehen, nicht sicher. Außerdem sollten wir uns schon auch ansehen, was zu diesen Protesten geführt hat: eine ignorante Energiepolitik, Verflechtungen zwischen Politik und Unternehmen, die bis zur Bestechung gehen, der Umstand, dass Österreich international vereinbarte Klimaziele nicht einhält und dafür ganz schön viel zahlen muss, Konzerne, die mit allen Mitteln um ihre Vormachtstellung kämpfen."

Mein Chefredakteur runzelt die Stirn. „Wir werden sehen." Und schon biegt er die Blätter meines Philodendrons zur Seite und will ... Ich erwische ihn gerade noch am Jackenärmel. „Wer übt Druck auf dich aus? Bloß die Geschäftsführung? Ich muss das wissen!"

Er seufzt und sieht mich an. „‚Bloß' die Geschäftsführung, was glaubst du denn? Und wenn ich die frage, wer auf sie Druck ausübt, bekomme ich keine Antwort. Ich werde dich unterstützen, so gut es geht. Aber bitte: Verrenn dich nicht!"

Bevor ich heimgehe, sehe ich noch einmal auf Twitter. „Cybersolar" hat gepostet: *„Es waren bloß Serien von Ladykrachern, die rund um den Hochspannungsmast hochgegangen sind. Was tun sie, wenn es wirklich Sprengstoff ist? Das ganze Volk verhaften? Wir fürchten uns nicht."*

Ist das jetzt doch ein Bekennerschreiben?

Wir sehen uns die Fernsehdiskussion vom Sofa aus an. Oskar hat vom Chinesen in der Nähe knusprige Shrimps, Tintenfisch mit Pfeffer und Mapo-Tofu mitgebracht. Auf dem Sofatisch steht die elektrische Warmhalteplatte. Wir essen stilgerecht aus Schüsseln und mit Stäbchen. So entspannt, als hätte ich nicht mehr mit der Energie-Sache zu tun als jede Durchschnittschinesin.

Tina Bogner sieht ausgesprochen gut aus. Hosenanzug in dezentem Braun, darunter eine knallgrüne Bluse. Ihre Augen blitzen. Man merkt, dass sie um Zurückhaltung bemüht ist. Hohenfels ist ein durchaus attraktiver Mann. – Ich hätte auch nicht damit gerechnet, dass die stilbewusste Carmen bei einem Fettsack mit Glatze nach inneren Werten sucht. Schlank, kurz geschnittene graue Haare, ein George-Clooney-Typ mit dunklen Augen und einer gepflegten Aussprache. Er hat sicher von Kind auf hochdeutsch gesprochen, stammt ja aus einer Adelsfamilie. Wie immer, wenn es wichtig ist, moderiert Ingrid Thurnher. Sie sieht die beiden an, als wollte sie am liebsten sagen: Endlich einmal telegene Erscheinungen! So schön kann Energiepolitik sein! Stattdessen geht es dann ziemlich zur Sache. Tina Bogner distanziert sich von allen illegalen Aktionen und versucht immer wieder, ihr Konzept der lokalen Energieversorgung zu positionieren: billiger, sicher, unabhängig. Das Beispiel Sonnendorf ... Hohenfels fällt ihr freundlich ins Wort: „Sonnendorf finde ich sehr interessant. Es tut mir wirklich leid, dass ausgerechnet am Tag der Umbenennung dieses kleinen Dorfs der erste Anschlag auf eine Gasleitung stattgefunden hat. Auch wenn es natürlich in gewisser Weise dazu geführt hat, dass das öffentliche Interesse an Ihrem Unternehmen gestiegen ist."

„Elegant", vergibt Oskar einen Punkt an Hohenfels.

„Mir tut das auch leid", kontert Tina Bogner. „Wir brauchen nämlich keine Explosionen, um auf uns aufmerksam zu machen. Wir tun das, was große Teile der Bevölkerung wollen: Wir versorgen sie mit lokal erzeugter Energie und schonen die Umwelt. Gasdruckleitungen sind leider nicht nur alte Technologie, sondern auch sehr anfällig. Wir können von Glück reden, dass wir in keinem Land mit großer Terrorgefahr leben."

„Perfekt pariert", murmle ich, als handelte es sich um ein Tennismatch, und nehme mir noch ein Shrimp.

Die Moderatorin bringt das Gespräch auf den ehemaligen Vizekanzler Heinrich Gruber. Der sei nun so etwas wie das Feindbild der Grünen und Umweltbewegten. Drohungen hätte es mehr als genug gegen ihn gegeben. Ein Bild der an dem Hochspannungsmast baumelnden Puppe wird eingeblendet. – Wer hat es aufgenommen? Sind, nachdem ich gegangen bin, doch noch andere Medienleute gekommen? Oder hat es jemand von der Polizei dem Fernsehsender oder gar „Pure Energy" zugespielt? – Jetzt fehle von Gruber jede Spur, redet Ingrid Thurnher weiter. Ob man es etwa doch mit Umweltschützern zu tun haben könnte, die kriminell geworden sind?

Tina Bogner holt tief Luft. Für einen Moment scheint sie nicht zu wissen, was sie sagen soll. Sie streicht ihre halblangen dunklen Haare zurück. „Ich habe keine Ahnung, was mit Dr. Gruber geschehen ist. Es sieht allerdings so aus, als hätte er sich selbst nicht immer auf legalem Boden bewegt. Es gab Vorerhebungen wegen Bestechung, soviel ich weiß, ermitteln auch EU-Behörden wegen Korruptionsverdacht und illegalem Lobbying. Ich würde es nicht ausschließen, dass sich jemand aus seinem eigenen Umfeld gegen ihn gewandt hat. Vielleicht hat er zu viel gewusst. Das ist freilich nur eine These."

Hohenfels bemüht sich um Gelassenheit: „Die Vorerhebungen wurden eingestellt. Dr. Gruber ist übrigens nicht bei ‚Pure Energy' beschäftigt, er berät unser Unternehmen bloß hin und wieder. Er verfügt über hervorragende internationale Kontakte. Ich habe tatsächlich die Sorge, Frau Thurnher" – er schaut der Moderatorin tief in die Augen, sie klimpert auf ihre unnachahmliche Art mit den Wimpern: halb erstaunt, halb ironisch – „dass er das Opfer von Radikalen geworden ist."

„Sie sprechen ... tatsächlich von Mord?", fragt die Moderatorin.

„Er ist keiner, der einfach so untertauchen würde. Er hat sich seinen Kritikern immer gestellt."

„Außer, er war zu betrunken dazu", aber das sage ich zu Oskar. Im Fernsehstudio hält man sich zurück.

„Hohenfels war ausgesprochen gut", findet Oskar, als die Diskussion vorbei und unser chinesisches Essen vertilgt ist. „Auch sein Plädoyer für erneuerbare Energie und dass sich sein Unternehmen an Sonnenkraftwerken in Afrika beteiligen werde."

Ob er Hohenfels auch noch gut findet, wenn er weiß, dass er der Lover seiner Tochter ist? Vielleicht geht die Affäre rasch zu Ende und ich muss es ihm gar nicht sagen. Ist Hohenfels eigentlich klar, wessen Tochter Carmen ist? Wenn sie tatsächlich so vertraut miteinander sind, wie mir Carmen in der Küche vorgeschwärmt hat, wohl schon. Möchte Hohenfels deswegen Oskar als einen der Firmenanwälte mit ins Boot holen? Oder geht es doch darum, mich ruhigzustellen?

„Offshore-Windparks und Solarkraftwerke brauchen starke, lange Leitungen. Und es gibt nicht viele, die das finanzieren können. So bleibt die Macht bei einigen wenigen in der Energiebranche", antworte ich.

„Dir kann man auch nichts recht machen", sagt Oskar und krault mich hinter dem Ohr, als wäre ich Gismo.

[10.]

Es ist erstaunlich. Am nächsten Tag bekommt „PRO!" zumindest indirekt Unterstützung durch „Pure Energy". In einer Aussendung wird darauf hingewiesen, dass das österreichische Leitungsnetz leider tatsächlich anfällig sei. Als Konsequenz schwebt dem Konzern freilich nicht lokale Energieversorgung, sondern etwas ganz anderes vor: „‚Pure Energy' hat große Erfahrung im internationalen Fernleitungsbau und in der Betreuung solcher Leitungen. Wir haben ‚AE' eine strategische Partnerschaft angeboten und freuen uns, wenn wir unser Know-how einbringen können. In Zeiten wie diesen ist es wichtig, zusammenzuarbeiten. Es geht um nicht weniger als die Sicherheit Österreichs."

Klingt für mich, als wollten sie „AE" schlucken. Oskar formuliert das anders: Man nutze eben die Chance, um mehr Marktmacht zu bekommen. Und „AE" sei vielleicht ganz froh über etwas frisches Kapital.

Vielleicht erfahre ich ja am Abend mehr darüber. Da geht nämlich unser Essen mit Hohenfels und Stepanovic über die Bühne. Es wird Lachsforellentartar auf etwas geben, das ich lauwarme Erdäpfel & Salat nenne, danach Fasan in zwei Gängen: zuerst eine Kraftsuppe und dann die Brust mit Curry gebraten, darauf Lardo, dazu rote Linsen. Als Dessert denke ich an Apfelpalatschinken. Gehört zu den wenigen Süßspeisen, die ich zubereiten kann. Und die ich sogar mag. Außerdem hoffe ich darauf, dass die Herren Manager nach den ersten drei Gängen genug haben und nur mehr ein wenig Käse wollen.

Ich verabschiede mich schon zu Mittag aus der Redaktion. Ist ja in gewissem Sinne dienstlich, wenn ich heute Nachmittag koche. An sich lächerlich, dass ich um die zwei Herren so ein Tamtam mache, aber sie sollen ruhig sehen, was ich draufhabe. Und dass ich mit irgendwelchen Galadinners durchaus mithalten kann. Die Weine werden trotzdem nicht französisch sein, sondern aus dem Weinviertel stammen. Da waren sich Oskar und ich einig.

Zuallererst stelle ich die Suppe zu: Zum Glück habe ich bereits gerupfte Fasane bekommen, ansonsten hätte ich ihnen das Federkleid mit der Haut vom Leib gezogen. Sie von jeder einzelnen Feder zu befreien, bedeutet, noch monatelang welche in der Küche und an vielen absurden Orten zu finden. Außerdem ist es mit einer Katze nahezu unvereinbar. Ich weiß es, ich hab es schon probiert. Bis auf die Brüste und die ausgelösten Hinterkeulen kommt alles in einen Topf und wird mit Wasser und einem Viertelliter Sherry bedeckt. Jetzt noch Wurzelgemüse und eine in der Pfanne gebräunte halbierte Zwiebel dazu, Pfeffer und Neugewürz, und schon darf die Suppe für die nächsten drei Stunden köcheln.

Ich konnte Oskar gerade noch ausreden, Carmen zu unserem Abendessen einzuladen. Ich will meinem Mann nicht mehr zumuten, als notwendig ist. – Oder versuche ich vor allem, Carmen zu schützen? Soll sie mit ihrem George-Clooney-Verschnitt glücklich sein, so lange es geht. Ich bin mir nicht klar, was dieser Hohenfels wirklich für ein Typ ist. Weltgewandt und tüchtig oder, wie die von „Cybersolar" wohl meinen: ein typischer Vertreter der mächtigen Energielobby. Einer, der über Leichen geht. Zumindest im übertragenen Sinn. Erstaunlich, dass er im Fernsehen angedeutet hat, Gruber könnte tatsächlich ermordet worden sein. Was steckt dahinter? Weiß er es? Was will er? Von sich ablenken? Jemanden aus der Reserve locken?

Ich würze die Fasanenbrüste mit reichlich Madras-Curry, beträufle sie mit karibischem Rum und lasse sie bei Zimmertemperatur ziehen. Curry ist ein guter Weichmacher, und üblicherweise sind Fasanenbrüste eher zäh und trocken. Mal sehen, ob ich sie besser als üblich hinkriege. Die roten Linsen werde ich während des Essens à la minute zubereiten. Knoblauch und Zwiebel in Butter anrösten, die Linsen einrühren und mit ganz wenig von der Fasanensuppe aufgießen. Das ist alles. Am besten sind sie, wenn sie bloß ganz kurz aufkochen. Mit einem Teelöffel Maismehl binden und fertig.

Ich muss mir die TV-Konfrontation noch einmal ansehen. Tina Bogner hat etwas gesagt, dem es sich nachzugehen lohnt. Wenn ich bloß darauf kommen würde, was es war. Ich nehme meinen Laptop und stelle ihn in eine Ecke der Arbeitsfläche. Wird ihm schon nichts passieren. Und wenn: Er ist bereits ein paar Jahre alt. Fran kann mich ja beraten, wenn ich einen neuen brauche. Fran: Wie sehr steckt er mit drin bei „Cybersolar"?

Ich starte das Programm, mit dem man sich Informationssendungen im Nachhinein ansehen kann, und drücke auf „Play". Hinschauen brauche ich ja nicht, nur mithören sollte ich. Es heißt doch immer, dass wir Frauen mehrere Dinge gleichzeitig können. „Multitaskingfähig sein", heißt das im neuen Sprachgebrauch. Warum sind dann die meisten Manager eigentlich Männer? Vielleicht, weil dort eher eindimensionale Typen gebraucht werden?

Ich hole die große Lachsforelle aus dem Kühlschrank und filetiere sie. Eigentlich schade, sie zu Tartar zu verarbeiten. Die schönsten Rückenteile lege ich zur Seite. Beim Rest zupfe ich die Gräten und schneide das Fleisch dann mit einem scharfen Messer möglichst klein.

„Sonnendorf finde ich sehr interessant. Es tut mir wirklich leid, dass ausgerechnet am Tag der Umbenennung dieses kleinen Dorfs der erste Anschlag auf eine Gasleitung stattgefunden hat", sagt Hohenfels gerade. Ein Heuchler? Oder einfach ein höflicher Mensch? Was ist, wenn die von „Pure Energy" selbst Gruber beseitigt haben? Ich schaue auf den Bildschirm. Wie ein Mörder sieht der nicht aus. Klar, die wenigsten Mörder sehen angeblich so aus, als könnten sie jemandem etwas zuleide tun. Aber: Hohenfels wirkt einfach zu zivilisiert. Kann das bloß Tünche sein?

Unter das Lachstartar mische ich Limettensaft, einen ganz kleinen Spritzer Noilly Prat, Salz, etwas von der Sweet & Hot Chilisauce und einen Hauch fein geschnittenen Ingwer. Die schönen Mittelstücke bestreiche ich mit meinem Chili-Olivenöl. Ab damit in den Kühlschrank. Roher Fisch sollte nie warm werden. Dafür nehme ich den Käse schon jetzt aus der Kälte. Bei Zimmertemperatur und reif schmeckt er am besten.

„Es gab Vorerhebungen wegen Bestechung, soviel ich weiß, ermitteln auch EU-Behörden wegen Korruptionsverdacht und illegalem Lobbying. Ich würde es nicht ausschließen, dass sich jemand aus seinem eigenen Umfeld gegen ihn gewandt hat. Vielleicht hat er zu viel gewusst. Das ist freilich nur eine These", sagt Tina Bogner. Das war es! Ich spiele zurück und höre es mir noch einmal an: „Ich würde es nicht ausschließen, dass sich jemand aus seinem eigenen Umfeld gegen ihn gewandt hat. Vielleicht hat er zu viel gewusst." Was, wenn einer, den Gruber bestochen hat, in Panik geraten ist? Üblicherweise wird bei uns in der breiten Öffentlichkeit nicht viel über Energiepolitik geredet. Plötzlich ist das anders. Und dass sich Gruber nicht immer unter Kontrolle hat, ist spätestens seit dem YouTube-Video klar. Jana wird übrigens nach Tirol fahren, dorthin, wo die Energiegespräche stattgefunden haben. Sie will versuchen herauszufinden, wer dieser Kellner war. Wenn es ihr gelingt: Hoffentlich erzählt sie es mir und nicht denen von „Cybersolar".

Die Sache mit Erdäpfel & Salat ist mir erst heute in der Redaktion eingefallen, besser, ich probiere meine Idee aus. Ich koche einen großen mehligen Bioerdapfel ganz weich, dann nehme ich viel knackigen Eisbergsalat, schneide ihn grob und gebe ihn in eine Schüssel. Einen Spritzer ganz gewöhnlichen Tafelessig, etwas mehr neutrales Öl. Jetzt schäle ich den Erdapfel und drücke ihn durch eine Presse auf den Salat, salze, gebe Wasabipaste dazu und mische alles gut durch. Ich koste. Noch ein Spritzer Essig. Ich habe recht gehabt: Die Masse lässt sich ähnlich wie Sushireis formen. Ich schnappe mir ein Löffelchen Lachstatar aus dem Kühlschrank und setze es auf die lauwarme Erdäpfel-Salat-Masse. Sieht gut aus. Und schmeckt auch so. Sollen die Manager kommen.

Oskar und ich haben uns ausnahmsweise eine Choreografie überlegt. Er lässt die beiden ein, erst danach sollen sie mich sehen. Ob er glaube, dass sie sonst schon in der Tür umdrehen und davonlaufen würden, habe ich ihn gefragt. Wenn ihnen danach sei, werde man es früh genug merken, hat er geantwortet. Ich bin gespannt. Zumindest Hohenfels hat im Fernsehen auf mich gewirkt, als hätte er seine Gefühle gut im Griff. Ganz abgesehen davon: Wer sagt, dass sie nicht ohnehin längst von unserer Verbindung wissen und entsprechend vorbereitet sind.

Ich stecke Spießchen in eingelegte Karfiolrosen, in marinierte Apfelstücke, in große grüne Oliven. Als ob ich sie erstechen wollte. Tina Bogner hat so viel Energie. Hat sie sich immer unter Kontrolle? Na gut. Aufgespießt wird sie Gruber schon nicht haben. Ich trage die Appetithappen zum Tisch. Saures Gemüse: Das gehört in Russland traditionell zum Aperitif. Vielleicht kann man so locker über die Verbindungen zwischen „Pure Energy" und Moskau plaudern? Ich hätte auch etwas chinesisch Angehauchtes machen sollen ... Windräder aus China. Dabei hätte ich vor wenigen Wochen noch an die bunten Plastikdinger für Kinder gedacht, die sich drehen, wenn man hineinbläst. Es läutet. Oskar gibt mir einen raschen Kuss, dann geht er zur Tür. Freundliche Begrüßungsworte, Komplimente für das schöne Altbauwohnhaus. Ich trage einen Korb mit Brot zum Tisch und versuche, unbefangen zu wirken.

„Das ist meine Frau, Mira Valensky", sagt Oskar.

Zwei Männer in dezentem Anzug mit Krawatte. Businesslike. Zum Glück habe ich meine Jeans noch gegen eine Leinenhose getauscht. Ich strecke Hohenfels die Hand hin, lächle. Oskar stellt ihn formvollendet vor, so etwas muss ein Wirtschaftsanwalt auch können. Ich kann absolut nicht erkennen, ob Hohenfels weiß, oder auch schon vorher wusste, wer ich bin.

Stepanovic hingegen sagt nach einer weiteren kurzen Vorstellungszeremonie: „Nein, so eine Überraschung. Wir haben ja bereits telefoniert, Frau Valensky. Ich hatte keine Ahnung, dass die Chefreporterin des ‚Magazin' gleichzeitig die Frau von Dr. Kellerfreund ist. Das ist aber eine Freude!" – Ist es?

Wir sitzen beim Tisch, ich habe ihn wieder mit kleinen Vasen voll frischer Kräuter dekoriert. Kerzenleuchter wären mir irgendwie seltsam erschienen. Oskar schenkt Weinviertel DAC ein und Hohenfels lobt diesen ganz besonderen Grünen Veltliner.

„Die Äpfel habe ich selbst sauer eingelegt", sage ich, ganz biedere Hausfrau. „Ich habe es von einer Freundin in Moskau gelernt."

„Moskau ist eine spannende Stadt. Voller Gegensätze. Und immer wach", antwortet Stepanovic. Er hat nicht den Hauch eines Akzents. – Warum auch? Er wird hier aufgewachsen sein. Wie Fran und Jana.

„Sie haben dort gelebt?", frage ich unschuldig und nehme mir ein Stück Apfel.

„Ja. Und wir haben gute Geschäftsverbindungen nach Moskau."

Warum sollte er es auch abstreiten?

Hohenfels wechselt das Thema und erzählt von seiner Kindheit auf dem Land. Dort habe es unzählige Apfelbäume gegeben. Es war ja auch wohl eher ein großes Haus, wenn nicht gar ein Schloss, in dem er aufgewachsen ist. Ich stehe auf. Die Erdäpfel sind gekocht und noch heiß, der Salat ist geschnitten. Ich mache alles so wie bei meinem Test am Nachmittag, forme die Erdäpfelmasse und lege darauf großzügig Lachsforellentartar. Die Mittelstücke von der Lachsforelle gebe ich in eine sehr heiße Pfanne ohne Fett, dreißig Sekunden auf der einen, ebenso lang auf der anderen Seite braten und zu den Happen legen. Einige Körner Fleur de Sel darüber, ein Zweig frischer Kerbel zur Dekoration und ab mit der Vorspeise zum Tisch. Hohenfels zeigt sich sehr angetan. „Das ist etwas, das ich in dieser Form noch nie gegessen habe!"

„Sagt noch nicht viel darüber aus, ob es auch schmeckt", erwidere ich freundlich.

Stepanovic assistiert: „Es ist einzigartig. Diese Mischung von warmen Kartoffeln und das kalte pikante Lachsforellentartar darauf." Es wirkt, als wolle er Hohenfels jedenfalls noch übertreffen. Ich koste auch. Für mein Gefühl habe ich diesmal etwas zu viel Essig genommen.

Spätestens bei der Suppe, die wieder von Hohenfels sehr und von Stepanovic noch mehr gelobt wird, beginnt sich unsere Konversation dahinzuschleppen. Wir haben das schöne Herbstwetter und die prächtige Aussicht von unserer Dachterrasse durch, auch die Jagd – beide sind dafür, aber natürlich nur in dem Maß, das die Natur verträgt – und die Angewohnheit von Fasanen, im letzten Moment vor einem Auto erschrocken aufzufliegen.

Ich habe die ausgelösten Fasanenkeulen eine Stunde in der Suppe gar ziehen lassen, sie dann in lange Streifen geschnitten und auf Spieße gesteckt. Jetzt liegen sie halb in die Suppe. In kleinen Schüsselchen ist eine Sauce, die ich aus Olivenöl, Estragonsenf, viel frischem Estragon und Sauerrahm gemischt habe. Man kann die Fleischstücke darin eindippen und sie quasi als pikante Beilage zur Suppe essen.

Oskar taucht sein letztes Keulenstück in die Sauce und sieht es nachdenklich an. „Sie haben doch sehr gute Anwälte. Warum soll ich mit an Bord kommen?"

Stepanovic lächelt ihn beinahe liebevoll an. „Weil wir vorhaben, zu expandieren. Weil wir die besten Wirtschaftsanwälte des Landes brauchen. – Seriöse Anwälte", setzt er nach einer Sekunde hinzu.

„Ich habe bloß eine kleine Kanzlei. Üblicherweise arbeiten Konzerne mit großen Anwaltsfirmen zusammen."

„Stellen Sie Ihr Licht nicht unter den Scheffel", lächelt Hohenfels. „Sie haben einen ausgezeichneten Ruf. Und Sie arbeiten mit einer Kanzlei in Frankfurt zusammen, die wir sehr schätzen. Wir brauchen Anwälte, die bereit sind, sich international zu vernetzen."

Stepanovic sieht mich an. „Internationalität ist uns ganz wichtig. Sie ist übrigens auch das beste Mittel gegen Fremdenfeindlichkeit. Wenn wir über die Grenzen hinweg miteinander arbeiten, dann werden wir einander verstehen."

„Und außerdem ist Ihre Partnerkanzlei eine unserer Anwaltsfirmen in Deutschland", ergänzt Hohenfels. Das ist jetzt wieder an Oskar gerichtet.

Reicht das, um zu erklären, warum die beiden Oskar als Anwalt haben wollen? Was soll das Plädoyer für Internationalität in meine Richtung? Auch wenn Stepanovic das Essen überschwänglich lobt, er scheint dafür weit weniger übrigzuhaben als Hohenfels. Der Manager und Carmen: Hat sie einen Vaterkomplex? Er wirkt ganz sympathisch, ist erfolgreich, aus bester Familie, wie man so sagt. Auch wenn der Adel bei uns seit fast hundert Jahren eigentlich abgeschafft ist. Außerdem ist er doch ziemlich alt für Oskars Tochter. Und ein wenig zu glatt. Was hat sie zu mir gesagt? Sie würden viel gemeinsam lachen. So sieht er eigentlich nicht aus. Na gut. Menschen haben verschiedene Seiten.

Ich nehme die Fasanenbrüste aus dem Ofen. Vor einer Stunde habe ich sie vorsichtig rundum angebraten und dann bei siebzig Grad ins Rohr geschoben. Die roten Linsen sind schon fertig. Auf jeden Teller kommt ein Häufchen. Rot heißt auf russisch „krasnij". „Krasnij" bedeutet nicht nur rot, sondern auch schön. Der Rote Platz, der Schöne Platz. Dort, wo die UdSSR-Führung ihre Paraden abgenommen hat. Stepanovics Familie stammt aus Serbien. Aber er ist in Österreich geboren und aufgewachsen. Von alter Sowjet-Ideologie hat er sicher nichts mitbekommen. – Laut Carmen hat er in Moskau die Schule eines privaten Sicherheitsdiensts besucht. Jetzt ist dort alles privat. Ist es dadurch schon demokratisch? Ich lege die Fasanenbrüste auf die Linsen und belege sie mit einigen Scheiben kaltem Lardo, diesem ganz besonderen weißen Speck. Was hat Stepanovic bei diesem Sicherheitsdienst gelernt? Ausschließlich Selbstverteidigung?

Am Tisch diskutiert man unterdessen über die Sinnhaftigkeit der Nabucco-Pipeline.

„Natürlich ist es gut, mehrere transnationale Gasleitungen zu haben, aber man muss auch an die Wirtschaftlichkeit denken. South-Stream und North-Stream sind deutlich rentabler. Und sicherer", meint Stepanovic. Zum ersten Mal habe ich wirklich den Eindruck, dass er sich für etwas interessiert.

„Man muss abwarten", sagt Hohenfels mit einem leichten Stirnrunzeln. Offenbar ist ihm Stepanovic zu weit nach vorne geprescht. Ich stelle die ersten beiden Teller ab.

„Natürlich", antwortet Stepanovic und versucht ein Lächeln. Als ich wieder bei ihnen am Tisch sitze, wechseln sie das Thema und reden über Kultursponsoring. So als ob Energiepolitik und Abendessen inkompatibel wären. – Oder als ob sie vor mir nicht über Berufliches sprechen möchten. Weil ich eine Frau bin? Weil ich Journalistin bin?

Die Fasanenbrust habe ich gut hingekriegt. Sie ist zart und saftig, und das macht mich übermütig. Genug gesäuselt. Ich kann nicht bloß kochen. „Haben Sie schon etwas von Gruber gehört?", frage ich die beiden Herren und ernte einen missbilligenden Blick von Oskar.

Hohenfels schüttelt bedauernd den Kopf. „Nein, leider nicht. Ich hoffe sehr, dass ihm nichts passiert ist."

„Im Fernsehen haben Sie angedeutet, dass er nicht mehr leben könnte", erwidere ich so beiläufig, als würde ich über Wetter oder Fasanenjagd reden.

Ein feines Lächeln. „Ich wollte meine Kontrahentin aus der Reserve locken, vielleicht war ich naiv genug zu glauben, dass sie etwas erzählt. Aber sie ist ein Vollprofi."

„Sie nehmen an, dass Tina Bogner mit der Sache zu tun ..."

„Mira", mischt sich Oskar ein, „das hört sich ja beinahe an wie ein Interview."

„Aber nein", antworte ich ihm strahlend. „Es interessiert mich einfach." Und zu Hohenfels gewandt: „Sie nehmen also an, Tina Bogner könnte etwas über das Verschwinden Ihres Beraters wissen?"

„,Annehmen' ist zu viel gesagt. Ich habe es einfach gehofft. Man weiß, dass diese Umweltgruppierungen miteinander in Kontakt stehen."

„Der leicht gekühlte Cabernet passt ausgezeichnet zur Fasanenbrust", mischt sich Stepanovic ein. „Woher haben Sie ihn? Ich sollte mir welchen besorgen."

„Sie meinen also, dass Umweltaktivisten hinter seinem Verschwinden stecken", fahre ich unbeirrt fort.

Hohenfels lächelt. „Natürlich erzähle ich das nur unter uns. Es ist einfach das Wahrscheinlichste. Ich hoffe, es wird gründlich ermittelt."

„Und was, wenn er jemandem im eigenen Umfeld gefährlich geworden ist? Er hat ziemlich viel geredet. Und er hatte ziemlich viele Kontakte. Bis hin zu Zemlinsky."

„Natürlich. Er ist Vorsitzender des Energieausschusses. Gruber kennt ihn seit langem. Daran ist nichts Verwerfliches", sagt Hohenfels und sieht dabei auf seine roten Linsen.

„Viele Menschen verschwinden und werden nie mehr wiedergefunden", ergänzt Stepanovic rasch. „Gruber war nicht eben glücklich, er hat auch viel zu viel getrunken. Aber ich denke, solche Spekulationen passen nicht zu einem so feinen Abendessen."

Also wechsle ich brav das Thema. „Ich habe gehört, Sie haben in Moskau eine Sicherheitsausbildung gemacht?", frage ich Stepanovic. Dem bleibt beinahe die Gabel im Mund stecken. „Sicherheit wird ja heutzutage immer wichtiger", füge ich hinzu.

„Ja, da haben Sie recht. Und es ist gut, wenn man sich selbst verteidigen kann."

„Noch etwas rote Linsen?", lächle ich.

Offenbar hat mein Ausflug in die gar nicht virtuelle Welt ihres Energiekonzerns den beiden Managern den Appetit verdorben. Apfelpalatschinken lehnen sie wenig später dankend ab. Man isst noch etwas Käse, plaudert über Golf, Hohenfels findet es entspannend, Stepanovic bezeichnet es als Herausforderung und Oskar stellt fest, man könne doch auch ohne Schläger spazieren gehen, wenn man denn wolle. Gegen halb elf sieht Hohenfels auf die Uhr und meint bedauernd, er müsse morgen früh zeitig zum Flughafen. – Oder wartet Carmen irgendwo auf ihn?

Im Vorzimmer frage ich Stepanovic: „Was ist eigentlich ein ‚Connecting Manager'?" Ich bekomme die Antwort von Hohenfels: „Er passt auf, dass Teilunternehmen das machen, was die große Mutter möchte." Es klingt ein klein wenig herablassend.

Wir räumen gemeinsam auf und trinken noch einen Whiskey. „Sie sind jedenfalls nicht gekommen, um dich auszuhorchen", sagt Oskar.

„Ich glaube, Hohenfels unterschätzt Stepanovic", erwidere ich.

„Ein weltgewandter Adeliger und ein ehrgeiziger junger Manager mit drei Studien, einer Selbstverteidigungsausbildung in Moskau und Löchern in der Biografie. – Könnte es sein, dass ‚Pure Energy International' Stepanovic geschickt hat, um auf Hohenfels aufzupassen?", überlegt Oskar.

„Ich werde versuchen, morgen mit Generalleutnant Unterberger zu reden. Vielleicht weiß er, was man in einer privaten Sicherheitsfirma in

Moskau lernt. – Wenn es dir recht ist", setze ich hinzu, als ich Oskars Blick sehe. Die Eifersucht scheint sich noch nicht ganz gelegt zu haben. Eigentlich ein gutes Zeichen für unsere Beziehung.

„Oh, natürlich habe ich da nichts dagegen, warum auch, ich mische mich doch auch sonst nicht in deine Arbeit ein", kommt es zurück.

Fast nie, liebster Oskar, manchmal schon, denke ich, sage es aber nicht.

„Schade, dass sich Valentin noch nicht wegen des gemeinsamen Abendessens gemeldet hat", fährt er fort.

Ich gebe zu, mir ist in der nächsten Zeit nach entspannter Nahrungsaufnahme mit keinem weiteren Ziel, als einfach gut zu essen.

Unterberger scheint sich darüber zu freuen, dass ich ihn anrufe. Eigentlich müsse er schon weg, zu einer Tagung in Budapest. Aber sein Fahrer sei ohnehin flott und ein kurzes Treffen, am besten wieder im „Prückel", sollte sich noch ausgehen. Ich könnte ihn ja am Telefon nach Moskauer Sicherheitsdiensten fragen, aber ein gemeinsamer Kaffee ist netter. Und: Bei all dem, was in den letzten Tagen geschehen ist, vielleicht auch klüger.

Der Generalleutnant hat dieselbe Nische wie beim letzten Mal erobert. Vorzeigemilitär in Uniform, er studiert die Karte. Als ich näher komme, springt er auf. Wir sehen einander an. Es nützt nichts, es abzustreiten: Da ist so ein gewisses Prickeln. Er streckt mir die Hand hin und beugt sich dann doch schnell vor und gibt mir einen Kuss auf die Wange.

Wir bestellen Cappuccino, für Campari Soda ist es heute noch zu früh.

„Seid ihr in die Ermittlungen rund um ‚Cybersolar' eingebunden?", frage ich.

Christoph schüttelt den Kopf. „Solange es nicht mit internationaler Terrorabwehr zu tun hat, überlassen wir das den Polizeibehörden. Wir werden informiert, leider nicht so häufig, wie es gut wäre – das ist allerdings nichts, was du schreiben darfst."

„Und deine Meinung dazu?"

Er lächelt. „Es ist kein Wunder, wenn Internet-Bewegungen entstehen. Man kann sich jetzt viel leichter vernetzen als früher. Eigentlich ist es ein gutes Zeichen. Es gibt Menschen, die sich für ihre Umgebung interessieren, die Veränderungen wollen, die diskutieren. Das Problem:

Man kann unter dem Deckmantel der Anonymität eine Menge anstellen. Anonymität schützt auch solche, die gegen Gesetze verstoßen. Außerdem halte ich es für feige, in einem Land wie unserem anonym aufzutreten."

„Die letzten beiden Anschläge: die wirken nicht eben wie gefährliche Terrorakte, oder?"

„Natürlich nicht. Die Frage ist bloß: Können sie es nicht besser oder wollen sie nicht, dass wirklich etwas passiert. Jedenfalls schaffen sie es, viele Menschen zu verunsichern. Die Medien tragen natürlich das ihre dazu bei. Für viel gefährlicher halte ich die Hackerangriffe. Wenn sie gut genug und skrupellos sind, dann können sie faktisch alles lahmlegen."

„Aber in Baden ist nur deswegen der Strom ausgefallen, weil ‚AE' eine Hochspannungsleitung vom Netz genommen hat und daraufhin ein Trafo durchgebrannt ist."

„Nimmst du sie in Schutz?", fragt der Generalleutnant und sieht mich aufmerksam an.

Ich schüttle den Kopf. „Ich finde bloß, es gibt jetzt schon viel zu viel an Überwachung. Die speichern alle unsere Daten, können alles vernetzen – glaubst du, dass man damit auch nur einen einzigen Terroristen mehr erwischt?"

Unterberger rührt in seinem Kaffee. „Die offizielle Antwort ist: Es gibt internationale Terrorzellen, wir müssen gewappnet sein, außerdem werden gespeicherte Daten nur verbunden, wenn ein konkreter Verdacht besteht."

„Und die inoffizielle?"

„Ich fürchte, dass Terrornetzwerke geschickt genug sind, um sich nicht in diesen Netzen zu verfangen. Und es ist schon ein eigenartiges Gefühl zu wissen, dass bis hin zu Telefonnummern, E-Mail-Adressen und SMS alle Kommunikationsakte gespeichert werden. – Was, wenn da jemand nicht seriös damit umgeht? Was, wenn sich da jemand hineinhackt?" Er schüttelt den Kopf und grinst dann ein wenig. „Immerhin leben wir in einer halbwegs funktionierenden Demokratie. – Tut mir übrigens leid, dass ich dir diese SMS geschickt habe." Für einen Moment denke ich, Oskar hat mit ihm telefoniert. „Es war kindisch, so etwas macht man nicht. Aber … der Abend war wirklich schön und ich wollte dir dafür danken."

„Das können die ruhig speichern. Die SMS war total nett, ich wollte auch antworten, aber bei uns war jede Menge los – ist es eigentlich noch immer", erwidere ich, lege meine Hand auf seine und ziehe sie dann wieder erschrocken weg. Das ist mir einfach so passiert. Besser, wir reden über private Sicherheitsdienste in Moskau.

„Es gibt unzählige, und sie machen alles Mögliche: von Personenschutz über die Begleitung von Touristengruppen bis hin zu Einsätzen jenseits der Legalität", berichtet der Generalleutnant. „Gemeinsam ist fast allen, dass sie ehemalige Polizeibeamte und Militärs beschäftigen. Die hatten nach dem Zerfall der UdSSR keine Arbeit mehr."

„Auch KGB-Leute sollen darunter sein", ergänze ich.

„Ja, viele sogar. Allerdings: Im KGB hat es sehr unterschiedliche Aufgaben gegeben, da waren nicht alle Agenten wie in den James-Bond-Filmen. Trotzdem scheint es fast so, dass sich Sicherheitsfirmen damit brüsten, Ex-KGB-Leute mit an Bord zu haben."

„Und was lernt man, wenn man sich von einem solchen privaten Sicherheitsdienst ausbilden lässt?"

„Du redest von den Schulen, in denen man Nahkampf, militärische Abwehrtechniken, Umgang mit Waffen aller Art lernt?"

„Stepanovic, der Connecting Manager von ‚Pure Energy', war bei einem Moskauer Sicherheitsdienst", erzähle ich. „Steht offenbar sogar in seinem Lebenslauf."

„Man müsste wissen, um welchen Sicherheitsdienst es sich handelt, um einschätzen zu können, was ihm dort beigebracht wurde."

„Ist das nicht ungewöhnlich?"

„Für Österreich schon, aber im Energiegeschäft läuft eben viel über Moskau. Und dort finden es gewisse Manager nahezu schick, mit ihrer Kampfkraft angeben zu können. Schau dir bloß Putin an: wie er mit nacktem Oberkörper posiert, wie er sich auf der Jagd fotografieren lässt."

„Ich finde, er sieht total lächerlich aus. Man sieht, dass seine Haut hängt. Sein Bauch ist einfach nicht mehr straff genug."

„Ein böses Urteil über uns ältere Männer", witzelt Christoph.

„So hab ich das nicht gemeint. Du bist top in Form, das sieht man." O Gott, Mira, so etwas sagt man doch nicht!

Der Generalleutnant lächelt. „Oh, danke. Ich bin ein paar Jahre jünger als er. Aber ich werde mich lieber trotzdem nicht mit nacktem Oberkörper fotografieren lassen." Ein unauffälliger Blick auf die Uhr. Ich bemerke ihn trotzdem.

„Du musst nach Budapest."

„Leider schon ziemlich dringend."
Wir stehen auf, er sieht sich nach dem Ober um.
„Ich zahle", sage ich.
Für einen Moment sieht er mich irritiert an. Ist er wohl nicht gewohnt. Aber er scheint flexibel zu sein. „Danke", sagt er und küsst mich auf beide Wangen. „Ich werde versuchen herauszufinden, bei welchem Sicherheitsdienst dieser Stepanovic ausgebildet worden ist. Interessiert mich selbst. Ein paar Kontakte in diese Richtung habe ich schon ..." Und damit entschwindet mein militärischer Verbindungsoffizier. Richtig geheimnisvoll hat er gewirkt, überlege ich, als ich meinen Cappuccino austrinke und nach der Rechnung rufe. Wahrscheinlich habe ich zu viele Filme gesehen.

Oskar ruft mich an. Er müsse überraschend nach Frankfurt. Nein, mit „Pure Energy" habe das gar nichts zu tun, oder nur ganz am Rande. Es gäbe Probleme bei der Fusion einer europäischen Spedition. Der griechische Partner sei von den Chinesen aufgekauft worden, jetzt überlegen die Franzosen, auszusteigen. Dabei wäre alles beinahe unter Dach und Fach gewesen. Oskar seufzt. „Ich kann mich schon kaum mehr erinnern, wie einfach vieles vor der Euro-Krise war. In unserer Kanzlei in Frankfurt ist übrigens bekannt, dass mich ‚Pure Energy' an Bord holen will. Mein Kollege wollte wissen, ob ich mich schon entschieden habe. Ich werde ihn ein wenig ausfragen."
„Gute Idee", stimme ich ihm zu.
„Nicht so, wie du das meinst. Und schon gar nicht fürs ‚Magazin' ..."
„Ich weiß, es ist vertraulich."
„Wie war dein Treffen mit dem Generalleutnant? Konnte er dir etwas ... Interessantes erzählen?", fragt Oskar so beiläufig wie möglich.
„Wir haben uns ganz kurz im ‚Prückel' gesehen. Er will das mit der Moskauer Sicherheitsausbildung von Stepanovic checken. Er musste nach Budapest. Offenbar fliegen heute alle aus."
„Oh, und die arme Mira bleibt allein zurück." Das klingt allerdings überhaupt nicht nach Bedauern.

Ich werde in Jogginghosen vor dem Fernseher hocken und die übrig gebliebene Fasanensuppe essen. Vielleicht mit Nudeln drin und einigen Shrimps, warum nicht ein wenig experimentieren? Einen Schuss Ketjap Manis dazu, ein Schlückchen Rum und ein paar Tropfen Hot Sauce ...

Ich sitze hinter meinem Redaktionsschreibtisch und überlege so vor mich hin. Jedenfalls keine Gäste, kein anstrengendes Programm für heute Abend.

Aber erst einmal muss ich meine Reportage schreiben. Alles scheint im Fluss zu sein. Diesmal habe ich gar nichts dagegen, dass ich nur zwei Seiten Platz habe. Klar muss ich die Ereignisse der Woche zusammenfassen, aber was habe ich, das die anderen nicht wissen? Einen Connecting Manager, der sich von einer privaten Moskauer Sicherheitsfirma ausbilden ließ? Das Video von Gruber auf YouTube! Ich rufe Fran an. Kein Problem, in ein paar Minuten schicke er es. Wo er sei? Natürlich auf der Uni.

Wir werden ein paar Standfotos machen und den Kellner aufrufen, sich zu melden. Auch damit es nicht so aussieht, als würden wir ihm den Film klauen wollen. Trotzdem werden wir die Sache mit den Urheberrechten genau abklären.

Ich surfe durch das Internet. „Pure Energy" hat eine Art Ersatzhomepage ins Netz gestellt. Mal sehen, wie lang es dauert, bis sie gehackt wird. „AE" hat ihre offenbar auch nicht sauber bekommen und ist offline. Die Stadtgemeinde Baden hingegen konnte sich von ihrem Hackerangriff befreien. Die Botschaft auf der Startseite ist verschwunden. Oder haben sich die Hacker freiwillig zurückgezogen? „Cybersolar" kündigt für das Wochenende eine Wanderung entlang einer 380-kV-Leitung an. Und lässt seine „Freundinnen und Freunde in Berlin" schön grüßen. – Tatsächlich! Jetzt gibt es auch „Cybersolar Deutschland", und wenn es stimmt, was Sympathisanten ins Netz stellen, haben sich beim Öl-Kraftwerk Berlin-Wilmersdorf mehr als fünfhundert Leute zu einem Protest-Picknick versammelt. Beim Umspannwerk Mitte sollen auch einige hundert zusammengekommen sein. Hackerangriffe wurden keine gemeldet, aber vielleicht sind die deutschen Energieunternehmen ja auch besser geschützt als die österreichischen.

Neue E-Mail und das Video, das bis vor kurzem auf YouTube war, ist da. So einfach geht das heute.

Gegen fünf bin ich mit der Story fertig und einigermaßen zufrieden damit. Ich überlege, ob ich Vesna fragen soll, wie es denn mit einem Läufchen wäre. Einmal etwas anderes, wenn ich mit so einem Vorschlag komme. Andererseits: Ich habe beim Schreiben eine Leberkäsesemmel gegessen. Die liegt mir noch im Magen. Morgen. Oskar ist nicht da, also verführt mich keiner zu einem ausgiebigen Frühstück. Ich drücke die Kurztaste für Vesnas Telefonnummer.

„Wollte dich gerade erreichen", sagt sie ohne jede Begrüßung. Sie klingt hektisch. „Bitte fahr zu Valentin in Villa. Er wird gleich da sein."

Ich denke im ersten Moment an das geplante Abendessen samt Treffen zwischen Oskar und meinem Generalleutnant. Vor meinen Augen entsteht die Szene eines Duells: da Oskar, voll konzentriert; auf der anderen Seite Christoph in Uniform, ganz entspannt. Sie fixieren einander ... So ein Unsinn. Außerdem ist Oskar in Frankfurt. „Was?", frage ich nach. Ich habe Vesnas letzten Satz nicht mitbekommen.

„Es ist Hausdurchsuchung bei uns."

„Wie bitte?" Offenbar verstehe ich immer noch nicht.

„Das, was ich sage. Bin in Büro, da sind sie auch. Und in Wohnung von Jana daneben. Und bei Fran. Und bei Valentin."

„Du bist dir sicher, dass es eine Hausdurchsuchung ..."

„Bin ich dumm oder etwas?", schreit Vesna. „Sie suchen. Vor allem wegen Fran! Valentin ist nicht sehr glücklich. Kein Wunder, wenn du solche Leute nimmst auf!"

„Okay, ich fahre hin. Brauchst du einen Anwalt?"

„Kannst Oskar mitnehmen."

„Der ist in Deutschland."

„Dann nicht, ist zu kompliziert. Da winkt einer von Polizei, ich muss ..." Und damit hat sie aufgelegt.

Warum eine Hausdurchsuchung? Und dann auch noch eine derart groß angelegte? War es das, wovor mich Zuckerbrot warnen wollte? Gab es, als ich mit ihm geredet habe, bereits einen Antrag? Kann ich mir nicht vorstellen. Er würde eine polizeiliche Maßnahme nicht unterlaufen. – Und wenn er dagegen ist? Er ist der Chef der Sonderkommission. Aber bin ich mir sicher, ob er auch das Sagen hat? Anders als bei „Cybersolar" gibt es bei der Polizei eine strikte Hierarchie. – In dem Hausdurchsuchungsbefehl muss stehen, um welche strafbare Handlung es geht. Muss es auch eine Begründung für den Verdacht geben? Ich war in Strafrecht eher eine Niete. Dabei hatten wir einen guten und auch ausgesprochen sympathischen Professor. Ich kann mich noch an seine legendären Feste am Institut erinnern. Mit jeder Menge Wein in Plastikbechern. Das hilft mir jetzt auch nicht weiter. Ich nehme ein Taxi, es dauert zu lange, mein Auto zu holen.

Es war eine idiotische Entscheidung. Der Wiener Nachmittagsverkehr ist auf dem Höhepunkt. Andererseits: Zu Valentin in der Villengegend gibt es ohnehin keine U-Bahn, auch keine Straßenbahn. Nur irgendeinen Bus. Der wäre wohl auch nicht schneller. Ich versuche Oskar zu erreichen, er geht nicht dran. Vielleicht ist sein Konzipient in der Kanzlei. Der kennt sich zwar eher im Wirtschaftsrecht als bei Hausdurchsuchungen aus, aber es soll ja auch Unternehmer geben, bei denen die Polizei etwas finden möchte. Da scheint es allerdings nicht so schnell zu gehen, dass so ein Durchsuchungsbefehl ausgestellt wird. Wie war das bei unserem ehemaligen Finanzminister mit seinen überall auf der Welt verstreuten Konten, an die er sich nicht erinnern kann? Jahre hat das gedauert.

Wie war das eigentlich bei Zemlinsky? Hat es da überhaupt eine Hausdurchsuchung gegeben? Warum wurde das Verfahren gegen ihn so schnell eingestellt? Und warum passiert hier alles so überfallsartig? Weil die mächtigen Lobbys in diesem Fall auf der anderen Seite stehen? Warum hat Fran uns gegenüber nicht zugegeben, dass er etwas mit den Hacker-Angriffen zu tun hat? Weil: Worum sonst sollte es sich handeln? Endlich. Der Konzipient geht dran. Viel mehr weiß ich nach unserem kurzen Gespräch allerdings auch nicht. Der Taxilenker hat überaus interessiert zugehört.

„Um die Umweltterroristen geht es? Es interessiert ja keinen, was ich sage, aber es ist ganz klar: Die gehören hinter Gitter. Sind um nichts besser als die radikalen Moslems. Die wollen, dass es bei uns kalt und finster ist. Sollen wir zurück in die Steinzeit? Den Dieselpreis wollen sie auch verdreifachen, die Grünen und alle die Terroristen. Diese Hacker, die arbeiten nichts und sitzen nur den ganzen Tag vor dem Computer und denken sich Unsinn aus. Ich fahre jetzt schon seit zehn Stunden Taxi." In seiner Empörung wäre er fast auf das Auto vor ihm geknallt. Ich verkneife mir einen Kommentar und hoffe, dass er von selbst wieder zu reden aufhört.

„Ich will es warm, wenn ich heimkomme, und ich will mich vor den Fernseher setzen. Auf eine andere Welt pfeif ich, auch wenn sie vielleicht mehr Umwelt oder so hat. Außerdem: Es schaut nicht so aus, als ob es bei uns wärmer würde. Der Sommer war doch beschissen, oder? Jetzt, der Herbst, der ist in Ordnung ..."

Und wieder geht es ein Stück vorwärts. Als ich bei Valentins Villa ankomme, ist er schon da. Er kommt mir fassungslos entgegen. „Sie suchen nach Computern. Sie haben tatsächlich auch gegen mich einen Durchsuchungsbefehl."

„Was werfen sie dir vor?"

„Beihilfe zum organisierten Verbrechen. Beihilfe zur Gemeingefährdung, zum Einbruch in Datenbanken, zur Bildung einer terroristischen Vereinigung. Beihilfe zur Geiselnahme und zur schweren Sachbeschädigung. – Wo ist Oskar?"

„In Deutschland. Ich rede mit den Beamten. – Zur Geiselnahme? Sind die übergeschnappt?"

Ich gehe ins Haus. Drei Polizisten in Uniform durchstöbern gerade das Wohnzimmer. Es wirkt wie ein Einbruch. Keiner von ihnen kommt mir bekannt vor. „Was suchen Sie?"

Die drei fahren zu mir herum. „Wer sind Sie?"

„Eine Vertrauensperson von Valentin Freytag. Ich habe das Recht, bei der Durchsuchung dabei zu sein."

„Hat ja auch keiner bestritten", murmelt ein langer, dünner Polizist, der nicht viel älter sein kann als Fran.

„Was heißt Vertrauensperson? Das ist die Valensky vom ‚Magazin'", sagt ein deutlich älterer Beamter zu seinen Kollegen.

„Ich bin hier zur Unterstützung von Valentin Freytag. Fragen Sie ihn. Wonach wird eigentlich gesucht?"

Wenig später halte ich den Hausdurchsuchungsbefehl in Händen. Er bezieht sich auf Computer und alle Speichermittel, mit denen Fran etwas zu tun gehabt haben könnte. Nachdem Speicherkarten und USB-Sticks inzwischen winzig klein sind, haben sie also die Lizenz, alles zu durchwühlen. Ich bleibe mit verschränkten Armen stehen. Zwei machen sich gerade über das Bücherregal her. Sie versuchen, nicht mehr Unordnung zu machen als notwendig. Oder tun sie das nur, solange ich im Raum bin?

„Valentin Freytag hat hervorragende Beziehungen. Er entwickelt die meisten Fernsehshows, die bei uns laufen." Wenn ich die Hoffnung hatte, das würde sie beeindrucken, so habe ich mich geirrt.

„Das Fernsehprogramm gehört sowieso verboten", murmelt einer der Polizeibeamten stattdessen. Ich gebe es auf, suche Valentin und finde ihn im Garten.

„Vesna tut das alles schrecklich leid", beginne ich.

Valentin schüttelt müde den Kopf. „Sie kann ja nichts dafür. Sie hat ohnehin alles getan, um Fran zur Vernunft zu bringen."

„Ich bin mir nicht sicher, ob er wirklich für ‚Cybersolar' gehackt hat", nehme ich ihn in Schutz.

„Ich auch nicht. Aber würden die ohne begründeten Verdacht einen derartigen Aufwand betreiben? Sie müssen ihn überwacht haben. Er übernachtet ja erst seit ein paar Tagen bei uns."

„Wenn Vesna gewusst hätte ..."

Valentin versucht ein Grinsen. „So ist das eben, wenn man zur Frau zwei sehr lebendige und eigentlich schon erwachsene Kinder dazubekommt."

„Fran und Jana sind dreiundzwanzig. Sie müssen sich selbst dafür verantworten, was sie tun." Das müssen sie wohl wirklich. Haben sie Fran gar schon verhaftet? Es schreien doch offenbar alle danach, die „Cyberterroristen" endlich einzusperren.

Ich versuche Zuckerbrot zu erreichen. In der Polizeikaserne sagt man mir, dass er außer Haus sei. An sein Mobiltelefon geht er nicht. Hat die Polizei das Recht, einfach so in Valentins Privatleben einzudringen? Sie hat es. Bei begründetem Verdacht auf Beteiligung an einer schweren strafbaren Handlung.

Drei Stunden später wird Protokoll geschrieben. Von Vesna und ihren Zwillingen haben wir immer noch nichts gehört. Was, wenn Vesna einen Polizeibeamten angegriffen hat? Ich traue es ihr zu. Oder wenn sie mit Fran geflohen ist? Penibel wird aufgelistet, was man beschlagnahmt: drei Laptops, davon zwei, die Fran gehören dürften, und einen von Vesna. Einen Computer von Valentin. Sein Protest, dass da wichtige Dateien drauf seien und er weiterarbeiten müsse, nützt nichts. Er werde alles so bald wie möglich zurückbekommen. Sieben USB-Sticks. Zwei externe Festplatten. Acht Floppy-Disks.

„Wo haben Sie die denn gefunden?", fragt Valentin fassungslos. „Ich habe schon lang keinen Computer mehr, der ein Floppy-Laufwerk hat."

„Dann wird es ja auch kein Problem sein, wenn wir die mitnehmen", lautet die Antwort.

Für die CDs und DVDs geben wir ihnen einen braunen Papiersack, auf dem „Ich bin umweltfreundlich" steht. Valentin unterschreibt das Protokoll. Er starrt auf den Sack. Plötzlich beginnt er zu brüllen. „Die kämpfen für eine intakte Umwelt! Ist Ihnen das eigentlich klar? Keine Sau tut etwas dafür, allen ist völlig egal, was die Wissenschafter sagen! Hauptsache, ein paar Mächtige verdienen Milliarden und füttern damit Politiker und Polizei! Und wenn ein paar Kids übers Ziel hinausschießen, werden sie behandelt wie Schwerverbrecher! Die Schwerverbrecher sind anderswo! Ich werde gegen das alles Protest erheben! Ich werde meine Beziehungen nutzen, das hat ein Nachspiel!"

„Passen Sie bloß auf, dass Sie sich keine Beamtenbeleidigung einhandeln", sagt der älteste der Polizisten einigermaßen ruhig. „Das mit der Bestechung der Polizei will ich überhört haben."

„Wenn ich meine Arbeit unterbrechen muss, dann kann das sehr teuer werden!", tobt Valentin weiter. Soll ich ihn stoppen? Ich wüsste allerdings nicht, wie.

„Haben wir nicht gehört, dass Sie Fernsehshows schreiben? Das wär schon ein großer Verlust ...", spöttelt der lange junge Beamte. Ich habe das Gefühl, gleich geht Valentin ihm an die Gurgel.

„Sie gehören eh selbst zu den Mächtigen, tun Sie sich nichts an", sagt der ältere Polizist und sieht sich im großzügigen Wohnzimmer der Villa um. „Wir verdienen nur ein paar Euro und sollen uns dann auch noch anschreien lassen, weil wir die Gesetze vollziehen."

Valentin macht einen gefährlichen Schritt weiter vor.

„Natürlich müssen Sie die Gesetze vollziehen", sage ich so beruhigend wie möglich. „Das sieht der Chef der Sonderkommission Energie natürlich auch so. Ich bin mit Ihrem Vorgesetzten Dr. Zuckerbrot in ständigem Kontakt."

„Zuckerbrot? Der ist gar nicht da. Der ist auf Urlaub", höhnt der junge Polizeibeamte.

„Das ist eine interessante Information", antworte ich mit steinernem Gesicht. Während die drei zusammenpacken und alles zu ihrem Wagen transportieren, sagen wir nichts mehr. Eine Nachbarin steht im Finstern auf ihrer Veranda. Die Lichter im Haus reichen aus, damit ich ihre Umrisse sehen kann. Als sie meinen Blick bemerkt, verschwindet sie. Das mit Zuckerbrot muss ich nachprüfen. Wenn es stimmt: Wer leitet die Sonderkommission jetzt? Und: Hat der dafür gesorgt, dass die Durchsuchungsbefehle ausgestellt wurden? Warum hat Zuckerbrot nicht gesagt, dass er auf Urlaub fährt? Na ja. Abmelden muss er sich bei mir nicht.

Nachdem die Beamten weg sind, geht Valentin ins Wohnzimmer und sieht sich darin um, als würde er es nicht kennen. Dann geht er zu einem Schrank, öffnet ihn und holt wortlos zwei Gläser heraus.

Ich rufe Droch an. „Klar ist der auf Urlaub", bestätigt er. „Er wollte schon am Wochenende fahren, aber er hat es um ein paar Tage verschoben. Er ist segeln und wird nicht einfach zu erreichen sein."

Kann sein, dass das jemandem sehr gut ins Zeug passt.

Valentin hat Cognac eingeschenkt. „Danke", sagt er und prostet mir zu. Wir trinken. Ich bin kein besonderer Fan von Cognac, aber der tut richtig gut.

„Ich hätte nicht gedacht, dass ich auf derartiges so empfindlich reagiere", murmelt Valentin. „Ich hasse es eigentlich, mich so aufzuführen."

„Vesna hat sicher auch getobt", tröste ich ihn und versuche ein Grinsen. „Du warst super, wie du Fran in Schutz genommen hast."

Valentin seufzt. „Wozu hat man eine Familie? Ich werde uns morgen einen Anwalt besorgen. Einen richtig guten."

Der Rest der Familie kommt wenig später. Vesna sieht aus, als hätte sie mit einem Drachen gekämpft. Die dichten Haare stehen ihr zu Berge, im Blick noch immer todesmutige Entschlossenheit. Ich bin in erster Linie erleichtert. Sie haben Fran nicht in Untersuchungshaft genommen.

„Hätten sie auch nicht können", sagt er wenig später, als wir alle am Esstisch sitzen. „Ich war nicht dabei bei den Hackern."

„Dann hätten sie keine Hausdurchsuchung gemacht", widerspreche ich.

Fran kratzt sich am Kinn. „Ich war auf ihren Spuren unterwegs. Ich wollte rauskriegen, wer dahintersteckt. Ich hab sozusagen versucht, sie zu hacken. Aus Interesse. Weil ich ja auf ihrer Seite bin, weil ich aber wissen will, mit wem ich es zu tun habe. Und da bin ich eben auch auf die Homepage der Stadtgemeinde von Baden gegangen. Und von dort hab ich mich durch diverse IP-Adressen weitergeforscht ... So dürften sie mich geschnappt haben."

„Hast etwa du den Eintrag auf der Badener Startseite gelöscht?", frage ich Vesnas Sohn.

„Nein, hab ich nicht. Das müssen die Polizeiexperten getan haben."

„Das ist so etwas von blöd", murrt Jana genervt. „Nur weil du so ungeschickt bist, haben sie bei uns alles durchwühlt."

Fran sieht seine Zwillingsschwester wütend an: „Wer rennt sogar um Mitternacht auf den Friedhof, wenn irgendein Ableger von ‚Cybersolar' dazu aufruft? Du bist auch verdächtig, ist dir das klar? Weißt du, was der eine gesagt hat, der meine Bude auf den Kopf gestellt hat? ‚Deine Schwester kriegen wir auch noch. Wir kriegen euch alle. Die heutige Razzia ist erst der Anfang.'"

„Gute Idee, wenn ihr jetzt miteinander streitet", sage ich trocken. Wenn das stimmt, was der Polizeibeamte zu Fran gesagt hat, dann könnte es heute mehr als eine Hausdurchsuchung gegeben haben. Ich bin hier als Freundin der Familie. Ich bin allerdings auch Journalistin. Es war schon Redaktionsschluss. Aber bis Mitternacht könnten wir ohne größeren Aufwand noch einige Sätze verändern. Es ist jetzt kurz vor zehn am Abend.

„Ich habe einen Sauhunger", sagt Fran plötzlich. Vesna schüttelt bloß den Kopf. Ich versuche, einen Sprecher der Polizei zu erreichen. Ohne Erfolg. Wenn man einen Laptop hätte ... Vielleicht hat jemand Meldungen von weiteren Hausdurchsuchungen ins Netz gestellt. Vielleicht hat die Staatsanwaltschaft eine Presseaussendung gemacht.

„Natürlich hast du Internetzugang", sagt Fran, schon fast wieder so souverän wie üblich, wenn es um moderne Technik geht. „Dein Telefon. Oder meines. Das haben sie nämlich nicht mitgenommen. Stand wohl nicht auf ihrer Liste." Er grinst.

Wir probieren es mit meinem. Eine Mitteilung der Behörden gibt es nicht. Dafür gleich einige Botschaften sowohl auf Facebook als auch bei Twitter. Sieht so aus, als hätte es tatsächlich eine Reihe von Hausdurchsuchungen gleichzeitig gegeben. Dann verwende ich mein Telefon für seinen eigentlichen Zweck, rede mit dem Chef vom Dienst und gebe durch, was ich gern geändert hätte. Kann sein, dass meine Wochenzeitung mit diesen Neuigkeiten schneller ist als die Tagesmedien.

Und weil ich gerade am Telefonieren bin, probiere ich es noch einmal auf Zuckerbrots Mobiltelefonnummer. Nach dem fünften Läuten hebt er tatsächlich ab.

„Zuckerbrot? – Nein, mir keinen Wein mehr! Ich bin der, der euch morgen aus dem Hafen bringen soll!" Das war wohl nicht an mich, sondern an seine Segelfreunde gerichtet. Glücklich und entspannt klingt er. Wer bin ich, dass ich ihn in seinem Urlaub störe? Ich überlege schon, die Beenden-Taste zu drücken.

„Mira Valensky, wenn Sie es sind und niemand, der ihr das Telefon geklaut hat, dann sagen Sie schon, was Sie wollen. Ich bin zum Glück ausreichend weit weg."

Ich hole Luft. „Die Sonderkommission hat heute mehrere Hausdurchsuchungen bei Leuten gemacht, die sie mit ‚Cybersolar' in Verbindung bringt. Es geht um Fran, den Sohn meiner Freundin. Sie haben nicht nur seine Wohnung, sondern auch Vesnas Büro, Janas angrenzende Wohnung und die Villa ihres Lebensgefährten durchsucht. Wegen angeblicher Beihilfe zur Bildung einer verbrecherischen Organisation, Geiselnahme und einigem anderen mehr."

Stille in der Leitung. Ich sehe aufs Display. Aufgelegt hat er noch nicht. „Ich habe Sie gewarnt", kommt es zurück. Es klingt kein bisschen lustig mehr.

„Die Durchsuchungsbefehle sind nicht auf Ihrem Mist gewachsen, oder? Die haben damit gewartet, bis Sie auf Urlaub sind."

„Und wer sind Ihrer Meinung nach ,die'?"

„Justizministerium. Staatsanwaltschaft. Vielleicht ein karrierebewusster Kollege von Ihnen. Abgeordnete wie dieser Zemlinsky. Offenbar lassen es sich Energiekonzerne wie ,Pure Energy' oder ,AE' nicht einfach gefallen, in der Öffentlichkeit dumm dazustehen, weil man ihre Seiten hacken kann, vor ihren Zentralen picknickt und zeigt, dass ihre Leitungen ein schönes Terrorziel sind. Die haben genug Macht und auch genug Geld, um in der Justiz Leute zu finden, die sie rächen."

„Erstens ist Hacking wirklich ein Verbrechen und zweitens: Glauben Sie, das Justizministerium ist der öffentlichen Meinung gegenüber unempfindlich? Da braucht man keinen besonderen, wie immer gearteten Nachdruck, die lesen ja alle täglich, was das Volk will."

„Hört sich an, als würden Sie trotzdem nicht voll hinter den Hausdurchsuchungen stehen?", frage ich nach.

Wieder Stille in der Leitung. Dann seufzt Zuckerbrot. „Ich wäre froh, wenn dieser Terrorismus-Paragraf ,Bildung einer kriminellen Organisation' nicht zu häufig eingesetzt würde. Und was die Geiselnahme angeht ... keine Ahnung, wer auf die Idee gekommen ist. Ich nehme an, das bezieht sich auf den verschwundenen Gruber. Aber: Ich bin sehr wohl dafür, Hacker zu bestrafen, nur damit das klar ist. Das ist kein Kavaliersdelikt. – Wie viele Hausdurchsuchungen hat es gegeben, sagten Sie?"

„Ich weiß es nicht genau. Drei, deren Wohnung man durchsucht hat, haben etwas darüber ins Internet gestellt. Fran ist der Vierte, wobei das, genau betrachtet, gleich vier Hausdurchsuchungen waren. Und: Alle werden es nicht öffentlich machen."

Stille in der Leitung. „Irgendwelche neuen Angriffe auf Pipelines oder andere Energieeinrichtungen?", fragt er dann.

„Nicht, dass ich wüsste. Dafür hat es offenbar zwei große ,Cybersolar'-Picknicks in Berlin gegeben."

„Na wunderbar. – Kein Wort von dem, was wir geredet haben, wird geschrieben, klar? Sonst muss ich vielleicht demnächst unter der Brücke schlafen und hab keine andere Chance, als mich den Picknickern anzuschließen."

„Wenn das so ist, werde ich es mir noch überlegen", lache ich. „Einen schönen Urlaub, ich meine das wirklich so. Sorry, dass ich Sie gestört habe. Ich habe mir ohnehin gedacht, dass Sie mit der Aktion nichts zu tun hatten. Sie gehören nicht zu denen, die Leute schikanieren, nur weil Sie überzeugt sind …"

„Sehr geehrte Frau Valensky, bevor Sie mir jetzt noch einen falschen Heiligenschein verpassen, Ihr Herz mit Ihnen durchgeht und Sie mir einen Heiratsantrag machen, wünsche ich Ihnen eine wunderschöne gute Nacht. Ich werde jetzt doch noch ein Gläschen Wein trinken. In Dubrovnik hat es übrigens sechsundzwanzig Grad. Und der Himmel ist voller Sterne. Wiedersehen!" Jetzt hat er wirklich aufgelegt.

Valentin hat inzwischen Pizza kommen lassen, wir essen und ich vergleiche die Hausdurchsuchungsbefehle. Sie widersprechen einander in Details, sind voller Tippfehler und scheinen alles andere als gründlich vorbereitet worden zu sein.

„Du meinst, sie waren juristisch nicht einwandfrei?", fragt Fran und nimmt noch ein großes Stück Pizza. „Ich hätte die Durchsuchung verweigern können?"

„So gut kenne ich mich da auch wieder nicht aus. Kann schon sein, dass es möglich gewesen wäre. Aber die meisten Menschen haben eben keinen Anwalt bei der Hand, wenn plötzlich die Polizei dasteht."

Ich studiere den Text noch einmal und kann mir dann ein Schmunzeln nicht verkneifen.

„Ist es so blöd und ich hab das gar nicht bemerkt?", ärgert sich Fran.

Ich schüttle den Kopf, versuche, nicht laut loszulachen. „Nein, ich weiß bloß endlich, wofür Fran steht: Franjo Josip." Ich sehe meine Freundin Vesna an. „Franz Josef – hast du ihn womöglich nach dem alten Kaiser genannt?"

Auch Vesna grinst. „In Wirklichkeit du heißt Maria und nicht Mira, ich weiß das. Und Franjo Josip hat Großvater von Fran geheißen und der war begeistert von k. und k. Monarchie."

[11.]

Wir fürchten uns nicht! Ihr macht uns nicht mundtot! Demokratie statt Polizeistaat! Freies Internet statt gleichgeschalteter Macht!"
Und wenig später: *„Umweltschutz statt Ausbeutung! Wir sind nicht schuld daran, dass eure Leitungen Terrorziele sind."*
Ich sitze vor dem Computer und reibe mir die Augen. Ich habe zu lange geschlafen und schlecht geträumt. Die Botschaften bleiben. „Cybersolar" ist weiter in der Lage, sich zu melden. Diesmal über Twitter. Ich mache mir einen starken Kaffee und belohne Gismo mit sechs schwarzen Oliven. Einfach dafür, dass sie da ist. Dass sie nicht unter Verdacht steht, sich in fremde Computernetze gehackt zu haben. Dass sie keine selbstgerechten Botschaften verbreitet. – He, wer sind jetzt die Bösen? Ach, wenn das immer so einfach wäre. Freies Internet … Wo sind die Grenzen? Darf man in andere Seiten einbrechen? Darf man sie beschädigen? Darf man alles, was irgendwo im Netz unterwegs ist, nutzen? Musik einfach downloaden, obwohl sie andere gemacht haben? Texte und Bücher, ohne dafür zu zahlen, lesen? Ist geistiges Eigentum nicht zumindest genauso zu respektieren wie ein Auto oder ein Grundstück? ACTA, ein internationales Handelsabkommen, das den Urheberrechtsschutz im Internet sichern sollte, wurde nach massiven Protesten trotzdem auf Eis gelegt. Aus guten Gründen. Weil die Behörden nahezu überall herumschnüffeln hätten können. Sieht so aus, als wären die Grenzen in unserer virtuellen Welt immer schwerer auszumachen. Ich mache mir noch einen Kaffee und gebe Gismo ihr übliches Futter. Sie sieht mich enttäuscht an. Sie hat auf weitere Oliven gehofft. So schnell geht das, und man will mehr. Ich sollte meine Katze nicht mit irgendwelchen korrupten Beamten oder Politikern verwechseln, hat sie sich einfach nicht verdient. Ich streichle Gismo, sie schnurrt und reibt

ihren runden Kopf an meinem Unterschenkel. Liebe. Viel Liebe. Das ist ebenso wichtig wie Fressen. – Erst kommt das Fressen und dann kommt die Moral. Wer hat das gesagt? Bert Brecht. Wie viel Liebe bekommt Stepanovic? Und: Sind Anerkennung und Erfolg ein ausreichender Ersatz dafür? Hohenfels dürfte Liebe kriegen. Sogar von einer aus unserer Familie.

Auch wenn jetzt nur noch Weltsensationen die heutige Ausgabe des „Magazin" verändern könnten, ich muss in die Redaktion. Nachsehen, was nach den Hausdurchsuchungen geschehen ist. Vielleicht zu „PRO!" fahren und klären, ob auch einer ihrer Mitarbeiter betroffen war. Wenn Tina Bogner nicht darüber reden will, vielleicht finde ich die nette Sekretärin, die so schnell SMS schreiben kann. – Tina Bogner: Mir ist nach wie vor nicht klar, welche Rolle sie spielt. Die Protestaktionen von „Cybersolar" weiten sich offenbar auf Berlin aus. Welche Stadt kommt als Nächstes an die Reihe? Welches Land? Und dann die Anschläge: Momentan scheinen sie der Kampagne von „PRO!" für unabhängige Energieversorgung zu schaden. Mittelfristig könnten sie auch nützen. Wenn die Menschen zu überlegen beginnen: Brauchen wir diese Leitungen überhaupt? Sind sie nicht vor allem gute Ziele für Terroristen? Gibt es nicht bessere Konzepte, bei denen auch die Gewinne in der Region bleiben? Wie weit ist Tina Bogner bereit, für ihre Visionen, vielleicht auch bloß für den Erfolg ihrer großen Kampagne, zu gehen?

Zum Joggen bleibt keine Zeit mehr. Ich dusche, ziehe bequeme Jeans und Turnschuhe an und mache mich auf den Weg. Ich werde eben die Strecke in die Redaktion im Eilschritt nehmen. Ich packe sicherheitshalber ein Ersatz-T-Shirt in meine Tasche. Falls ich ins Schwitzen komme. Nicht laufen, Mira, aber so schnell gehen wie möglich. Auch das bringt den Kreislauf in Schwung. Sagt ja keiner, dass man dafür unbedingt Stöcke braucht.

„Wer ist denn hinter dir her?", sagt jemand, als ich keuchend, aber, wie ich finde, ausgesprochen dynamisch die Tür zum Redaktionsgebäude aufstoße. Ich drehe mich erschrocken um. Daniel, unser Volontär von der Fachhochschule.

„Wenn du schneller sein willst als die anderen, musst du in Form sein", doziere ich. Hoffentlich ist mein Gesicht nicht allzu rot.

„Ich laufe Marathon", erwidert er.

Dass die Jungen aber auch alles besser können müssen.

Heute berichten viele deutsche Zeitungen über „Cybersolar". Es gibt zwei Tendenzen: Die einen fordern wieder einmal eine strengere Beobachtung des Internets, schon beim Verdacht, dass es zu strafbaren Handlungen kommen könnte, müsse eingegriffen werden. Internationale Zusammenarbeit wird beschworen. *„Das Internet kennt keine Grenzen. Wir müssen Cyberverbrecher international enttarnen und jagen",* verlangt ein Chefredakteur. *„Die Freiheit des Internets darf nicht zur Freiheit für Terroristen werden",* wird der deutsche Innenminister zitiert. Die anderen schreiben tatsächlich über die Inhalte der Forderungen von „Cybersolar". Selbst unser aller Arnold Schwarzenegger wird bemüht: *„Stellen Sie sich das Maß an Freiheit vor, wenn Gemeinden ihre Energie selbst erzeugen!"* Es werden freilich auch Experten zitiert, die vor Instabilität warnen, wenn es keinen überregionalen Ausgleich der Energieversorgung gäbe.

Wäre schön, würde auch in Österreich mehr über Inhalte geschrieben. – Einige probieren es ohnehin. Die Wiener Stadtzeitung „Falter" titelt: *„Fort mit den bösen Multis!"* Darunter sieht man den mit Hörnern verzierten Kopf von Hohenfels. Das ist eben ihre Art, ein Thema ironisch zu überhöhen. Warum auch nicht. Wüsste Oskar etwas mehr, es könnte sogar ihm gefallen. Wenn auch aus anderen Gründen. Auf alle Fälle bringen die heutigen Tageszeitungen noch nichts über die Hausdurchsuchungen. Da habe ich die Nase vorn. Ab Mittag wird unser Blatt verkauft.

Erste Agenturmeldungen über die Hausdurchsuchungen gibt es allerdings bereits. Die Staatsanwaltschaft hat eine sehr kurz gefasste Information veröffentlicht, wonach „wichtige Dokumente und Indizien" beschlagnahmt werden konnten. Es ist von einer „groß angelegten Aktion" die Rede, die „zeitgleich bei acht Verdächtigen" durchgeführt wurde. Man sei den „Cyberterroristen" auf der Spur. Wenn jetzt sogar schon die Staatsanwaltschaft diesen Ausdruck verwendet ...

Während ich im Internet surfe, überlege ich: Wann werden die ganzen Daten, die jetzt bei uns gespeichert werden müssen, vernetzt? Reicht der Verdacht, man könnte mit „Cybersolar" zu tun haben? In gewissem Sinn trifft das ja auch auf mich zu. Erstens als Journalistin. Aber wer recherchiert, steht wohl nicht im Verdacht, Ungesetzliches zu planen. Ist zumindest zu hoffen. Zweitens bin ich natürlich mit Fran, Jana und Vesna eng verbunden. Man könnte mir unterstellen, Informationen zu haben, Frans angebliche Hacker-Aktivitäten zu unterstützen.

Kann ich mir sicher sein, dass da nicht längst jemand meiner virtuellen Spur hinterherschnüffelt? Dann kriege ich einen Google-Alert rein und lese: „*Erneuter Anschlag auf Gasleitung! Attentäter konnten fliehen, die Polizei hat die Verfolgung aufgenommen.*" Ich klicke auf die Details der Meldung: Diesmal haben sie versucht, eine Leitung nahe der Grenze zu Tschechien zu sprengen. Offenbar hat die Pipeline gehalten. Ich rechne. Wenn ich im gleichen Schnellschritt, mit dem ich hergekommen bin, zu meinem Auto eile und losfahre, brauche ich circa eine Stunde, bis ich dort bin. Vorausgesetzt, es gibt keinen Stau. Ziemlich lange, um dann wieder einmal ein Loch im Boden zu bestaunen. Wenn ich allerdings jemand von der Fotoredaktion hinjagen könnte, erspart das eine gute Viertelstunde. Ich renne lieber gleich selbst zu unserem Fotografenteam. Regina ist da. Und sie ist bereit, sich sofort ins Auto zu setzen. Optimal. Sie ist interessiert genug, um sich auch darum zu kümmern, was die Behörden erzählen und was sonst vor Ort geschieht.

„Ich weiß nicht, ob das denen in der Geschäftsführung recht ist", murmelt der Chef der Fotoredaktion. „Wir sollen nicht wegen jedem Mist ausfahren."

„Jedem Mist?", empöre ich mich. „Das ist eine wichtige Serie!"

„So wichtig, dass sie dir den Platz dafür halbiert haben. Glaubst du, das bekomme ich nicht mit?"

Wenn er erst um Genehmigung ansucht, kann das ewig dauern. Der Chefredakteur ist heute nicht im Haus.

„Ich bin zu Mittag wieder da", sagt Regina. „Tschüss!" Und damit ist sie einfach weg. Ich grinse. Super Kollegin. Ihr Chef weiß nicht so recht, wie er reagieren soll. Dann zuckt er mit den Schultern. „Was soll's, wird schon passen."

Ich nicke und gehe zurück an meinen Schreibtisch.

Kurze Zeit später eine Facebook-Nachricht auf einer Sympathisantenseite der deutschen Piratenpartei: In Essen haben sich zweitausend „Cybersolar"-Freunde zu einem Picknick vor der „RWE"-Zentrale versammelt. Sie reden gegen den Bau neuer Kohlekraftwerke, essen und trinken und eine Band singt Lieder gegen Atomkraft. „RWE" sei der einzige deutsche Energieriese, der noch immer an Atomkraft festhalte, lese ich. Der Bundesumweltminister hat sich offenbar trotzdem auf die Seite des Energieriesen gestellt. „Wir bauen ganze neun Kohlekraftwerke, und nicht mal die sind sicher", ließ er verlauten. Gefeiert wird unterdessen in einer saarländischen Gemeinde, dort haben sich bei einer Bürgerbefragung über die Änderung des Flächennutzungsplans siebzig Prozent gegen ein 1600-Megawatt-Kohlekraftwerk ausgesprochen. Obwohl viele Menschen in einem jetzt schon bestehenden Kraftwerk arbeiten und deutlich mehr noch in einem Stahlwerk, das dieses Projekt unterstützt hat. Die Kanzlerin soll „not amused" gewesen sein, lese ich im Netz. Jedenfalls scheinen die Proteste endgültig auf Deutschland übergegriffen zu haben.

Regina ruft an und erzählt, dass ich nichts versäumt habe: Der Schaden an der Gasleitung bestehe tatsächlich bloß wieder in einem großen Loch, an einen Baum in der Nähe war die Botschaft gepinnt: *„Autonome Energieversorgung statt atomarem Terror!"* Die Betriebsfeuerwehr von „AE" beobachte die Sprengstelle. Für den Fall, dass die Gasleitung doch etwas abbekommen habe.

Oskar meldet sich aus Frankfurt. „Ich komme mit der Maschine um siebzehn Uhr fünfzig in Wien an. Nur falls du nichts Besseres zu tun hast ... aber natürlich kann ich mir auch ein Taxi nehmen."

Ich habe ihm nichts von den Hausdurchsuchungen erzählt, dafür ist heute Abend Zeit genug. Vielleicht hat er eine Idee, was Fran tun soll, um sich weitere Ermittlungen zu ersparen.

„Klar hole ich dich ab", erwidere ich. Ich mag Flughäfen. Alles im Aufbruch, nichts ist fix und erdgebunden, Abenteuer, das in der Luft liegt. Und die neue „Magazin"-Ausgabe ist gedruckt. Also habe ich Zeit genug.

„Ich muss übrigens noch ein wenig Mira Valensky und Vesna Krajner spielen, ich hab etwas beobachtet, das dich interessieren könnte", fährt Oskar fort. „Aber besser, wir reden darüber nicht am Telefon."

„Worum geht es?", frage ich. Wenigstens eine Andeutung kann er ja machen, wird schon nicht so gefährlich sein.

Oskar lacht. „Erzähle ich dir am Abend. Dann freust du dich doppelt darauf, mich zu sehen."

„Darüber freue ich mich auch sonst!", widerspreche ich und denke an meinen einsamen Morgen. Zum Glück gibt es Gismo.

Ich verfasse eine Chronologie der Anschläge und eine der Aufrufe von „Cybersolar". Wurden alle Anschläge von denselben Tätern verübt? Waren es nur einige wenige, die im Schutz der Anonymität von „Cybersolar" zugeschlagen haben? Die meisten Attentate scheinen harmlos zu sein, das erste hingegen ist sehr effizient durchgeführt worden. „Cybersolar" ist erst einige Tage später im Netz aufgetaucht. Und die Gruber-Puppe? Kein Anschlag, sondern eine ziemlich brachiale Drohung: „So wird es allen Fossilen gehen!" Und weg war das Fossil.

Ich fahre deutlich früher zum Flughafen, als ich müsste, und parke in einer der Garagen. Umweltschutzorganisationen fordern dazu auf, so wenig wie möglich mit dem Flugzeug zu reisen. Aber bevor ich viele Stunden im Zug sitze ... Wir haben uns eben an viele Bequemlichkeiten gewöhnt. Leute wie ich haben sich daran gewöhnt. Die meisten Menschen haben gar keine Gelegenheit zu fliegen. Und wir verpesten auch ihre Umwelt. Aber wir könnten ja wenigstens dort mit dem CO_2-Sparen beginnen, wo es ohne Verlust an Lebensqualität möglich ist, beruhige ich mich.

Ich streife durch die Ankunftshalle. Wien ist noch immer ein sehr überschaubarer Flughafen. Ich trinke einen mittelguten Kaffee und sehe, dass Oskars Flug pünktlich ist. Wunderbar. Ich bin schon sehr gespannt, was er mir erzählen will. Er werde ein wenig Mira Valensky und Vesna Krajner spielen, wie das klingt ... nach nicht wirklich ernst zu nehmender Schnüffelei. Er hat es nicht so gemeint. Der Lufthansa-Flug aus Frankfurt ist laut Anzeigetafel gelandet. Ich zahle meinen Kaffee und stelle mich an die Absperrung. Zwei junge Mädchen halten rote Rosen in der Hand und tuscheln miteinander. Ich hätte auch eine Blume kaufen können, einfach so, aus Spaß. Oskar war bloß zwei Tage weg. Die ersten Passagiere kommen. Jetzt ist es zu spät dafür. Männer im Anzug mit kleinen Businesskoffern und Laptoptaschen. Typische Geschäftsreisende. Frankfurt ist ja nun auch kein klassischer Ferienort. Eine Familie mit vier Kindern, die alle einen Koffer nachziehen und sich benehmen, als wären sie ständig auf Reisen. Routiniert.

Weitere Geschäftsleute. Zwei dunkelhäutige Priester. Eine ausgesprochen elegante Frau in blitzblauem Kostüm und mit hochhackigen Pumps. Wie man mit so etwas bloß gehen kann ... Eine kleine Reisegruppe. Wo ist Oskar? Keine Menschen mehr. Auf der Anzeigetafel erlischt der Flug aus Frankfurt, die Landung dreier weiterer Flugzeuge wird angekündigt. Ich sehe auf mein Mobiltelefon. Keine Nachricht. Eigenartig. Ich werde noch ein wenig warten. Vielleicht hat er bei der Gepäckausgabe jemanden getroffen. – Aber dass er mich hier stehen lässt und nicht einmal anruft? Ich drücke seine Kurzwahltaste. „Der gewünschte Teilnehmer ist im Moment nicht erreichbar." Wahrscheinlich hat er das Telefon noch nicht wieder eingeschaltet. Nicht besonders witzig, dass er mich einfach versetzt. Ich sehe auf die Uhr. Wenn er in zehn Minuten nicht da ist, fahre ich. – Und was, wenn er den Flug verpasst hat? Er geht noch immer nicht ans Telefon. Ich rufe in seiner Kanzlei an. Vielleicht weiß man dort etwas. Doch es läuft nur ein Band, das auf morgen vertröstet. Ich will nicht alle aufscheuchen, aber … es sieht Oskar einfach nicht ähnlich, sich nicht zu melden. Ich habe irgendwo eine Nummer seiner Partnerkanzlei. Ich fluche über das elektronische Telefonbuch auf meinem Mobiltelefon. Nur ein kleiner Fehler und ich bin wieder auf der Startseite. Endlich. Ich wähle. Schon nach dem zweiten Läuten geht jemand dran. Ist eben auch eine weit größere Kanzlei als die von Oskar.

Ich werde weiterverbunden. „Herr Dr. Kellerfreund hat uns bereits um die Mittagszeit verlassen. Er sollte seinen Flug jedenfalls erreicht haben", sagt eine Sekretärin.

„Könnte jemand wissen, was er vorgehabt hat?"

Ich muss einigermaßen nervös geklungen haben. „Ist er nicht angekommen?", fragt sie.

„Ja, sieht ganz so aus."

„Moment mal, unser Seniorchef ist noch da. Ich frage ihn, ob er etwas weiß."

Stille in der Leitung. Um mich die gleichförmige Betriebsamkeit des Flughafens.

„Tut mir leid, er weiß auch nichts."

„Können Sie mich mit ihm verbinden?"

„Er hat einen Klienten bei sich, das geht jetzt nicht. Er weiß nichts, sonst hätte er es gesagt." Das klingt jetzt schon ein wenig genervt. „Es gibt ja noch einige Flüge heute Abend."

Ich bringe sie dazu, mir die Telefonnummer des Seniorchefs und des Kollegen zu geben, mit dem Oskar gestern und heute zu tun hatte. Ich notiere sie auf meinem Garagenticket. Warum ich auch dauernd vergesse, einen Block mitzunehmen. Nebenbei schaue ich immer wieder zum Ankunftsbereich. Wenn Oskar jetzt auftaucht, dann kann er was erleben … mich so … Aber er taucht nicht auf.

Dafür erreiche ich seinen Kollegen in Frankfurt. Er wirkt eher amüsiert. „Gönnen Sie ihm doch ein wenig Freiraum, Frau Valensky."

So ein Trottel, als ob es darum ginge. Oskar war an etwas dran … es hat sich um etwas gehandelt, worüber er nicht am Telefon reden wollte ... Mira Valensky und Vesna Krajner spielen: Was wollte er herausfinden? „Haben Sie mit ihm über ‚Pure Energy' geredet?", frage ich den Frankfurter Anwalt so freundlich wie möglich.

„Würden Sie ihn das bitte selbst fragen?" Er hält mich einfach für eine nervige Ehefrau. Na super.

„Ja oder nein?", sage ich jetzt einigermaßen scharf. Auch schon egal.

„Er hat mich gefragt, was ich von denen halte. Ich habe ihm geraten, in ihr Anwaltskonsortium zu gehen. Gute Aufträge. Gut bezahlt. Und schnell bezahlt. – Zufrieden?"

Ich bedanke mich ziemlich kurz angebunden und gehe unterdessen Richtung Informationsschalter. Dort frage ich, ob ein Herr Dr. Kellerfreund in Frankfurt die Maschine nach Wien verpasst hätte. Die Frau mustert mich. „Über so etwas darf ich keine Auskunft geben. Die Daten unserer Passagiere sind vertraulich."

„Ich bin seine Frau!", fauche ich sie an.

„Und er wollte sicher die Maschine nehmen, die um siebzehn Uhr fünfzig landet?" Sie tippt in den Computer.

„Scheint er gar nicht auf?"

„Das darf ich Ihnen nicht sagen. – Haben Sie einen Ausweis?"

Ich halte ihr meinen Personalausweis und den Presseausweis unter die Nase.

„Sie heißen aber nicht Kellerfreund. Sie sind von der Presse", sagt sie beinahe triumphierend. „Tut mir leid ..."

Was glaubt sie, dass ich eine Paparazza auf der Jagd nach den Fluggeheimnissen des Dr. Kellerfreund bin? Verdammt, ich hätte den dummen Presseausweis nicht herzeigen dürfen.

Gruber. Auch er ist verschwunden. Spurlos. Wohl schwer mit Oskar zu vergleichen. Es gibt einen Schnittpunkt: „Pure Energy". Der eine hat als Berater gearbeitet, der andere sollte ins Anwaltskonsortium. Vielleicht ist heute etwas passiert, von dem ich nichts weiß? Eine Entführungswelle ... unwahrscheinlich, außerdem: Oskar lässt sich nicht so einfach entführen. Und was, wenn ... Stopp, Mira. Ich versuche meinen Mann noch einmal anzurufen. Es ist jetzt eine Stunde nach der Ankunft der Maschine. So lange hat er sicher nicht mit jemandem bei der Gepäckausgabe geplaudert. – Und wenn er einen Kollaps gehabt hat? Einen Herzinfarkt? Die Frau am Informationsschalter würde es mir nur sagen, wenn ich die Hochzeitsurkunde mithabe. Das hat man nun davon, den eigenen Namen behalten zu haben. Ich gehe trotzdem

noch einmal zum Infoschalter. Zwei Japaner wollen wissen, wo denn hier die U-Bahn weggehe. Haben wir nicht am Flughafen, dafür eine S-Bahn. Es dauert eine Zeit lang, ihnen das klarzumachen.
Die Informationsfrau sieht mich wenig freundlich an.
„Bitte sagen Sie mir wenigstens, ob es während des Flugs oder danach einen Krankheitsfall gegeben hat. Musste man jemanden ins Krankenhaus bringen?"
Das muss so flehentlich geklungen haben, dass sie eine Nummer wählt, sich von mir abwendet und etwas ins Telefon flüstert. – Oder lassen die mich jetzt abholen? Sie sieht mich an und schüttelt den Kopf. „Nein, da war ganz sicher nichts."

Ich fahre heim. In Oskars Wohnung habe ich wenigstens einen vernünftigen Zugang zum Internet. Ich habe Vesna angerufen, sie hat versprochen zu kommen. Sie wartet bereits bei der Einfahrt zur Tiefgarage. Fran ist bei ihr.
„Ist sicher nichts passiert", versucht sie mich zu trösten, als ich die beiden einsteigen lasse und mit in die Tiefgarage nehme. Wir überprüfen Oskars Auto, kein Anzeichen auf irgendeine Veränderung. Ich leere das Hausbrieffach. Keinerlei Hinweis auf Oskars Verschwinden. Wir fahren mit dem Lift nach oben. Gismo maunzt hinter der Tür. Ich öffne. Da war keiner, der unter dem Türspalt eine Nachricht durchgeschoben hat.
„Ich werde versuchen zu checken, ob Oskar nach Wien geflogen ist oder nicht. Kann ich an deinen Laptop?", fragt Fran.
„Du kannst nicht in Seite hacken", meint Vesna erschrocken.
Fran sieht uns erstaunt an. „Glaubt ihr wirklich, dass ich so einfach ins System der Lufthansa käme? Die sind mit Sicherheit sehr gut gerüstet."
„Totale Sicherheit gibt es nicht", antworte ich und weiß selbst nicht, worauf ich das jetzt genau beziehe.
„Nein, die gibt's nicht", murmelt Fran und gibt schon Befehle ein.
„Und was du machst jetzt?", fragt Vesna ihren Sohn misstrauisch.
„Ich hab einen Studienfreund, der bei der Lufthansa arbeitet."
Vesna beginnt durch unseren riesigen Wohnraum zu streifen, wie ein Hund, der eine Spur sucht. Gismo brüllt. Sie hat Hunger. Ich seufze und öffne eines der kleinen Beutelchen mit dem besonders guten Futter.
Was wollte Oskar herausfinden? Kann es dazu geführt haben, dass er verschwunden ist?

Ich sehe meine Freundin an: „Wann sollen wir die Polizei verständigen?"

„Nicht heute. Die lachen, wenn wir sagen, Mann über fünfzig ist seit zwei Stunden abgängig."

Zum Lachen ist mir nicht zumute. Carmen. Womöglich hat er ihr etwas gesagt.

„Hat Oskar keinen Computer da?", fragt Fran.

Alles auf dieser Welt lässt sich auch nicht per Computer klären, mein lieber junger Freund. Außerdem: „Er hat seinen Laptop mit."

Ich rufe Carmen an. Sie reagiert beunruhigt. Nein, sie habe in den letzten Tagen keinen Kontakt zu ihrem Vater gehabt. Ob sie irgendwie helfen könne? „So etwas schaut ihm überhaupt nicht ähnlich, der ist doch so zuverlässig", murmelt Carmen. Ob sie herkommen dürfe? Wenn man gemeinsam überlege: Vielleicht kämen wir dann auf eine Idee? Sie macht sich auf den Weg.

Ich rufe das Hotel an, in dem Oskar gewohnt hat. Vielleicht wissen sie dort etwas. Der Rezeptionist hat kein Problem, mir Auskunft zu geben: Dr. Kellerfreund habe heute um neun Uhr bezahlt. Seinen Koffer habe man, wie gewünscht, zum Flughafen an den zuständigen Serviceschalter bringen lassen.

„Er war nicht in der Maschine. Er hatte ein Ticket, aber er hat nicht eingecheckt", sagt Fran, als ich gerade überlege, ob ich auch Oskars Mutter anrufen soll.

„Du bist sicher?", fragt Vesna.

„Natürlich. Mein Kollege hat die Daten rausgesucht."

Oskar ist also in Frankfurt geblieben. Sein Seitensprung. Das war vor Jahren. In Frankfurt. Die Frau lebt nicht mehr dort. Bin ich mir da sicher? Vielleicht wollte er sich revanchieren? Für eine SMS? So ist Oskar nicht.

Einundzwanzig Uhr. Wir gehen mit Carmen noch einmal ganz genau durch, was geschehen sein könnte. „Was war es, das er dir erzählen wollte? Was wollte er herausfinden?", fragt sie.

Ich schüttle den Kopf. Wir haben es in der letzten Stunde so oft hin und her gedreht. Ich weiß nicht einmal mehr genau, was er gesagt hat. Nur dass er darüber lieber nicht am Telefon reden wolle. Er werde ein wenig Mira Valensky und Vesna Krajner spielen. Wir sind zwei, er ist nur einer. Nach möglicher Gefahr hat es trotzdem nicht geklungen.

„Wer steckt hinter dem Verschwinden von Gruber?", frage ich schon ziemlich verzweifelt in die Runde.

„Von Oskar", bessert Fran aus.

Als ob ich die beiden verwechseln könnte.

„Du meinst, es könnte tatsächlich mit ‚Pure Energy' zu tun haben?", fragt Carmen mit großen Augen.

„Ich hab keine Ahnung. Aber es wäre immerhin ein Anhaltspunkt. Es könnte auch mit den Gegnern von ‚Pure Energy' zu tun haben."

Fran schüttelt den Kopf. „‚Cybersolar'? Das ist absurd."

„Du kannst sie nicht fragen?", will Vesna von ihrem Sohn wissen.

„Wie denn? Außer ich schicke ihnen eine Nachricht über Twitter. Quasi offiziell. Alles andere ist seit den Hausdurchsuchungen ausgeschlossen."

„Nimm meinen Laptop, mir ist es egal, wenn sie da rumschnüffeln", sage ich.

„Ihre Seiten werden jedenfalls sicher überwacht, auch wenn ich nicht weiß, welche Adressen die Polizei entdeckt hat."

„Es ist mir völlig egal, ob mich die Polizei in Verbindung mit ‚Cybersolar' bringt", sage ich. „Wenn du einen Zugang hast, nutze ihn bitte!"

„Um denen dann was zu sagen? Dr. Oskar Kellerfreund ist verschwunden, wenn ihr es wart, gebt es zu?", mischt sich Carmen ein. Da ist schon etwas dran. „Ich könnte morgen klären, ob er in der Frankfurter Zentrale von ‚Pure Energy' war."

„Ich dachte, die Konzernzentrale ist in Zypern", murmle ich.

„Ist sie auch, aber die Entscheidungen werden in Frankfurt getroffen", antwortet Carmen.

„Vielleicht können wir Hohenfels noch heute erreichen. Oder Stepanovic." Von Minute zu Minute wird mir klarer: Oskar ist etwas zugestoßen.

„Hohenfels ist in … Frankfurt", fährt Carmen langsam fort. „Und Stepanovic … dem würde ich nicht über den Weg trauen."

„Und warum nicht?", frage ich alarmiert. Wenn Carmen etwas weiß, muss sie es sagen!

„Dass Reinhard … also Hohenfels …"

„Wir wissen von Techtelmechtel", wirft Vesna ungeduldig ein.

Fran schaut Carmen mit ungläubigen Augen an. „Ich nicht, ich packe es nicht. Fängt sie sich was mit dem Manager von ‚Pure Energy' an …"

„Darum es geht jetzt wirklich nicht", wirft sich Vesna dazwischen und zu Carmen gewandt: „Tut mir leid, ich habe nicht an Fran gedacht."

„Wenn du das über deine Internetfreunde verbreitest, dann bist du dran", faucht ihn Carmen an.

„Sind das die typischen Methoden von ‚Pure Energy'? Drohen? Was habt ihr mit Oskar getan?", kontert Fran wütend.

„Bist du verrückt? Er ist mein Vater!" Carmen rinnen zwei Tränen über die Wange. Ich muss mich beherrschen, um nicht sofort mit ihr zu weinen. Aber das bringt nichts. Nachdenken bringt etwas. Handeln bringt etwas. Hoffentlich.

„Sorry", sagt Fran. „He, tut mir leid. Und ich vergesse das gleich wieder mit Hohenfels."

Ich hole tief Luft. „Du hast gesagt, du traust Stepanovic nicht über den Weg." Ich streichle Carmens Unterarm.

Sie sieht mich an. „Ja. Aber das hat nichts mit Oskar oder mit dem zu tun, was in der letzten Zeit passiert ist. Ich habe den Verdacht, Stepanovic ist wirklich nur da, um Reinhard zu kontrollieren. Geredet wird bei uns schon länger darüber, aber inzwischen wird immer deutlicher: Der ist ein Spion der Konzernzentrale, und wenn er alles gut macht, dann bekommt er den Job von Reinhard."

„Und wie kommst du darauf?", frage ich nicht besonders interessiert. Momentan ist mir anderes einfach wichtiger.

„Reinhard wurde mehr oder weniger nach Frankfurt beordert. Er muss berichten, was bei uns los ist. Er hat das Gefühl, die trauen ihm nicht zu, mit den Ereignissen der letzten Wochen klarzukommen. Es hat ihn wohl jemand angeschwärzt: Stepanovic. Der Superehrgeizling mit seinen Ostmafiafreunden."

„Es ist nicht normal, wenn man Zentrale berichtet, wenn Besonderes passiert? Dieser Stepanovic ist Verbindungsmanager, das ist sein Job", gibt Vesna zurück.

„Was heißt Ostmafia?", fragt Fran. „Meinst du damit wieder einmal alle, die nicht die Ehre hatten, in Österreich geboren zu werden, oder was meinst du sonst?"

Könnten wir bitte wieder über Oskar reden?

„Reinhard findet es nicht normal. Und er hat den Eindruck, dass Stepanovic dahintersteckt. Ich bin heute übrigens auf eine Mitteilung gestoßen, die das bestätigt. Ich hätte sie nicht sehen dürfen, aber es gibt bei uns eben so einige, die ihn nicht ausstehen können."

„Weil seine Eltern aus Serbien stammen", ergänzt Fran.
„Unsinn. Weil er ist, wie er ist. Und das mit der Ostmafia kannst du mir glauben. Wer geht schon auf eine Nahkampfschule in Moskau? Und: Wer hat dauernd irgendwelche Boten aus der Slowakei da, die wirken, als könnten sie zwar nicht bis drei zählen, aber dafür ziemlich gut zuschlagen?"
„Könnten wir darüber nachdenken, was mit Oskar passiert sein könnte?", rufe ich.
Vesna kommt her und umarmt mich. Es tut gut, sehr gut. Aber sie ist nicht mein Oskar ... „Ich weiß nicht, was wir noch denken sollen, da ist Ablenkung nicht schlecht", versucht sie mich zu beruhigen. „Was ist das für Mitteilung, von der du redest, Carmen?"
Carmen zieht einen Zettel aus ihrer Tasche. „Ich hab sie für Reinhard ausgedruckt. Es ist eine interne Mitteilung der Konzernzentrale, direkt von ganz oben, aus dem Büro des General Managers, sie haben sie Stepanovic als E-Mail geschickt."
„Sehr geheim ist das dann aber nicht", gibt Fran zu bedenken.
„Ich übersetze. Der Kernsatz lautet: *Deswegen sind Sie dringend aufgefordert, auf die außerordentliche Situation in Österreich zu reagieren und sich neuen Konkurrenten gegenüber durchzusetzen, bevor es international zu einem Unruhezustand kommt. Sie haben uns erstens informiert zu halten und zweitens vollen Handlungsspielraum auch gegenüber der österreichischen Geschäftsleitung.'* – Na, wie würdet ihr das einschätzen?"
„Er hat nicht geschafft, dein Stepanovic. Es gibt Unruhe schon international", analysiert Vesna.
„Die interne Mitteilung ist schon älter, sie kam noch vor ‚Cybersolar' und den Anschlägen", präzisiert Carmen.
„Dann kann sie sich nur auf ‚PRO!' und ihre Kampagne bezogen haben", sage ich. „Nichts, das mit Oskar zu tun hat."
Alle nicken.
„Fahrt heim", sage ich müde. „Danke, ihr könnt nichts mehr tun."
Wütender Protest. Man werde bei mir bleiben, bis man etwas wisse.
Und wenn das nie der Fall sein wird? Zum ersten Mal habe ich eine Ahnung, wie es sein könnte, wenn ich Oskar nie mehr wiedersehen würde. Nie mehr. Nie erfahren würde, wo er geblieben ist. Immer auf der Suche nach ihm. Allein.
Lautes Rumpeln. Nicht nur ich lausche. War da etwas im Vorzimmer? Ich renne hinaus. Nichts. Ich öffne die Tür. Nichts. Wieder Rumpeln.

„Ein Gewitter", sagt Vesna. „Nicht üblich um die Zeit im Jahr." Wir sitzen da und starren auf den Himmel über Wien. Blitze. Donnergrollen, immer lauter. Gismo maunzt und versteckt sich hinter Oskars Schreibtisch. Sie kann Gewitter nicht ausstehen. Sie fürchtet sich. Ich fürchte mich vor ganz anderem. Ein lauter Knall und es ist finster. Ist das Gewitter daran schuld? Haben sie jetzt eine Wiener Leitung gesprengt? Oder hat sich „Cybersolar" in die Computerzentrale der Stromversorgung gehackt? Ich sage nichts. Wir alle bleiben stumm. Vier Menschen im Dunkeln. Nicht einmal Vesna scheint etwas einzufallen. Fran ist es, der aufsteht, die Glasschiebetür öffnet und auf die Terrasse geht. Es regnet nicht, eine Sturmbö wirbelt einige dürre Blätter auf, stößt einen Topf mit Rosmarin vom Regal. Nur meine Solarlichter leuchten schüchtern.

„Es ist überall rundum finster", sagt Fran, als ob er es selbst nicht glauben könnte. Ich stelle den Topf wieder auf, zum Glück ist er aus Plastik, gehe an den Rand der Dachterrasse. Wien ohne Licht. Wie ausgelöscht. Als der nächste Blitz zuckt, renne ich zurück ins Wohnzimmer. Fran kommt hinter mir drein und schließt die Tür.

„Man muss das Radio einschalten", meint Carmen. „Ich habe das in der Schweiz im Zivilschutz gelernt."

„Na super, Radios hängen doch am Stromnetz", antwortet Fran.

„Ihr habt kein Radio, das mit Batterie betrieben wird? Für den Ernstfall?", fragt Carmen.

Ich versuche meine Gedanken zu sammeln. „Irgendwo muss mein MP3-Player sein. Der hat eine Radiofunktion."

„Hast du einen Laptop mit Modem?", fragt Fran.

„Ja, hab ich." Blitze zucken. Es beginnt zu schütten.

Ich gehe langsam durch den großen Raum, die große Glasfront zur Terrasse sorgt dafür, dass es hier drinnen wenigstens nicht stockfinster ist. Ein seltsames Flackern. Ich drehe mich erschrocken zu meinen Freunden um. Beinahe hätte ich aufgeschrien. Und dann funktioniert das Licht wieder.

Vesna schaltet den Fernseher ein, Fran setzt sich an den Computer. Auf ORF 1 läuft eine Krimiserie. Dunkelblaues, kaltes Licht und ein Schatten, der einen Gang entlangschleicht. Auf ORF 2 zeigen sie eine Dokumentation aus einer Gegend, in der es hell und heiß ist. Allerdings sieht es so aus, als hätten die Menschen dort nichts zu essen.

„Ein Blitz hat in ein Umspannwerk eingeschlagen, steht da", ruft Fran.

So etwas ist auch früher schon passiert. „Es ist mir egal. Ich gehe morgen früh zur Polizei und melde, dass Oskar verschwunden ist."
„Was ist eigentlich, wenn er ist in einem Krankenhaus in Frankfurt?", fragt Vesna.
Ich starre meine Freundin an. Dass wir daran nicht früher gedacht haben! Man muss die Krankenhäuser durchtelefonieren, die Notaufnahmen. Wo fangen wir am besten an? Was ist die schnellste Methode?
„Wenn ich doch bei der Polizei anrufe: Für die ist so etwas Routine."
„Nicht in der Nacht und nicht, wenn ein erwachsener Mann erst seit so kurzem verschwunden ist", sagt Carmen. „Wir können die wichtigsten Krankenhäuser raussuchen und jeder ruft welche an."
Vesna nimmt mich am Arm. „Und du wirst kochen. Ich weiß, klingt dumm. Aber: Ist zweiter Abend, wir essen nicht ordentlich. Wir müssen kräftig bleiben."
„Ich kann nichts essen", widerspreche ich.
„Musst auch nicht, bloß kochen, irgendwas. Vielleicht Nudeln."
Ich nicke. Sie hat ja recht. Wenn sie mir schon alle beistehen, dann sollte ich sie wenigstens nicht hungern lassen. Wie sagt man so schön? Das Leben geht weiter. Ich kann mir nicht vorstellen, dass es ohne Oskar weitergehen könnte.
Natürlich haben wir Nudeln im Haus. Spaghetti aglio, olio e peperoncino. Eines von Oskars Lieblingsgerichten. Ich stelle einen Topf mit Nudelwasser zu. Ich nehme viel Olivenöl und wärme es am Herd. Zwei tiefgefrorene Chilis schneide ich fein und gebe sie zum Öl. Werde ich ab jetzt immer für mich allein kochen? Denk an so etwas gar nicht, Mira. Außerdem: Du bist nicht allein. Aber ohne Oskar ... Welche Verbindung könnte es zwischen dem verschwundenen Gruber und Oskar geben? Liegt doch auf der Hand: „Pure Energy". Ich schäle fünf Knoblauchzehen und schneide sie in feine Scheibchen. Ich höre und sehe, wie die drei telefonieren. „Oh, danke." – „Nein, Kellerfreund." – „Ja. Er ist österreichischer Staatsbürger." – „Das kann er leider nicht sein. Er ist eins vierundneunzig groß."
Das Nudelwasser kocht. Ich lege die Spaghetti ein, stelle die große Schüssel in die Abwasch und darauf das Nudelsieb. Es ist gar nicht so lange her, da habe ich das auch getan. Da war Oskar dabei. Wie harmlos mir unsere damaligen kleinen Auseinandersetzungen jetzt vorkommen, wie zweitrangig auch unsere Diskussionen über bessere Energiepolitik. Zuerst ist Gruber verschwunden. Jetzt ist Oskar verschwunden.

Es muss nicht zusammenhängen. Es darf nicht zusammenhängen. Sie sind noch nicht alle Krankenhäuser durch. Ich gebe den Knoblauch in die Öl-Chili-Mischung und lasse ihn vorsichtig ziehen. Er soll nicht braun werden, sonst schmeckt er bitter. Die Nudeln sind fertig. Ich gieße sie durch das Sieb, leere das heiße Wasser aus, gebe die Spaghetti in die jetzt gut gewärmte Schüssel, wenn noch ein kleiner Rest der Kochflüssigkeit drin ist, passt das genau. Das gewürzte Öl darüber gießen, umrühren, fertig. Ich trage die Spaghetti kommentarlos zum Tisch.

„Dr. Oskar Kellerfreund, wohnhaft in Wien ... von Beruf? Rechtsanwalt. – Warum wollen Sie das wissen? Ist er etwa bei Ihnen?" Ich renne zu Carmen. Auch Vesna und Fran sehen ihr erwartungsvoll beim Telefonieren zu. „Ach so, ja dann. Danke. – Wieder Fehlanzeige", flüstert Carmen. Sie klingt, als hätte sie keine Stimme mehr.

„Wir essen jetzt", sage ich so bestimmt wie möglich. Irgendwie, so scheint es, hat mir das Kochen trotz allem gutgetan. Das Gefühl einer heraufkriechenden unbezwingbaren Panik ist zumindest schwächer geworden. Suppenteller zum Tisch, Gabeln, Servietten. „Was wollt ihr trinken?"

„Wasser reicht", meint Carmen noch immer mit heiserer Stimme. Die anderen nicken. Es ist eine ungewöhnlich stumme Runde, die da bei uns am Esstisch sitzt. Ich finde die Nudeln geschmacklos, zu wenig Knoblauch, zu wenig Olivenöl, viel zu wenig Chili.

„Mir schmecken die Spaghetti großartig", widerspricht Fran und sieht mich dann erschrocken an.

„He, sie dürfen dir schon schmecken", antworte ich, versuche ein Lächeln und hole das Chili-Olivenol. „Wer will etwas davon?" Alle schütteln den Kopf. Ich leere mir viel scharfes Öl über die Nudeln, rühre durch, koste. Es brennt am Gaumen. Gut so. Tränen steigen mir in die Augen.

„Zu viel scharf?", sagt Vesna.

Mein Mobiltelefon läutet. Ich springe auf. Es ist halb zwölf in der Nacht. Das ist jemand, der etwas über Oskar weiß. Bitte lass ihn wiederkommen, schicke ich ein Stoßgebet nach oben und in alle anderen Richtungen. Ich sehe aufs Display. Unterdrückte Rufnummer. Ich hole tief Luft und nehme das Gespräch an. Es ist ... Oskar.

Ich muss mich verhört haben. Ich kann mir das bloß einbilden.

„Mira, bist du noch dran?"

Das klingt wie Oskar. So etwas wie eine Telefon-Fata-Morgana gibt es nicht. Es ist Oskar.

„Ich bin jetzt am Flughafen. Ich nehme ein Taxi."

„Wieso ...", meine Stimme bricht. „Ist alles in Ordnung mit dir?"

„Ja, natürlich. – Meine Sekretärin hat dich doch angerufen, oder?" Jetzt erst nehme ich die drei Gesichter wahr. Carmen. Vesna. Fran. Ich nicke. Ich strahle. Tränen rinnen mir übers Gesicht. Ich geniere mich nicht dafür.

„Sie hat mich nicht angerufen. Wir haben gedacht, du bist ... verschwunden."

„Ach Mira", sagt Oskar liebevoll. „Die Batterie meines Mobiltelefons war so gut wie leer. Mit dem letzten Saft hab ich noch in der Kanzlei angerufen, weil ich meiner Sekretärin etwas für morgen ausrichten musste. Ich hab sie gebeten, dir zu sagen, dass ich den letzten Flug nehme."

„Aber wieso ..." Ich versuche ruhig zu klingen.

„Erzähle ich dir zu Hause."

„Vesna und Fran und Carmen sind da."

„Fein, dass du nicht allein warst. Sag ihnen, sie sollen noch auf ein Glas bleiben."

„Ja. Bis bald."

Ich strahle die drei an. „Er kommt heim. Er hat gesagt, ihr sollt noch auf ein Glas bleiben. Er hat gar keine Ahnung, was wir schon alles vermutet haben."

„Das mit Glas ist ausgezeichnete Idee", lächelt Vesna.

Erst nachdem wir ihn alle mit ungewöhnlicher Inbrunst umarmt haben, wird Oskar klar, welche Sorgen wir uns gemacht haben. Er ist geknickt. „Ich war unterwegs und habe das GPS meines Mobiltelefons verwendet. Und da hat dann ganz plötzlich die Batterieanzeige rot geblinkt. Mir war klar, dass ich den Flug versäumen werde, also hab ich in der Kanzlei angerufen. Es war ein Zufall, dass ich mich jetzt vom Flughafen aus gemeldet habe. Ein Kollege war in der gleichen Maschine. Wir haben ziemlich lange auf das Gepäck gewartet. Und da hab ich gefragt, ob ich kurz telefonieren darf."

Wir trinken Cabernet Sauvignon, im kleinen Eichenfass gereift, ein Spitzenwein von Eva Berthold, mit dem sie schon viele Preise gewonnen hat.

„Und warum hast du den Flug versäumt?", frage ich schließlich.

„Das ist jetzt meine Geschichte ... eine spannende Geschichte, glaube ich."

„Mach nicht so lange, Oskar", murrt Vesna.

„Na gut. Ich war bei ‚Pure Energy' in Frankfurt. Ein Kollege meiner Partnerkanzlei hat mir dazu geraten."

Ich unterbreche ihn. „Etwa der Typ, mit dem du offenbar gearbeitet hast und der zu mir gesagt hat: ‚Gönnen Sie ihm doch ein wenig Freiraum, Frau Valensky'?"

„Was, ihr habt sogar in Frankfurt angerufen?"

Ich nicke.

„Nein, ich glaube nicht, dass der das war. Es war Kempner, du hast ihn einmal kennengelernt, Mira. Egal. Er hat gemeint, ich solle doch einfach mit dem Leiter der Rechtsabteilung reden, dann könne ich mir ein besseres Bild machen. Ich habe das für eine gute Idee gehalten, also bin ich zu ‚Pure Energy' und habe mit ihrem Chefjuristen gesprochen."

„Und? Was hat der getan?", will ich wissen.

Er sieht mich liebevoll an. „Wir haben geredet, das war alles. Aber als ich auf dem Weg zum Ausgang war, habe ich plötzlich ein bekanntes Gesicht gesehen. Ich habe zuerst nicht genau gewusst, woher ich es kenne. Österreicher, das war mir gleich klar. Und dann hab ich ihn doch erkannt: Nationalratsabgeordneter Zemlinsky, Vorsitzender des Energieausschusses. Du hast mir ja von ihm erzählt. Und ich habe ihn auf einigen Veranstaltungen gesehen. Er ist in ein Büro gegangen, auf dem ‚Internationale Beziehungen' gestanden ist. Da hab ich dich angerufen und gemeint, ich würde ihn ein wenig beschatten."

„‚Mira Valensky und Vesna Krajner spielen', hast du gesagt."

„Na gut. Auf alle Fälle habe ich mich im Gang herumgetrieben. Es hat nicht sehr lange gedauert und er ist wieder aus dem Büro gekommen. Ich bin ihm nachgegangen. Ich wollte wissen, wohin er unterwegs ist, und weil ich mich in Frankfurt nicht so gut auskenne, hab ich das GPS am Mobiltelefon eingeschaltet. Damit ich eine Ahnung habe, wo ich bin. Ich hatte Glück. Er hat kein Taxi genommen. Ich bin durch die halbe Innenstadt hinter ihm her. Dann ist er in ein griechisches Kellerlokal gegangen. Mist, habe ich mir gedacht, ich renne ihm nach und er geht bloß essen."

„Aber das mit Zemlinsky und ‚Pure Energy' ist sehr interessant", tröstet ihn Vesna.

„Passt auf, es kommt noch besser: Ich gehe vorsichtig die Treppen hinunter und sehe, dass unser Energieausschussvorsitzender mit jemandem verabredet ist."

„Stepanovic!", ruft Carmen.

Oskar schüttelt den Kopf. „Es war diese Sprecherin von ‚PRO!'. Sie haben sich an einen Tisch gesetzt und miteinander geredet." Tina Bogner mit Hummer-Zemlinsky in Frankfurt. Was können sie ... „Sie haben gestritten", präzisiere ich.

„Nein, die haben ganz ruhig miteinander geredet. Ich konnte natürlich nicht hören, was gesprochen wurde, und ich konnte sie auch nicht allzu lange beobachten, aber: Es hat nach einem durchaus freundschaftlichen Gespräch ausgesehen. Na ja. Und deswegen hab ich eben den Flieger verpasst."

„Warum trifft sich Tina Bogner in Frankfurt mit Zemlinsky? Sie hat mir erzählt, dass er von ‚Pure Energy' bestochen wird. Was soll das?", frage ich ratlos.

„Sie spielt vielleicht doppeltes Spiel", überlegt Vesna.

„Oder sie hat gar ein Verhältnis mit diesem Zemlinsky", mutmaßt Carmen.

„Nicht ein jeder muss auf Typen aus der Energiebranche fliegen", widerspricht Fran.

Carmen wirft ihm einen wütenden Blick zu. Oskar scheint zum Glück nichts bemerkt zu haben.

„Oder Zemlinsky hat sie irgendwie in der Hand", mutmaße ich.

„Wir werden herausfinden", sagt Vesna optimistisch. „Und jetzt ist es zwei in der Nacht und wir müssen schlafen."

„Ich fahre gleich morgen zu ‚PRO!' und werde ein paar Fragen stellen, vielleicht ist Tina Bogner ja schon wieder zurück." Ich stehe auf und merke mit einem Mal, wie unendlich müde ich bin.

„Du wirst nicht. Warum du willst sie warnen? Wir machen es auch nicht über Computer, sondern auf die gute altmodische Art: Wir werden die Sprecherin beschatten. In ihrem Büro, du hast erzählt, es gibt immer wieder neue Mitarbeiter und Freiwillige."

„Sie hat dich doch schon gesehen", gähne ich.

„Aber mich nicht. Ich mache es quasi zur Wiedergutmachung. Weil ihr durch die Hausdurchsuchung eine Menge Ärger hattet", meint Fran.

„Und was, wenn Polizei kommt und erkennt, dass du einer von den ‚Cybersolar'-Leuten bist?", fragt Carmen.

„Erstens bin ich keiner von ‚Cybersolar'. Zweitens bin ich ja nicht zur Fahndung ausgeschrieben: Wenn nicht die Gleichen auftauchen, die bei mir in der Wohnung waren, kennen sie mich nicht. Und drittens: Zur Not kann ich mich verdrücken."

Klingt eigentlich ganz vernünftig. Fran hat eine Menge von Vesna gelernt.

„Dann du kannst auch gleich nachsehen, ob wirklich welche von ‚Cybersolar' dort sind und was sie tun", findet Vesna.

Fran runzelt die Stirn. „Wie oft soll ich das noch sagen? Ich kenne die Leute nicht, ich kenne nur ein paar der Namen, die sie im Internet verwenden. Und ich werde sicher keine Aktivisten bespitzeln, nur dass das klar ist."

„Und wenn sie sind kriminell?", fragt seine Mutter.

„Dann werde ich es euch erzählen. Aber ich schaue in erster Linie, dass ich an Tina Bogner dranbleibe. Okay?"

„Mit deinem Charme wirst du sie sicher sofort weich kriegen", frotzelt ihn Carmen.

Ich atme durch. Hole noch einmal tief Luft. Wir sind wieder im Alltag angelangt. Üblicherweise habe ich es nicht so mit den Wiederholungen des täglichen Lebens, aber jetzt erscheinen sie mir wundervoll. Und sicher. Und: Ich darf auch das mit Oskar teilen.

[12.]

Plötzlich ist es kalt geworden in Wien. Das Gewitter hat einen Wetterumschwung gebracht. Es ist Anfang Oktober und die Schneefallgrenze ist auf tausendzweihundert Meter gesunken. Auf der Terrasse messe ich in der Früh acht Grad. Immerhin über null. Mir kann das wenig anhaben. Wir haben eingeheizt. Oskar ist da. Das Wochenende über musste er arbeiten, so ist das eben, wenn man eine kleine und dafür unabhängige Anwaltskanzlei hat. Er hat es teilweise von zu Hause aus getan. Es hat keine neuen Anschläge gegeben.

„Cybersolar" hat lediglich den Stromausfall in Wien kommentiert: *„Das ist erst der Anfang! Es geht auch anders."* Schon wieder dieser Satz. Wovon ist es der Anfang? Wann geht es richtig los? Was haben sie vor? Wie weit sind sie bereit zu gehen? Die Innenministerin fordert „im Kampf gegen Internetkriminalität eine stärkere Vernetzung von Staat und privaten Unternehmen". Man müsse „über eine Kultur des vertrauensvollen Austauschs sicherheitsrelevanter Informationen reden". Was bedeutet das? Freiwillige Überwachung, die noch über die Vorratsdatenspeicherung hinausgeht? Wer wird da überwacht? Wie wird es kontrolliert? Ein „Cybersecurity"-Plan soll erarbeitet werden.

Fran hat bei „PRO!" als unbezahlter Aktivist angeheuert. Es war gar kein Problem, offenbar sind sie froh über jeden, der mithilft. Ich kaufe eine lange Laufhose und eine wetterfeste Jacke und bringe trotzdem nicht die Energie auf, bei diesem Wetter zu joggen. Wenn ich nur wüsste, was Zemlinsky im Frankfurter Büro von „Pure Energy" gemacht hat. „Internationale Zusammenarbeit". Der Vorsitzende des parlamentarischen Energieausschusses besucht ein großes Energieunternehmen. Weil er Informationen aus erster Hand will? Worüber? Ich könnte schreiben, dass er dort von verlässlichen Zeugen gesehen worden ist. Und warten, wie er darauf reagiert. Was, wenn er mich klagt? Oskar müsste glaubwürdig genug sein. Ob wir eine Bestätigung von „Pure Energy" für seinen Besuch bekommen? Keine Ahnung.

Carmen will mit Oskar essen gehen und ihm bei dieser Gelegenheit von ihrer Beziehung zu Hohenfels erzählen. Sie fragt mich, was ich davon halte. Offenbar ist die Sache zwischen ihr und dem Manager ernster, als ich dachte. „Eine gute Idee", sage ich. Besser, als ich muss es ihm beichten. Und dazusagen, dass ich schon eine ganze Zeit lang davon weiß. Bald läuft Carmens Praktikantinnenvertrag aus.

Stepanovic ist als Connecting Manager zuständig für internationale Beziehungen. Vielleicht sollte ich ihn fragen, was Zemlinsky in Frankfurt gemacht hat. Was kann es schaden? Lügt er, werde ich es merken. Bestätigt er es mir in irgendeiner Form, wird meine Story besser. Vor allem, weil Zemlinsky ja schon bisher allzu große Nähe zur traditionellen Energielobby nachgesagt wurde.

Gruber bleibt verschwunden. Ich telefoniere mit seiner Lebensgefährtin. Nein, es gäbe nichts Neues. Ob sie immer noch glaube, dass ihn die von „Pure Energy" irgendwo versteckt hielten, damit er keinen Schaden anrichte? „Ich weiß es nicht, ich bin da zunehmend unsicher. Inzwischen hätte er sich ja wohl doch gemeldet. Hoffe ich", sagt die Universitätsprofessorin. Sie tut mir leid. Es ist grauenvoll, wenn jemand von heute auf morgen weg ist. Einfach so. Man hat tausend Vermutungen, tausend Ängste und kann nichts tun. Außer warten und hoffen.

Stepanovic freut sich, mich zu einem „kurzen Gedankenaustausch", wie er es nennt, zu treffen. Leider habe er einen überaus vollen Terminkalender, also wäre es nett, wenn ich ihn in seinem Büro besuchen würde. Warum nicht? Sie werden mich dort schon nicht kidnappen.

„Pure Energy" ist in einem der schicken neuen Bürotürme nahe der Alten Donau untergebracht. Ich werde von einer Hostess mit dem Lift in die „Chefetagen" gebracht. Vierzehn Stockwerke in einem gläsernen Aufzug nach oben und ich stehe in einem lichtdurchfluteten großen Raum. An ihm scheint selbst das kalte Wetter abzuprallen. Stepanovic steht auf, kommt mir aber nicht entgegen. Ich gleite über einen cremefarbenen flauschigen Teppich im Ausmaß eines Basketballfelds. Der Schreibtisch des Connecting Managers ist aus edlem Holz und riesengroß. Nicht eben gemütlich, aber perfekt, um Eindruck zu schinden.

„Was für ein Büro", sage ich und lächle. Ich will Informationen von ihm, also werde ich freundlich sein.

Er schüttelt mir die Hand. In die Wand hinter dem Schreibtisch sind zehn, zwölf Monitore eingelassen. Sie zeigen, offenbar in Echtzeit, Kraftwerke in Betrieb.

„So weiß ich, wofür ich arbeite", erklärt Stepanovic, der meinem Blick gefolgt ist. Wir gehen zu einem Tisch direkt an der Panoramafront des Büros. Ein Viertelkreis aus Glas, durch den man auf die Donau, auf Teile Wiens und den Kahlenberg sehen kann.

Er hat Kaffee vorbereiten lassen. „Espresso, ganz stark – erinnere ich mich richtig, dass Sie den mögen?", sagt er.

Haben wir beim Abendessen in unserer Wohnung darüber gesprochen? Kann schon sein. Ich nicke und nehme einen Schluck. So muss Kaffee schmecken. Er sieht auf die Uhr.

„Einverstanden, wenn ich gleich zur Sache komme?", frage ich.

„Sie können nur schreiben, was ich freigebe."

Ich nicke. „Nationalratsabgeordneter Zemlinsky war in der Frankfurter Zentrale von ‚Pure Energy'. Wissen Sie, was er dort gemacht hat?"

Stepanovic starrt mich an. Damit hat er offenbar nicht gerechnet. „Kann ich mir nicht vorstellen. Da sollten Sie meine Kollegen in Frankfurt fragen."

„Er war im Büro für ‚Internationale Angelegenheiten'. Ist das nicht Ihr Bereich? Wie eng sind Zemlinskys Kontakte zu ‚Pure Energy'?"

„Liebe Frau Valensky", sagt Stepanovic, „natürlich weiß ich, was die Opposition versucht, Zemlinsky anzudichten. Aber so plumpe Versuchsballons hätte ich Ihnen nicht zugetraut. Selbstverständlich informieren wir den Energieausschuss des Nationalrats, wenn man Fragen an uns hat. Aber die dort machen die Gesetze und wir halten uns daran. That's it. Ihnen ist hoffentlich klar, dass Ihre seltsamen Verdächtigungen Auswirkungen auf unsere Gespräche mit Ihrem Mann haben könnten. Wir müssen uns auf die Loyalität unserer Mitarbeiter zu hundert Prozent verlassen können. Gerade in Zeiten wie diesen."

Ich versuche so cool zu bleiben wie mein Gegenüber. „Lieber Herr Stepanovic: Ich pflege keine Ballons steigen zu lassen. Ich habe einen Zeugen. Und die Sippenhaftung ist zum Glück seit langem abgeschafft. Sie können sicher sein: Mein Mann hält sich an die Verschwiegenheitspflicht – falls er das Angebot Ihres Unternehmens annimmt. Wobei ich ihm sicher nicht dreinreden werde."

Stepanovic steht auf. „Das ist aber schön. Leider ist der Kaffee getrunken und die Zeit ist um. Oder wollten Sie sonst noch etwas wissen?"

Ich erhebe mich ebenfalls. „Was halten Sie von dem YouTube-Video, das ich im letzten Heft veröffentlicht habe? Waren die Internationalen Energiegespräche in Tirol nett?"

Er lächelt spöttisch. „Der Anzug hat mir nicht besonders gut gestanden. Ich habe ihn seither nicht mehr getragen."

„Gruber ist für Sie zum Sicherheitsrisiko geworden. Was hat er eigentlich damit gemeint: ‚Gemeinsam werden wir die Welt erobern'?"

„Was weiß ich, Sie haben ja gesehen, dass er betrunken war und dass ich versucht habe, ihn zum Niedersetzen zu bewegen. Ich finde es übrigens einigermaßen pietätlos, das Video zu veröffentlichen, jetzt, wo er verschwunden ist."

„Ach", sage ich, „ist er tot? – Und eine allerletzte Frage: Was werden Sie tun, um die energiepolitische Ruhe in diesem Land wiederherzustellen?"

Stepanovic lächelt. Er lächelt bloß und begleitet mich bis zur Tür. Um seinen Mund freilich liegt ein Zug, der nicht zur aufgesetzten Fröhlichkeit passt.

„Die haben mich angerufen und mir mitgeteilt, dass ich leider zu lange mit meiner Zusage gezögert habe. Jetzt hätten sie sich für eine andere Kanzlei entschieden", erzählt mir Oskar am Abend.

So schnell geht das. „Wer hat angerufen?", frage ich.

„Eine Assistentin der Geschäftsführung."

„Sorry, daran bin wohl ich schuld."

Oskar grinst. Ich habe ihm sofort nach meinem Gespräch von Stepanovics Reaktion erzählt. „Ich hätte ohnehin nicht zugesagt."

Am nächsten Tag kracht es wieder. Diesmal in Wien. Beim Kraftwerk Simmering. Ich habe glücklicherweise mein Auto in der Redaktionsgarage, ich wollte früher weg und mir endlich wieder einmal Zeit für einen Großeinkauf nehmen. Unser Tiefkühler braucht dringend Nachschub. Seit Oskar unbeschadet wieder zurück ist, habe ich das Gefühl, vorsorgen zu müssen. Auch was Nahrungsmittel betrifft.

Stattdessen bin ich wieder einmal zu einem Kraftwerk unterwegs. Aber heute gibt es keinen Stau und so stehe ich zwanzig Minuten später gemeinsam mit einem Pulk anderer Journalisten vor der Simmeringer Energieerzeugungsanlage. Hinter uns ein unübersehbares Gelände mit Schornsteinen, Tanks, Hallen, Leitungen, kleineren Gebäuden. Wirkt es so staubig, weil es so nahe bei der Stadtautobahn liegt? Hat es mit dem grau-kalten Wetter zu tun? Hinter dem Absperrband der Polizei ein Stück braune Wiese, zerborstene dünne Rohre, gesplittertes Metall und verbogenes Blech. Sieht aus, als wäre das bis vor kurzem eine große Anzeigetafel gewesen. Ist das alles? Ist ein Zünder zu früh losgegangen? Eine Gruppe von Männern im Zivil, die miteinander zu beratschlagen scheinen. Sie wirken wie Konferenzteilnehmer, denen Tisch, Stühle und Gebäude abhandengekommen sind. Zwei Polizeiwagen mit Blaulicht. Sie parken eng neben der Absperrung. Eine Hundestaffel. Was will die hier? Zu dumm, dass Zuckerbrot noch immer durch die Adria schippert. Ein ORF-Reporter fragt einigermaßen ungehalten, wann es denn jetzt endlich eine Erklärung gäbe. Als er von deutschen Kollegen lautstark unterstützt wird, stellt sich einer der Konferenzteilnehmer an das Absperrband. Die Kameraleute schultern ihre Geräte, Fotografen streiten um den besten Platz.

„Kammerer. Ich leite die Sonderkommission Energie."

„Leitet die nicht Dr. Zuckerbrot?", schreie ich von der zweiten Reihe aus nach vorne.

Alle drehen sich zu mir um.

„Ich leite sie. Wir haben es hier mit einem neuen Anschlag der Umwelt- und Cyberterroristen zu tun. Der Schaden hält sich glücklicherweise in Grenzen. Sie konnten bloß eine Tafel mit der Werksbeschreibung sprengen."

„Und dafür rückt die Hundestaffel aus?", will ein deutscher Fernsehreporter wissen. Er scheint sich über die skurrilen Österreicher zu amüsieren. In Deutschland gab es bislang noch keine Anschläge. Dafür werden die „Cybersolar"-Picknicks mit jedem Tag größer. Beim gestrigen in Dresden sollen mehrere tausend Leute gewesen sein.

„Das Werksgelände ist gut gesichert. Eine Wachpatrouille hat versucht, einen der mutmaßlich zwei Täter zu stoppen. Er konnte mit Verwundungen entkommen. Die Hunde haben seine Spur bereits aufgenommen."

„Wie hat die Patrouille versucht, die beiden zu stoppen?"

„Durch Einsatz von Schusswaffen. Wir befinden uns in einem Ausnahmezustand."

„Die schießen wirklich auf einen, der ein Schild sprengt? Sie hetzen einem Verwundeten die Hunde hinterher?", fragt eine junge Journalistin in knallgrüner Jacke.

„Wir haben es hier mit organisierter Kriminalität zu tun, das müsste inzwischen allen klar sein. Sie haben es darauf abgesehen, die Sicherheit unserer Energieversorgung zu unterminieren. Wir werden dagegen mit aller Entschiedenheit vorgehen."

„Das ist doch lächerlich! Nur weil sie ein Schild gesprengt haben! Wenn sie das Kraftwerk wirklich lahmlegen wollten, hätten sie sich ins Computersystem gehackt!", erwidert die junge Journalistin.

Wer ist sie? Das scheint jetzt auch dieser Kammerer wissen zu wollen. „Für welches Medium arbeiten Sie? Kann ich Ihren Ausweis sehen?"

„Ist die Medienfreiheit auch schon abgeschafft?", kontert die junge Kollegin.

„Schon interessant, wie hier mit Journalisten umgegangen wird", ergänzt der deutsche Fernsehreporter.

Der nunmehrige Leiter der Sonderkommission dreht sich um, geht zurück zu seinen Leuten und flüstert einem etwas zu. Zwei Hunde samt Führern sind inzwischen über die Straße und in einem Gebüsch verschwunden.

Wir haben beschlossen, mit Fran nur über nicht angemeldete Wertkartentelefone zu kommunizieren. Das ist vielleicht übertriebene Vorsicht, aber nach dem, was dieser Sonderkommissionsleiter gesagt hat, vielleicht doch ganz klug. Ich schicke Fran von meinem Spezialhandy aus eine SMS mit der Mitteilung, dass es einen neuen Anschlag gegeben habe und einer der Täter offenbar angeschossen worden sei. Vielleicht taucht bei „PRO!" jemand mit einem dicken Verband auf. – Oder würden die Behörden dort zuerst nachsehen?

Ich fahre zurück in die Redaktion, überlege hin und her und rufe Zuckerbrot dann doch an. Er geht nicht dran. Ich hätte zu gerne gewusst, ob man ihn als Leiter der Sonderkommission abgesetzt hat oder ob dieser aufgeblasene Kammerer einfach seine Urlaubsvertretung ist. Ich kann bloß abwarten. Etwas, das mir gar nicht liegt. Saukalt ist es heute im Büro. Offenbar war keiner, auch nicht die Wiener Fernwärme, auf den Kälteeinbruch vorbereitet.

Ich krame in meinem Schrank und finde die Fleecejacke, die ich da für alle Fälle verstaut habe. Ein Stapel mit Prospekten aller Art liegt daneben. „PRO!" hingegen setzt auf Internetkommunikation. – Ob allein das den Ökoenergieanbieter in Zeiten von „Cybersolar" schon unter Verdacht bringt? Ich rufe die Homepage auf, klicke durch die Seiten. Ich kann mich dunkel erinnern, dass mir Tina Bogner von Elektroautos erzählt hat, die angeblich drei Jahre später verschrottet wurden. Da gibt es eine PowerPoint-Präsentation mit dem Titel: *„Die Wahrheit: Was mit Elektroautos geschah."*

Schwarzer Hintergrund, esoterisch angehauchte Musik. In dicken Lettern kann ich lesen: *„1996 wurde das erste serienmäßige Elektroauto von General Motors produziert und zirkulierte in den Straßen Kaliforniens."* Dann wechselt das Bild und ich sehe ein silbernes, stromlinienförmiges Auto. *„Es waren schnelle Autos. Und sie waren sehr leise. Sie produzierten keine Umweltverschmutzung. Sie hatten nicht einmal einen Auspuff."* Wieder Bildwechsel. Amerikanische Doppelgarage, glückliche Kinder, glücklicher Mann, der seinen Wagen an die Steckdose hängt. *„Man konnte sie leicht aufladen, mit elektrischer Energie und in der eigenen Garage."* Wieder ein Bildwechsel. Und dann in dicken Lettern, rot auf schwarz: *„Zehn Jahre später waren diese Autos der Zukunft verschwunden."*

Ich will die Präsentation schon abbrechen, das ist mir alles ein wenig zu dramatisch und: Warum sollten Elektroautos, die funktionieren, verschwinden? Widerspricht ja auch allen Gesetzen der Marktwirtschaft. Ganz abgesehen davon, dass ich bei Leuten, die die „Wahrheit" verkünden, immer vorsichtig bin. Das nächste Bild. Ein Schrottplatz und darauf, sorgfältig gestapelt, sicher Hunderte zusammengepresste Autos. Sieht so aus, als handelte es sich um die Elektrofahrzeuge. Die nächsten Bilder bringen weitere Beispiele von Elektroautos, deren Produktion rasch wieder eingestellt wurde, dann ein Bericht über einen Elektro-Akku, der nicht mehr erzeugt wird, weil ein Ölkonzern die Firma aufgekauft hat. – Warum hat der Ölkonzern gegen diese Behauptung nicht sofort Klage erhoben? Oder wissen sie bloß nichts von dieser Homepage? Jetzt, in großen Lettern: *„Die Lobbys der Ölkonzerne möchten nicht, dass die Elektrofahrzeuge überleben!"*

Nächstes Bild: *„Aber es existiert nicht nur die Technologie der Elektrofahrzeuge!"*

„Der Gouverneur von Kalifornien, der berühmte Schauspieler Arnold Schwarzenegger, fährt einen Hummer, der mit Wasserstoff betrieben wird!"

Sieh an, selbst „PRO!" und seine Freunde bemühen unseren Arnie. Und schreiben in diesem Fall natürlich nicht dazu, dass er auch ganz herkömmliche dicke Autos hat.

Nächstes Bild: *„Stellen Sie sich vor, was ein Barrel Öl kosten würde, wenn es nicht dafür verwendet würde, Autos und Lastwagen zu bewegen. Die geringere Nachfrage würde den Preis enorm sinken lassen ..."*

„Wissen Sie, wer daran Interesse hat, dass der Ölpreis nicht sinkt? Riesige Ölkonzerne, die durch die Macht des Geldes die Gesetzgeber der USA und Europas kontrollieren!"

Und auf der letzten Seite steht: *„Kennen Sie den Schneeballeffekt? Verbreiten Sie diese Info unter Ihren Kontakten!"* Es folgt ein Hinweis auf eine Seite von Twitter, und aus. Na super. Ich liebe Nachrichten, die im Schneeballsystem an alle weitergeleitet werden sollen. Sind für mich im besten Fall so etwas wie Cybermüll. Und trotzdem überlege ich: Warum hat „PRO!" das auf seine Homepage gestellt? Ist es bloß Propaganda?

Ich gebe ein paar Suchbefehle ein, lande bei Wikipedia und lese:

„Die kalifornische Gesetzgebung des Jahres 1990 (Clean Air Act und Zero Emission Mandate) hatte vorgesehen, dass bis 1998 mindestens zwei Prozent und bis 2003 zehn Prozent der neu zugelassenen Autos emissionsfrei sein sollten. Deshalb sah sich GM veranlasst, den zweisitzigen, Akku-elektrisch angetriebenen Pkw ‚EV1' (Electric Vehicle 1) zu entwickeln. Zwar begannen auch die meisten anderen größeren Automobilhersteller mit der Erprobung von Akku-elektrisch angetriebenen Pkw, jedoch war der EV1 das einzige Fahrzeug, welches schließlich in Serie gefertigt wurde. Mit 0,195 hatte der EV1 zudem einen der niedrigsten Strömungswiderstandskoeffizienten, der jemals bei Serienfahrzeugen erreicht wurde.

Insgesamt wurden 1117 EV1 gebaut, von denen circa 800 an ausgewählte Kunden weitergegeben wurden. Darunter waren auch Prominente wie Tom Hanks oder Mel Gibson. Aktuell besitzt GM noch drei fahrbereite EV1, eines befindet sich derzeit in Deutschland in dem Museum Autovision in Altlußheim.

GM schloss Verträge mit den EV1-Kunden, die es dem Unternehmen ermöglichten, nach Ablauf von drei Jahren die Fahrzeuge zurückzurufen und zu verschrotten. Die Verschrottung aller gebauten EV1 war angeblich notwendig, da GM die langfristige Sicherheit der Fahrzeuge aufgrund fehlender Ersatzteilproduktion nicht garantieren konnte. Die Einstellung der Produktion wurde damit begründet, dass die Nachfrage zu gering und keine Rentabilität zu erwarten sei.

Im Jahr 2006 erschien der Dokumentarfilm ‚Who Killed the Electric car?' von Chris Paine, welcher die Begründung GMs zur Einstellung der Produktion als unglaubwürdig darstellt. Auch die Werbemaßnahmen für den EV1 werden kritisiert, da diese nicht dem Zweck der Vermarktung dienlich gewesen seien.
Später verkaufte GM die Mehrheitsanteile von Ovonics, die die Produktion der NiMH-Akkus mittels Patenten kontrollieren, an den Ölkonzern Texaco."

Ich lese den Text noch einmal. Sieht ganz so aus, als wäre wahr, was auf der „PRO!"-Seite behauptet wird. Warum wissen so wenige davon? Okay, auch Wikipedia hat die Wahrheit nicht gepachtet, aber das haben sie sich sicher nicht aus den Fingern gesogen. Es gibt also Beweise dafür, dass die Ölindustrie Elektroautos verhindert. Oder ist das eine unzulässige Schlussfolgerung? Haben sie die Wunderautos wirklich bloß eingestampft, weil sie nicht für alle Ersatzteile garantieren konnten? Ich speichere den Wikipedia-Eintrag in einem Word-Dokument. Ich werde weiterrecherchieren. Passt doch hervorragend zu meiner Serie. Mal sehen, wie lang der Arm der Multis ist und ob er bis in unsere Chefetage reicht. – Unsinn, Mira. Nur keine abstrusen Weltverschwörungstheorien. Ganz abgesehen davon: Inzwischen gibt es serienmäßige Elektroautos. Wenn auch nicht gerade viele. Warum nicht?

Ich muss mich bei meiner kommenden Reportage an das Näherliegende halten. – Hat „PRO!" etwas zum Anschlag in Simmering online gestellt? Schon bedrohlich, dass Wachleute einem, der ein Schild sprengt, hinterherschießen dürfen.

Ich lande beim „Plan für Wien". Es scheint ewig lang her zu sein, dass mir Tina Bogner voll Enthusiasmus vom Energiekonzept für unsere Hauptstadt erzählt hat. Was würde mit einem Riesenkraftwerk wie dem in Simmering geschehen? Ist doch Verschwendung, es einfach stillzulegen. Oder könnte es umgebaut werden? Ich bin zu unkonzentriert, das ausführliche Konzept zu lesen. Ich überfliege es bloß. Es ist mir etwas zu schwärmerisch geschrieben, wunderbare Welt aus Solarenergie und dann doch strombetriebenen Autos und glücklichen Menschen unter Windrädern. Aber es enthält auch jede Menge Zahlen und Fakten und viel Technisches. Und eine Bildergalerie. Fotos vom Vorzeigeprojekt Sonnendorf, von einer Biomasseanlage in Wien, von einer Solartankstelle, vom „PRO!"-Team, das den „Plan für Wien" erarbeitet hat. Wenn Wien seine Energieversorgung wirklich umstellen würde … so etwas dauert viele Jahre, auch das Konzept von „PRO!" reicht bis 2030. Auf dem Gruppenbild strahlt Tina Bogner freilich, als würde alles, was sie sich ausgedacht haben, schon übermorgen Realität sein. Karl Novak, der neben ihr steht, lächelt verhaltener. Ich sehe genauer hin. Ich kenne noch jemanden aus dem Team. Ich kann mich an die Frisur erinnern. Ist offenbar sein Markenzeichen. Oder verwechsle ich ihn gerade wegen der auffälligen Haare? Es wird noch mehrere geben, die dieses Sechzigerjahre-Styling haben. Ich vergrößere das Foto. Nein, es ist kein Irrtum möglich: Einer der Mitarbeiter beim „Plan für Wien" war auch schon Kellner – zumindest beim Galadinner der Internationalen Energiegespräche in Tirol, bei dem Gruber etwas aus der Rolle gefallen ist. Ich habe Tina Bogner von dem YouTube-Video erzählt. Sie hat so getan, als würde sie es nicht kennen. Ich habe überlegt, ihr das File zu schicken, aber dann war das Wichtigste ohnehin im „Magazin" zu lesen. Ein Foto des angeblichen Kellners haben wir freilich nicht gebracht.

Es sieht ganz danach aus, als hätte da einer von „PRO!" angeheuert, um Zugang zu dem vertraulichen Galadinner zu haben. Und um das, was hinter verschlossenen Türen vorgeht, zu filmen. Dummerweise kann man über unsere eher einfachen Wertkartentelefone keine Bilder verschicken. Oder ich weiß bloß nicht, wie es geht. So schreibe ich Fran eine weitere SMS und erkläre ihm, dass der Kellner auf dem YouTube-Video von unseren Ökofreunden hingeschickt worden sein dürfte. – Ist auch das Teil von Tina Bogners großer Kampagne? Warum wurde das Video dann auf YouTube gelöscht? Das ist eigentlich klar: Als die Anschläge begannen, als „Cybersolar" aufgetreten ist und sich die öffentliche Meinung gegen „Umweltterroristen" gewendet hat, bekam man es mit der Angst zu tun, dass jemand hinter diese nicht ganz legale Aktion kommt.

Fran antwortet nicht. Vesna ist in einer Besprechung und flüstert nur rasch ins Telefon, dass sie sich später melden werde. Die von „PRO!" scheinen weiter gegangen zu sein, als man mir weismachen wollte. Bei einem Galadinner für geladene Gäste geheim zu filmen und das zu veröffentlichen, verstößt zumindest gegen Persönlichkeitsrechte. – Oder sind es bloß Einzelne im Umfeld von „PRO!", die bereit sind, derartige Grenzen zu überscheiten? Es gibt tausend Gründe dafür, warum sich Fran nicht meldet. Seit der Sache mit Oskar reagiere ich einfach hysterisch. Was aber, wenn er doch in Gefahr ist? Ich sollte ... Das Wertkartentelefon läutet. Unangenehm schnarrender Klingelton.

„Ich hab erst einen Ort suchen müssen, an dem ich ungestört bin", sagt Fran.

„Bist du etwa am Klo?", frage ich einigermaßen erleichtert und amüsiert.

„Da kann man doch besonders einfach mithören. Nein, ich bin hinten bei den Hackschnitzeln. Der Kellner ist einer von ‚PRO!'? Ich hab hier noch keinen gesehen, der so ausschaut. Und ein Verletzter ist mir auch nicht begegnet. Würde sich wohl doch nicht hierher flüchten. Ich höre mich um. Ich hab etwas anderes: Irgendwas war los mit der Videoüberwachung im Biomasseheizwerk. Ein paar Gesellschafter wollten wissen, was sich in der ‚PRO!'-Zentrale in der letzten Zeit alles getan hat. Solche Überprüfungen sind angeblich Routine. Ich glaube allerdings, dass sie sich über das ärgern, was die Zeitungen schreiben. Sie wollen umweltgerechte Energie verkaufen und ansonsten ihre Ruhe haben. Auf alle Fälle sind Aufzeichnungen der Überwachungskamera verschwunden. Ich bin gerade dabei, die Homepage von ‚PRO!' auf den neuesten Stand zu bringen und ein paar nette Zusatzfeatures zu installieren. Deswegen hab ich das mitgekriegt."

„Meinst du, dass du die verschwundenen Aufzeichnungen noch irgendwo in ihrem Computersystem findest?", frage ich.

„Das hat mich einer der Gesellschafter auch schon gefragt. Nein, da gibt es keine Chance. Es ist ein eigenes System und wenn die Videos gelöscht werden, dann sind sie wirklich weg. Hat mit Datenschutz zu tun."

„Tina Bogner kann ich schwer danach fragen ...", überlege ich.

„Würde ich auch nicht. Ich würde es bei Karl Novak versuchen. Der schleicht herum, als würde die nächste Sprengladung auf seinem Rücken explodieren. – In Simmering haben sie wirklich bloß eine Hinweistafel in die Luft gejagt? Ich habe es gerade gelesen."

„Ja. Aber das Gelände ist auch ziemlich gut bewacht. Ist Novak da?"

„Ich habe ihn vor zehn Minuten gesehen."

„Ich komme."

„Wenn wir uns begegnen, dann sag, ich bin der Sohn einer Freundin von dir. Besser, als wenn wir alles zu kompliziert machen."

Mein Auto steht in einer Seitenstraße nahe der „Magazin"-Redaktion. Ich hätte ohnehin bald hinuntergehen und einen neuen Parkschein einlegen müssen. Nicht ganz legal, diese Parkzeitverlängerung, aber in Wien geduldet. Solange gezahlt wird ... Ich gehe zu meinem Wagen, hinter der Windschutzscheibe einer der unnötigen Reklamezettel. Oder etwa doch ein Strafmandat? Nein, dafür ist der Zettel zu groß. Ich will ihn schon ungelesen wegwerfen, entsinne mich meiner umweltmäßigen Weiterentwicklung und stopfe ihn in die Tasche. Seltsam, keine knalligen Farben, keine dick geschriebenen Botschaften, nur ein bisschen Schreibschrift. Gar keine dumme Idee, Werbung einmal ganz anders. Ich nehme den Zettel heraus und will jetzt wissen, worum es geht.

„Espresso Uschi, Pratergasse 7, bitte so schnell wie möglich. Ch. (Kopiaste)"

Eine Werbung fürs Espresso Uschi? So schräg sind die dort sicher nicht drauf. Ich muss die Botschaft noch einmal lesen, um sie zu verstehen. Generalleutnant Christoph Unterberger bittet mich offenbar, möglichst rasch ins Espresso Uschi zu kommen. – Und wenn es eine Falle ist? Oder wenn ich mir etwas Falsches zusammenreime? Ich werde es merken. Ich muss in dieses Espresso. Ich schicke Vesna eine SMS mit der Adresse, nur damit sie weiß, wo ich hingegangen bin.

Das Lokal ist nur drei Minuten von hier entfernt. Eines der winzigen Cafés, die aus den Siebzigerjahren übrig geblieben sind. Plastik und Plüsch, in die Jahre gekommen. Wenig Licht, aber so fällt auch der Mief weniger auf. Zwei Frauen, die wirken, als würden sie seit der Eröffnung hier sitzen, sehen mich neugierig an. Die Theke ist in einem undefinierbaren Rot gehalten – war es immer schon so etwas wie Weinrot oder ist es erst durch die Patina dazu geworden? –, dahinter eine Frau mit toupierten blonden Haaren, die ihr Ablaufdatum als jugendliche Blondine schon um viele Jahre überschritten hat. Leere Tische, leere Barhocker. Ich grüße und gehe langsam weiter. Sie wird glauben, ich bin eine von denen, die reinkommen und bloß auf die Toilette gehen wollen. „Einen Espresso bitte", sage ich. Was sonst sollte ich hier bestellen? Am letzten Tisch, abgeschirmt durch einen verstaubten Plastikgummibaum, Christoph Unterberger. Ich habe die Botschaft richtig gedeutet. – Oder habe ich trotzdem Wesentliches übersehen?

„Sie können ihn gleich mitnehmen!", ruft die Frau von der Theke.

Ich drehe mich um und sage verwirrt: „Wen?"

„Na den Kaffee." Sie streckt mir eine kleine Tasse entgegen.

Ich halte den Espresso in der Hand. Die offizielle Zentrale von „Pure Energy" ist in Zypern. Der Generalleutnant fährt immer wieder nach Zypern. Der Energiekonzern soll sich Menschen an Schaltstellen gekauft haben. So ein Unsinn. Doch nicht den zweithöchsten Militär. Und schon gar nicht Christoph. Und wenn, zu welchem Zweck? Ich gehe zu ihm, diesmal steht er nicht auf. Ich setze mich und sage etwas ruppig: „Was soll das?"

Christoph spricht leise. „Seit diese Internet-Sache angefangen hat, werden sie immer neurotischer. Sie sind draufgekommen, dass wir einige Male Kontakt hatten. Ich habe es auch sofort bestätigt, es ist nicht geheim. Du hast ja sogar darüber geschrieben."

„Und wer sind ‚sie'?"

„Kann ich dir nicht im Detail sagen, nennen wir sie die erweiterte Sonderkommission."

„Und dir wurde nahegelegt, nicht mehr mit mir zu reden, weil ihnen nicht passt, was ich schreibe."

„Nein, das nicht. Aber: Sie wissen, dass du die beste Freundin der Mutter eines der Verdächtigen bist. Du bist angeblich sogar bei einer Hausdurchsuchung dabei gewesen. Als Vertrauensperson. Man hat mir klargemacht, dass Querverbindungen des Militärs zu den Cyberterroristen eine Katastrophe wären."

„Das ist aber schon sehr quer. – Wer kann dir etwas verbieten? Sehr viele Vorgesetzte hast du ja nicht."

„Egal. Es gibt welche. Und es gibt Stabsstellen, die sich seit Wochen intensiv mit den Aktivitäten von ‚Cybersolar' und deren Kontakten beschäftigen. Ich habe davon nur am Rande gewusst. Ich wollte, dass du gewarnt bist. – Und dass du dich nicht wunderst, wenn ich seltener von mir hören lasse."

„Und warum sagst du denen nicht einfach, dass es Schwachsinn ist, was sie sich da zusammenreimen? Dass ich natürlich nichts mit ‚Cybersolar' zu tun habe?" Ich hätte ihn nicht für so feige gehalten.

„Das habe ich versucht."

Ich will schon aufstehen und ihm viel Glück wünschen, da fällt mir etwas ein. „Habt ihr eigentlich eine Ahnung, woher die Attentäter den Sprengstoff haben?"

Er versteht sofort, was ich meine. „Von uns ist er jedenfalls nicht. Das wird immer gleich abgeklärt. Die Zusammensetzung der meisten herkömmlichen Sprengstoffe ist ähnlich. Wir haben eine besondere Kleinigkeit dabei, damit wir einfacher identifizieren können, ob er aus unseren Beständen stammt. Fehlanzeige. Der Sprengstoff scheint ziemlich gängig zu sein und üblicherweise für Arbeiten im Gelände verwendet zu werden. Und es dürfte immer der gleiche Sprengstoff gewesen sein. – Das hast du natürlich nicht von mir."

„Natürlich nicht. – Heißt das, dass auch beim allerersten Anschlag der gleiche Sprengstoff verwendet worden ist?"

„Ja. Man hat trotz des Feuers Spuren gefunden. Und offenbar kann man auch einiges aufgrund der Sprengwirkung nachweisen, ich bin da kein Experte."

„Warum war dann der erste Anschlag professionell und alle anderen eher dilettantisch?"

„Vielleicht waren sie von der Wirkung des ersten erschrocken, vielleicht wollen sie wirklich bloß drohen", meint Generalleutnant Christoph Unterberger.

„Danke", sage ich zu ihm und stehe auf. „Und alles Gute."

Er ist auch aufgestanden. „Das klingt wie ein endgültiger Abschied." Seine Augen sind ganz dunkel. Oder macht das bloß das schummrige Licht hier?

„Na ja", sage ich, hebe die Arme, lasse sie wieder fallen und versuche ein Grinsen. „Ist wohl besser für deinen Ruf."

Christoph sieht sich um und drückt mich dann fest an sich. Ich spüre die Muskeln seiner Oberarme. Er lässt mich wieder los, hält mich vorsichtig ein Stück von sich weg und sagt mit Nachdruck: „Bis bald." Und nach einer Pause: „Pass auf dich auf. Wenn irgendwas passiert, ruf an. Egal, was die denken."

Ich habe die Stadtgrenze von Wien schon hinter mir. Ich fahre in zügigem Tempo eine Landstraße entlang, überhole einen Traktor mit Anhänger, auf dem viele gleich große grüne Plastikkisten stehen. Die Weinlese hat begonnen. Ich öffne das Fenster. Kalt ist es immer noch, aber heute wenigstens sonnig. Ich kann die Trauben riechen. Ich kann beinahe den Saft zwischen den Fingern spüren. Ich sollte ein, zwei Tage mit dabei sein, wenn Eva ihre besonders vielversprechenden Trauben mit der Hand erntet. Das meiste macht sie allerdings längst mit einer Lesemaschine. Das spart eine Menge Zeit und die Resultate sind ausgezeichnet – vorausgesetzt, die Maschine ist gut und man hat genug Kapazität, um die Trauben gleich zu verarbeiten. Beinahe wäre ich nach Treberndorf abgebogen, aber dann nehme ich doch den Weg Richtung „PRO!".

Mein Wertkartentelefon schnarrt. Was ist jetzt wieder passiert? Es ist Vesna, die genau das von mir wissen will. Oh, meine SMS. Nein, es sei bloß Christoph gewesen, der im Espresso gewartet habe. Nicht besonders wichtig. Ich werde ihr demnächst davon erzählen. Ich habe nicht gut aufgepasst, eine Kurve, ich bin zu schnell, rumple über Erde, ich bin von der Straße abgekommen, ich lasse das Telefon fallen, packe das Lenkrad mit beiden Händen, bin wieder auf der Fahrbahn. Ja, alles okay, Vesna, bloß ein kleiner Ausrutscher. Ich beende das Gespräch, bleibe am Straßenrand stehen, atme durch. Man soll eben nicht Auto fahren und telefonieren. Schon gar nicht, wenn man den Kopf so voll hat. Ich sehe rasch auf mein anderes Telefon. Oskar hat versucht, mich zu erreichen. Offenbar hat es im Espresso keinen Empfang gegeben.

„An der Börse gibt es Übernahmegerüchte", berichtet er. „‚Pure Energy' scheint zwei deutsche Energieanbieter aufkaufen zu wollen. Angeblich haben sie es auch auf ‚AE' abgesehen."

„Ist das nicht doch eine Nummer zu groß für ‚Pure Energy'?", frage ich. Österreich ist bekanntlich nicht eben riesig, aber immerhin ist ‚AE' Marktführer.

„Die haben offenbar mehr als genug Kapital. Das Finanzvolumen der beiden deutschen Unternehmen, um die es geht, liegt deutlich über dem von ‚AE'. ‚Pure Energy' hat über eine Tochterfirma Kredite der Unternehmen aufgekauft. Und es geht das Gerücht, dass sie über andere Firmen schon jetzt Beteiligungen an diesen Energieunternehmen haben."

„Das sieht nach einem feindlichen Übernahmeversuch aus, oder?", frage ich.

„Glaube ich eigentlich nicht. Sie werden es im Einvernehmen probieren. Bevor sie sich Ärger mit der Politik einhandeln. Energiewirtschaft und Politik sind bekanntermaßen ziemlich verflochten. Und was ‚AE' angeht, so sind sie bei uns immer noch der Platzhirsch. – Außer ‚Pure Energy' hat es hinter den Kulissen längst geschafft, die Entscheidungsträger auf seine Seite zu ziehen. Jedenfalls aber haben sie über die aufgekauften Kredite Einfluss auf ‚AE' und die anderen Firmen. – Falls die Gerüchte an der Börse stimmen."

Wir sollten Oskar auch ein Wertkartenhandy besorgen. Wenn Christoph nicht untertrieben hat, dann stehe ich unter Beobachtung. Wie weit die geht? Keine Ahnung. Aber von all dem werde ich ihm erst heute am Abend erzählen.

In der Zentrale von „PRO!" suche ich Karl Novak. Er sei gerade zu einer Inspektionsrunde aufgebrochen, erzählt mir eine freundliche junge Mitarbeiterin im Sonnen-T-Shirt. Ob Fran hier irgendwo ist, kann ich sie schlecht fragen. Gesehen habe ich ihn nicht.
„Kann ich Herrn Novak auf seiner Runde finden?"
„Ja, klar. Er wird noch im Windpark 1 sein. Sie haben schon wieder auf ein Windrad geschossen. Er will nachsehen, was passiert ist."
„Wer schießt auf Windräder? Die Windkraftgegner?"
Die Mitarbeiterin sieht mich zweifelnd an. „Glauben wir eigentlich nicht, aber wer weiß. Vielleicht ist es nicht mehr als ein dummer Streich irgendwelcher pubertierender Idioten."
„Irgendwelcher bewaffneter Pubertierender."
„Waffen gibt's bei uns in der Gegend genug. Jagdgewehre, aber auch alte Pistolen, noch aus dem Zweiten Weltkrieg."
„Ist die Polizei dort?" Das könnte ich momentan nicht so gut brauchen, nach all dem, was mir Christoph erzählt hat.
Die Mitarbeiterin schüttelt den Kopf. „Sie waren letzte Woche da, aber da ist auch einiges durch die Schüsse zerstört worden. Diesmal scheint es nicht so schlimm zu sein. Melden werden wir den Zwischenfall natürlich trotzdem. Herr Novak will sich die Sache zuerst einmal vor Ort anschauen."
Die junge Frau im Sonnen-Shirt erklärt mir, wie ich zum Windpark 1 komme. Er sei höchstens eine Viertelstunde von uns entfernt, und dort stehe auch ihr allererstes Windrad. „Es stammt bereits aus dem Jahr 1996. In diesem Jahr bin ich gerade erst in die Schule gekommen. Man hat es liebevoll ‚Drahdiwaberl' genannt. Es arbeitet immer noch einwandfrei."
1996 sind die ersten Elektroautos durch Kalifornien gefahren, überlege ich. Ich sollte Tina Bogner fragen, ob die PowerPoint-Präsentation samt Schneeball-Aufruf ihre Idee war. Und ob sie mehr über dieses Thema weiß. Nein. Momentan ist es wichtiger, mit dem Geschäftsführer zu reden. Die Mitarbeiterin bringt mich noch bis zur Tür, zeigt mir die Richtung, die ich nehmen muss.

Ich sehe die Windräder schon von weitem. Kann sein, dass gerade das einigen nicht gefällt, mich stört es nicht und heute ist es mehr als praktisch. Ich fahre eine schmale asphaltierte Straße entlang. Dort ist Novaks kleines weißes Elektroauto. Wenn es stimmt, dass er damals, als in Sonnendorf gefeiert wurde, durch eine falsche Meldung in die Richtung der Gaspipeline gelotst worden ist: Wer hat die Leitung gestört? Wenn wir das wüssten, wäre auch klar, wer für den ersten Anschlag verantwortlich war. – Und wenn in Wirklichkeit niemand die Leitung gestört hat? Ich parke neben Novaks Wagen mit der Sonne auf der Kühlerhaube.

Novak steht mit einer Kamera vor dem Windrad. Er dreht sich zu mir um, winkt. Ich komme näher und sehe im Metall der mächtigen Säule einige Dellen. Gut möglich, dass es sich um Einschussstellen handelt.

„Wer macht so etwas?", frage ich. Ich werde es fotografieren. Warum soll nur das als gefährliche Drohung gelten, was gegen konventionelle Energieerzeuger gerichtet ist?

Novak lächelt traurig. „Meine Güte, wenn das mein einziges Problem wäre ... So etwas gibt es eben. Letzte Woche war die Kriminalpolizei da. Da ging es um einen anderen Mast. Sie haben ihn einfach als Ziel verwendet. Und dabei sogar den Förderkorb beschädigt. In der Tür gab es Durchschüsse. Ein ganz schöner Schaden. Bei dem Mast da haben sie keine Durchschüsse geschafft. Wahrscheinlich haben sie von noch weiter weg geschossen."

„Gibt's Hinweise auf die Täter?"

Novak schüttelt langsam den Kopf. „Die Polizei hat anhand der Einschusswinkel und der Stärke der Einschüsse feststellen können, woher die Schüsse abgefeuert wurden. Man hat in über sechzig Meter Entfernung wirklich Patronenhülsen gefunden. Aber das Kaliber ist ein gängiges. Es könnte eine gute Jagdwaffe gewesen sein. Und von denen gibt es mehr als genug hier. Ganz legal. Jedes Dorf hat eine Jagdgemeinschaft."

„Wer war es? Was glauben Sie? Die Windkraftgegner?"

„Kann ich mir nicht vorstellen", murmelt er. „Wir kommen ganz gut mit ihnen zurande. Alle sind eben nicht zu überzeugen. Aber an sich sind sie harmlos, davon bin ich überzeugt."

„Die haben sogar einen Privatdetektiv angeheuert. Und sie haben offenbar allen Geld geboten, die gegen die Umbenennung des Orts stimmen."

Novak nickt. „Ich weiß, so etwas lässt sich in einem kleinen Dorf sowieso nicht geheim halten. Aber warum das weiter aufschaukeln? Ich glaube, es gab niemanden, der sich hat bestechen lassen. Und wenn es doch ein paar waren: Es waren nicht genug, die Abstimmung ist mit großer Mehrheit für uns ausgegangen. Sollen sie mit dem bisschen Geld Freude haben. Wahrscheinlich überwiegt ohnehin das schlechte Gewissen."

„Aber Schüsse auf Windräder: Das ist nicht mehr so harmlos."

„Harmlos ... wohl nicht. Deswegen schaue ich mir jetzt auch alle Windräder genau an. Wenn das mit den Schüssen weitergeht, müssen wir uns wohl etwas einfallen lassen. Ich weiß bloß nicht, was, wir können sie nicht rund um die Uhr bewachen. Und eine Alarmanlage auf freiem Feld? Die hört keiner. Überwachungskameras? Auf die kann man auch schießen. Vielleicht helfen ja meine Inspektionsrunden. Außerdem bin ich gern hier draußen bei meinen Windrädern. So habe ich begonnen: als Techniker, der sich für etwas damals noch ganz Neues interessiert hat. – Und jetzt? Die Stimmung ist fürchterlich aufgeheizt. Alle vermuten überall Verräter, Saboteure, wenn nicht gar Terroristen. Und wir haben mit Schuld."

Ich sehe ihn aufmerksam an. Ein kalter Wind weht, das Eigengeräusch der mächtigen Windräder wirkt wie eine Stimme im Luftkonzert. Licht und Schatten wechseln in regelmäßigem Takt. „Wie meinen Sie das?"

„Ich hätte mich nie zu der Mega-Kampagne überreden lassen dürfen. Tina Bogner ist großartig, sie ist fast schon etwas zu großartig für uns. Wir sind ein kleines Unternehmen. Wir können nicht von heute auf morgen die Welt revolutionieren."

„Aber es ist ein schöner Gedanke, oder?"

„Natürlich. Wir waren ja auch begeistert. Endlich nimmt ein Vollprofi die Sache in die Hand. Endlich verteilen wir nicht bloß an irgendwelchen Ecken Flugzettel und werben bei Versammlungen in Gasthaussälen für nachhaltige Energiepolitik. Es ist ja wirklich höchste Zeit, dass etwas passiert." Er deutet hinauf zu den Rotorblättern, die sich ruhig und beständig im Kreis drehen. „Wissen Sie, dass allein dieser Windpark Strom für rund achttausend Menschen liefert?"

Ich sollte mich nicht einlullen lassen. „Sie sind verhaftet worden, als Sie gegen den Transport von Atombrennstäben nach Gorleben protestiert und Schienen abgegraben haben."

Novak nickt. „Das ist ja in den letzten Tagen ausführlich in allen möglichen Zeitungen zu lesen gewesen. Klar habe ich protestiert, immer wieder. Niemand war dadurch gefährdet. Als wir die Schienen ge-

lockert haben, ist ohnehin nur der Castor-Transport unterwegs gewesen. – Was sonst sollte man gegen Atomkraftwerke tun?"
„Bessere Alternativen aufzeigen. Wie es Tina Bogner mit der Kampagne versucht."
Er sieht mich erschrocken an. „Natürlich. Glauben Sie nicht, ich wollte in Zweifel ziehen, was sie macht. Es ist großartig. Ich glaube nur, es ist für uns zu groß geworden."
„Apropos ‚zu groß‘: Es gibt an der Börse Gerüchte, dass ‚Pure Energy‘ versucht, ‚AE‘ und zwei deutsche Energieanbieter zu übernehmen."
Novak scheint das nicht besonders aufzuregen. „Das wundert mich nicht. Die wollen wachsen. Es geht um maximale Machtkonzentration. Und wer am meisten Macht und Geld hat, der kann sich am leichtesten Parteien und Personen an wichtigen Schaltstellen kaufen. Das ist der Kern. Mit welchen Energieformen man das schafft, ist übrigens zweitrangig und auch, ob man so am effizientesten arbeiten kann. Es geht darum, den anderen diktieren zu können. Und das kannst du, wenn du der Herr über die Energieversorgung bist."
„Bis zu einem Monopol ist es allemal noch weit. Da gibt es ja auch die internationalen Wettbewerbsbehörden", widerspreche ich vorsichtig.
„Klar", kommt es müde zurück. „Aber wenn dir ein wesentlicher Teil der Energieversorgung gehört, und du zumindest mitbestimmen kannst, wer wann wo den Gashahn auf- und zudreht, dann reicht das. – Wissen Sie, worüber Putin seine Doktorarbeit geschrieben hat? Über die strategische Bedeutung von Rohstoffen für das künftige Russland. Ist doch interessant, nicht?"
„Es sieht so aus, als würde ein Teil von ‚Pure Energy‘ tatsächlich den Russen gehören", murmle ich.
„Ja. Wobei man nie weiß, ob wir uns nicht zu sehr auf die Russen konzentrieren. Da gibt es eben viele alte Ängste. Manchmal überlege ich, ob die Chinesen nicht mindestens so gefährlich sind. Wirtschaftliche Expansion ohne demokratische Hindernisse …"
Ich nicke und meine etwas spöttisch: „Die gelbe Gefahr. Während bei uns ja alles ach-so-demokratisch ist." Die Aufarbeitung einer Weltverschwörung unter friedlich-fleißigen Windrädern. Gut, unter Windrädern mit Einschussstellen.
„Ich meine das nicht so. Aber: Die Chinesen investieren nicht nur in Afrika und Südamerika, sie finanzieren auch in Europa immer mehr. Daher haben sie, ganz abseits der klassischen Politik, auch immer mehr

zu sagen. Die Leute, die am Ölhahn sitzen, die am Gashahn sitzen, die Energiekonzerne betreiben, die haben Einfluss auf das politische Herrschaftssystem. Um von einer anderen Weltgegend zu reden: Fast immer hat die amerikanische Ölindustrie den amerikanischen Präsidenten bestimmt. Bei Obama hatten sie Pech. Hoffentlich bleibt das so."

„Und das würde sich ändern, wenn die Energieversorgung tatsächlich regionalisiert würde?"

„Es gäbe nicht nur weniger CO_2-Ausstoß, sondern auch die Chance auf mehr Demokratie. Glaube ich zumindest. Aber ich bin bloß ein kleiner Techniker. Ich werde mich zurückziehen. Ich habe den Verdacht, die Eigentümergenossenschaft vertraut mir ohnehin nicht mehr. Sie wollten unsere Anlagen in Ruhe ausbauen, ich habe ihnen zu der großen Kampagne geraten. Ich werde allen zuvorkommen. – Vielleicht endgültiger, als sie sich das vorstellen können."

Ich sehe Novak prüfend an. Mittelgroß, schlank, unscheinbar, traurig. Zerrieben zwischen Anspruch und Wirklichkeit. Was meint er damit, dass er sich ‚endgültiger, als sie sich das vorstellen können', verabschieden werde? Wie wirkt jemand, der selbstmordgefährdet ist? Trotzdem frage ich: „Und Tina Bogner?"

Novak lächelt. „Die gibt nie auf. Sie ist eine super Kämpferin. Beneidenswert."

„Und was, wenn sie in Wirklichkeit auf der anderen Seite steht?"
Novak schüttelt wild den Kopf. „Nein, das ist auszuschließen."
Ich sehe den Geschäftsführer von „PRO!" aufmerksam an. „Ein Mitarbeiter Ihrer Firma wurde bei den Internationalen Energiegesprächen in Tirol eingeschleust. Er hat das vertrauliche Galadinner gefilmt. Tina Bogner hat behauptet, sie kenne das Video, das auf YouTube war, nicht."

Er runzelt die Stirn. „Hat sie das gesagt? Ja, ein Umwelttechnikstudent, übrigens ein hochbegabter Bursche, war dort. Es war nicht unsere Idee, sondern seine. Er wollte uns eine Freude machen. Damals hat das noch total harmlos gewirkt. – Ich weiß nicht, warum Tina es nicht zugegeben hat."

„Weil es eben doch nicht ganz so harmlos ist? Weil man es auch als Bespitzelung sehen könnte? Weil wahrscheinlich das eine oder andere Gesetz gebrochen wurde?"

„Wahrscheinlich. Ich war ohnehin nicht glücklich mit der Aktion. Was soll so etwas bringen?"

„Das YouTube-Video wurde vor einiger Zeit gelöscht."

Novak nickt. „Zum Glück."

Soll ich ihm auch davon erzählen, dass sich Tina Bogner in Frankfurt mit Zemlinsky getroffen hat? Damit werde ich sie selbst konfrontieren. Sie soll auf keinen Fall gewarnt sein. Ich werde Novak in Ruhe lassen. Andererseits: Was bringt es ihm, wenn ich seine gute Meinung von der „PRO!"-Sprecherin schütze? Stepanovic hat mir vorgeworfen, Versuchsballons steigen zu lassen, vielleicht eine gute Idee, in diesem Fall ... „Offenbar hat Tina Bogner Überwachungsdateien verschwinden lassen. Sie haben mir ja damals bei unserer Besichtigungstour selbst erklärt, dass die Bilder der Überwachungskameras vier Wochen lang aufgehoben werden. Jetzt sind gewisse Aufzeichnungen weg."

Novak sieht mich fassungslos an. „Woher wissen Sie ..."

Ich sehe ihn ernst an. „Ich schreibe eine Serie über Energieversorgung. Ich recherchiere. Ich will mich nicht vom schönen Schein blenden lassen. Mir ist es nicht egal, dass es immer noch Atomkraftwerke gibt und von Schiffen aus in der Arktis nach Öl gebohrt wird, obwohl allen klar ist, dass das ökologischer Wahnsinn ist. Aber ich habe auch keine Lust, mich von angeblichen oder tatsächlichen Umweltschützern instrumentalisieren zu lassen."

„Ich ... ich habe es immer ehrlich gemeint. Ich wollte mich mit demokratischen Mitteln und gewaltfrei gegen Umweltzerstörung einsetzen. Besseren Ideen trotz der Macht der Großen zum Durchbruch verhelfen ..."

„Und was ist dann passiert? Sie wollen sich ohnehin zurückziehen. Dann könnten Sie ja erzählen, was Sie wissen. – Wenn es Ihnen wichtig ist, dass Ihnen jemand glaubt. Und dass Sie sich selbst noch glauben können."

Novak sieht hinauf zum Windrad. Mit einem Mal wirkt es bedrohlich. Riesige Rotorblätter, die sich drehen, immer weiterdrehen, egal was passiert. – Bin ich zu weit gegangen? Hier ist keiner, der mich schreien hören könnte.

Der Geschäftsführer von „PRO!" senkt den Kopf wieder, spricht eher zum Mast mit den bösen kleinen Dellen, wie Pockennarben sehen sie aus. „Es gibt nicht viel zu erzählen. Diese Aufzeichnungen ... Ich habe Ihnen ja schon beim ersten Mal gesagt, dass wir sie vor allem machen, um auch von daheim aus sehen zu können, ob genug Hackschnitzel da sind. Der Rest der Bilder war nie wichtig ... Wir haben uns nach den ganzen Medienanschuldigungen nicht noch verdächtiger machen wollen. Wir haben per Zufall drei Schatten beim Biomasseheizwerk aufgenommen. In einer Nacht vor rund zwei Wochen. – Oder ist es schon etwas länger her? Man kann nur die Umrisse der drei erkennen, ich nehme an, es waren Männer. Sie haben einen Sack oder so etwas in die Biomasseförderanlage getan. Hätten wir es bemerkt, als es passiert ist, wir wären sofort hin. Da denkt man an Sabotage, oder dass sie irgendwelche illegale Abfälle loswerden wollen. Außerdem hätte ich Sorge gehabt, dass der große Sack in der Transportanlage stecken bleibt. Aber die schluckt offenbar mehr, als ich mir gedacht habe. Und unser Ofen frisst sowieso fast alles, aber nicht alles bekommt ihm."

„Der Detektiv der Windkraftgegner: Er hat der Polizei erzählt, dass ‚PRO!' in der Nacht heimlich Abfall verbrennt."

„Nie würden wir so etwas machen! Ganz abgesehen davon, dass es unsere Filteranlage beschädigen könnte. Sie können das nachprüfen! Wir werden laufend kontrolliert!"

„Ist es möglich, dass er das Gleiche beobachtet hat wie Sie?"

Novak denkt nach. „Unmöglich ist es nicht. Die Männer sind offenbar von der Waldseite her gekommen, da erfassen sie unsere Kameras nicht so gut. Außerdem ist das Tor zum Parkplatz in der Nacht ja verschlossen. Wenn auch er irgendwo beim Wald war ..."

„Wo waren Sie damals?"

„Zu diesem Zeitpunkt wohl zu Hause. Wir haben einfach unsere Kameras laufen. Und ein Alarmsystem bei der Computersteuerung. Das reicht. Ich kann von daheim aus nachsehen, was die Kameras senden, aber ich mache es natürlich nicht ununterbrochen. Ich schaue eher hin, wenn ich weiß, dass die Hackschnitzel in der Förderanlage knapp werden könnten."

„Und wann haben Sie dann die Videoaufzeichnung von den dreien mit dem Sack entdeckt?"

„Am nächsten Abend. Es war ein Zufall. Das Ganze war ja bereits nach dem Anschlag auf die Gasleitung. Wir haben überlegt, wie wir unser Gelände besser sichern könnten. Und ob unsere Videokameras ausreichen. Wenn man in unsere Computersteuerung eingreift, könnte man die Versorgung unserer Kunden ganz schön durcheinanderbringen. Wir wollten prüfen, wie viel die Kameras wirklich aufnehmen. Wir haben uns das Material vom vorigen Tag angesehen, weil es eine besonders finstere Nacht war und ich den Verdacht hatte, dass die Lichtstärke der Objektive nicht ausreicht. Die Qualität der Aufnahmen war tatsächlich sehr schlecht. Wie gesagt: Man konnte die Umrisse von drei Gestalten erkennen, die einen Sack auf das Förderband gelegt haben. Er hat nicht viel anders ausgesehen als die Hackschnitzel. Er war natürlich am nächsten Tag längst verbrannt."

„Wie groß war er? So groß, dass auch ein Mensch reinpassen könnte?" Mir schaudert. Ich kann nur hoffen, dass mir Novak die Wahrheit erzählt. Dass er nicht selbst an der Entsorgungsaktion beteiligt war.

Novak nickt langsam. „Er wäre wohl groß genug gewesen. Und er hat schwer gewirkt. Aber wir haben keine Ahnung, was in dem Sack war. Gut möglich, dass da ein paar Idioten tatsächlich illegal Abfall verbrennen wollten."

„Sie reden immer von ‚wir'. Wer war dabei? Tina Bogner?"

Novak nickt wieder. „Sie hat gemeint, es ist besser, nicht an der Sache zu rühren. Das würde bloß wieder gegen uns verwendet werden."

Kann schon sein. Kann aber auch sein, dass die Firmensprecherin andere Gründe hatte. „Gibt es die Aufzeichnungen noch?"

„Ja. Ich habe immer wieder überlegt, was da los gewesen sein könnte. Ich habe sie auf einen USB-Stick gespielt. – Tina wird sehr wütend sein, wenn sie davon erfährt. Ich hoffe, Sie machen daraus keine Story, die uns schadet."

„Das habe ich nicht vor. Aber darum geht es jetzt nicht. Ist Ihnen eigentlich klar, dass ein Mensch verschwunden ist? Und zwar offenbar genau zu der Zeit, als bei Ihnen der große Sack abgeladen wurde? Sie müssen zur Polizei gehen." Ich denke an Kammerer und wie er vor dem Kraftwerk in Simmering agiert hat. „Warten Sie damit allerdings lieber, bis Zuckerbrot zurück ist. Ich hoffe, er übernimmt die Sonderkommission Energie dann wieder. Er ist fair. Wenn es irgendwie geht, schreibe ich erst darüber, nachdem Sie bei ihm waren."

Novak nickt und sieht nahezu erleichtert aus. „Ich habe auch schon daran gedacht, dass da ... ein Mensch drin sein könnte. Aber ich habe das als absurd aus meinem Kopf verbannt. Illegaler Abfall ist viel wahrscheinlicher. Und es ist die Frage, ob man das je feststellen wird können."

„Sie haben von Kontrollen gesprochen. Kann man die Zusammensetzung der Asche überprüfen?"

Novak seufzt. „Könnte man. Aber die Asche ist letzte Woche abtransportiert worden. Routinemäßig. Einige Bauern verwenden sie als Dünger."

„Sie klären, ob alle Asche schon ausgestreut worden ist. Und Sie geben mir bitte den Stick. Vielleicht kenne ich jemanden, der das Maximum aus der Aufnahme rausholen kann. Er ist absolut vertrauenswürdig."

Ich habe es nicht geglaubt, doch er nickt.

„Ich wollte niemand mit reinziehen", sagt Novak, als wir zu unseren Autos gehen. Schwarze Wolken vor dunklem Himmel. Es wird Abend. Nur die Windräder drehen sich unbeirrt weiter.

„Und was ist, wenn Tina Bogner Sie mit reingezogen hat?"

[13.]

Es kann niemand davon wissen, trotzdem habe ich mich, als ich heimgefahren bin, immer wieder umgesehen. Was, wenn einer wegen dieses kleinen USB-Sticks hinter mir her ist? Auf Windräder ist geschossen worden. Jetzt steckt der Stick in meinem Laptop. Ich starte den Wechseldatenträger. Es sind tatsächlich die Aufnahmen der Überwachungskamera. Offenbar werden die Aufzeichnungen der vier Kameras gleichzeitig verarbeitet, alles in Schwarz-Weiß. Das Bild auf dem Laptop besteht aus vier Teilen: In einem Viertel sieht man die Schatten der Hackschnitzelberge unter dem geschwungenen Flugdach, dahinter die dunkle Waldwand. Im anderen sieht man den verlassenen Parkplatz und ein Stück Straße als helles Band. Eine weitere Kamera liefert Bilder der Tür zu „PRO!". Kein Licht hinter dem gläsernen Eingang. Im vierten Viertel sieht man die Förderanlage. Hackschnitzel, die sich langsam bewegen, bis sie in einem Durchlass verschwinden. Dahinter ist der Ofen, der mit über achthundert Grad alles verbrennt. Ich schaue zehn Minuten zu, die Hackschnitzel rucken weiter, zwei Autos fahren vorbei, ein weißes mittelgroßes und ein dunkles kleines. Eine Katze geht über den Parkplatz. Es könnte auch ein Marder sein. Die Nacht war wirklich besonders finster. Hat mir Novak, um mich loszuwerden, einen Stick mit harmlosem Material gegeben? Sind er und Tina Bogner längst auf der Flucht? Unsinn, er hätte mir die Geschichte nicht zu erzählen brauchen. Ich hätte darauf bestehen sollen, dass er gleich zur Polizei geht. Schon zu seinem eigenen Schutz. Wie wird Tina Bogner reagieren, wenn sie erfährt, was ich weiß? Wird er ihr von unserem Gespräch erzählen?

Es läutet und ich nehme den Hörer der Gegensprechanlage. Das kann nur Fran sein. Ich habe ihn gebeten, herzukommen. Vielleicht hat er eine Idee, wie man die Qualität der Videobilder verbessern kann. – Vorausgesetzt, es gibt überhaupt etwas Bemerkenswertes zu sehen.

Fran ist nicht allein, er hat Vesna mitgebracht. „Du glaubst, das interessiert mich nicht?", fragt sie in der Eingangstür.

„Ich werde immer vorsichtiger beim Telefonieren", murmle ich. „Wahrscheinlich spinne ich schon. Ich melde mich selbst über das Wertkartenhandy nur, wenn es unbedingt sein muss."

Ich habe ganz vergessen, die Aufzeichnung der Überwachungskameras zu stoppen. Ich gehe ohne weitere Erklärung zum Laptop. Hackschnitzelberge: noch immer gleich. Parkplatz: noch immer verlassen. Eingangstür: noch immer zu, dahinter finster. Vor der Förderanlage allerdings stehen drei Schatten, sie scheinen eine dunkle Erhebung mit zerkleinertem Holz ausgleichen zu wollen.

„Was ist das?", sagt Vesna.

„Das ist nicht der Anfang. Kannst du die Aufnahme zurückfahren?", frage ich Fran.

Er nickt. Und während er die Stelle sucht, an der die drei Gestalten zum ersten Mal ins Bild kommen, erzähle ich so genau wie möglich, was ich von Novak erfahren habe.

Wir hocken vor meinem Laptop und sehen uns das Ganze von vorne an. Schatten tauchen wie aus dem Nichts beim Hackschnitzellager auf. Kein Auto, das vorne am Straßenrand geparkt hat. Sie schleppen einen unförmigen Gegenstand, der schwer sein muss.

„Stopp", sagt Fran. „Ich schaue, ob ich das deutlicher kriege." Er spielt mit Licht und Farben, die Umrisse werden immerhin ein wenig klarer. Er ist nicht zufrieden. „Ich lade was herunter, das hilft vielleicht. Zu dumm, dass die bei der Polizei meinen Laptop haben, da wäre etwas Besseres drauf gewesen."

„Wichtiger ist, sie finden nichts Dummes dort", meint Vesna.

Soll ich ihnen erzählen, dass mich Generalleutnant Unterberger gewarnt hat? Dass Fran als einer der Hauptverdächtigen gelten dürfte? Was bringt es? Vielleicht mache ich es später.

„Viel hat das nicht gebracht", knurrt Fran, nachdem er in atemraubender Geschwindigkeit Befehle eingegeben, Seiten geöffnet und wieder geschlossen hat. „Aber besser bringe ich es nicht hin."

Die drei Schatten erscheinen noch immer wie aus dem Nichts neben dem Hackschnitzellager. Sie tragen tief ins Gesicht gezogene Schirmkappen und dunkle Tücher, die offenbar nur die Augen frei lassen. So genau kann man das nicht erkennen. Es könnten auch Pullover mit hochgezogenen Rollkragen sein. Sie schleppen einen schweren Sack, versuchen zu verhindern, dass er am Boden streift. Dann verschwinden sie aus dem Bild der einen Kamera und tauchen wenig später im Bild der Kamera bei der Förderanlage wieder auf. Man sieht bloß ihre Arme. Sie hieven den Sack in die Anlage. Ein Paar Arme verschwindet, ein anderer Arm greift nach etwas außerhalb des Kamerafelds, scheint den Abgetauchten gepackt und wieder hergezogen zu haben. Offenbar wollte da einer weg, nicht mehr mitmachen. – Hat man ihn gezwungen, mit dabei zu sein? Handelt es sich bei den dreien um Frauen oder Männer? Es ist nicht zu erkennen. Sie tragen dunkle Hosen und dunkle weite Jacken. Jetzt bedecken drei Paar Arme den Sack mit Hackschnitzeln.

„Frau oder Mann?", überlegt auch Vesna.

„Keine Ahnung", ärgert sich Fran.

Die drei Paar Arme verschwinden. Später drei Schatten, die sich neben dem Hackschnitzellager verlieren.

„Dahinter ist Wald", erkläre ich.

„Ich weiß", murmelt Fran. „Die Qualität der Bilder ist verdammt schlecht. Ich kann versuchen, sie am Uni-Computer etwas besser zu machen, ich brauche einen deutlich stärkeren Rechner, aber allzu viel ist wohl auch da nicht drin."

„Das Wichtigste ist, wir müssen wissen, was in Sack ist", sagt Vesna.

„Man kann nicht einmal mit Sicherheit sagen, ob es ein Sack ist. Es könnte auch ein dünner Teppich sein, in den sie etwas gerollt haben." Ich seufze.

„Ihr glaubt wirklich, dass da Gruber drin sein könnte?", fragt Fran.

Ich habe inzwischen den Zeitablauf überprüft. Die Bilder stammen exakt vom Abend, bevor die Puppe am Hochspannungsmast gehangen ist.

„Haben wir Fotos von Gruber?", will Fran plötzlich wissen und wirkt mit einem Mal fröhlicher. „Ich habe eine Idee. Ich müsste bloß ein Programm umschreiben ... eines, das die Konturen von Menschen nachzeichnet. Damit arbeiten sie sowohl bei der Polizei, wenn es darum geht, Phantombilder zu erstellen, als auch in der Modebranche. Die projizieren Modelkleider einfach auf die Konturen der Kundin und rechnen so aus, wie sie schneidern müssen. Ich müsste den Sack miteinbeziehen, darüberlegen ... mit Fotos von Gruber verbinden ..."

„Fotos gibt es genug", sage ich. „Der ist doch dauernd in der Öffentlichkeit aufgetreten."

„Ich spiele sie lieber gleich hier auf meine externe Festplatte. Habe ich heute gekauft, für alle Fälle. Damit ich im Uni-Computer nicht auf die Suche nach Gruber gehe. Am Institut waren sie sauer genug, dass die Polizei da war und viele Fragen gestellt hat. Zum Glück konnte mein Professor ihnen klarmachen, dass alle Internetzugriffe für ihn sichtbar sind. Keiner wäre so dämlich, von der Uni aus zu hacken, hat er gesagt. Das stimmt zwar nicht ganz, aber es hat sie beruhigt. – Ich fahre gleich jetzt noch aufs Institut. Ich hab einen Schlüssel, wir arbeiten immer wieder auch am Abend."

„Ich rufe Bruno und Slobo an. Sie sollen dich begleiten. Ist zu wenig sicher allein", sagt Vesna.

„Bruno und Slobo?", ruft Fran empört. „Glaubst du wirklich, ich gehe ohne deine bosnischen Kleiderschränke verloren?"

„Du selbst bist Bosnier", erinnert ihn Vesna.

„Ich bin Österreicher. Und ich kann wunderbar auf mich aufpassen." Fran speichert das Überwachungsvideo und einige Bilder von Gruber.

Vesna setzt sich durch. Bruno, der Mann, der bei ihr zwar als Reinigungskraft auf der Lohnliste steht, aber bereits seit vielen Jahren achtgibt, dass meiner Freundin und ihren Freunden nichts zustößt, hat Zeit. Er hat ein Taxi, in weniger als zehn Minuten ist er da und wartet neben dem Wagen. Gegen ihn wirkt selbst Oskar zierlich. Wir schauen aus dem Fenster, Fran steigt ein.

Oskar kommt heute übrigens später, er hat versprochen, etwas zu essen mitzubringen. Was er für zwei rechnet, wird sicher auch für uns drei reichen. Sonst ergänze ich es durch irgendetwas aus dem Kühlschrank. Seit Oskar wieder da ist, kann ich nicht mehr über Appetitlosigkeit klagen. Selbst jetzt knurrt mir der Magen.

Vesna und ich gehen das Video der Überwachungskamera noch einmal in Zeitlupe durch. Das Programm von Fran hat die Aufnahmen doch ein wenig verbessert. Hinter dem Hackschnitzellager ... da blitzt kurz etwas auf. Der Mond muss herausgekommen sein, die Konturen werden etwas deutlicher. Ich deute auf das Bild, stoppe die Wiedergabe, fahre langsam wieder zurück: Könnten das die Umrisse eines Autos sein? Wir konzentrieren uns jetzt ausschließlich auf den Hintergrund des Hackschnitzellagers. Waldrand.

„Stopp!", ruft Vesna. „Jetzt man sieht es besser."

„Es gibt keinen Weg dort hinten, da ist bloß Wald, zumindest soviel ich weiß", murmle ich.

„Schau ganz genau." Vesna deutet auf den Bildschirm meines Laptops. „Da ist Kotflügel, da ist Windschutzscheibe, da ist Dach. Es muss dunkles Auto sein. Und sehr großes. Eckig. Hoch. Kleiner Lkw oder Geländewagen, Geländewagen ist wahrscheinlicher. Dann er braucht keinen guten Weg."

„Vielleicht der von Schwarzenegger?", witzle ich. Und da fällt mir etwas ein: Zemlinsky. Auch er hat einen Hummer. Ich habe ihn auf dem Foto in seinem Büro gesehen. Vesna nickt aufgeregt. „Hummer kann sehr gut passen. Vielleicht man kann Nummerntafel erkennen. Es leuchtet etwas ganz vorne, teilweise durch Büsche, im Mondlicht. Mach das Bild von Auto größer!"

Ich versuche es und alles verschwimmt im Nichts.

„Fran hat ja das Video. Wir müssen ihm bloß sagen, worauf er achten soll. Wenn, dann schafft er es, die Nummer sichtbar zu machen. – Oder wenigstens einen Teil davon."

„Und für mich ist es kein Problem zu klären, ob Kennzeichen zu Zemlinsky-Auto passt", ergänzt Vesna.

„Da kann ich auch in seinem Büro nachsehen."

Vesnas offizielles Telefon läutet. Es ist Valentin. Er macht sich Sorgen. „Ist kein Grund, Liebster", säuselt Vesna. „Wir haben ..." Sie unterbricht sich erschrocken. „... nur etwas geplaudert. Und Zeit übersehen. Ich komme gleich heim."

Vesna wollte warten, bis Oskar da ist. Sicherheitshalber. Aber allzu neurotisch sollten wir auch nicht werden. Ich bin in unserer Wohnung: Was sollte mir passieren? Und Vesna ... wir bleiben über unser Wertkartenhandy in Verbindung, bis sie in ihr Auto gestiegen und davongefahren ist.

Als Oskar kommt, habe ich bereits ein Glas von unserem Lieblings-Weinviertel-DAC getrunken. Ich trinke selten vor dem Abendessen, aber heute war mir danach. Mein Hirn läuft trotzdem noch auf Hochtouren. Ich sollte alles niederschreiben, bevor ich etwas durcheinanderbringe.

„Du musst in erster Linie etwas essen", widerspricht Oskar.

Kompromiss: Er richtet an, was er an kalten Delikatessen mitgebracht hat, ich tippe inzwischen Stichworte in meinen Laptop. Aber auch das beruhigt mich nicht. Während wir essen, erzähle ich Oskar, was wir wissen und was wir vermuten – leider fällt das meiste in die zweite Kategorie. Kann es wirklich sein, dass Zemlinsky einer der drei Schatten beim Biomasseheizwerk von „PRO!" war? Wer sonst hat im Umfeld der Energieszene einen Hummer? Oder einen ähnlich großen Geländewagen? Ist es möglich, dass Tina Bogner Zemlinskys Auto erkannt hat? Dass sie ihn deshalb in Frankfurt getroffen hat? Immer wieder sehe ich auf mein Wertkartentelefon. Fran meldet sich nicht. Bruno ist bei ihm. Es kann ihm also nichts geschehen sein. Wirklich? Bruno ist unbewaffnet, üblicherweise reicht seine Erscheinung, um andere friedlich zu stimmen. Oskar versucht sein Bestes, um mich abzulenken. Aber weder sein Bericht über einen Kollegen, der in flagranti mit der Oberstaatsanwältin erwischt worden ist, noch der Versuch, eine Reise durch Italien zu planen, nützen viel. Tina Bogner hat eine Menge verschwiegen. Warum? Bloß weil sie nicht wollte, dass „PRO!" und ihre Kampagne in Misskredit kommen? Worüber hat sie mit Zemlinsky in Frankfurt geredet? Habe ich ihn unterschätzt? Er hat in seinem hellen Sakko mit dem Stecktuch so lächerlich geckenhaft gewirkt. Wenn Gruber ihn bestochen hat und Zemlinsky Angst hatte, dass es ans Tageslicht kommt ... Andererseits: Es sieht so aus, als wäre eine der drei Gestalten auf dem Video nicht ganz freiwillig mit dabei gewesen. Gruber? Und: Wer war dann im Sack? Oder was? Stopp. Zuerst einmal muss ich wissen, ob Fran mit den Umrissen, die zu einem großen dunklen, eckigen Geländewagen gehören dürften, etwas anfangen kann.

„Es ist schon nach eins, Mira. Wir sollten schlafen gehen", sagt Oskar und gähnt.

Er hat ja recht. Ich muss schlafen und das Beste hoffen. Übermorgen ist Redaktionsschluss. – Ist das so wichtig? Es ist mein Job. Es ist mehr als das. Journalistin zu sein, ist Teil meines Lebens. Vesnas Kinder freilich sind mir wichtiger. Ich putze die Zähne, sehe im Spiegel ein Gesicht mit dunklen Ringen unter den Augen und einer geröteten Nase. Hoffentlich schläft Oskar schon. Ich sollte mich mehr um mein Äußeres kümmern. Die Haare gehören auch dringend geschnitten. Sie stehen struppig vom Kopf ab. Aber ganz anders als bei Carmen. Das, was ich auf dem Kopf habe, ist nichts, was man noch für eine flippige Frisur halten könnte. Ich pappe mir Nachtcreme auf die Haut. Du wirst älter, Mira. Es ist nicht aufzuhalten. Was für eine Erkenntnis. Ich versuche mich im Spiegel anzugrinsen. Schöner werde ich dadurch auch nicht. Aber wenigstens eine Spur fröhlicher. Was soll's, ich bin am Leben. Ich bin gesund. Ich kann denken. Ich habe Menschen, die mich mögen. Und ich habe noch so einiges vor. Morgen. Oskar atmet schon tief und fest, als ich zu ihm ins Bett krieche. Kurz überlege ich, ihn zu wecken. Dann drücke ich mich bloß ganz vorsichtig an ihn und hoffe, dass seine Ruhe auf mich abfärbt. Nicht Sex ist es, was ich jetzt brauche, sondern einfach das beruhigende Gefühl von Nähe. Und Wärme. Ich beginne zu schwitzen. Ich rolle mich ein Stück weg. Liege am Rücken, befehle mir, die Augen zuzulassen. Sehe vor mir Windräder mit immer größeren Rotorblättern, sie drehen sich regelmäßig, unerbittlich kommen sie näher, oder sind es Hubschrauber? Ich kann nicht fort von hier, gleich haben sie mich erfasst. Ich schrecke hoch. Sinnlos, liegen zu bleiben. Ich stehe auf, versuche so leise wie möglich zu sein. Ich gehe in unseren großen Wohnraum, schaue durch die Glasschiebetüren auf die Dächer des nächtlichen Wien. Was, wenn es wirklich nur ein paar wenige in der Hand haben, ob es bei uns Strom und Wärme gibt? Wenn sie dadurch weit mehr bestimmen können als bloß die Energiepreise? Ach was. Ich sollte der Propaganda nicht auf den Leim gehen. Keiner Propaganda. „AE" ist kein böser Weltkonzern, sondern bloß das größte, ehemals staatliche Energieunternehmen im kleinen Österreich. – Und was ist „Pure Energy"? Ein aufstrebendes Unternehmen mit ehrgeizigen Managern. Auch da gibt es weltweit wohl mehr als ein paar.

Ich setze mich an den Laptop. Vielleicht hat mir Fran eine E-Mail geschickt. Nichts. „Cybersolar" plant ein Picknick mit Musik. Wie bei den letzten Twitter-Botschaften wird darauf geachtet, dass es nicht nach offizieller Demonstration klingt. „Ich habe Lust, so um 18 Uhr bei der Gasstation Pointenbrunn zu picknicken. Vielleicht gibt's Musik. Ein ‚Cybersolar'-Freund. Ich freu mich, wenn ihr kommt." Ist ja nicht verboten – wenn es nicht zu laut wird. Und was kann man dafür, wenn noch andere Spaß an einem Picknick haben?

Morgen also in Pointenbrunn. Dort war ich schon einmal. Als sie versucht haben, eine Gasleitung zu sprengen. Allerdings eine, die noch gar nicht in Betrieb ist. Ein hübscher Ort. Weinhügel und Ölpumpen und eben eine Gasstation. Ob ich Christoph etwas davon sagen soll? Unsinn. Das Bundesheer ist wohl ebenso wie jeder in der Lage, die Meldungen von „Cybersolar" über Twitter zu verfolgen. Selbst in dieser aufgeheizten Stimmung ist nicht anzunehmen, dass Militärbehörden oder Sonderkommissionen ein Picknick als terroristischen Akt einschätzen. Auch in Deutschland scheinen die Aktionen weiterzugehen. In Berlin wird zu einer „Straßenparty für die Energiewende" aufgerufen, mehrere Organisationen und Firmen unterstützen das Fest. Darunter ein Mode-Label. Scheint schick zu werden, die alternative Energiepolitik. Auf der Homepage von „PRO!" ist alles beim Alten. Ich überlege, mir noch einmal die PowerPoint-Präsentation über die verschwundenen Elektroautos anzusehen, lasse es dann aber bleiben.

Auf der Seite der Windkraftgegner wird nicht nur gegen Windräder, sondern auch gegen „PRO!" und „Cybersolar" Stimmung gemacht. Pauschal werden sie als „*Umweltterroristen*" bezeichnet, die „*uns ins Chaos stürzen wollen und unsere schöne Landschaft zerstören*". Von den Schüssen auf die Windräder distanzieren sie sich. „*So etwas haben wir nicht notwendig. Was für uns spricht, sind die Fakten. Wir kämpfen weiter für unsere Gesundheit und unsere Umwelt!*"

„Pure Energy" hat es noch immer nicht geschafft, seine aufwendig gestaltete Homepage wieder in Betrieb zu nehmen. Wenn die erwischt werden, die für die Hackerattacke verantwortlich sind, dann wird man sie ganz schön zur Kassa bitten. Ich kann nur hoffen, dass Fran die Wahrheit sagt und nicht mit dabei war. – Soll ich ihn anrufen? Ihm eine Nachricht schicken? Er wird es heute Abend einfach nicht mehr geschafft haben, ein neues Programm zu entwickeln. Wir hätten zumindest von Bruno gehört, wenn etwas geschehen wäre. Hoffentlich. Ich gehe auf die ORF-Homepage, sehe die Nachrichten der letzten Stunden durch. Keine Meldung über eine Schießerei auf der Uni. Dafür alles Mögliche andere. Werbung für eine Fernseh-Doku über die Fleischindustrie: „*Wie Schweine in Österreich geschlachtet werden*". Es bleibt weiterhin zu kalt für die Jahreszeit. Unsere Justizministerin wehrt sich gegen den Vorwurf der Lüge. Einem Fünfjährigen wurde die Armprothese gestohlen. Die Energiewirtschaft unterstützt den „Cybersecurity"-Plan der Innenministerin. Bei einem Frontalzusammenstoß starben vier Menschen im Alter zwischen siebzehn und dreiundzwanzig Jahren. Der Lenker war schwer alkoholisiert und hat den Unfall überlebt. – Was ist wichtig?

Darüber muss ich wohl eingeschlafen sein. Ich fahre vom Tisch hoch. Ein unangenehmes schnarrendes Geräusch. Wertkartentelefon. Puls von Ruhezustand auf Alarm. „Ja?"

„Der Idiot ist fast verblutet. Ich bin mit dem Computerprogramm nicht recht weitergekommen und bin raus zu ‚PRO!', ich wollte Lichtmessungen beim Wald machen, wegen des Autos, das ihr gesehen habt, war übrigens super, euer Blick. Ich bin nicht über das Gelände, sondern so wie die drei Schatten durch den Wald. Es war schon gegen Mitternacht. Ich habe jemand am Biomasseheizwerk entlangschleichen gesehen, keine Ahnung, ob das von den Kameras erfasst worden ist, ich glaube, eher nicht. Ich bin hinterher. Vorsichtig natürlich. Der Schatten ist rein ins Heizhaus. Ich nach. Da hab ich gesehen, dass es eine Frau ist. Und mir hat gedämmert, dass ich sie kenne."

„Tina Bogner?", frage ich atemlos.

„Warum? Nein. Dorli, eine Mitarbeiterin, studiert Umweltbiologie. Ich hab sie gefragt, was sie da macht, und sie ist so erschrocken, dass ich geglaubt habe, sie fällt um. Es gibt einen großen Apothekenschrank im Raum neben dem Heizraum. Vor dem ist sie gestanden."

„Drogen?"

„Sie wollte Verbandszeug. Es hat nicht lang gedauert und sie hat erzählt, was los ist. Sie war total fertig. Ihr Freund ist angeschossen worden. Er war einer von den zweien, die die Tafel im Kraftwerk Simmering gesprengt haben. Es ist ihm gelungen, die Polizei abzuhängen, aber es geht ihm ziemlich schlecht, hat Dorli gesagt. Ich bin mit zum Haus ihrer Großmutter, in dem die beiden wohnen. Ich hab ihn kaum erkannt. Er hilft auch bei ‚PRO!' mit. Er war total weiß und hat gezittert. Ich hab die Rettung angerufen, Dorli war, glaube ich, einfach froh, dass sie nichts entscheiden musste. Ich meine: Strafe hin oder her, was nützt es ihr, wenn er tot ist?"

„Er ist jetzt im Krankenhaus?"

„Ja, die haben in der Notaufnahme zum Glück gar nicht viel gefragt. Das kommt sicher noch. Ich hab mit ihm geredet, bis die Rettung gekommen ist. Schon allein, um ihn wach zu halten. Wenn er ins Koma fällt, hab ich mir gedacht, wer weiß, ob er wieder aufwacht. Er muss total viel Blut verloren haben."

„Dann hatten die Anschläge also doch mit ‚PRO!' zu tun." Ich überlege. Wer war informiert? Nur Tina Bogner? Auch andere?

„Nein, er sagt, dass die von nichts gewusst haben. Sie waren eine eigene Gruppe, sie wollten einfach klarmachen, wie anfällig Druckleitungen sind, damit endlich alle begreifen, dass sie ein Sicherheitsrisiko sind."

„Und eine Flamme von vierzig Meter Höhe ist kein Risiko?"
„Er schwört, dass sie mit dem ersten Anschlag nichts zu tun gehabt haben. Damals hätte es sie als Gruppe noch gar nicht gegeben, die Idee sei erst danach entstanden, um der guten Sache nachzuhelfen, sozusagen. Sie wollten auch keinen großen Schaden anrichten und sie wollten schon gar nicht, dass Menschen verletzt werden."

„Das Problem ist bloß: Es ist bei allen Anschlägen der gleiche Sprengstoff verwendet worden. Das weiß ich aus zuverlässiger Quelle."

Stille in der Leitung. „Wirklich? Ich kann mir nicht vorstellen, dass er mich angelogen hat ... Er hat gesagt, ein Kumpel hat den Sprengstoff vom Bundesheer abgezweigt."

„Der war nicht aus Bundesheerbeständen."

„Woher weißt du das?"

„Ich weiß es eben." – Und was, wenn der Generalleutnant nicht die Wahrheit gesagt hat? Unsinn, welches Motiv hätte er? Es gäbe noch eine andere Möglichkeit. „Du sagst, es gibt einen, der den Sprengstoff besorgt hat?"

„Ja, so hat es zumindest für mich geklungen."

„Was, wenn der gelogen hat? Wenn er den Sprengstoff von anderswo hat?"

„Man kriegt Sprengstoff nicht so ohne weiteres. Beim Bundesheer kann man am einfachsten etwas abzweigen, heißt es. Oder war es ein selbst gemachter?"

„Nein, es dürfte sich um einen handeln, der in erster Linie bei Sprengungen im Gelände eingesetzt wird. Zum Beispiel, wenn man Leitungen gräbt und dabei auf Gesteinsbrocken stößt."

„Du meinst ... meinst du wirklich, da könnte einer von ‚AE' oder so eingeschleust worden sein? Du meinst, die machen so was?"

„Keine Ahnung. Wenn, dann wohl eher jemand von ‚Pure Energy'. Einer, der daran arbeitet, dass ‚PRO!' und alles, was mit ihrer Kampagne zusammenhängt, einen schlechten Ruf bekommt. – Wir brauchen auf alle Fälle den, der den Sprengstoff besorgt hat!"

„Dorli sagt, dass sie von nichts gewusst hat. Ich glaube ihr. Sie ist bei ihrem Freund im Krankenhaus."

„Und du?"

„Es ist halb sechs. Ich bin daheim. Ich brauche ein paar Stunden Schlaf. Dann mache ich mit dem Programm für die Videoaufzeichnung weiter."

Ich sehe hinaus. Tatsächlich. Der Himmel hat einen graurosa Schimmer. Ein neuer Tag kündigt sich an.

„Ich stehe gleich auf", murmelt Oskar, als ich endlich wieder ins Bett krieche. Danach atmet er gleichmäßig weiter. Eine Stunde hat er noch, dann muss er wirklich raus. Verhandlungstag. Ich streichle über seinen breiten Rücken und schließe die Augen.

Gismo. Irgendwo ist ein Riesenfeuer und Gismo verbrennt. Gismo! Sie steht neben meinem Bett und maunzt zum Steinerweichen. Ich sehe auf die andere Bettseite. Oskar ist bereits weg. Wie spät ist es? Etwas nach zehn. Der ist schon lang nicht mehr da. Offenbar hat er vergessen, die Tür zum Schlafzimmer zuzumachen.

Wie lang steht meine Katze schon hier und brüllt? Ich sehe auf die beiden Telefone. Keine neue Nachricht, kein Anruf. Fran wird noch schlafen. Ich muss ganz dringend mit dem angeschossenen Aktivisten reden. In welchem Krankenhaus ist er? Wie heißt er? Hat Fran mir das gestern gesagt? Ich stehe auf. Alle Versuche, das Geschrei zu ignorieren, sind zwecklos, ich weiß das. Ich füttere Gismo. Eigentlich sollte ich meiner Katze dankbar sein, höchste Zeit, dass ich so einiges unternehme.

Ich stelle mich unter die Dusche, versuche endgültig wach zu werden. Telefon. Nass renne ich hin, Fran.

„Von den Umrissen her kann der im Sack Gruber sein. Zumindest passt die Statur, auch das wahrscheinliche Gewicht. So viel hab ich mit meinem Programm zusammengebracht. Gar nicht schlecht. Ich versuche vielleicht, es der Polizei zu verkaufen."

„Und was ist mit dem Wagen im Wald?"

„Das ist mir noch besser gelungen." Fran macht eine Kunstpause. Hat er wohl bei seiner Mutter gelernt.

„Also was?"

„Es ist tatsächlich ein schwarzer Hummer. Und ich konnte Teile des Kennzeichens entziffern. Mam hat schon vorgearbeitet und herausgefunden, welche Autonummer Zemlinsky hat. Es ist sein Wagen."

„Und war er einer der drei?"

„Auch Computerprogramme haben Grenzen. Die Überwachungskameras sind extrem mies. Seine Größe und die Statur würden auf zwei der drei Gestalten passen. Mehr kann ich nicht sagen."

„Wo ist Vesna?"

„Sie will so schnell wie möglich zu dir kommen. Momentan ist sie bei einem Klienten. Und dann möchte sie mit dem Privatdetektiv der Windkraftgegner reden."

Jetzt bin ich mehr als hellwach. Zemlinskys Wagen war beim Biomasseheizwerk, als der Sack abgeladen wurde. So viel steht eindeutig fest. „Mit dem Privatdetektiv?", frage ich nach.

„Sie wird sich als Mitarbeiterin einer Umweltaufsichtsbehörde ausgeben. Sie will ihn fragen, wie er darauf kommt, dass ‚PRO!' Abfall verheizt. Wenn er eine Chance sieht, die Ökoleute anzuschwärzen, dann redet er sicher. Sie meldet sich, sobald sie kann. Und: Sie lässt dir ausrichten, dass du warten sollst, bevor du etwas unternimmst."

„Was ist eigentlich mit dem angeschossenen Aktivisten? Ich muss dringend mit ihm reden."

„Vergiss es, er ist in künstlichen Tiefschlaf versetzt worden. Wir haben ihn offenbar in letzter Minute ins Krankenhaus gebracht. Jetzt sieht es besser für ihn aus, aber sicher ist nicht, ob er durchkommt. So ein Wahnsinn. Sprengt eine Tafel und die schießen ihm nach."

Ich bedanke mich. Erst als ich versuchen will, das Telefon in meine Tasche zu stecken, wird mir klar, dass ich nackt bin. Ich zittere vor Kälte. Ich stelle mich noch einmal unter die heiße Dusche.

Gruber hat Zemlinsky bestochen, Gerüchte in diese Richtung hat es ja genug gegeben. Und Gruber konnte, wenn er getrunken hat, seinen Mund nicht halten. Er ist zu einem Sicherheitsrisiko geworden. Wenn aufgeflogen wäre, dass man den Nationalratsabgeordneten und Ausschussvorsitzenden Anton Zemlinsky gekauft hat, wäre es mit seiner Karriere vorbei gewesen. Und mit den lukrativen Aufträgen für die Werbefirma seiner Frau wohl auch. Ganz abgesehen von den strafrechtlichen Konsequenzen. Also hat er gemeinsam mit zwei anderen Gruber aus dem Weg geräumt. – Ist das wirklich so einfach? Wie ein kaltblütiger Killer sieht der geckenhafte Politiker nun doch nicht aus. Und wenn er morden hat lassen? Warum sollte er dann seinen auffälligen Hummer als Transportmittel zur Verfügung stellen? Warum hat er ihn überhaupt verwendet? Es ist höchste Zeit, zur Polizei zu gehen. Für die nächste Story wird mir unsere Geschäftsführung jedenfalls ausreichend Platz geben. Das wollen viele lesen. Zuckerbrot ist noch segeln. Soll ich wirklich mit seinem Vertreter, diesem Kammerer, reden? Sieht aus, als hätte er jede Menge Vorurteile. Im besten Fall. Im schlechtesten ... Was, wenn auch er von den Energieleuten gekauft ist? Aber wahrscheinlich ist das gar nicht notwendig. Es reicht, wenn er gerne auf der Seite der Mächtigen ist. Genau so hat er gewirkt. Morgen ist Redaktionsschluss. So lange kann die Polizei auch noch warten. An den Fakten ändert sich schließlich nichts. Was soll heute noch viel passieren? Selbst unser Verwundeter kann nicht fliehen. Er liegt im Tiefschlaf. – Ob ich über ihn und seine Gruppe schreibe? Sicher. Nur weil sie mir sympathischer ist als Zemlinsky und Co, kann ich nicht einfach so tun, als wüsste ich von nichts. Ganz abgesehen davon, dass Anschläge, selbst wenn sie bloß als eine besondere Form der Nachdenkhilfe gedacht waren, wohl nicht das richtige Mittel für Veränderungen sind.

Ich ziehe mich an, streichle Gismo. Danke, dass du mich geweckt hast.

Ich habe also einen Tag Zeit, um einiges zu klären. Wie steht Tina Bogner wirklich zu Zemlinsky? War sie bei der Aktion im Biomasseheizwerk dabei und wollte sie deswegen die Aufzeichnungen verschwinden lassen? Oder hat sie Zemlinskys Wagen auf dem Überwachungsvideo erkannt und ihr Wissen genutzt, um ihn zu erpressen? Für Oskar hat ihr Treffen in Frankfurt allerdings eher freundschaftlich ausgesehen.

Ich kann durch ein harmloses Interview abzuklären versuchen, wie Zemlinsky nun zu „PRO!" steht. Bei unserem letzten Gespräch hat er sie noch in die Nähe von Umweltterroristen gerückt. Findet er jetzt freundlichere Worte, würde das für eine inzwischen engere Verbindung mit Tina Bogner sprechen. Besser freilich, ich bitte nicht über seine Mitarbeiterin um einen Termin. Soll ich noch einmal Droch einspannen? Ich würde Zemlinsky am liebsten überraschen. – Und wenn er nicht im Parlament ist? Dann habe ich einfach Pech gehabt. Ich habe vor nicht allzu langer Zeit eine Reportage über die Renovierungsarbeiten im Hohen Haus gemacht. Die Stellvertreterin des Parlamentsdirektors war sehr nett. Wenn ich sie anrufe ... Es geht nur darum, dass mich die Sicherheitsbeamten ins Haus lassen.

Wenig später habe ich einen Tagesausweis. Ich habe Glück, heute tagt der Nationalrat. Also sollte auch Zemlinsky da sein. Viel mehr Menschen als beim letzten Mal sind unterwegs, Geschäftigkeit, Aktentaschen, Krawatten. Die stellvertretende Direktorin grüßt nach rechts und nach links. Wir gehen in die Cafeteria, ergattern gerade noch einen Tisch. Nicht alle Abgeordneten scheinen zuhören zu wollen, während einer von ihnen im Plenarsaal spricht. Offenbar ist kein besonders wichtiger Tagesordnungspunkt dran.

Ich stelle einige Fragen im Zusammenhang mit dem Umbau, danach plaudern wir noch ein wenig. Es soll nicht so wirken, als wäre ich mit einem anderen Ziel gekommen. Ich sitze auf Nadeln. Ist das dort drüben die Mitarbeiterin von Zemlinsky? Nein, ich habe mich getäuscht. Es gibt wohl einige, die ihr ähnlich sehen. Blass, schlank, strebsam. Ich sehe mich verstohlen weiter um. Hier ist der Energieausschussvorsitzende jedenfalls nicht. Es gibt allerdings noch einen zweiten Raum in der Cafeteria. Ein Schild weist auf die Exponate der laufenden Ausstellung hin. Irgendeine Hanne Walter darf sich hier präsentieren, genau kann ich den Namen nicht entziffern. „Ich bin sofort wieder da, ich möchte nur ganz kurz einen Blick auf die Bilder werfen. Ich kenne die Malerin."

„Malerin? Sie stammen von Hans Walter."

Mist, ich brauche schön langsam wirklich eine Brille. „Oh, sorry, hab ich ja gemeint." Ich stehe rasch auf, ernte einen irritierten Blick, gehe in den Nebenraum. Menschen, die miteinander reden, Kaffee trinken, Wasser, Cola. – Ist Alkohol hier verboten? Kein Zemlinsky. Die Bilder finde ich übrigens scheußlich. Halbkonkretes Zeug im Stil der Wiener Schule des Phantastischen Realismus. Dieser Hans Walter muss jede Menge Protektion haben. Ich sehe unsere Kellnerin, zahle und gehe zurück zum Tisch.

„Ist Alkohol an Plenartagen verboten?", frage ich meine Begleiterin. Sie lächelt. „Nein, aber es hat sich einiges geändert. Vor zehn, zwanzig Jahren haben die Abgeordneten einander nicht angeschwärzt, egal von welcher Partei sie waren. Jetzt ist das anders. Man kann das frühere System Packelei nennen, jedenfalls war es freundlicher. Jetzt stehen alle ununterbrochen unter Beobachtung. Es hat böse Medienberichte gegeben. Wer Alkohol trinken will oder es gar muss, tut es selten hier, quasi in der Parlamentsöffentlichkeit."

Ich stehe auf. „Ganz herzlichen Dank für alles. Ich hab es schon ein bisschen eilig, ich hab schon bezahlt."

„Das wäre aber nicht notwendig gewesen. – Soll ich Sie begleiten?"

„Oh, nein danke. Außerdem: Ich muss noch einen Sprung auf die Toilette …"

„Ja dann …"

Wir verabschieden uns voneinander und ich gehe rasch, bevor sie es sich noch anders überlegen kann, in die Säulenhalle. Neoklassizistischer Prunk in Marmor und Gold, für meinen Geschmack könnte man das Parlament auch abreißen und ein neues bauen. Wäre nicht viel teurer als der Umbau.

Ich muss mich konzentrieren: In welchem Gang war das Büro von Zemlinsky? Hier, nach den zwei hohen Flügeltüren, muss es gewesen sein. Ist es aber nicht. Da residiert offenbar der Finanzausschuss. Dann ist es wohl im spiegelgleichen Gang auf der anderen Seite der Säulenhalle. Ich durchquere das prächtige Mittelstück des Parlaments eilig, hoffe, dass mich keiner anspricht. Versuch Nummer zwei. Wer sagt es denn? Da ist das Büro, in dem ich vor gar nicht so langer Zeit schon einmal gewesen bin. Ich klopfe. Eine Frauenstimme ruft „Herein!". Zemlinskys parlamentarische Mitarbeiterin sieht mich irritiert an. Das scheint einer ihrer Standardblicke zu sein. Ob ich bitte ihren Chef sprechen könne? Ich sei zufällig im Haus und hätte da noch ein paar Fragen. Sie schüttelt den Kopf.

„Wären Sie bitte so nett und würden Sie ihm sagen, dass ich da bin?" Ich hoffe, das klingt noch freundlich genug.

„Es geht nicht."

„Warum sollte es nicht gehen?"

„Er ... er sollte seit in der Früh hier sein. Aber er ist nicht da."

„Wo ist er?"

Seine Mitarbeiterin seufzt. „Das scheint keiner zu wissen. Nicht einmal seine Frau."

„Haben Sie sich seinen Terminkalender angesehen?"

Sie sieht mich empört an. „Aber natürlich. Das ist Routine. Wir gleichen ihn immer ab."

„Eigenartig ...", sage ich. „Ich habe ihm angekündigt, dass ich vorbeischauen werde, er hat gesagt, er sei sicher da. Es ist ja Plenarsitzung."

„Er hat schon vier Termine verpasst", sagt die junge Frau und seufzt.

Und wenn sie ihn einfach geschickt verleugnet? „Darf ich in sein Büro schauen?"

„Warum?", kommt es mit piepsiger Stimme zurück. Entweder sie ist eine wirklich gute Schauspielerin oder sie ist tatsächlich ziemlich durcheinander.

„Ich kenne mich mit so etwas aus", sage ich bloß, drücke die Türschnalle und stehe im Zimmer von Zemlinsky. Ich sehe mich um. Ein paar Schriftstücke auf seinem Schreibtisch, die Fotos dahinter. Das Bild mit Hummer und Schwarzenegger. Es ist verschwunden. An seiner Stelle ein Schnappschuss von einem kapitalen Hirsch. Tot. Dahinter eine fröhliche Jagdgesellschaft.

„Hat er seinen Hummer nicht mehr?"

„Mit dem fährt er nie ins Parlament. Es gibt immer welche, die sich über so ein Auto aufregen. Auch wenn es total umweltschonend ist. Eine Sonderanfertigung."

„Das kann er sich leisten?"

Sie sieht mich erschrocken an. „Natürlich. Aber Sie dürfen kein Interview mit mir machen."

Der Computerbildschirm ist eingeschaltet. Leider sehe ich nicht so weit. Ich gehe näher hin. Ein Tagesterminplan. Treffen mit einem Journalisten. Ich kenne ihn, der würde brav alles schreiben, was ihm der Vorsitzende des Energieausschusses erzählt. Treffen mit einigen Nationalratsabgeordneten ...

„Das dürfen Sie nicht", ruft die Mitarbeiterin.

„Ich versuche bloß, Ihnen zu helfen und herauszufinden, wo er geblieben sein kann."

„Das geht nicht!"

Ich drehe mich um und lächle beruhigend. „Tut mir leid. Rufen Sie mich an, wenn er auftaucht?" Ich strecke ihr eine Visitenkarte hin und sie nickt. Mir ist nichts, das ich auf dem Terminplan entziffern konnte, verdächtig vorgekommen. Auf der anderen Seite: Einen brisanten Termin würde Zemlinsky hier wohl kaum eintragen. Sieht so aus, als hätte er seine letzten Treffen tatsächlich verpasst. Kann er herausbekommen haben, dass wir von der Aktion beim Biomasseheizwerk wissen? Woher? Von Fran oder Vesna sicher nicht. Ist es möglich, dass Vesna seine Autonummer bei jemandem recherchiert hat, der ihn warnen konnte? Möglich, aber doch eher unwahrscheinlich. Zuerst ist Gruber verschwunden, jetzt ist Zemlinsky weg. Ich muss zu Tina Bogner. Aber ich sollte sie besser nicht allein treffen. Vesna. Wann meldet sie sich endlich?

Am Eingang tausche ich die Parlamentskarte gegen meinen Personalausweis und gehe hinaus auf den Wiener Ring. Bitterkalter Herbst. Das schöne Wetter scheint ewig lange her zu sein.

„Wo können wir Tina Bogner ungestört treffen?" Diese SMS sende ich Fran.

„Wo bist du? Dringend!!!" Das geht an seine Mutter.
Ich gehe den Ring entlang und warte auf Antworten. Ich bin zu nervös, um mich in eine Straßenbahn zu setzen. Ich weiß auch nicht, wohin ich als Nächstes soll. Viele Autos, dazwischen eine Pferdekutsche mit knipsenden Touristen. Sind sie aus China oder aus Japan? Eher aus China, tippe ich. Naturhistorisches Museum, Kunsthistorisches Museum. Riesenklötze mit etwas Grün davor. Ich habe es nicht so mit der Ringstraßenarchitektur. Es läutet. Fran ist dran.
„Tina Bogner ist gestern zu einer Besprechung nach Warschau geflogen. Die scheinen sich auch für unsere Konzepte zu interessieren."
„‚Unsere'? Bist du nicht allein?"
„Ich bin allein. Es ist trotzdem gut, was die machen. Ich hoffe nicht, sie glauben, ich will sie bloß bespitzeln."

Ich gehe durch den Volksgarten, dann an Bundeskanzleramt und Hofburg vorbei. Alles altehrwürdig. Ein bisschen frischer Wind würde da nicht schaden. Ich grinse. Windräder auf dem Heldenplatz, Photovoltaikanlagen auf den Dächern des Bundespräsidenten. – Und was ist mit neuem Wind in den Köpfen? Helfen da Minianschläge, „Cybersolar" oder eine Megakampagne?

Ich habe die U-Bahn genommen. Ich will in die Redaktion. Wieder das grausige Schnarrläuten meines Wertkartentelefons. Kein Wunder, dass ich nervös bin.
„Habe mit Detektiv geredet. Wo sehen wir uns?"
Ein Treffen in der Redaktion wäre momentan nicht so gut. Vesna ist die Mutter eines Hauptverdächtigen. „Espresso Uschi?"

Die abgelaufene Blondine hinter der Theke sieht mich heute schon freundlicher an. Offenbar hofft sie auf eine neue Stammkundin. Du liebe Güte. Ich werde mich hüten, an einem Tisch zu verstauben wie die beiden Damen, die auch jetzt hier sitzen. Ich ziehe mich mit Vesna hinter den Plastikgummibaum zurück. – Ob sich Christoph wieder melden wird?
„Der Privatdetektiv hat sogar Fotos", erzählt mir Vesna wenig später. „Sie sind sehr schlecht, aber besser als das, was Überwachungskamera zeigt. Geländewagen hat er nicht, dafür drei Gestalten mit Sack."
„Er war bei Zuckerbrot. Hat er ihm die Bilder gezeigt?"

„Er sagt, nein. Er hat Meldung gemacht, aber Polizeichefinspektor hat ihn nicht respektiert. Also er ist wieder gegangen." Vesna grinst. „Er sagt, man behandelt Kollegen anders, wenn man hat Stil." „Kann sein, dass Zuckerbrot nicht auf die Idee käme, sich als Kollege des Privatdetektivs zu sehen. Ernst genommen hat er den Detektiv wohl wirklich nicht, zu mir hat er gesagt, der sei nicht gerade eine Leuchte seines Fachs."

„Ich habe Detektiv gesagt, ich nehme das sehr ernst mit falschem Abfall", fährt Vesna fort. „Er hat mir Fotos gegeben und dann gemurmelt, er kann natürlich nicht sagen, ob das Leute von ‚PRO!' selbst waren, die Müll herangeschleppt haben."

„Und darüber, was in dem Sack gewesen sein könnte, hat er sich keine Gedanken gemacht?"

„Sieht nicht so aus. Ist mit Grund, warum ich Detektivausbildung nicht machen wollte. Sind viele Leute da, die gerne überwachen, aber nicht viel denken."

Vesna zeigt mir ein paar Fotos. Im Espresso Uschi ist nicht eben viel Licht. Und die drei mit dem Sack haben weite Kleidung getragen. Aber mir scheint, als könnte der eine von ihnen sehr gut Zemlinsky gewesen sein.

Ich sitze, getarnt hinter meinen beiden großen Philodendren, und schreibe zusammen, was ich jedenfalls in meiner nächsten Reportage unterbringen muss. Zemlinsky ist verschwunden: Was kann das bedeuten? Tina Bogner ist in Warschau. Heißt es. Eigentlich könnte ich das überprüfen. Ich wähle auf dem Wertkartentelefon ihre Mobiltelefonnummer. Sie geht nach dem zweiten Freizeichen dran.

„Tut mir leid, dass ich Sie störe." Ich habe ein Papiertaschentuch zwischen meinen Mund und das Handymikro gelegt. Ich hoffe, das reicht, um meine Stimme zu verfälschen. Außerdem: So oft haben wir ja auch noch nicht miteinander telefoniert. „Wir haben etwas wiedergefunden, das die Genossenschafter von ‚PRO' vermissen. Aufzeichnungen der Überwachungskamera."

„Was soll das? Wer sind Sie?"

„Das tut nichts zur Sache. Sie hatten jeden Grund zu vertuschen, was da abgeladen wurde."

„Was ist das? Ein Erpressungsversuch? Vergessen Sie es! Wir lassen uns nicht erpressen!"

„Ich will Sie so schnell wie möglich treffen."

„Ich bin in Warschau!"

„Und Ihr Freund Zemlinsky?"

„Mein Freund? Sind Sie verrückt? Woher soll ich das wissen? Dieser korrupte ..." Plötzlich Stille in der Leitung. „Oder versucht ihr, uns jetzt so mürbe zu machen?" Sie brüllt. „Das wird euch nicht gelingen!" Und dann ist die Verbindung unterbrochen.

Wen hat sie mit denen gemeint, die sie mürbe machen wollen? Die Windkraftgegner? Leute der Energie-Multis? Jedenfalls hat es auf mich nicht so gewirkt, als hätte sie eine besonders innige Beziehung zu Zemlinsky. Aber: Was war mit dem Treffen in Frankfurt?

Ich wähle die Nummer einer, der ich restlos vertraue. „Hast du Lust auf eine Party?", frage ich Vesna.

„Ist heute richtiger Tag dafür?", kommt es zurück.

„Ich kann mich einfach nicht entscheiden, was ich schreiben und was ich für die nächste Woche nachrecherchieren soll." Ein paar Bilder von dem Picknick bei der Gasstation in Pointenbrunn wären nicht übel. Eine Ergänzung zu einem großen Sack, einem Hummer im Gebüsch und Zemlinksy, der freiwillig oder unfreiwillig abgetaucht ist.

[14.]

Fran ist schon dort", erzählt Vesna, als wir zum „Cybersolar"-Picknick unterwegs sind. „Hat mir vor zwei Stunden SMS geschickt." Sie nimmt ihr Telefon und liest: „‚Bin in Pointenbrunn. Komm zur Gasstation, Gebäude links. Wichtig!!! Mira mitnehmen!!!' – Was da so wichtig sein soll, ich weiß es nicht."

„Sei froh, dass er sich für etwas begeistern kann", erwidere ich. „Außerdem: Vielleicht hat er irgendwas entdeckt. Das mit dem angeschossenen Aktivisten hat er sehr gut gemacht, er hat viel von dir."

„Kann man nur hoffen", knurrt Vesna, „dann er lasst sich auf keinen Blödsinn ein."

Ich grinse: „Ich kenne da ein paar Situationen, da hast du dich auch auf das eine oder andere eingelassen …"

Jetzt lacht auch sie. „Vielleicht du hast recht. Ohne Abenteuer Leben ist langweilig."

Je näher wir Pointenbrunn kommen, desto deutlicher wird, dass wir nicht allein dorthin unterwegs sind. Der Verkehr wird dichter. Sieht so aus, als hätten die großen Aktionen in Deutschland, über die auch im Fernsehen ausführlich berichtet worden ist, viele motiviert, heute mitzutun. Es gibt eine große Gruppe Radfahrer, die wenigsten von ihnen sind unter fünfzig. „Radklub Auburg für Energiefreiheit!", steht auf Plakaten, die sich einige auf den Rücken geklebt haben. Die Autolenker sind außergewöhnlich friedfertig unterwegs, überholen die Radler langsam, winken ihnen zu. Nur zwei Wagen in der Kolonne hupen wütend. Die wollen wahrscheinlich nicht zum Picknick. Als mein Navi nur noch zwei Kilometer bis Pointenbrunn anzeigt, biegen die ersten Autos vor uns in Feldwege ab, andere kommen uns entgegen. Offenbar sind näher beim Picknickgelände schon alle Parkmöglichkeiten ausgeschöpft. Ausnahmsweise hole ich mein „Presse"-Schild heraus. Ich fahre weiter. Viele, vor allem kleinere und ältere Autos sind entlang der Straße abgestellt. Dort vorne ist die Gasstation. Und Polizei.

„Da können Sie nicht weiter!", schreit ein Polizeibeamter, als ob ich schwerhörig wäre. Dabei ist kein besonderer Lärm rund um uns. Ich deute bloß auf das „Presse"-Schild.

„Na super", sagt er. „Ich hab keine Ahnung, wo Sie parken können, die haben nichts organisiert, diese Chaoten. Da ist alles voll." Er wirkt eindeutig überfordert. „Wo bleibt unsere Verstärkung so lang? Die sollten längst da sein", schreit er zu einem Kollegen hinüber.

„Ganz ruhig", sage ich freundlich und von der friedlichen Stimmung der Karawane angesteckt. „Ich will denen bloß beim Picknicken zusehen, okay? Da hat keiner etwas Böses im Sinn. Wenn Sie mich vorbeilassen, dann kann ich mein Auto dorthin stellen." Ich deute auf ein Feld in der Nähe der „Cybersolar"-Freunde. Sind es dreihundert? Fünfhundert?

„Und wenn noch mehr kommen, ist Ihr Auto mittendrin. Da kann ich für nichts garantieren."

„Kein Problem", lächle ich.

Er seufzt und lässt mich passieren. Ich stelle meinen Honda auf einem Karrenweg ab.

„Was machst du da mit deiner Monster-Dreckschleuder?", schreit mich ein dünner Mann um die dreißig an. Er kommt mir mit einigen anderen entgegen, ist offenbar zum Picknick unterwegs. Gar so freundlich sind hier doch nicht alle.

„Der fährt mit Wasserstoff", antworte ich. Eine glatte Lüge, aber Schwarzenegger hat mich eben inspiriert. Außerdem: Mein SUV ist weder groß, noch braucht er viel Diesel. Doch damit zu argumentieren, wäre wohl schon zu kompliziert.

Der Dünne hält den Mund und geht an uns vorbei. Sein Begleiter grinst uns an. „Ich weiß nicht, warum der heute so geladen ist. Sorry!"

Die meisten, die hier bei knapp zehn Grad picknicken wollen, scheinen aber tatsächlich friedlich gestimmt. Man steht in Grüppchen beieinander, manche halten Becher in der Hand, andere haben Sandwiches ausgepackt. Ich sehe mich nach irgend so jemandem wie einem Sprecher um. Scheint es nicht zu geben. Fran hat es mir ja schon zu erklären versucht. Es gibt kein Machtzentrum, sondern bloß Menschen, die hier sind und dasselbe wollen.

„Ist Jana eigentlich auch da?", frage ich Vesna.

„Habe nichts von ihr gehört. Du sagst immer, ich soll ihnen mehr Freiheit geben, sind sie erwachsen. Ich bin da nicht so sicher."

„Fran habe ich auch noch nicht gesehen", rede ich weiter.

„Dabei er muss seit Stunden da sein. Bei Gasstation. Hoffentlich er mischt sich nicht zu viel ein. Ich werde es ihm sagen. Erwachsen hin oder her."

Inzwischen ist der Geräuschpegel gestiegen. Ich höre E-Gitarren, Trommeln, ein Saxofon, sehe mich um. Dort hinten haben sich einige Musiker versammelt. Wenig technischer Aufwand. Bongos, Verstärker, die in eine große Tasche passen. Wenn es sein muss, können sie schnell wieder weg sein. Und tatsächlich hat sich ein Uniformierter vor ihnen aufgebaut. „Das geht nicht, das ist ein privater Acker! Da darf man nicht Musik machen! Sie müssen das Feld räumen!"

„Glaub ich weniger", lacht die zierliche Frau, die das Saxofon umgehängt hat.

„Dich kenn ich doch ...", sagt der Polizist, mehr verzweifelt als streng.

„Klar, ich bin die Hofer Lisi und das Feld gehört meinem Bruder. Der steht dort drüben. Der hat gar nichts dagegen, dass wir da sind."

„Na super", sagt der Polizist und schaut sich hilfesuchend nach seinen Kollegen um. Viele sind es immer noch nicht.

„Entspannen Sie sich", rät eine Frau jenseits der sechzig dem Uniformierten. „Das da ist doch bloß ein Picknick für die Umwelt. Es ist höchste Zeit, dass etwas geschieht. Wir waren zu unserer Zeit viel wilder, wenn wir demonstriert haben."

„Die Demonstration ist nicht angemeldet!", fällt dem Polizisten ein weiteres Argument ein. Die meisten beachten ihn einfach nicht.

„Das ist auch keine Demonstration", erklärt Lisi. „Oder sehen Sie irgendwo Transparente? Werden da Reden gehalten? Wir demonstrieren gegen niemanden, wir picknicken für eine bessere Energiepolitik."

Ich schieße einige Fotos. Könnte sich in der nächsten Ausgabe sehr gut machen: ein massiger, ziemlich verzweifelt dreinsehender Polizist, eine zierliche Frau mit einem Saxofon und dahinter ein Feld voller Menschen.

„Das geht jetzt aber wirklich nicht!", brüllt der Polizist, als er es bemerkt.

„Ich bin vom ‚Magazin'", erkläre ich ihm freundlich. „Viele Ihrer Kollegen gibt es hier nicht, oder täusche ich mich? Sind welche in Zivil da?"

„Es hat doch keiner gedacht, dass solche Menschenmassen kommen", murmelt er.

„Die gehen schon wieder", mache ich ihm Mut.

Vesna steht neben mir. „Gefällt mir eigentlich doch gut, Idee mit Picknick. Muss ich zugeben. Fast man kann glauben, die können Welt verändern. Und wenn nicht: War nette kalte Party. – Fran ich habe noch immer nicht entdeckt. Ist natürlich viel Tumult. Er geht nicht an Telefon."

„Wir werden ihn schon finden", rufe ich ihr zu. „Ich muss noch ein paar Fotos machen."

Offenbar wollen die Picknicker der Gasstation nicht zu nahe kommen, um Ärger zu vermeiden. Keiner hat die Straße überschritten. Aber natürlich wäre es gut, wenn ich das Objekt, um das es eigentlich geht, gemeinsam mit den Menschen drauf hätte. Ich gehe den Feldweg entlang bis zur Straße. Auf der anderen Seite der Fahrbahn hellbraune Erde, Verbotsschilder, zwei abgestellte Bagger. Offenbar wird die Station gerade umgebaut. Weiße niedrige Gebäude, vor allem aber verschlungene Rohrleitungen, Speicherbehälter, Tanks, ein schmaler hoher Schornstein, aus dem aber kein Rauch aufsteigt. Davor ein Polizeiauto und zwei Polizisten, die mich misstrauisch ansehen.

„Die kriegen jetzt bessere Sicherheitseinrichtungen. Und einen hohen Zaun." Neben mir steht plötzlich ein Mann, er dürfte um einige Jahre älter sein als ich.

„Sie sind auch ein Fan von ‚Cybersolar'?", frage ich.

„Ich weiß nicht. Ich habe nichts übrig für Computerhacker, aber ich will sehen, was da heute passiert."

„Sie leben hier?"

„Ja, und ich habe in dieser Gasstation sogar gearbeitet. Jetzt bin ich in Pension."

Ich mustere ihn von der Seite. Viel älter als fünfundfünfzig kann er nicht sein. „Sagt unsere Regierung nicht, dass wir länger arbeiten sollen?"

Er grinst. „Das ist die Theorie. ‚AE' versucht, wie andere Unternehmen auch, Mitarbeiter zu verlieren. Der Betrieb läuft immer mehr über Computer und automatisiert. Ich hab eine Nebenerwerbslandwirtschaft. Jetzt hab ich endlich Zeit dafür. – Schauen Sie, da hinten wartet die Betriebsfeuerwehr. Für alle Fälle."

Hinter einer Gruppe von dicken Rohren, die aussehen wie weiße Monstergedärme, sehe ich Menschen und ein rotes Feuerwehrauto.

„Warum sind sie dort hinten?"

„Wahrscheinlich wollen sie nicht provozieren. Was weiß man ..."

„Da sind doch ohnehin alle ganz friedlich."

„Ja, schaut wirklich so aus."

„Welche neuen Sicherheitseinrichtungen kriegen sie hier?", will ich wissen.

„So genau weiß ich das auch nicht. Jedenfalls ein System, das alles genauer überwacht. Man muss auf die Sicherheit achten, heutzutage. Ansonsten wird auch so einiges umgebaut. Und das Gebäude dort wird abgerissen." Er deutet auf einen flachen langen Bau mit einigen kleinen Fenstern. „Das ist schon länger stillgelegt. Die Verwaltung sitzt jetzt in Wien. Geht ja auch da fast alles über den Computer. Da braucht man weniger Menschen und weniger Platz. Sie haben die Zwischenwände rausgerissen. Momentan verwenden es die Bauarbeiter, um Fahrzeuge und Werkzeug unterzustellen. Früher waren es Büros. Auch ich bin dort gesessen."

Das Gebäude auf der linken Seite der Gasstation ... davon hat Fran in seiner SMS geschrieben. Was soll da Besonderes sein? Kann ihn wohl kaum aufregen, dass die Büros abgesiedelt wurden. – Oder doch?

„Halten Sie es für ein Problem, wenn ich über die Straße gehe? Ich möchte die Gasstation und das Picknick auf einem Bild haben", sage ich zu meinem Begleiter.

„Das müssen Sie mit denen von der Polizei ausmachen. Ich kenne die beiden nicht."

Ich bewege mich langsam und lächelnd auf die Straße zu. Die beiden Beamten rücken näher. Der eine wirkt, als würde er überlegen, seine Waffe zu ziehen.

„Ich bin vom ‚Magazin'", rufe ich. „Ich würde gerne bei der Gasstation einige Fotos machen."

„Bleiben Sie, wo Sie sind, das ist Privatgrund. Wenn Sie ihn betreten, müssen wir Sie festnehmen."

„Noch nie gehört, dass man für das Betreten von fremdem Grund automatisch verhaftet wird. Ich bin Juristin."

„Also was jetzt?"

„Beides. Journalistin und Juristin."

„Bleiben Sie, wo Sie sind!", schreit der andere und zieht tatsächlich seine Waffe. Bei denen müssen die Nerven ganz schön blank liegen.

„Okay", sage ich so beruhigend wie möglich und weiche ein paar Meter zurück. Mein Herz klopft laut. Ich mag es nicht, wenn man mit einer Pistole auf mich zielt. Der Mann, der neben mir war, ist im Picknicktrubel verschwunden. Die Zahl der Menschen ist weiter gestiegen, sind es inzwischen siebenhundert? Ich werde versuchen, die vordersten Grüppchen und dahinter die zwei Polizisten und die Gasstation aufs Bild zu kriegen. Es sind auch einige Pressefotografen da. Ich hätte Regina mitnehmen sollen. Aber mir geht es ähnlich wie der Polizei. Auch ich habe unterschätzt, was hier los ist. Ob es sich noch auszahlt, sie anzurufen? Ach was, ich werde selbst fotografieren. Und gleichzeitig das leer stehende Gebäude im Auge behalten. Für alle Fälle. Da haben welche einen Picknicktisch aufgestellt. Wenn ich sie im Vordergrund draufkriege und ...

„Ich kann Fran nicht finden!", ruft mir Vesna zu. Sie klingt beunruhigt. „Schau nach, ob er hat sich bei dir gemeldet!"

Die Musik ist lauter geworden. Sie spielen Songs, die aus der Zeit von Woodstock stammen dürften. Die Aktivistin mit der jahrzehntelangen Demonstrationserfahrung wird nostalgische Gefühle kriegen.

Ich sehe auf meine beiden Telefone und schüttle den Kopf. „Wahrscheinlich ist er aufgehalten worden."

„Dann er schreibt nicht vor Stunden Nachricht, wir sollen dringend da sein bei Gasstation!"

Was war das? Eine rote Leuchtkugel. Die werden doch nicht auf die Idee kommen, auch hier ein Feuerwerk zu machen! Vesna starrt zur Gasstation hinüber, sie deutet in die Richtung der verschlungenen weißen Rohre. Noch eine Explosion, diesmal eine Serie blauer Leuchtkugeln. Sie knallen fröhlich.

„Das ist Wahnsinn", schreit Vesna. „Das ist gefährlich!"

Eine weitere Feuerwerkssalve beleuchtet die Gebäude und Rohre der Gasstation rosa. Die beiden Polizisten stehen irritiert da, rennen dann über die Straße Richtung Feld, bleiben wieder stehen. Es dauert, bis die Picknickgesellschaft merkt, was los ist. Einige lachen. Andere schreien, die meisten drängen näher hin. Seid ihr verrückt geworden? Da ist Gas! Wieder eine Serie von Feuerwerksexplosionen. Rot und grün und blau erstrahlt die Anlage unter Sprühsternen. Der eine Polizist telefoniert hektisch. Eine Feuerwehrsirene geht los. Ohrenbetäubend. Und plötzlich scheint vielen klar zu werden, dass das hier kein Jux ist. Diese Idioten von „Cybersolar"! Sie machen sich alles selbst kaputt! Menschen laufen über das Feld davon, andere bewegen sich langsam rückwärts und schauen dabei weiter wie gebannt zu. Einige Männer rennen über das Gelände der Gasstation. Sie tragen Feuerwehranzüge oder so etwas. Klar, die Betriebsfeuerwehr. Gut, dass die da ist. Haben sie alles im Griff? Ich muss fotografieren. Es beruhigt, etwas zu tun. Ich drücke immer wieder ab. Der Spuk scheint noch nicht vorbei zu sein. An drei Stellen gleichzeitig steigen Leuchtraketen in die Luft. Meine Lieben, jetzt seid ihr bei mir endgültig unten durch!

„Was passiert, wenn das Gas Feuer fängt?", schreie ich Vesna zu.

Sie deutet in die Richtung, wo das Feuerwehrauto gestanden ist. Es zischt und zündelt wie Tausende Sprühkerzen. Dann eine Explosion. – Das ist kein Feuerwerkskörper. Gespenstisch deutlich sehe ich Trümmer von Mauern durch die Luft fliegen. Ein kollektiver Aufschrei, Rennen, Hupen, noch mehr Sirenen. Chaos. Weg. Wir müssen weg von hier. Ich will Vesna mit mir ziehen. Sie hält mich fest. – Bist du verrückt? Ich will nicht in die Luft gehen, nicht um alle Storys der Welt!

Über das Gelände rast ein großes schwarzes Auto. Es scheint aus dem niedrigen stillgelegten Gebäude gekommen zu sein. Am anderen Ende der Gasstation, dort, wo die Explosion war, eine gewaltige Stichflamme. Zwanzig Meter oder noch viel höher? Es wird heiß, ein Donnern, das die anderen Geräusche zurückdrängt. Was, wenn hier alles in die Luft fliegt? Das Auto bricht durch den Bauzaun, ich starre Vesna an. Es ist ein Hummer. Er verschwindet die Straße entlang, keiner fährt ihm nach. Vesna rennt auf die Gasstation zu, ich muss sie aufhalten, ist sie verrückt geworden? Ich renne ihr nach, ich muss sie erreichen. Eine zweite Explosion. Mein Kopf dröhnt. Wozu habe ich angefangen zu joggen? Es hat einen Grund gehabt. Um einmal im Leben schneller zu sein als Vesna. Nur ein Mal. Um sie zu retten. Meine Lunge droht zu zerplatzen. Wir sind jetzt auf der Straße. Ich komme ihr näher. Ich kann nicht mehr, unerträgliche Hitze. Weiter! Da ist das Loch im Bauzaun. Ein Sprung, ich erwische Vesna am Rücken, sie strauchelt. „Ich muss rein", schreit sie gegen den Feuersturm an. „Fran ist da drinnen!" Ich starre auf die Feuerwand. Sie ist noch ein schönes Stück von uns entfernt. Und wenn auch in diesem Teil der Gasstation etwas explodiert? Ein Krachen. Offenbar ist ein Gebäude zusammengebrochen.

„Komm her!", schreie ich mit aller Kraft, aber Vesna hat sich losgerissen, ist schon fast bei dem Loch in der Mauer des ehemaligen Verwaltungsgebäudes, dort wo der Hummer hergekommen ist. Zemlinsky. Ich begreife gar nichts mehr, weiß nur: Ich muss weg von hier! Und: Ich darf Vesna nicht im Stich lassen! Ich stürze hinter ihr drein, höre weder mein Keuchen noch meine Schritte, wütendes Feuer und zwischendurch, wie von ganz weit fort, Sirenengeheul. Ich stolpere über Mauerteile, offenbar hat der Hummer die Mauer gerammt. Ich falle, reiße mir die Hand blutig. Wir sind drinnen. Alle Fenster sind geborsten. Ein riesiger Raum, dort hinten ein Bagger. Glas am Boden, Schutt. Hier ist es eine Spur kühler. Das kann sich jeden Moment ändern. Jeden Moment ... Vesna verschwindet hinter einer Tür. Du schaffst es, Mira, wenn du umkippst, bist du tot! Ich renne, bin bei der Tür, in einem kleineren Nebenraum. Vesna kniet vor einem Bündel. Ich reibe mir die Augen, das da kann alles nicht wahr sein. Ich keuche. Fran! Er ist an Armen und Beinen gefesselt. Wir bringen ihn hier nie raus! Er bewegt sich. Ich lasse mich neben Vesna auf den Boden fallen. Nicht denken, nur handeln. Ich habe ein kleines Taschenmesser an meinem Schlüsselbund. Der Schlüsselbund ist in der rechten hinteren Hosentasche. Ein Knall. Wir werfen uns über Fran. „Erdrückt mich nicht", höre ich undeutlich. Er ist bei Bewusstsein. Was immer da in die Luft gegangen ist, unser Gebäude war es nicht. Noch nicht. Allerdings wird es jetzt auch hier drin immer heißer. Das Feuer scheint näher zu kommen. Schlüsselbund. Messer aufklappen, konzentrieren, das muss beim ersten Mal gehen. Sie haben ihn mit breiten Plastikklebebändern verschnürt. Vesna sieht, was ich vorhabe. „Los!", schreit sie. Wenn ich einen Fehler mache, blutet Fran. – Als ob es darauf ankäme. Ein rascher Schnitt. Fran zappelt, Vesna reißt, seine Beine sind frei. Er kann mit gebundenen Händen nicht rasch genug laufen. Er weiß es, er streckt sie mir entgegen, er sagt etwas, ich kann es im Tosen rundum nicht verstehen. Schnitt. Er zuckt zusammen, irgendwo muss ich ihn erwischt haben. Vesna packt die Klebebänder. Fran ist frei, taumelt, steht, brüllt etwas. Raus hier, sofort. Er hält Vesna fest, deutet auf etwas im Eck, zugedeckt mit einer Plane. Vesna schüttelt den Kopf, er rennt trotzdem hin, zieht an dem Ding. Ich kann von hier aus nicht erkennen, was es ist. Jetzt zieht auch Vesna. Beine. Ein Körper. Ich bin bei ihnen. Zemlinsky! Egal, wir müssen fort von hier. Ich kriege keine Luft mehr, irgendwas ganz nahe bei uns stürzt krachend zusammen. Ist er bewusstlos? Ist er tot? Lasst ihn liegen, wegen dem sterben wir nicht! Die beiden schleifen Zemlinsky in meine Richtung, okay, zu dritt sind wir stärker. Aber keine Rücksicht auf den Typen, Hauptsache, raus hier. Es zerreißt mich. Nicht nur meine Lunge. Alles zerreißt, ich kann fast nichts mehr sehen, Schweiß und Ruß und die Arme von Vesna. Wir sind beim Ausgang, die Mauer, die der Hummer angefahren hat, ist halb eingestürzt. Schutt und Ziegel. Wie lange hält das Dach noch? Nicht denken, handeln. Wir müssen über die Ziegel. Man kann Zemlinsky nicht darüber schleifen, wir müssen ihn heben. Das schaffen wir nicht. Mein rechter Arm brennt wie Feuer. Wie Feuer, wie witzig. Feuer fast schon rundum. Ich falle über einige Ziegelsteine, schlage auf, alles dreht sich, das Feuer ist jetzt unten und Vesna mitten im Feuer und andere Hände ... irgendetwas hebt Zemlinsky in die Höhe, ist das die Auferstehung von den Toten? Jemand prügelt auf meine Schulter ein. „Komm", schreit Vesna gegen den Feuerlärm an, „du schaffst es!" Ich rapple mich auf, sie war immer schneller, aber ich kann auch rennen, ich denke an das schöne Wetter im Prater, ich kann laufen, heiß ist es hier, ich kann hinter ihr drein, die Straße, Fran, Sirenen, ich renne ins Feld, gleichauf mit Fran, der taumelt, da ist keiner sonst, er müsste schneller sein, er ist jünger, da vorne sind Leute, die kommen auf uns zu, Vesna ist es, die gewonnen hat, klar. Das ist schon in Ordnung, aber gleich bin ich auch da. Ich falle keuchend zu Boden. Vesna ist knallrot im Gesicht. Kenne ich sonst gar nicht von ihr. Ich will ihr das sagen, irgendwie schaffe ich es nicht. Neben uns Feuerwehrleute. Sie halten Zemlinsky. „Nehmt ihn fest", will ich sagen, aber er ist ohnehin gefesselt. Das Feuer tobt immer noch, allerdings viel weiter weg. Am Boden ist es richtig kühl. Ich drücke mein Gesicht in die Erde.

„Können Sie atmen?", fragt mich jemand.

„Wo bleibt die Rettung so lang?", ruft ein Feuerwehrmann dem anderen zu.

Ich drehe mein Gesicht langsam zur Seite. Zemlinsky zuckt. Vesna rappelt sich auf, geht die paar Schritte zu ihm. Ich schaffe es nicht aufzustehen. Ich kann auch auf allen vieren hin. Ganz weit hinten im Kopf läutet eine Glocke. Wir haben überlebt. Wo ist Fran? Auf der anderen Seite von Zemlinsky. Er hockt auf dem Boden. Ein Feuerwehrmann bindet ihm die Hand ein. Offenbar habe ich ihn geschnitten. An der Stirn hat er ein ziemliches Cut. Das war aber nicht ich.

„Sie haben Gruber ermordet!", schreit Vesna den verschnürten Zemlinsky an.

Zemlinsky stöhnt. „Die wollten mich ... und ihn ..." Ich krieche näher, ich kann sonst nichts verstehen. „Stepanovic. Er wollte uns loswerden! Er hat das in die Luft gejagt!" Er keucht.

„Wir haben Fotos. Von Gruber in Sack und Sie bei Schnitzelanlage."

Ich kichere. „Schnitzelanlage", echt witzig, sie ist echt witzig, meine Freundin. Ich kann mich kaum mehr einkriegen.

„Das mit Gruber, das war ein Unfall!", stöhnt Zemlinsky. Oder hab ich nicht richtig verstanden? Hat er zu viel Schnitzel gegessen? In Schnitzelanlage?

„Und Tina Bogner?", schreit Vesna gegen den Feuer- und Sirenenlärm an.

Irgendetwas kommt näher, der Boden bebt. Ist unter dem Feld auch Gas? Fliegen wir jetzt gleich ... Ich muss aufhören zu lachen. Schnitzelanlage, viele Schnitzel könnte man braten, mit diesem Gasfeuer.

„Was soll ich mit der? Stepanovic ..."

Ein Knall, der alle anderen bisher übertönt. Ich schaue auf. Jetzt ist auch das ehemalige Verwaltungsgebäude explodiert.

[15.]

Oskar sieht mitgenommener aus als wir. Ich zwinkere ihm zu. Kann schon sein, dass ich noch nicht ganz richtig ticke. Ich bin schon wieder absurd fröhlich. Mein Atem rasselt, die linke Handfläche schmerzt und außerdem sehe ich diese Lichtpunkte. Das wird vergehen, haben die Ärzte gesagt. Trotzdem wollten sie uns nach den ersten Untersuchungen nicht aus dem Krankenhaus lassen. Vesna hat argumentiert, sie sei total in Ordnung, die Hustenanfälle kämen einfach vom zu vielen Rauchen. Ich habe sie noch nie mit einer Zigarette gesehen. Fran hat so getan, als sei er mindestens so hart im Nehmen wie seine Mutter. Allerdings ist es besser, er bleibt sitzen. Sein Kreislauf scheint noch ein wenig instabil zu sein.

Jetzt sind wir in einem ziemlich heruntergekommenen Gasthaus, ganz nahe beim Krankenhaus. Ich war es, die uns mit einer guten Idee von den Ärzten befreien konnte. Ich habe Generalleutnant Christoph Unterberger angerufen.

Meine Stimme dürfte wie die eines Raben geklungen haben, der versucht, Mira Valensky zu imitieren. Christoph hat ziemlich aufgeregt reagiert. Er habe gerade erfahren, dass nun tatsächlich eine Gasstation in die Luft geflogen sei. Ob ich womöglich dort gewesen sei? War ich. Und ganz schön knapp dran.

„Ein Anschlag auf eine Gasstation muss untersucht werden. Auch vom Bundesheer. Wegen der internationalen Terrorgefahr. Du musst uns ganz dringend an einem vertraulichen Ort befragen", habe ich ihm klargemacht. „Und zieh bitte deine Uniform an."

„Wo seid ihr jetzt?"

„Im AKH. Sie wollen uns nicht rauslassen. Wir sind okay."

„Warum hast du dich nicht gemeldet, als bei der Gasstation ..."

Weil nicht einmal eine Viertelsekunde Zeit war dafür. Außerdem: Hätte er uns ein Hubschraubergeschwader schicken sollen? Wie lang hätte das gedauert? Aber das denke ich nur, ich sage: „Bitte! Hol uns aus dem Krankenhaus raus!"

Oskar und Christoph haben sich also unter ganz anderen Umständen kennengelernt als geplant. Es ist gut, dass heute viel Wichtigeres als eine missverständliche SMS im Mittelpunkt steht. Bevor wir ins AKH gefahren sind, habe ich einem Polizeibeamten klarzumachen versucht, dass sie Stepanovic suchen müssen, er sei mit einigen anderen im Hummer von Zemlinsky geflohen. Keine Ahnung, ob er kapiert hat, was ich von ihm wollte. Zemlinsky hat die Wahrheit gesagt, zumindest im Großen und Ganzen. Da bin ich mir ziemlich sicher. Auch Fran sieht das so.

Vor uns stehen Gläser mit kaltem Mineralwasser. Es ist, als müssten wir das Feuer erst löschen. Keiner hatte Lust auf Wein. Zum Glück hat Oskar etwas Frisches zum Anziehen mitgebracht. Im Krankenhaus haben wir uns provisorisch gewaschen. Vesna schlottert mein Pullover am Körper, die Jeans von Carmen passen einigermaßen, sie hat bloß die Hosenbeine dreimal umkrempeln müssen. Fran sieht aus wie eine Vogelscheuche. Die Oskar längst zu eng gewordene Jogginghose hat er mit einem Gürtel verzurrt, sie hängt an ihm wie ein Doppelsack. Meine Haare kleben am Kopf und ich habe den Verdacht, wir riechen ähnlich wie Gegenstände bei einer illegalen Müllverbrennungsaktion.

„Ist es in Ordnung, wenn ich dabei bleibe?", hat Christoph gefragt, als wir nach unserem strategischen Rückzug aus dem Krankenhaus das nächstgelegene Lokal gesucht haben. Er hat seine Sache wunderbar gemacht. Und wir haben wieder einmal Glück gehabt: Der zuständige Oberarzt war Reserveoffizier. Gerade dass er nicht salutiert hat, als uns der hohe Militär zur geheimen Befragung abgeholt hat.

„Bitte bleib da. Außerdem: Ein wenig militärischer Schutz schadet heute nicht." Oskar hat mich daraufhin etwas gekränkt angesehen.

„Ist er offiziell da oder als Freund?", fragt Fran jetzt und deutet auf unseren Generalleutnant. Etwas höflicher könnte er schon zu ihm sein, immerhin hat er uns, wenn schon nicht aus dem Feuer, so doch aus der Gewalt der Ärzte befreit. Aber Fran und Militär – das geht irgendwie nicht zusammen.

Bevor Christoph etwas sagen kann, krächze ich: „Als Freund. Das mit der Uniform war wichtig, damit unser Plan klappt."

„Als Freund", bestätigt Christoph und ich habe das Gefühl, er bedauert es doch ein wenig, vor einer Stunde ans Telefon gegangen zu sein.

„Erzähl", bitte ich Fran.

„Und du lasst nichts aus", fügt seine Mutter hinzu und hustet dann wieder. Sie sollte morgen noch einmal zum Arzt gehen.

Fran nickt. „Nachdem ich mit Mira über den Sprengstoff geredet hatte, war mir ziemlich schnell klar, dass es in der Gruppe, die die Anschläge gemacht hat, einen Lügner gegeben haben muss. Und zwar den, der den Sprengstoff besorgt hat. Er hat behauptet, dass er ihn aus Bundesheerbeständen abgezweigt hat."

Christoph schüttelt stumm den Kopf, scheint nicht sicher zu sein, ob er sich einmischen soll.

Fran sieht ihn an und dann mich. „Ah, daher wusstest du das. – Also: Warum sollte er lügen, wenn nicht, weil er die wahre Herkunft des Sprengstoffs verschleiern muss? Weil er eigentlich auf der anderen Seite steht? Die Idioten haben mit den Anschlägen auf Gasleitungen das Spiel ihrer Gegner gespielt: Sie haben ‚Cybersolar' in die Nähe von Umweltterroristen gebracht und sie haben Misstrauen gegen ‚PRO!' geschürt. Das war schon etwas Sprengstoff wert. – Die Frage war bloß: Wie finde ich den Sprengstofftyp? Der, den sie angeschossen haben, war im künstlichen Tiefschlaf, seine Freundin Dorli hat gesagt, sie weiß von nichts. Und ich hab ihr geglaubt." Fran macht eine Pause. Oder muss er einfach Kraft sammeln?

„Ich habe das Naheliegende getan. Ich habe Dorli gebeten, alle Leute, die sie im Umfeld von ‚PRO!' kennt, anzusehen und mir zu sagen, mit wem ihr Freund Kontakt hatte. Und da war einer dabei, der mir schon vor einigen Tagen aufgefallen ist. Carlo. Er gehört zu denen, die in Wien Sonnenaufkleber verteilen. Trotzdem habe ich ihn zwei Mal in der Nähe der Computersteuerung der Biomasseanlage herumschleichen gesehen. Ich habe ihn damals sogar gefragt, was er da macht und ob er sich für Computer interessiert. Er hat geantwortet, dass er Biologie studiert."

„Du hast überprüft?", fragt Vesna.

„Warum hätte ich ihm damals nicht glauben sollen? Aber gestern war ich ja schon misstrauisch. Und da habe ich nachgesehen. Es stimmt, dass er Biologie studiert hat. Aber er hat das Studium vor zwei Jahren abgebrochen. Wollte er bloß nicht, dass das jemand weiß – immerhin studieren die meisten der ‚PRO!'-Helfer –, oder hat er aus anderen Gründen gelogen?"

„Und?", fragt Christoph.

Fran sieht ihn an. „Es hat eine Spur zu ‚Pure Energy' gegeben, ich wusste allerdings nicht, war er dort, um Material gegen sie zu sammeln, oder kann es tatsächlich sein, dass er für sie arbeitet?"

„Du hast das an Computer geklärt? Normal es geht auch, aber man braucht länger", hustet Vesna.

Fran schüttelt den Kopf und grinst. Sein rechtes Ohr ist noch immer schwarz vom Ruß. Oder hat er es sich verbrannt? „Ich habe es auf gut Österreichisch mit meinen Beziehungen versucht. Carmen kann viel, wenn sie will. Und sie hat ja ... besondere Kontakte."

Ich sehe Oskar an. Hohenfels. Wenn tatsächlich Stepanovic hinter allem steckt: In wessen Auftrag geschah es?

„Aber ich hatte noch keine Antwort von ihr", fährt Fran fort. Heute früh war Carlo bei ‚PRO!', um Aufkleber zu holen. Er hat mir erzählt, dass er zum Picknick in Pointenbrunn will. Gut, da wollte mindestens die Hälfte der freiwilligen Helfer hin. Er ist mir allerdings seltsam angespannt vorgekommen. Was, wenn er mit seiner idiotischen Gruppe einen neuen Anschlag plant? Vielleicht haben sie am Abend bei der Gasstation was ganz Besonderes vor? Etwas, das ihn schon jetzt nervös macht?"

„Du hast SMS schon am Nachmittag geschickt", erinnert sich Vesna. Kann das tatsächlich alles heute geschehen sein? Ich erinnere mich daran, wie friedlich das Picknick begonnen hat. Ein Volksfest, misstrauisch beäugt von einigen wenigen Polizeibeamten.

„Carlo ist schon sehr früh nach Pointenbrunn gefahren. Ich bin ihm nach. – Übrigens hab ich mir dafür Mams ‚Mischmaschine' ausgeborgt." Er sieht Vesna treuherzig an. „Ich hab sie weit genug entfernt abgestellt. Ihr ist sicher nichts passiert ..." Vesnas legendäres Motorrad, das einst ihre Brüder aus vielen nicht klar zuordenbaren Teilen zusammengebaut haben. Mit dem sie schon einige Male in eiliger und nicht ganz legaler Mission unterwegs war. Ich grinse. Fran scheint wirklich in die Fußstapfen seiner Mutter zu treten.

Vesna knurrt etwas, das klingt wie: „Man wird sehen."

Fran wechselt blitzartig das Thema. „Bei der Gasstation hat es Bauarbeiten gegeben, ich habe beobachtet, wie Carlo von Männern bei einem der Bagger neben der Straße einen Helm bekommen hat. Er ist mit ihnen im Gelände verschwunden. Was tut er da drinnen? Ich war in erster Linie besorgt, dass sie irgendeine dumme Aktion vorhaben. Wenn der auf das Gelände kann, dann schaffe ich es auch. In dem Bagger sind noch zwei Helme gelegen, ich habe mir einen aufgesetzt und bin einfach reinspaziert. Keiner hat mich angesehen. Offenbar hat man sich an die Bauarbeiter gewöhnt und sie nicht dauernd kontrolliert. Ich hab Carlo gesucht. Da kam die SMS von Carmen." Fran holt sein Telefon heraus, liest: „‚Er hat vor zwei Jahren bei ‚Pure Energy' als Laufbursche angeheuert. Seit einem Jahr ist er Mitarbeiter des Sicherheitsdienstes.' Da war mir klar: Carlo steht tatsächlich auf der anderen Seite. Aber: Was macht er dann hier? Da habe ich ihn gesehen. Er ist in einem Gebäude verschwunden. Ich bin ihm nach. "

„Du hättest uns genaue Nachricht geben müssen, dann ich hätte gleich gehandelt", kritisiert Vesna.

„Habe ich ja. Ich habe dir die SMS geschickt, bevor ich hineingegangen bin."

„Aber war nicht mit viel Fakten."

„Viel hatte ich ja nicht."

„Und dann sie haben dich gehabt." Mit einem Mal sieht Vesna unendlich erschöpft aus.

„Woher hast du eigentlich gewusst, dass Fran drin ist?", frage ich meine Freundin.

„War wohl Intuition", murmelt Christoph einigermaßen beeindruckt.

„War Logik", widerspricht Vesna. „Fran schickt SMS, er ist schon da, wir sollen zu Gasstation, Gebäude links, ich soll Mira mitnehmen und: wichtig! Ich sehe ihn nicht bei Gasstation, also er kann in Gasstation sein. Wenn Auto aus Gebäude links flieht, er ist entweder in Auto oder er ist in Gebäude. Weil Hummer und Fran nicht zusammenpassen, er ist eher drin."

„Ich bin hinein, es war ein großer Lagerraum, hinter dem Bagger ist ein schwarzer Geländewagen gestanden, ausgerechnet ein Hummer, hab ich gedacht. Ich bin zu ihm hin, aber bevor ich noch mehr sehen konnte, hab ich eins über den Kopf gekriegt. Als ich wieder zu mir gekommen bin, hat man mich gerade an Armen und Beinen gefesselt. Und mir den Mund verklebt. Ich habe getan, als wäre ich noch ohnmächtig. Ich weiß nur, dass einer gesagt hat: ‚Ist der schon im Koma?'

Und ein anderer hat geantwortet: ‚Egal, es fliegt alles in die Luft, da kommt er nicht mehr raus.' Sie haben mich in der Ecke liegen lassen. Ich hab das Gefühl gehabt, dass sie weggegangen sind. Ich hab vorsichtig geblinzelt und hab fast nichts gesehen, wegen des Cuts, es hat ziemlich geblutet."

Man hat es im Krankenhaus mit elf Stichen genäht. Mein Mobiltelefon läutet. Ich sehe aufs Display. Zuckerbrot. – Ist er schon in Wien? Suchen sie uns? In Pointenbrunn war ein derartiges Chaos, dass keiner der Polizeibeamten etwas von uns wissen wollte. Aber klar, die vermuten uns in sicherem Gewahrsam. Im Krankenhaus. Ich lasse das Telefon läuten. Wenn erst einmal Polizei da ist, erfahre ich erst viel später, was Fran noch alles weiß. Ich muss dranbleiben. Was wäre gewesen, wenn wir zehn Minuten länger im ehemaligen Verwaltungsgebäude geblieben wären? Gar nicht daran denken. Morgen ist Redaktionsschluss.

„Was war mit Zemlinsky?", frage ich Fran.

„Wer war am Telefon?"

„Zuckerbrot. Vielleicht wollte er mir bloß etwas vom Sternenhimmel über dem Boot erzählen."

„Der ist zurück", mischt sich Christoph ein. „Ich habe versucht zu erfahren, was passiert ist. Man hat mir gesagt, er ist zur Gasstation unterwegs."

„Also." Fran holt tief Luft. „Ich habe gehört, dass da einer unter der Plane stöhnt. Ich bin hingerobbt. Wenn ich mehr darüber weiß, was die vorhaben, dann hab ich eine bessere Chance zu entkommen, habe ich mir gedacht. Sie hatten ihm den Mund verklebt. Ich habe es geschafft, das Band wegzureißen. Meines ging ganz einfach weg, sie waren schlampig, oder mein Gesicht war feucht. Er hat irgendwas von politischer Immunität gesagt und da hat es dann langsam bei mir geklingelt: Das ist der Zemlinsky. Ich hab ihm gesagt, dass wir hier nur rauskommen, wenn er mir alles erzählt. Er liegt schon seit gestern da, hat er gesagt, er war völlig fertig. Er wollte seinen Hummer wegbringen. – Und weißt du warum, Mira?"

Ich schüttle den Kopf. Er soll schneller machen! Wer weiß, wie lange Zuckerbrot noch braucht, um herauszufinden, wo wir sind.

„Weil du das Auto in seinem Arbeitszimmer so genau betrachtet hast. Er hat Angst gehabt, du weißt etwas über die nächtliche Aktion beim Biomasseheizwerk und zählst zwei und zwei zusammen. Und da war noch was, mit dem Auto. Grubers Blutspuren. Stepanovic hat ihm geraten, das Auto eine Zeit lang hier in dem verlassenen Verwaltungsgebäude zu verstecken. Zemlinsky hat einfach den Leiter der Gasstation gefragt und ihm gesagt, die Medien hetzen gegen sein schönes Auto, ob er es unterstellen dürfe. Dem Vorsitzenden des Energieausschusses im Parlament schlägt man so etwas nicht ab. Er sei durch ein Tor reingefahren. Und als der Leiter der Gasstation weg war, hat man ihn niedergeschlagen."

„Warum er ist in Gebäude geblieben?", fragt Vesna.

„Weil er sich mit Stepanovic treffen wollte."

Generalleutnant Unterberger sieht Fran an. „Sind Sie ganz sicher, dass er von Stepanovic gesprochen hat?"

„Ganz sicher."

„Er hat es mir ja auch gesagt, bevor sie ihn mit der Rettung weggebracht haben: Es war Stepanovic!", ergänze ich.

„Wollt ihr eigentlich überhaupt noch hören, was Zemlinsky erzählt hat?", mischt sich Fran ein.

Alle nicken. Nur Oskar beutelt, wie wenn er das alles nicht glauben könnte, den Kopf. Schnaps. Das ist es, was wir brauchen. In erster Linie für meinen armen Mann. Ich kichere. Ich bin einfach noch schrecklich überdreht. Wir haben überlebt. Vesna, Fran, Oskar, Christoph: Sie sehen mich an, als ob ich total übergeschnappt wäre. „Wir brauchen Schnaps!", sage ich. „Vor allem mein Mann!" Und ich kichere wieder. Ich war laut genug, dass der Kellner mit einer Flasche ohne Etikett erscheint.

„Können Sie auch zahlen?", fragt er misstrauisch.

Drei von uns sehen wohl aus, als würden sie unter irgendeiner Brücke leben. Die beiden honorigen Herren, auch der in Uniform, wirken daneben automatisch dubios. Oskar streckt dem Kellner einen Fünfziger hin. Der verschwindet und kehrt blitzartig mit Gläsern wieder.

„Was ist das?", frage ich.

„Wir haben nur einen Schnaps. Brennt der Onkel."

Offenbar scheint der Kellner auch der Wirt zu sein. Oskar schenkt ein. Als die Reihe an Christoph kommt, sieht er ihn fragend an. „Natürlich!", antwortet der. Wir heben die Gläser und trinken. Der Schnaps ist verdammt stark. Ich huste. Aber ich habe den Eindruck, er putzt meine Kehle besser durch als das Zeug, das sie mir im Krankenhaus gegeben haben.

„Also", fährt Fran fort. „Dieser Gruber dürfte bei ‚Pure Energy' für die Bestechung von Politikern und anderen wichtigen Personen zuständig gewesen sein. Aber er hat immer mehr getrunken und immer mehr geredet. Er ist zum Risiko geworden. Man hat versucht, ihn in Rumänien zu lassen. Aber er ist zurückgekommen. Und als das mit der Kampagne von ‚PRO!' und mit den Artikeln im ‚Magazin' losgegangen ist, waren alle ziemlich nervös. Zemlinsky hat Gruber getroffen, wo, weiß ich nicht. Laut Zemlinsky war Gruber auch da betrunken, er hat Zemlinsky angefleht, ihm zu helfen, Stepanovic wolle ihn loswerden. Aber das werde er sich nicht gefallen lassen, dazu wisse er zu viel. Und dann soll er versucht haben, Zemlinsky zu bedrohen: Auch über ihn wisse er eine Menge. Er hat versucht, Zemlinsky und sich selbst vor dem Hummer zu fotografieren, als Beweis für ein Treffen. Zemlinsky sagt, er wollte ihm bloß die Kamera wegnehmen, dabei sei Gruber gestürzt und so unglücklich auf eine Kante des Wagens gefallen, dass er tot war. Genick gebrochen."

„Du glaubst das?", frage ich Fran.

„Ich bin mir nicht sicher. Zemlinsky hat viel geredet, drin in dem Lagerraum. Er war in Todesangst. Ich hab die ganze Zeit über gefürchtet, dass jemand reinkommt und merkt, dass wir bei Bewusstsein sind. Zumindest so ähnlich, wie er erzählt hat, wird es schon gewesen sein. Auf alle Fälle ist Zemlinsky dann mit dem toten Gruber dagestanden. Und er hat überlegt: Wenn Stepanovic Gruber wirklich loswerden wollte, dann hat er dieses Problem für ihn gelöst. Dann wird er ihm vielleicht gerne beistehen. Noch dazu, wo er sich immer damit gebrüstet hat, kompromisslos kämpfen gelernt zu haben. Wenn nicht, dann werde er den ‚Pure Energy'-Manager dazu zwingen, er wisse ja auch so einiges. Nur dass dann alles etwas anders gelaufen ist. Stepanovic hat ihm schon geholfen, er hat ihm zwei Leute geschickt, die Grubers Leiche in der Nacht im Biomasseheizwerk entsorgen sollten – Zemlinsky musste freilich selbst mit dabei sein. Und sein Auto auch."

„Der eine war Carlo mit Sprengstoff?", will Vesna wissen. Der Schnaps hat auch ihr gutgetan. Sie hustet weniger.

„Möglich, ich weiß es nicht. Auf alle Fälle scheint das nächste Sicherheitsrisiko Zemlinsky geheißen zu haben. Das Picknick war eine wunderbare Gelegenheit. Man hat Zemlinsky am Vortag dorthin gelotst. Die ‚Cyberfriends', die dieses idiotische Feuerwerk auf dem Friedhof in Loidesbach veranstaltet haben, scheinen sie auf eine Idee gebracht zu haben: Man macht ein Feuerwerk, zündet danach Sprengsätze, jagt die Gasstation in die Luft und schiebt alles radikalen Umweltschützern in die Schuhe."

„,Sie'?", fragt Christoph nach. „Waren es mehrere?"
„Stepanovic ist wohl der Chef. Insgesamt waren es vier, glaube ich. Ich habe jemanden zurückkommen gehört, habe, so gut es ging, die Plane über Zemlinsky gezogen und mich ein Stück weit weggerollt. Er hat eine Feuerwehruniform angehabt. Ich habe für einen Moment gedacht, der kommt und rettet uns. Zum Glück habe ich noch stillgehalten. Er ist hin zu Zemlinsky und hat ihm mit einer Eisenstange dorthin gehauen, wo er unter der Plane den Kopf vermutet hat. Ich hab gedacht, jetzt ist er tot. Dann ist er her zu mir."

Vesna schüttelt den Kopf. „Kann ich nicht hören!"

Fran versucht so cool wie möglich dreinzusehen. Ganz gelingt es ihm nicht. „Ich lebe ja, Mam. Es war draußen eine Explosion und er hat die Stange fallen lassen und jemandem zugerufen: ,Jetzt geht das Feuerwerk los! Und bald kracht es wirklich! Weg da!' Er ist aus dem Raum gelaufen. Dann gab es noch ein paar kleine Explosionen und plötzlich eine große, da sind alle Fenster zersprungen. Sie haben im Nebenraum den Hummer gestartet, kurz danach hat es gekracht und das ganze Gebäude hat gezittert. Ich habe versucht, auf die Beine zu kommen, durch das Fenster habe ich gesehen, dass es brennt, es war total laut und es ist immer heißer geworden, ich wollte auf und mit verbundenen Beinen hüpfen, aber die waren zu eng zusammengeschnürt, ich bin gestürzt und war wohl wieder kurz weg. – Und dann wart ihr da."

Ich schenke mir noch einen Schnaps ein. „Und wer steht hinter Stepanovic?", frage ich laut.

„Keine Ahnung", antwortet Fran. „Zemlinsky scheint ihn für den Anführer zu halten. – Aber warum hat er das getan? Er ist Manager. Und verdammt gut bezahlt, nehme ich an."

Mir fällt etwas ein. „Diese interne Mitteilung, die uns Carmen gezeigt hat, als wir ...", ich werfe meinem Oskar einen Blick zu. Ich sollte mit ihm einige Tage fortfahren, ganz weit fort, zumindest bis ins Veneto. „... damals auf Oskar gewartet haben. Die obersten ‚Pure Energy'-Bosse haben Stepanovic befohlen, auf die besondere Situation in Österreich zu reagieren, bevor die Unruhe zu groß wird. Und sie haben ihm vollen Handlungsspielraum gegeben. Carmen meint, Stepanovic sei krankhaft ehrgeizig."

„Es gibt noch etwas, das dazu passen könnte", ergänzt der Generalleutnant. „Seine Ausbildung in Moskau. Er hat sie bei einem privaten

Sicherheitsdienst gemacht, der in gewissem Sinn zur Elite zählt. Nahkampf, Angriffstechniken, alles, was Geheimdienstler so draufhaben. Wer diese Ausbildung durchsteht, fühlt sich quasi unbesiegbar."

Dann läuten gleich zwei Telefone gleichzeitig. An dem von Vesna ist Valentin, der wissen will, was denn passiert sei. Und an meinem ist noch einmal Zuckerbrot. Diesmal nehme ich das Gespräch an.

[16.]

Flammenhölle in der Gasstation!" Ich bin für den Titel nicht zuständig, ich schwöre es. Am Cover des „Magazin" ein Bild von Feuer und Rauch, verbogenen Rohrleitungen und eingestürzten Gebäuden. Ich habe niedergeschrieben, was ich erlebt habe. Und was uns Fran erzählt hat. Der angeschossene Aktivist ist wieder ansprechbar und hat bestätigt, dass es Carlo war, der den Sprengstoff besorgt hat. Zuckerbrot hat mir das verraten. Im Austausch gegen vieles, was er nicht wissen konnte. Zemlinsky tischt nun eine andere Version auf: Nicht er, sondern Stepanovic habe den ehemaligen Vizekanzler Gruber auf dem Gewissen. Man habe ihn gezwungen, bei der Entsorgung der Leiche mitzutun und sein Auto später in das leer stehende Gebäude der Gasstation zu stellen. Er hätte viel gewusst und alles aufdecken wollen. – Ich glaube eher an das, was er Fran in Todesangst erzählt hat. Fran wird vor Gericht aussagen müssen. Und auch ich werde wiederholen, was mir Zemlinsky unmittelbar nach der Explosion gesagt hat: dass das mit Gruber bloß „ein Unfall" gewesen sei.

Den Hummer hat man an der slowakischen Grenze gefunden. Die Auswertung der Spuren dauert noch. Im Fahrzeug waren zwei Kartons von „PRO!" mit Sonnenaufklebern und Resten von Sprengstoff. Stepanovic ist keineswegs geflohen, er hält in seinem Büro die Stellung und droht allen, sie mit Klagen einzudecken. Er hat sofort am nächsten Tag eine Presseerklärung veröffentlicht:

„Ich bin an diesem Abend mit Geschäftsfreunden in Bratislava gewesen, das kann eine Reihe von Zeugen, die Namen liegen den ermittelnden Behörden vor, bestätigen. Der Anschlag geht auf das Konto der Umweltterroristen und wer zu grünäugig ist, um das zu sehen, ist selbst schuld. Ich gehe davon aus, dass meine Glaubwürdigkeit doch um einiges höher ist als die eines seit

langem verdächtigen Hackers von ‚Cybersolar'. Bezüglich der Anschuldigungen von Nationalratsabgeordnetem Zemlinsky muss ich zugeben, dass ich bereits seit geraumer Zeit Bedenken hinsichtlich seiner Integrität hatte. Die interne Revisionabteilung von ‚Pure Energy' hat den Auftrag, auch eventuelle illegale Kontakte und Geldflüsse zwischen ihm und Dr. Heinrich Gruber zu klären. Dass er für den Mord an Dr. Gruber verantwortlich ist, erschüttert mich dennoch. Wie Videoaufzeichnungen und Fotos belegen, war er aktiv an der Beseitigung der Leiche beteiligt."

Angeblich hat Stepanovic der Polizei genau dasselbe gesagt. Ich habe seine Rechtfertigung natürlich in die Story eingebaut, das gehört sich so.

Tina Bogner und Karl Novak werden sich dafür verantworten müssen, dass sie die Aufzeichnungen der Überwachungskameras verschwinden lassen wollten. Es hätte ihnen klar sein müssen, dass das Material Beweismittel in einem laufenden Verfahren sein kann. Und den Aktivisten, der schwer verletzt im Krankenhaus liegt, klagt man zumindest wegen Sachbeschädigung, vielleicht auch wegen Gemeingefährdung an. Der Vorwurf der Bildung einer terroristischen Vereinigung wird fallen gelassen, hat mir Zuckerbrot erzählt. Es sei gar nicht so einfach gewesen, die Staatsanwaltschaft davon zu überzeugen. Werden sie alle bestraft, während Stepanovic davonkommt? Es wird gegen ihn ermittelt, wenn auch auf freiem Fuß. „Wir müssen uns erst etwas mehr Überblick verschaffen", hat Zuckerbrot gestöhnt, als ich ihn gefragt habe, warum der Connecting Manager nicht längst in Untersuchungshaft sitze. „Außerdem sieht es nicht so aus, als ob er fliehen möchte. Dann wäre er nämlich schon lange fort." Ich bin mir da nicht so sicher. Wenn es eng wird, kann er noch immer über die Grenze zu seinen Freunden in der Slowakei. Und von dort weiter nach Russland. Aber vielleicht ist China ein viel besseres Land, um sich zu verstecken.

Ich sitze in der Redaktion, die druckfrische Ausgabe des „Magazin" vor mir. Meine linke Hand schmerzt immer noch, ich habe sie mir in der Lagerhalle an irgendetwas aufgerissen. Sie wird heilen. Was den Fall angeht, kann ich nicht mehr viel tun. Der Rest ist Sache der Polizei. Ich sollte schlafen, lange schlafen. Und dann mit Oskar verreisen.

Telefon. Ich sehe gar nicht aufs Display. „Ja?"

„Tina Bogner. Geht es Ihnen gut? Können Sie herkommen?"

Ich seufze. Ich habe keine Lust. Ich bin froh, dass sie nichts mit den Anschlägen zu tun hatte. Was die Ideen von „PRO!" angeht, so bin ich zwar nicht so enthusiastisch wie Fran und Jana, aber ich mag die Vorstellung, dass Energie vor Ort erzeugt wird, dass wir auch Wind und Sonne nutzen.

„Ich habe vielleicht etwas für Sie."

Ich weiß nicht, warum ich mich ins Auto setze und wieder einmal nach Sonnendorf fahre. Vielleicht, weil mir noch ein kleines Puzzleteilchen fehlt. Warum hat sie sich in Frankfurt mit Zemlinsky getroffen? Die Sprecherin von „PRO!" wartet bereits am Parkplatz auf mich. Sie geht auf und ab und scheint nichts von ihrer Energie verloren zu haben. – Könnte sie mir bitte ein wenig davon abgeben?

„Ich weiß nicht, was Sie mit dieser Information machen werden. Sie haben uns in Ihren Reportagen fair behandelt. Und ich halte es nicht aus, dass Stepanovic ungeschoren davonkommt." Sie streicht energisch ihre halblangen dunklen Haare zurück. „Sie haben geschrieben, dass Zemlinsky in Frankfurt nicht nur bei ‚Pure Energy' war, sondern auch noch andere interessante Kontakte hatte: Ich weiß nicht, woher Sie das haben. Aber ich nehme an, Sie meinen mein Treffen mit ihm."

Sieh an, jetzt wird es doch noch interessant. Ich brauche sie gar nicht danach zu fragen. Sie will freiwillig erzählen. Ich nicke. „Sie waren mit Zemlinsky in einem griechischen Kellerlokal. Es soll ein freundschaftliches Gespräch gewesen sein."

„Ich habe mich bemüht", stellt die Sprecherin von „PRO!" trocken fest. „Ich wollte etwas von ihm. Und ich hatte ein Druckmittel, über das ich es vielleicht hätte bekommen können."

Hinter dem Parkplatz sehe ich die Berge mit Hackschnitzeln. Der Baggerfahrer Toni lädt seine große Schaufel voll und fährt damit in Richtung der Förderanlage. „Was wollten Sie von ihm?"

„Seine Unterstützung bei unserer Kampagne natürlich."

„Aber er ist von ‚Pure Energy' gekauft, das haben Sie doch selbst behauptet", entgegne ich.

„Klar. Bloß: Ich habe da zwei Fotos …" Sie fährt in die große Seitentasche ihrer Strickjacke. Es ist noch immer viel zu kalt für Anfang Oktober. Sie holt das erste Bild heraus. Es zeigt einen Karton mit Sonnenaufklebern von „PRO!" – was soll das?

„Sehen Sie genau hin! Da, auf der Seite, das, was wie Papierrollen aussieht: Es sind Sprengladungen."

„Und wie …"

„Carlo, der den Sprengstoff besorgt hat. Er hat immer wieder Sonnenaufkleber abgeholt. Er ist mir nicht im Geringsten verdächtig vorgekommen. Wir verlangen ja kein polizeiliches Führungszeugnis, wenn uns einer helfen möchte. Es ist zehn Tage her, da habe ich Sonnenpickerl gebraucht, im Büro gab es keine mehr. Also habe ich im Lager nachgesehen. Da waren zwei Schachteln, die Carlo schon für den nächsten Tag fertig gemacht und zugeklebt hatte. Die Adressen der Bestimmungsorte standen drauf. Ich habe eine aufgerissen. Und den Sprengstoff gefunden. Es war nicht besonders viel. Natürlich habe ich sofort gedacht, dass er an den Anschlägen beteiligt ist. Nicht nur die Polizei hat vermutet, dass welche aus unserem Umfeld dabei sein könnten."

„Sie haben das gedeckt?", frage ich. Ein eisiger Wind geht. Ich sollte glücklich über ihn sein. Er ist viel besser als das, was ich gestern erlebt habe.

„Im Gegenteil! Ich wollte herausfinden, wer noch mit dabei ist! Ich wollte den Idioten endlich das Handwerk legen! – Natürlich intern und nicht so, dass die Polizei davon erfährt. Ich habe niemandem von meinem Fund erzählt, auch nicht Karl Novak."

„Was ist eigentlich mit ihm? Er hat von einem Abschied gesprochen, der endgültiger sein könnte, als sich das manche vorstellen. Ich habe mir Sorgen gemacht, er könnte sich etwas antun."

Tina Bogner schüttelt ungeduldig den Kopf. „Aber nein, es ist ganz anders: Er geht mit der Caritas nach Afrika. Er ist Techniker. Er will dort Leute ausbilden, damit sie Photovoltaik- und Windkraftanlagen bauen können. Vor allem, um Brunnen zu betreiben. Ich finde das großartig, natürlich. Aber irgendwie ist es doch eine Flucht. Wir sind noch nicht fertig mit dem, was wir wollen. – Also: Soll ich Ihnen jetzt zeigen, was ich entdeckt habe, oder ist es Ihnen egal?"

„Natürlich interessiert es mich." Aber von ihrer Aufregung lasse ich mich nicht mehr anstecken. Davon hatte ich in letzter Zeit einfach genug.

Sie hält mir das zweite Bild hin. Es ist eindeutig von weit weg aufgenommen. Doch was drauf ist, kann man deutlich erkennen: eine einsame Landstraße, ein Auto, könnte ein BMW sein, Drago Stepanovic und ein Mann Anfang zwanzig, zwei offene Kartons. Der junge Mann räumt etwas von einem in den anderen Karton. „Wo war das? Wer ist der Zweite? Was tun sie?", frage ich.

Tina Bogner lächelt. „Der Zweite ist unser Carlo. Ich bin ihm nachgefahren, fast bis zur slowakischen Grenze. Der eine Karton ist eine slowakische Waschmittelverpackung. Der andere ist einer unserer Kartons für die Sonnenaufkleber. Und das, was Carlo in der Hand hält, ist Sprengstoff. Im wahrsten Sinn des Worts."

Ich sehe sie an. „Sie haben sich mit Zemlinsky an einem Ort getroffen, an dem man Sie nicht so leicht erkennt. Er hat Frankfurt vorgeschlagen. Weil er dort ohnehin einen Termin hatte. Sie haben ihm die Fotos gezeigt und ihm gesagt, dass es wohl besser wäre, er würde mit ‚PRO!' zusammenarbeiten: Dann würden Sie in der Öffentlichkeit kein Wort über seine engen Verflechtungen mit ‚Pure Energy' verlieren ... Haben Sie eigentlich gewusst, dass sein Hummer hinter dem Gelände von ‚PRO!' gestanden ist, als sie die Leiche von Gruber entsorgt haben?"

Tina Bogner fällt mir ins Wort: „Nein, das leider nicht. Aber sonst war es ziemlich genau so. Ich weiß, man könnte es Erpressung nennen, aber man könnte auch sagen, dass ich ihn einfach vor seinen bisherigen Freunden gewarnt habe."

Ewig schade, dass ich die Fotos erst einen Tag nach Redaktionsschluss in Händen halte. Meine Story wäre, zumindest was Stepanovic angeht, perfekt gewesen. Ob ich sie bis zur nächsten Ausgabe zurückhalten kann? Vergiss es, Mira. Die müssen nun wirklich gleich zur Sonderkommission. Bevor der Connecting Manager doch noch seine Verbindungen nutzt und sich absetzt. „Ihnen ist klar, dass das Verfahren auf Unterschlagung von Beweismitteln ausgedehnt werden wird?"

Tina Bogner nickt. Sie sieht hinüber zu den Windrädern. Mit einem Mal ist sie ruhig und ernst. „Ich hab mich mitschuldig gemacht. Ich hab die ganze Zeit darüber nachgedacht. Hätte ich den Erfolg unserer Kampagne nicht über alles gestellt, wäre so einiges nicht geschehen. Aber: Für viele wäre es ein gefundenes Fressen gewesen, wenn sie erfahren hätten, dass man Grubers Leiche bei uns verschwinden hat lassen. Und selbst falls es sich bloß um illegal abgeladenen Müll gehandelt hätte: Nicht die, die ihn gebracht haben, sondern wir wären am Pranger gestanden. Da bin ich sicher. Also habe ich die Aufzeichnungen verschwinden lassen. Und wäre ich mit den beiden Fotos sofort zur Polizei gegangen, hätte man gesagt: Jetzt ist klar, dass ein Mitarbeiter von ‚PRO!' hinter den Anschlägen steckt."

„Stepanovic hätte schwer leugnen können, den Sprengstoff übergeben zu haben", entgegne ich.

„Was weiß ich. Dem traue ich alles zu. Aber egal. Natürlich hätte ich die Fotos sofort herausrücken müssen. Dann wäre das gestern vielleicht nie geschehen. Nicht auszudenken, wenn Sie und Fran und selbst Zemlinsky ..."

„Und warum geben Sie die Bilder jetzt mir?"

Tina Bogner sieht mich nachdenklich an. „Ich will, dass sie sicher veröffentlicht werden. Ich will, dass sie alle sehen. Dieser Zuckerbrot scheint ganz in Ordnung zu sein, aber ich misstraue dem Polizeiapparat. Auch da gibt es Verflechtungen ..." Sie versucht ein Lächeln. „Wahrscheinlich spinne ich schon."

„Ich verspreche, alle werden die Fotos sehen können." Ich habe eine Idee. Und die gefällt auch Tina Bogner.

Wenig später sendet das „Magazin" eine Information über den Online-Pressedienst aus: *„Die Recherchen über die Hintergründe zur Explosion in der Gasstation Pointenbrunn gehen weiter. Dem ‚Magazin' liegt ein Foto vor, auf dem ‚Pure Energy'-Connecting Manager Drago Stepanovic einem Verbindungsmann Sprengstoff übergibt. Dieser Sprengstoff, auch dafür gibt es Beweise, wurde heimlich bei ‚PRO!' zwischengelagert und dann für Anschläge gegen Energieeinrichtungen verwendet. Selbstverständlich hat das ‚Magazin' das Beweismaterial sofort an die Polizeibehörden übergeben."*

Eine halbe Stunde, bevor diese Meldung hinausgeht, höre ich mir von Zuckerbrot an, dass er mich jedenfalls bald verhaften werde, dass es unzumutbar sei, was ich mit den Polizeibehörden aufführe, und dass ich mit meinen Alleingängen überhaupt eine Plage für die ganze Menschheit sei.

„Fast wäre mich die Menschheit ohnehin losgeworden", sage ich ohne irgendein Zittern in der Stimme. Zuckerbrots Wutausbruch macht mich nahezu fröhlich. Ich glaube, ich habe diesmal alles richtig gemacht. „Sie haben nicht mehr viel Zeit, Stepanovic zu verhaften. Wenn er von der Meldung Wind bekommt, ist er weg."

Zuckerbrot sieht mich verwirrt an. Sein Gesicht ist sonnengebräunt. Vielleicht wäre Segeln eine wunderbare Abwechslung. Nein, Mira. Viel zu anstrengend. Was du brauchst, ist gutes Essen, angenehme Gesellschaft, Ruhe. Der Leiter der Sonderkommission stürzt auf mich zu. Dreht er jetzt durch? Ich ducke mich, er packt mich trotzdem. Und umarmt mich ganz fest. „Wäre vielleicht irgendwie doch schade gewesen für die Menschheit", murmelt er, zieht sich dann wieder zurück und zupft an seiner prähistorischen Strickjacke.

Noch am selben Tag lässt „Pure Energy" seinen Connection Manager fallen. In einer Presseaussendung gesteht Carlo, bei dem ersten Anschlag auf die Gasleitung in der Nähe von Sonnendorf dabei gewesen zu sein. Er sei in der Sicherheitsabteilung von „Pure Energy" direkt Stepanovic unterstellt gewesen und dieser habe ihn dazu gezwungen. Danach habe er einige im Umfeld von „PRO!" und „Cybersolar" motiviert, Energieeinrichtungen zu beschädigen. Das mit der Puppe am Hochspannungsmast habe er als bösen Witz verstanden, laut Stepanovic wollte man Gruber einen Schreck einjagen. Und das schien ja auch funktioniert zu haben, Gruber sei plötzlich weg gewesen. Nie wäre er auf die Idee gekommen, dass er tot sei. Und was die große Explosion angehe, so sei sie ebenfalls von Stepanovic geplant worden. Gemeinsam mit Männern aus der Slowakei, die er vorher nie gesehen habe, hätten sie sich aufs Gelände geschlichen, später Feuerwehruniformen angezogen und die Explosionskörper gezündet. Das Ganze sollte „PRO!" dann in die Schuhe geschoben werden. Er habe bis zum Schluss geglaubt, dass es sich bloß um Feuerwerksraketen handeln würde.

„Pure Energy"-Manager Hohenfels gibt sich entsetzt und verspricht, alles, was in seiner Macht stehe, zur Aufklärung dieser „schrecklichen Verbrechen" beizutragen. Was denn das Motiv von Stepanovic gewesen sein könnte, wird er gefragt. „Ich habe nicht die geringste Ahnung. Es gab in letzter Zeit Hinweise, dass in islamistischen Terrorcamps über Angriffe auf Pipelines nachgedacht wird. Ich lehne jede Form des Extremismus ab."

Und „Pure Energy International" lässt ausrichten: „Durch Drago Stepanovic ist dem Unternehmen, das sichere Energieversorgung als Teil eines weltumspannenden Friedenskonzepts sieht, großer Schaden entstanden."

Es ist Samstag. Ich sitze mit Carmen auf der Terrasse von Valentins Villa. Er hat uns alle zum Brunch gebeten. Plötzlich ist das Wetter wieder so schön, als hätte es den Kaltlufteinbruch nie gegeben. Jana und er richten an, was die Cateringfirma geliefert hat. Fran muss Vesna dringend sein neues Computerprogramm zur Konturenerfassung von Verdächtigen zeigen. Oskar ist mit Christoph in ein Gespräch über die Sinnhaftigkeit der allgemeinen Wehrpflicht vertieft. Ich hoffe, es endet nicht in einem Duell.

Ich blättere die heutigen Zeitungen durch. Die meisten haben das „Magazin" zitiert, einige haben darauf vergessen, so ist das eben. Fast überall ist die Verhaftung von Stepanovic der Aufmacher. Auch wenn sie nicht immer in Verbindung mit „Pure Energy" oder gar einer fehlgeleiteten Energiepolitik gebracht wird. Meine Lieblinge vom „Blatt" schreiben: *„Inzwischen mehren sich die Beweise, dass es sich bei dem Anführer der Terroristen um den serbischstämmigen Drago S. handelt. Ein islamistischer Hintergrund der Tat kann nicht ausgeschlossen werden."*

„Man packt es nicht!", sagt Carmen. Dafür feiert eine großformatige Tageszeitung im Wirtschaftsteil den Kooperationsvertrag zwischen der Montanuniversität Leoben und der Bergakademie St. Petersburg. Der Rektor der Universität in Leoben gibt bekannt: *„Ich sehe Russland im Zusammenhang mit einer nachhaltigen Rohstoffversorgung Europas als den zentralen Partner."* Und weiter wird berichtet: *„Die Bergakademie St. Petersburg, welche mit ihrer Gründung 1773 als eine der ältesten Bergakademien in Europa gilt, ist heute die führende Rohstoffuniversität in Russland – nicht nur Ministerpräsident Wladimir Putin hat hier seine Dissertation zum Thema ‚Strategische Bedeutung der Rohstoffe für die zukünftige Entwicklung Russlands' verfasst, auch der gegenwärtige Rektor, Wladimir Litvinenko, ist Berater der russischen Regierung in Rohstoffangelegenheiten."*

„Ich rede mit Tina Bogner. Vielleicht kann sie mich bei ‚PRO!' brauchen", überlegt Carmen. „Erinnerst du dich noch daran, wie sauer Fran war, als ich gesagt habe, Stepanovic sei ein Typ, der eben allen etwas beweisen müsse? Ich war so nah dran. Und dann diese interne Mitteilung ... dass er die Unruhe stoppen soll und freie Hand habe ... Hohenfels war gestern jedenfalls total von den Socken. Irgendwie hat er gewirkt, als würde er mit all dem nicht fertig. Dabei könnte er heilfroh sein. Stepanovic wollte seinen Job."

„‚Hohenfels' und nicht mehr ‚Reinhard'?", frage ich.

„Hm", sagt Carmen und faltet einen Papierflieger aus einem Zeitungsblatt. „Ich weiß nicht so recht. Vielleicht habe ich ihn falsch eingeschätzt. Stärker irgendwie."

„Keiner ist immer stark", gebe ich weise zu bedenken.

„Schon klar." Sie sieht zu Oskar und Christoph hinüber. „Generalleutnant ist er? Er schaut verdammt gut aus."

Über Realität und Fiktion

Obwohl Handlung und Hauptpersonen dieses Romans natürlich frei erfunden sind, habe ich einiges doch aus der sogenannten „Wirklichkeit" übernommen:

Arnold Schwarzenegger hat bei einer Energiekonferenz in Wien im Zusammenhang mit Güssing, das seine Energie selbst erzeugt, gesagt: *„Können Sie sich das vorstellen, dieses Ausmaß von Energie-Freiheit? Es ist großartig!"* Er fährt übrigens tatsächlich seit 2004 einen Hummer mit Wasserstoffantrieb. Allerdings dürfte er auch noch ein paar „herkömmliche" dicke Autos haben ...

1996 brachte General Motors den zweisitzigen, Akku-elektrisch angetriebenen Pkw „EV1" (Electric Vehicle 1) zur Serienreife. Drei Jahre später wurden die Fahrzeuge zurückgeholt und verschrottet, GM begründete es damit, dass die langfristige Sicherheit der Fahrzeuge aufgrund fehlender Ersatzteilproduktion nicht garantiert werden konnte. Eine – etwas pathetische – PowerPoint-Präsentation zu diesem Thema landete vor geraumer Zeit in meinem elektronischen Posteingang, die zusätzlichen Informationen findet man über Wikipedia.

Die „Stimme Russlands" berichtet im Internet über den „Energiedialog Russland–EU": Die EU habe zugegeben, dass „es für das russische Erdgas keine Alternative gibt und dass Russland sein zuverlässigster Lieferant ist".

Das Thema der Dissertation von Wladimir Putin lautet tatsächlich: *„Strategische Bedeutung der Rohstoffe für die zukünftige Entwicklung Russlands".*

Auch ein Kooperationsvertrag zwischen der Montanuniversität Leoben und der Bergakademie St. Petersburg existiert. Was die Rektoren beider Universitäten dazu meinen, ist im Internet nachzulesen.

Danke!

… an Manfred Brosenbauer, Christian Hackel und das gesamte Team der Ökoenergie Wolkersdorf. Sie haben mich mehrmals durch ihr Biomasseheizwerk geführt (die Öfen sind wirklich eindrucksvoll …) und ich habe von ihnen eine Menge über die Erzeugung von erneuerbarer Energie, aber auch über energiepolitische Zusammenhänge gelernt. Auf ihrer Homepage steht unter der Überschrift „Energie im Überfluss": Wind, Wasser, Sonne und Biomasse sind als Energiequellen unerschöpflich. Wir nutzen sie. Erneuerbare Energiequellen auf regionaler Ebene zu nützen ist unser Ziel. Denn fossile Brennstoffe sind nur sehr begrenzt verfügbar, hauptverantwortlich für den Treibhauseffekt und leisten kaum einen Beitrag zur lokalen Wertschöpfung."

www.oekoenergie.com

… an Armin Teichert und Laura Pedarnig von der OMV-Tochter GAS CONNECT AUSTRIA. Ihnen habe ich viele Fragen im Zusammenhang mit Gasdruckleitungen gestellt und sie haben sie mir freundlich und kompetent beantwortet. Auch wenn das gar nicht so einfach war, denn glücklicherweise ist in ihrem Unternehmen noch nie eine Leitung gesprengt worden.

www.gasconnect.at

… an Peter Pilz. Er hat mir eine Menge über die Hinter- und Abgründe europäischer Energiepolitik erzählt. Dass Peter Pilz zu *dem* Aufdecker unter den Grün-Politikern geworden ist, hat einen gar nicht so spektakulären Grund: Er ist fleißig und recherchiert akribisch. Dass er darüber hinaus auch noch gerne lebt und isst, macht ihn mir natürlich besonders sympathisch.

www.peterpilz.at

… an Ernst Scheiber, den Geschäftsführer des Club Niederösterreich. Ich habe ihn vor vielen Jahren als Sekretär von ÖVP-Obmann Josef Riegler kennengelernt. Der hat sich schon damals mit seinem Konzept der „Ökosozialen Marktwirtschaft" Gedanken über Umwelt und nachhaltige Entwicklung gemacht und wurde von zu vielen nicht verstanden. Auch Ernst Scheiber ist am Thema drangeblieben und setzt sich engagiert für erneuerbare Energie und gegen die Agitation internationaler Energielobbys ein. Seine Artikel in der Biomasse-Zeitschrift haben mir bei der Recherche sehr geholfen.

www.clubnoe.at

… an Manfred Buchinger, den Einzigartigen, Koch&Lebens&Künstler, in dessen Gasthaus „Zur Alten Schule" ich jetzt bereits seit zehn Jahren mitkoche. Begonnen hat alles mit der Recherche zu „Ausgekocht" … Unglaublich, dass das schon so lange her ist. Ein ganz besonderes DANKE auch an Hannes Berghofer, „unseren" superengagierten Koch, der mir besonders bei den vielen Lesungen und Veranstaltungen während der Öffnungszeiten den Rücken frei hält. Manfred Buchinger ist übrigens Mitbesitzer des allerersten Windrads in Wolkersdorf, und er hat mich mit den Ökoenergie-Leuten (siehe oben) bekannt gemacht. Das war mit ein Anstoß, über einen Energie-Krimi nachzudenken …

www.buchingers.at

… an Gerda und Joschi Döllinger. Erstens und überhaupt für Ihre Freundschaft. Außerdem hat Joschi eine Menge Erfahrung mit dem Thema Energieversorgung. Immerhin gibt's unter einigen seiner Felder und Weinhügel Erdgas, Erdöl und entsprechende Leitungen. Seine Beziehungen zur OMV sind unter anderem wohl deswegen so gut, weil auch Energiefachleute gerne guten Wein trinken. Er hat mir mit seinem Wissen und seinen Beziehungen jedenfalls eine Menge geholfen … und die Weine von Mathias, Gerda und Joschi Döllinger bleiben köstliche Inspirationsquellen …

www.doellinger.at

… an meine Heimatgemeinde Auersthal im südlichen Weinviertel, die mich und meinen Mann vor mehr als zwanzig Jahren so freundlich aufgenommen hat. Hier lebe ich nicht nur umgeben von Wein, sondern auch mit Erdölpumpen, Gasstationen und seit einiger Zeit auch mit Windrädern. Mir gefällt das. Hier gibt's eben nicht bloß Idylle, sondern auch Leben und Veränderung. Wer mehr darüber wissen will, kann ja „Auf ins Weinviertel" lesen. Gemeinsam mit Manfred Buchinger habe ich 55 Reiseverführungen zusammengestellt und als Teil einer Serie im Folio Verlag veröffentlicht.

www.auersthal.at

… an Folio, „meinen" Verlag, der mich auf vielfältige Weise bei dem, was ich tue, unterstützt. Wir sind jetzt schon so viele Jahre gemeinsam unterwegs, dass uns weit mehr verbindet als „bloß" eine gute Geschäftsbeziehung. Wenn ich mit den Folios arbeite, treffe ich Freunde. Einfach schön!

www.folioverlag.com

… an Joe Rabl, meinen seit diesem Roman neuen Lektor. Mira, Vesna, Gismo und ich heißen ihn herzlich willkommen und hoffen, dass er noch lange bleibt. Er versteht uns! Und: Er kümmert sich wunderbar kompetent um meine Unzulänglichkeiten …

… an Eva Maria Widmair, meine bisherige Lektorin, von der ich eine Menge lernen durfte. Ich bewundere ihre Präzision und ihre bis in feinste Feinheiten reichende Kenntnis der deutschen Sprache.

www.widmair-lektorat.at

… an meinen Taschenbuchverlag Lübbe. Lübbe ist der letzte große Privatverlag Deutschlands, und das spürt man auch: MitarbeiterInnen bleiben hier oft Jahrzehnte, AutorInnen werden nie bloß als Wirtschaftsfaktor gesehen. Ich fühle mich wohl in dieser Großfamilie! Auf der letzten Frankfurter Buchmesse hat mich Stefan Lübbe übrigens mit folgendem Wort-Witz entzückt: Treffen sich ein Stein und ein Brett. Sagt das Brett zum Stein: „Wer bist denn du?" – „Ein Stein." – „Wenn du Einstein bist, bin ich Brett Pitt."
Ein besonderes DANKE natürlich auch an meine Taschenbuchlektorin Claudia Müller, die ich gerne auch abseits der Bücher öfter treffen würde, wäre ich nicht im Weinviertel und sie in Köln.

www.luebbe.de

… an Cult Editore, den jungen hochsympathischen (Mariapia e Franziska, ihr seid gemeint) Verlag in der „Barbes"-Gruppe, bei dem nun der erste Mira-Valensky-Krimi in italienischer Übersetzung erschienen ist. „Elezioni mortali" klingt für mich einfach wunderbar! Kenner der italienischen Sprache haben mir versichert, dass er ausgezeichnet übersetzt wurde. Ich hoffe, unsere Serie geht, wie geplant, weiter. Jedenfalls habe ich begonnen, Italienisch zu lernen …

www.culteditore.it

… an Rotraut Schöberl, unvergleichliche Buchhändlerin und für mich *der* Buchmensch schlechthin. Ihre Buchempfehlungen im Frühstücksfernsehen von PULS-TV sind ebenso leidenschaftlich wie kompetent – und noch dazu unterhaltsam … Dass sie meine Krimis seit Jahren freundschaftlich begleitet, ist wunderbar.
Gleichzeitig auch DANKE an die vielen engagierten BuchhändlerInnen und BibliothekarInnen – Sie sind die „Dealer", die dafür sorgen, dass bei uns LeserInnen Bilder im Kopf entstehen können …

www.leporello.at

… an meine Schwester Elisabeth Fandler und meine Eltern. Sich auf eine Familie verlassen zu können, ist alles andere als selbstverständlich. Ich hab mit meiner viel Glück – und ich freue mich über die Entwicklung meiner beiden Neffen. Martin hat soeben in Medizin promoviert (herzlichen Glückwunsch!), auch Simon studiert mit großem Erfolg Medizin, zudem sind beide gesellschaftspolitisch hellwach. Vielleicht haben Vesnas Zwillinge Jana und Fran einiges von ihnen …

... wie immer an Ernest, meinen Mann – es ist unter anderem einfach großartig, mit ihm zwischen St. Marienkirchen an der Polsenz und Hanoi auf Lesetour zu sein. Wunderbar, dass er jetzt so viel Zeit hat (nicht nur, weil meistens er mit dem Auto fährt ...). Ich wünsche mir mit ihm noch viele, viele kleine und große Abenteuer. Und dazwischen unser ganz normales Leben ...

Wer wissen möchte, was er so denkt, sollte sich übrigens seinen Blog ansehen – und ihn dazu drängen, mehr zu schreiben. Er kann das nämlich hervorragend ...

www.ernesthauer.at

SPANNUNG BEI FOLIO

Eva Rossmann
Die Mira-Valensky-Krimis

Wahlkampf
Gebunden mit Schutzumschlag, 252 S., ISBN 978-3-85256-332-9

Ausgejodelt
Gebunden mit Schutzumschlag, 228 S., ISBN 978-3-85256-139-4

Freudsche Verbrechen
Gebunden mit Schutzumschlag, 283 S., ISBN 978-3-85256-163-9

Kaltes Fleisch
Gebunden mit Schutzumschlag, 283 S., ISBN 978-3-85256-220-9

Ausgekocht
Gebunden mit Schutzumschlag, 262 S., ISBN 978-3-85256-251-3

Karibik all inclusive
Gebunden mit Schutzumschlag, 247 S., ISBN 978-3-85256-283-4

Wein & Tod
Gebunden mit Schutzumschlag, 385 S., ISBN 978-3-85256-311-4

Verschieden
Gebunden mit Schutzumschlag, 244 S., ISBN 978-3-85256-345-9

MillionenKochen
Gebunden mit Schutzumschlag, 262 S., ISBN 978-3-85256-378-7

Russen kommen
Gebunden mit Schutzumschlag, 277 S., ISBN 978-3-85256-444-9

Leben lassen
Gebunden mit Schutzumschlag, 269 S., ISBN 978-3-85256-496-8

Evelyns Fall
Gebunden mit Schutzumschlag, 243 S., ISBN 978-3-85256-528-6

Unterm Messer
Gebunden mit Schutzumschlag, 277 S., ISBN 978-3-85256-575-0

„Mira Valensky ermittelt wieder, und ganz Österreich steht auf dem Prüfstand."
Salzburger Nachrichten

„Ein wahrer Leckerbissen für eingefleischte Krimi-Gourmets."
Brigitte

„Aufregend bis zur letzten Seite."
Brigitte

SPANNUNG BEI FOLIO

Eva Rossmann
Das Kochbuch zu den Krimis

Mira kocht. Ein Mira-Valensky-Kochbuch
Gebunden mit Schutzumschlag, 189 S., ISBN 978-3-85256-358-9

„Das Kochbuch gehört zu den fundiertesten Rezeptsammlungen der vereinigten Schnüfflerlandschaft."
Profil

SPANNUNG BEI FOLIO

Giancarlo De Cataldo
Romanzo Criminale

Aus dem Italienischen von Karin Fleischanderl
575 S., ISBN 978-3-85256-508-8

Macht, Sex und Drogen – ein italienischer Politthriller zwischen Realität und Fiktion. Spannung pur.

Rom in den 1970er und 1980er Jahren. Eine Gruppe Jugendlicher aus den Elendsvierteln – die Magliana-Bande – steigt in großem Stil in das Geschäft mit Rauschgift, Prostitution und Glücksspiel ein.

Schmutzige Hände

Aus dem Italienischen von Karin Fleischanderl
376 S., ISBN 978-3-85256-554-5

Italien 1992: Bomben und gute Geschäfte – das organisierte Verbrechen greift nach der Macht.

„Kalte Machtwesen im großen Kampf, jeder gegen jeden. Ein mitreißendes Buch." *Der Spiegel*

„De Cataldo erzählt mit allen Mitteln der Ironie, des Sarkasmus, der analytischen Schärfe und des klaren Blicks auf die realen Verhältnisse extrem kurzweilig und brillant. Wenn die Welt schon nicht schön ist, Anlass für großeLiteratur ist sie schon." *Thomas Wörtche*

„Bravourös, notwendig." *Tobias Gohlis, KrimiZeit-Bestenliste*

Giancarlo De Cataldo/Mimmo Rafele
Zeit der Wut

Aus dem Italienischen von Karin Fleischanderl
245 S., ISBN 978-3-85256-592-7

Ein Filmreifer Thriller über Gut und Böse – packend, in rasanter Szenenfolge und mit eindringlichen Bildern.

„De Cataldo bannt wieder ein Stück Italien der letzten Jahre, er taucht seine Hände in das Faule, in die Korruption, ins Blut, mit anderen Worten, in die Geschichte Italiens." *Il Messaggero*